도둑괭이 공주

도둑괭이 공주

황인숙 장편소설

문학동네

베티에게

차례

고양이 비탈

비탈을 올라가자 회색 마티즈 밑에서 기다리고 있던 고양이들이 에옹에옹 울면서 나를 맞이한다. "쉿!" 주의를 주며 부지런히 발을 옮겨 지나친다. 늘 그 자리에 세워져 있어 참 좋은 밥터였는데, 마티즈 주인집 할머니가 밥을 놓지 말라고 엄포 놓으신 게 열흘 전이다. 삼색이 고양이 세 자매가 울면서 계속 따라온다. 얘들이, 산통 다 깰라 그러네. 얼른 하얀 소나타 밑에 밥그릇을 밀어넣는다. 고양이들이 앙앙 소리를 내며 오드득오드득 밥을 먹는다. "아아앙~" 응석 어린 울음소리와 함께 금방이라도 아비가 나타나 밥그릇에 머리통을 들이밀 것만 같다. 무표정한 얼굴에 말수가 적어 뵈는 차 주인이 언제 차를 뺄지 모른다. 오늘은 거의 다 얼굴을 봐서 다행이다. 그러나 베티는 보이지 않는다.

전에는 베티가 안 보일 때면 목청껏 "베티! 베티야!" 부르곤 했다. 그러면 어디선가 베티가 "에에에에" 울면서 나타나곤 했다. 한 1년 좋은 시절이었다. 이제는 정말 무서운, 이 동네 부녀 회장 등쌀에 자주 심장을 졸이게 되었다.

"동네 사람들이 약 놓겠다고 벼르고 있어. 괜히 밥 좀 주려다가 고양이들 해코지당하면 그건 또 얼마나 가슴 아픈 일이겠어."

짐짓 위해주는 듯 모골 송연한 말을 하시던 부녀회장은 어느 날부터인가 긴 빗자루를 들고 다니며 차 밑에 있는 고양이 밥을 보는 대로 쓸어냈다. 그나저나 베티는 대체 어디 간 걸까. 며칠째 못 봤는데 내내 쫄쫄 굶고 있는 건 아닌지. 터덜터덜 비탈을 내려가는데 검정색 낡은 가방을 메고 마주 오던 아저씨가 저기 노란 고양이가 자고 있다고 일러준다. 노란 고양이? 베티인가?

"어디요?"

"저 장독대요."

겁이 덜컥 난다. 베티라면 왜 밥을 먹으러 오지 않고 거기서 잠을 자고 있단 말인가.

"죽은 건 아니겠죠?"

"아니, 자고 있어요."

나는 마구 달려내려갔다. 항아리들과 고무 화분들 너머 장독 대 끝에 노란 고양이가 엎드려 있다. 베티인가? 아닌가? "베티야!" 부르자 벌떡 몸을 일으키며 베티가 달려온다.

"에에에에~"

"너 왜 여기 있어?"

더 크게 에에거리는 베티를 비탈 끝에 있는 차 뒤로 이끌었다. 베티의 울음소리를 멈추게 하려면 밥뿐이다. 얼마나 배가 고팠으면! 베티가 허겁지겁 먹는다. 그러면서 자꾸만 비탈 위를 힐끔거린다. 나는 장독대 옆 건물 입구를 힐끔거린다. 그 집에 사는 아저씨가 장독대는 물론이고 근처에 고양이 밥을 놓지 말라 당부했던 것이다. 화분과 장독대 여기저기에 고양이들이 똥을 싸서 못 견디겠다는 것이다. 직장에 다니지 않는지 낮에도 종종 집 앞에 나와 있는 아저씨가 지금 여기서 베티가 밥을 먹는 걸 보면 벌컥 화를 낼 게 분명하다.

밥 먹는 와중에도 연신 고개를 들어 힐끔거리던 베티가 순식간에 몸을 돌려 달아난다. 어안이 벙벙한 채로 베티가 살피던 곳을 향해 눈을 돌리니 삼색이 고양이들 중 가장 무늬가 호사스런 놈이 어느새 가까이 와 있다. 아, 네놈 때문이었구나! 자동차 밑에 밥그릇을 깊이 밀어넣을 때 앞발로 내 손등을 찍어 피범벅을 만들곤 하던 바로 그놈이다. 저들끼리는 잘 지내는 듯싶었는데 대체 어떻게 당했기에 천하태평 베티가 저리 패닉 상태가 된 걸까. 베티가 채 먹지 못하고 남긴 밥을 보니 여간 속상한 게 아니다.

"너 왜 그래? 너희끼리라도 사이좋게 지내야지!"

녀석은 사납고도 의뭉스러운, 그러나 뭔가 원하는 것이 있는 표정으로 나를 바라본다. 내가 베티한테 생선 한 토막이라도 더 주곤 했던 게 사단이었을까? 아비가 사라진 뒤 어떤 질서가 깨진 것 같다. 다 큰 녀석들끼리 참 사이가 좋아서 보는 마음이 다 푸근했었는데…… 미웠지만, 베티가 먹던 밥그릇에 깡통에 든 생선을 마저 탈탈 털어줬다.

베티, 어디 갔니?

베티야, 그러니까 그때 너, 왜 도망갔어? 그때 잡혔으면 얼마나 좋았어!

길에 사는 귀족 고양이

아비는 아비시니안 고양이다. 길고양이는 대개 노란 줄무늬나 삼색이, 턱시도 등의 문양을 띠고 있는데 이마에 검정색으로 왕관처럼 M자가 그려진 청동색 고양이가 있어 인터넷 카페 〈고양이웃네〉에서 검색해봤더니 아비시니안이 그리 생겼다. 아비시니안 태가 나게 피가 섞인 길고양이가 아닐까, 처음에는 그렇게 생각했다. 하지만 경계심이 많던 아비가 얼마 안 가 이만저만한 애교 덩어리가 아니라는 걸 알게 됐다. 달콤한 쉰 목소리로 "아아앙~"거리며 발라당 몸을 뒤집거나 내 다리에 머리통을 비비거나, 번쩍 들어 안아도 버둥거리지 않았으며 내 뒤를 졸졸 따라다니는 거였다. 근처에 집을 두고 잠시 놀러 나오는 고양이인가 싶었지만 먹성이 좋은 걸로 미루어 그렇지는 않은 듯했다. 사람에 대한 친화력으로 보자면 사람 손에서 길러진 게 분명했다. 그 점은 베티도 마찬가지였다. 만약 둘 다 어느 집 고양이였다면 노란 줄무늬 고양이 베티는 주인에게 버려졌던 것일 테고, 아비는 어떤 사연으로 주인과 헤어졌던 것일 테다. 어쨌거나 아비시니안은 소위 고급 품종 고양이기 때문에 주인이 계속 기를 생각이 없다 해도 새 가족을 찾아주기 쉬웠을 테니 말이다.

베티와 아비는 내가 자리를 뜬다 싶으면 밥을 먹다 말고 울면서 비탈을 따라 내려왔다. 사람들이 많이 지나다니는 길까지 쫓아 내려오면 다시금 개네들을 데리고 비탈을 따라 올라가야 했다. "나는 여기서 멀리 살아. 그리고 미안해. 나는 너희들을 데려갈 수가 없어." 아무리 말을 해도 소용없었다. 그래서 고양이들이 환장하는 참치 통조림을 두 숟가락 정도 남겼다가 각각 한 숟가락씩 덜어주고는 베티와 아비가 그걸 먹는 동안 냅다 뛰곤 했다. 그럴 때면 아이 손에 솜사탕을 들려주고 모퉁이를 돌아 달아나는 엄마가 된 기분이었다. 하지만 나는 영영 달아날 것이 아니었다. 다음날도, 그다음 날도, 매일매일 고양이들을 보러 올 것이었다. 그것이 나의 약속이었다.

몹시 추웠던 지난겨울, 고양이들과 헤어질 때마다 부디 내일도 애들을 볼 수 있기를 나는 기도했다. 함께 모여 체온을 나누고 무사히 하룻밤을 보낼 곳이 있기를! 용하게도 다들 겨울을 통과했다. 가끔 나타나 멀찌감치 떨어진 채로 자기한테도 밥을 달라고 웅얼거리던 뜨내기 고양이들 중 몇몇이 안 보이지만……다른 구역으로 옮겨간 것이기를!

이렇듯 고양이들이 평화롭게 살기에 이만한 동네가 또 어디 있을까, 생각했던 시절은 봄이 오면서 끝이 났다. 팔을 걷어붙이고 나선 동네 부녀회장이 정말이지 바쁘게 움직였기 때문이다.

"정말 쟤 아비네!"

혜조 언니가 외쳤다.

"그렇죠? 집 나온 애인지 원래 길고양인지 모르겠어요."

내 말에 혜조 언니는 집에서 기르던 애가 분명하다고 말했다.

"중성화도 돼 있잖아."

"중성화된지 어떻게 알아요?"

내가 고개를 갸우뚱하자 혜조 언니는 크크 웃었다.

"뿅알이 비어 있잖아."

의심 가득한 얼굴로 살살 우리를 피하던 아비는 혜조 언니가 가져온 비싼 간식 캔을 싹 다 먹어치우더니 등을 쓰다듬어주자 넉살 좋게 그릉그릉 소리를 냈다. 혜조 언니가 가리키는 곳을 보니 꼬리 아래 뿅알 부분이 귀 모양으로 나붓이 드리워져 있었다.

"얘는 카페에 올리면 금방 입양되겠는걸. 일단 사람을 잘 따르잖아."

"다 큰 앤데 입양이 될까요?"

내가 걱정 반 희망 반의 심정으로 묻자 혜조 언니가 씁쓸한 웃음을 띠었다.

"품종 냥이라면 사람들이 환장을 하니까, 성묘라도 얘는 입양이 쉬울 거야."

"아, 그랬으면 너무 좋겠다."

"얘 지금 업어갈까?"

혜조 언니는 자기 가방을 내려다보며 중얼거렸다. 보들보들한 헝겊 가방이었다. 회색빛의 단단한 화장품 케이스도 있었지만 두 가방 모두 덩치 큰 아비를 넣기에는 역부족이었다.

"먼저 입양처를 찾은 다음 데려가자."

우리가 아비한테 몰두해서 수군거리자 삼색이 자매는 수상하다는 듯 연신 힐끔거리며 밥을 먹고, 베티는 좀 쓸쓸한 얼굴로 우리 곁에 와 앉아 있었다. "베티야……" 나는 베티를 끌어당겨 머리를 쓰다듬었다. 혜조 언니는 디지털카메라로 아비를 찍었다. 카페에 올릴 사진이었다.

아비의 일생일대 기회

혜조 언니와 내가 비탈을 내려가자 베티와 아비가 졸졸 따라 왔다.

"이런다니까요."

내가 한숨을 쉬자 혜조 언니도 한숨에 웃음을 섞어 말했다.

"내가 유학만 안 가도 아비를 냉큼 데려갈 텐데."

"그러게요. 언니가 데려가면 아비 복 터지는 거지요."

혜조 언니는 8월에 미국으로 유학을 떠난다. 드라마 테라피를 공부할 거라고 했다.

"아비 보낼 데는 쉽게 찾을 수 있을 거야. 애가 어쩜 저렇게 붙임성이 있니?"

비탈길 맨 아래 자동차 밑에 간식 캔을 덜어 담은 종이 그릇을 놓자 베티와 아비가 그리로 쏜살같이 들어갔다. 그 틈에 우리는 걸음을 재촉했다.

"근간 보자. 밥 잘 챙겨 먹고 다녀."

"언니도요."

혜조 언니는 헝겊 가방을 어깨에 추슬러 메고 한 손엔 화장품 케이스를 든 채 지하철역을 향해 총총 걸어갔다. 혜조 언니는 바쁘다. 다섯 군데나 과외를 하러 다니고, 짬짬이 뷰티 컨설턴트로 수입 화장품을 팔러 다닌다. 유학 경비를 조금이나마 더 모으기 위해서다. 야무진 혜조 언니지만 지난겨울 처음 만났을 때보다 좀 지쳐 보인다. "엄마가 변덕이셔." 나이가 찼는데 결혼할 생각을 안 한다고 엄마가 애초 약속과는 달리 돈을 주지 않겠다 으름장을 놓으셨다고 했다.

"지원을 끊으면 유학을 포기할 줄 아시나봐."

"아버지한테 달라고 하면 되잖아요."

"얘, 우리 아버지는 엄마한테 꼼짝 못해!"

항상 말 잘 듣던 모범생 딸이 서른이 훌쩍 넘은 나이에 결혼도 하지 않고 방을 얻어 나가 살고, 이제 유학을 간다 하니 엄마가 화날 만도 하다며 혜조 언니는 배시시 웃었다.

　그래도 능력 있는 혜조 언니다. 드라마를 공부하는 언니가 과외 선생을 한다기에 뭘 가르치나 궁금했는데 영어와 수학이란다. "수학도요?" 내가 놀라서 묻자, "음, 내가 수학을 좀 했지. 지금은 문과 수학만 가르치는데, 공부 좀 하면 이과 수학도 거뜬할 것 같아." 의외라는 내 반응을 재미있어하며 살짝 뻐기는 투로 혜조 언니가 말했다. 얼굴도 예쁜데 머리까지 좋으니 나로서는 그저 부러울 따름이었다.

　며칠 뒤 혜조 언니로부터 전화가 걸려왔다. 아비가 살 집을 찾았다고 했다.

　"〈고양이웃네〉에서요?"

　"아니, 내 친구. 고양이를 굉장히 예뻐하는 사람이야. 특히 큰 고양이를 좋아하니까 아주 잘됐어. 어린 고양이는 돌볼 자신이 없다나."

　"고양이를 처음 키우는 사람이에요?"

　"아니, 전에 키워본 적 있어."

　"그럼 그 고양이는요?"

　"이 친구가 미국 사람인데 미국에 계신 부모님 댁에 맡겼대. 부모님도 고양이를 예뻐하신대."

　"아, 미국 사람…… 만약 그 사람이 미국에 돌아가고 나면 아비는 어떡해요?"

"그럴 일은 없어. 계속 여기서 살 거야. 미국에 돌아간다 해도 데려갈 사람이고. 마음씨가 얼마나 고운데. 전에 키우던 고양이도 길에서 다친 애를 데려다 치료한 다음 기른 거야. 무엇보다 잘살아."

"잘사는 사람! 야, 정말 잘됐다!"

"그치? 그렇지?"

혜조 언니와 나는 전화기 이편저편에서 정신없이 떠들고 팔짝팔짝 뛰면서 기뻐했다.

아비가 꼭 있을 시간에 맞춰 약속한 오후 6시, 혜조 언니가 바퀴 달린 검정 가방을 끌고 왔다. 바지 정장 차림의 한 언니와 함께였다. 그 언니는 커다란 골판지 박스를 들고 있었다.

"여긴 희연 언니야. 아비 키울 제임스 친구. 이쪽은 화열이."

"안녕하세요?"

내가 고개 숙여 인사하자 희연 언니는 입술 한끝을 보일 듯 말 듯 올려 웃으며 옆구리에 붙였던 오른손을 살짝 흔들었다. 5월에 들어섰지만 꽤 쌀쌀한 날씨였다. 혜조 언니의 하늘하늘하게 얇은 원피스가 바람에 펄럭였다.

"언니, 재킷이라도 입고 오지."

"괜찮아, 나 추위 안 타. 세미나가 있었는데 집에 들렀다가는 늦을 것 같아 옷도 못 갈아입고 내쳐 왔어."

빨리 밥 내놓지 않고 뭐하냐며 자동차 밑에서 고양이들이 소리를 질러댔다. 베티도 우리 발밑을 맴돌며 에에에 울었다. "쉬 잇! 잠깐만 기다려." 다른 때보다 시간이 늦었으니 배가 많이들 고플 것이었다. "진짜 고양이들 많네." 따뜻한 눈빛으로 고양이 들을 내려다보던 희연 언니가 웃었다.

"아비는 왜 안 보여?"

혜조 언니가 물었다.

"곧 올 거예요."

"그래? 근데 어디에 자리를 잡지? 아무래도 평평한 곳이 좋겠 는데."

장비를 끌고 자리를 옮기자 고양이들이 울면서 쫓아왔다. 지 나가는 사람들이 호기심에 찬 눈으로 우리들을 쳐다봤다. 다른 때였다면 가슴을 졸였겠지만 지금 이 순간만큼은 떳떳했다. 고 양이를 다른 곳으로 데려갈 참이라 하면 부녀회장도 쌍수를 들 어 반길 것이니까. 비탈 중간에 부녀회관으로 쓰는 컨테이너가 있었다. 우리는 그 옆 작은 공터에 골판지 박스와 바퀴 달린 가 방을 부려놓고 일단 고양이들에게 밥을 줬다.

"애들이 이렇게 오글거리는데 어떻게 아비를 잡지?"

내가 걱정스레 중얼거리자 혜조 언니는 생글생글 웃더니 고양 이들한테 "너네는 빨리 먹고 가라" 하며 어깨에 둘러멘 가방에 서 커다란 수건 두 장을 꺼냈다. 카페 〈고양이웃네〉 회원인 동물 병원 의사 로라 언니가 일러준 대로, 커다란 수건을 아비 얼굴 에 덮어씌운 뒤 얼른 가방에 넣는 게 우리 계획이었다.

"미안하지만 언니, 아비는 언니가 잡아주세요. 제가 하면 다른 애들이 저를 무서워할 것 같아요. 앞으로 계속 볼 애들인데요."

"걱정 마. 나도 그럴 생각이었어."

매사 시원시원한 혜조 언니.

신데렐라 베티

"거기서 뭣들 하나? 고양이를 어쩌려고?"

화난 목소리에 고개를 돌려보니 이 비탈길에서 종종 만나는 아저씨다. 근처에 노숙자 쉼터가 있어 그곳에 볼일을 둔 아저씨들이 지나다니곤 했는데 그러다보니 알아보는 얼굴들도 생겼다. 때때로 어떤 이들은 컨테이너 박스 뒤에 있는 꽃밭에서 술추렴을 했다. 그 때문인지 부녀회장은 고양이들만큼이나 그들 또한 못마땅하게 여겼다. 고양이 밥을 줄 때마다 뚫어져라 쳐다보며 말을 거는 그들이 나도 처음에는 퍽 불편했다. 그러나 나처럼 그들 또한 길고양이들을 가엾게 여긴다는 걸 알게 된 뒤부터는 동지가 된 기분이었다.

"고양이 한 마리 데려가 좋은 데 입양시키려고요."

아저씨는 우리를 멀뚱히 내려다보다 별말 없이 가버렸다. 행여 우리가 고양이들에게 해코지라도 할까 걱정이 되었던 모양이었다.

밥을 다 먹은 뒤에도 고양이들은 쉬이 자리를 뜨지 않았다. 어쩌면 혜조 언니가 준 맛있는 간식을 더 바라고 얌전히 머무르고 있는 건지도 모르겠다.

"얘 정말 순하다. 몸집도 작고 얼굴도 예쁘고."

희연 언니가 쪼그려 앉아 베티를 쓰다듬었다. 베티가 예쁜가? 베티 칭찬을 들으니 기뻤다.

"아비는 왜 안 오는 거지?"

혜조 언니가 몸을 으스스 떨었다.

"그러게요. 벌써 올 시간이 한참 지났는데."

바람이 더 차가워지고 혜조 언니 얼굴이 파래졌다. 그때였다. 희연 언니가 무릎을 펴고 일어나 팔짱을 낀 채 잠시 베티를 내려다보더니 이렇게 말하는 것이었다.

"얘를 대신 데려갈까?"

"네? 정말이요?"

엷게 웃는 얼굴로 희연 언니가 고개를 끄덕였다. 믿기지 않아서 내가 다시 한번 "아, 정말요?"를 외치며 혜조 언니를 쳐다보자 언니도 어안이 벙벙하다는 표정이었다.

"아, 춥다! 빨리 베티라도 데려가야지."

희연 언니가 결심을 굳힌 듯 거듭 고개를 끄덕였다. 세상에, 배가 불룩 나오고 때가 꼬질꼬질한, 다 큰 노랑둥이 길고양이 베티한테 집이 생기다니, 세상에! 희연 언니 마음 변하기 전에 얼른 베티를 잡아야지!

그러나 베티는 잽쌌다. 혜조 언니가 수건으로 베티의 얼굴을 덮어 가방에 던져넣자마자 베티는 부리나케 뚜껑을 밀고 튀어나왔다. 내가 뚜껑 단속을 해야 했는데 베티의 놀란 서슬에 재빨리 대응할 수가 없었다. 우리 셋의 입에서 동시에 안타까운 탄식이 흘러나왔다. 다행히 베티는 사라지지 않고 "대체 나한테 왜 이러는 거예요?" 하는 서운한 얼굴로 몇 발짝 떨어진 곳에 앉아 우리를 쳐다보고 있었다. 아, 차라리 내가 살짝 안아서 살그머니 가방에 넣을 걸 그랬다!

"아무래도 박스로 잡는 게 좋겠어요."

"그렇겠지? 고양이들은 박스를 좋아하니까."

그 커다란 골판지 박스는 칼집을 내어 위로 젖혀지게 뚜껑을 만든 뒤 거기에 끈을 단 것이었다. 안에 먹을 것을 놓고 고양이를 제 발로 들어가게 한 뒤 끈을 당기면 셔터처럼 뚜껑이 닫히게 혜조 언니가 만들었다. 나는 우선 간식 한 숟가락을 덜어 땅바닥에 놓고 베티를 불렀는데 다른 고양이들이 먼저 몰려들었다.

"너희는 좀 저리 가!"

손을 휘이휘이 저었지만 한 녀석이 용감하게 달려들어 냉큼 물어갔다. 그제야 베티가 에에에 울면서 다가왔다.

"그래, 그래. 우리 베티, 신데렐라 한번 만들어보자."

희연 언니가 신난 목소리로 어르며 캔에서 간식을 한 숟가락 더 덜어 베티 앞에 놓았다. 베티가 냠냠 맛있게도 먹었다. 그러나 연신 우리를 힐끔거리며 조심하는 기색이 여실했다. 나는 마음을 다잡았다. 베티에게 있어 이런 기적 같은 기회는 다시 오기 힘들 것이었다.

"저 혼자 한번 해볼게요."

"그래. 아무래도 함께 있으면 베티가 경계심을 풀지 않을 거야. 우린 저리로 가 있을게."

혜조 언니와 희연 언니가 함께 비탈길을 건너갔다. 나만 남아 있자 베티는 그제야 내 발치에 발라당 누워 에에에 소리를 냈다. 다른 고양이들도 맛있는 걸 더 주려나 싶은지 가까이 다가왔다. 내가 베티를 안아올리자 아뿔싸! 베티가 몸을 비틀어 빠져나갔다. 좀더 과감히 해봐야지. 나도 슬슬 추워져 몸이 덜덜 떨렸다. 다시금 박스 안에 간식을 듬뿍 덜어두었다. 고양이들이 우르르 몰려들다가 내가 발을 구르자 이내 뒤로 물러났다. 고양이들이 추운 얼굴로 내 얼굴을 뚫어져라 바라봤다. 나는 걔네 가까이 차가운 땅바닥 위에 간식을 부려주고 베티를 향해서는 새 캔 하나를 흔들어 보였다. 베티가 다가왔다.

"베티야, 이제 너 고생 끝나는 거야. 앞으로는 따뜻한 집에서 맛있는 거 많이 먹고 귀여움 받으면서 살 수 있어. 배가 이렇게 불룩한데 너 무슨 병에 걸린 건지도 모르잖니. 새 주인이 병원에도 데려갈 거야. 목욕도 깨끗이 시켜줄 거고."

베티가 내 말을 알아들으면 좋으련만. 시간은 자꾸 흘러갔다. 비탈 건너 담장에 기댄 언니들은 두런두런 얘기를 주고받고 있었다. 이윽고 베티가 박스 안으로 머리를 들이밀었다. 내가 살

짝, 그러나 과감히 엉덩이를 밀자 베티의 전신이 박스 안으로
쑥 빨려들어가는 것이 아닌가. 탄성을 지르며 있는 힘껏 끈을
잡아당겼다. 빌어먹을! 그러나 셔터가 내려지지 않았다! 언니들
이 달려왔다. 베티는 이미 멀찍이 달아나버린 뒤였다. "왜, 왜
안 닫힌 거예요?" 나도 모르게 혜조 언니에게 소리를 질렀다.
혜조 언니의 얼굴이 붉어졌다.

"이상하네. 이걸로 우리 동네 길고양이 여럿 잡았는데."

"언니, 미리 시험해보고 가져온 거 아니에요?"

"급히 오느라고…… 어련히 되겠다 싶었지."

"점검을 하셨어야지요!"

"너, 나한테 이렇게 화내는 거 아니야!"

혜조 언니도 화가 난 듯 목소리 끝이 갈라지고 있었다.

"미안해요, 언니. 언니한테 화내는 게 아니라 너무 안타까워
서요."

"쟤가 복을 차네, 복을 차. 할 수 없지, 뭐. 추운데 우리 어디
들어가서 밥이나 먹고 가자."

혀를 끌끌 차며 희연 언니가 바퀴 가방을 달달 끌고 앞서 내
려갔다. 혜조 언니는 어깨를 구부정히 구부리고 박스를 안아든
채 터덜터덜 그 뒤를 따랐다.

"미안해요, 언니."

"괜찮아, 나도 속상해서 그래."

내 풀 죽은 사과에 혜조 언니는 굳은 목소리로 답했다. 쌀쌀

한 바람이 등을 밀었다. 뒤를 돌아보니 흐릿한 보안등 빛 아래 아무 사람도, 아무 고양이도 기척 없었다.

어쩌면 베티도 함께?

희연 언니가 분위기 있는 집에 가자고 했지만 그러려면 좀 걸어야 했다. 그러나 우리 모두 그럴 기분이 아니었다. 눈에 띄는 허름한 식당이 있어 그리로 들어갔다. 벽에 붙은 메뉴판에 "스테이크 소시지 부대찌개"라고 적혀 있었다.

"뜨끈한 국물 먹고 싶다."

"나도! 난 부대찌개 먹을래. 배고프다!"

희연 언니의 말에 혜조 언니가 기운차게 응답했다. 다행히 혜조 언니는 내게 화가 난 것 같지는 않아 보였다. 나 역시 아무 일도 없었다는 듯 가볍게 "저도 부대찌개요" 했다. 사실 부대찌개를 좋아하지 않았지만, 아무래도 상관없었다. 부대찌개를 좋아하는 사람들은 대개 모가 나지 않았다고 어디선가 들은 적이 있다.

"맥주 시킬까? 혜조는 오늘 일 없지?"

"응, 오늘은 끝. 언니 맥주 마셔. 난 소주. 딱 한 잔만 마셔야지."

혜조 언니는 반찬으로 나온 부추전을 집어 맛나게 먹었다.

"그럼 소주 시키지, 뭐. 가만, 이름이……"

"화열이요."

희연 언니가 그새 내 이름을 잊었는지 민망한 듯 씩 웃었다.

"아, 맞다. 화열이. 화열이는?"

혜조 언니와 내가 동시에 대답했다.

"예, 저도 소주 괜찮아요."

"언니, 화열이 얘 술 못 마셔."

모락모락 김을 피워올리는 부대찌개 냄비 아래를 버너의 불꽃이 파르랗게 감싸며 퍼졌다. 혜조 언니가 앞접시 가득 푸짐하게 부대찌개를 덜어 오물오물 먹었다. 가만 보니 혜조 언니는 화사하고 희연 언니는 단정하다. 화사하고 단정한 두 언니가 묵묵히 소주잔을 기울이며 밥을 먹었다. 원래 그렇게 대화가 없는 편인지, 내가 끼어서 할 말을 못 찾는 건지, 아니면 그저 기분이 바깥 날씨처럼 가라앉아서인지 모르겠다.

"베티한테 한 번 더 기회를 주시면 안 될까요?"

나로서는 어렵사리 꺼낸 말에 희연 언니가 난감한 얼굴로 대답했다.

"그러게…… 그런데 내가 모레 출장을 가서 두 주 뒤에나 와."

"그러면, 혜조 언니가 데려다주면 안 돼요?"

내가 혜조 언니를 바라보자, 혜조 언니는 희연 언니를 바라봤다. 희연 언니는 그에 대한 답은 하지 않은 채 "베티 걔 참 예쁜데. 얼굴도 작고, 순하고"라고만 했다.

"베티 정말 순해요! 사람 잘 따르고요. 그런데 제임스라는 분이 베티가 그냥 길고양이라서 원하지 않으면 어떡하죠?"

"그럴 일은 없어. 제임스가 얼마나 착한데. 사연 있는 고양이는 불쌍하다고 더 좋아한대."

혜조 언니의 말에 희연 언니가 고개를 끄덕였다.

"우리 밥 먹고 나서 거기 들렀다 가요!"

나는 조바심이 났다. 그렇게 좋은 사람과 베티를 꼭 맺어주고 싶었다. 나는 무심결에 부대찌개 국물을 연신 떠먹으며 열변을 토했다.

"베티는 누가 기르다 버린 게 틀림없어요. 불쌍하게도! 그렇게 사람을 잘 따르는데 길에서 지내면 위험해요. 아, 베티야, 제발 잡혀라! 이건 기적 같은 기회예요!"

식당을 나서자 밖은 완전히 어두워져 있었다. 바람은 여전히 차가웠다. 혜조 언니의 치맛자락이 다리를 찰싹 휘감았다.

"언니, 추워서 어떡해요?"

"아니, 이제 괜찮아."

"저녁엔 아직 추우니까 윗도리 갖고 다니세요."

"응. 다른 날은 갖고 다녀. 하필이면 오늘 그냥 나왔지 뭐야. 이렇게 오래 있게 될지도 몰랐네."

우리들 곁으로 두툼한 점퍼를 여며 입은 한 남자가 성큼성큼 지나갔다. 뭉툭한 검은 그림자 모양의 그 뒷모습이 멀어지더니 비탈 너머로 사라졌다.

"아아앙~" 어디선가 들려오는 고양이 울음소리에 우리는 걸음을 멈췄다. 한 비탈집 담 옆에 세워져 있던 자동차 아래에서 아비가 아양스런 울음을 울며 고개를 내밀었다.

"아비, 너 어디 있다 이제 온 거야?"

혜조 언니와 나는 너무나 반가워 목청을 높였다. 아비는 자동차 밑에서 밖으로 한 발짝 나오다 희연 언니를 보더니 도로 들어가버렸다.

"얘가 아비야."

혜조 언니가 아비를 소개하는데 희연 언니가 이미 호감 가득한 눈빛으로 아비를 내려다봤다.

"정말 멋진 고양이네. 털빛이 특이한데?"

자동차 밑에는 아비뿐 아니라 베티도, 삼색이들도 다 모여 있었다. 밥을 주고 다시 오는 일이 드물어서, 다른 때도 항상 고양이들이 이곳에서 서성거리는지 이날만 특별한 건지 알 수 없었다.

내가 고양이 사료를 꺼내 그릇에 담아 자동차 범퍼 아래 내려놓자 혜조 언니가 영양 만점 캔을 하나 따서 그 위에 한 술 크게 얹었다. 슬금슬금 베티와 삼색이들이 다가왔다. 비닐봉지를 납작하게 펴서 그 위에 같은 방법으로 먹을거리를 만들어서는 멀찌감치 놔줬다. 삼색이들은 거기로 몰려갔지만 베티는 아비와 함께 밥그릇에 머리를 맞대고 아작아작 먹어대기 시작했다. 얼마쯤 지나자 아비와 베티가 조그맣게 으르렁거려서 따로 베티

몫으로 캔에서 간식을 덜어줬다. 간식을 골라 먹고 사료만 남자 먹는 데 흥미를 잃은 아비가 데굴데굴 뒹굴며 아아앙거렸다. 혜조 언니와 내가 아비를 쓰다듬자 희연 언니도 조심스레 몸을 수그리고 아비 등짝을 쓰다듬었다. 매끄러운 털 아래 아비 몸뚱이의 탄력이 전해졌다. 아비는 명랑하고 느긋한 기질에 영리했다. 우리에게 몸을 맡기면서도 예감이 이상한지 다른 날과 달리 자동차 범퍼 밑을 벗어나지 않았다. 아무래도 희연 언니는 아비한테 반한 것 같았다. 희연 언니한테 베티가 애틋했다면 아비는 근사한 모양이었다. 아비의 울음소리는 사랑을 듬뿍 받고 자란 고양이의 그것이었다.

"이렇게 예쁜 애를 왜 버렸을까?"

희연 언니가 물었다.

"유기한 게 아니라 잃어버린 거 같아."

혜조 언니가 말했다.

"잃어버렸으면 왜 찾지 않는 걸까요? 얘는 제가 밥을 주기 시작한 지난가을에도 여기 있었어요. 〈고양이웃네〉에서 아비시니안 잃어버린 사람 있나 찾아봤는데 없더라구요."

혜조 언니는 고양이를 길러도 고양이 카페 같은 게 있는 줄 모르는 사람이 많다고 했다. 그래, 그럴 수도 있겠다.

"얘 혹시 이 동네 어느 집에서 외출 고양이로 키우는 거 아닐까요?"

"그건 아닌 것 같아. 외출 고양이라면 저렇게 꼬박꼬박 여기

와서 먹성 좋게 먹을 리 없거든."

"그건 그래요. 쟤 무지 잘 먹어요."

혜조 언니의 말에 동의하며 깔깔 웃었지만 자꾸 마음이 울적하고 뒤숭숭했다. 베티는 이제 기회를 잃은 건가? 애초에 희연 언니가 데리러 온 것은 아비니까 일단 아비를 잡아야겠지. 어쩌면, 제임스란 사람, 잘산다니까, 희연 언니도 베티를 맘에 들어 했으니까, 어쩌면 베티도 함께 키워줄지 몰라.

멀리 가지 말고 여기로 와

아비는 완전히 마음이 풀렸는지 자동차 밑에서 나와 꼬리를 높이 세우고 어슬렁거리다가 아아앙 울면서 내 발등에 머리통을 비볐다. 혜조 언니가 바퀴 달린 가방 지퍼를 열자 경계하는 눈빛이 됐지만 가방 옆에 간식 캔을 놓자 슬렁슬렁 다가갔다. 아비가 간식에 입을 대기 시작하자 혜조 언니가 그 옆에 쪼그려 앉았다. 아비의 등을 몇 번인가 쓰다듬다가 아비의 얼굴에 후닥닥 수건을 덮어씌워 가방에 넣고 지퍼 문을 닫는 데 성공한 혜조 언니. 와우, 이제 됐다! 그러나 바로 그때, 굳게 잠긴 줄 알았던 지퍼 문의 살짝 벌어진 틈새로 아비가 고개를 삐죽 내밀더니 냅다 튀어나가는 것이었다. 아아아! 내 잘못이 컸다. 손 놓고 가만 지켜보고 있을 게 아니라 불쑥 튀어나오는 아비의 머리통을 밀어넣고 지퍼를 단단히 채웠어야 했다. 내 반사신경이 신통찮은데다가, 그 문은 이중 잠금장치인 똑딱 단추만 아물린 상태였는데 혜조 언니가 그걸 깨닫고 가방에 달려들려는 그 0.1초의 짧은 순간, 가방을 차고 나가는 힘차고 날쌘 아비의 서슬이 너무나도 시퍼랬다. "이게 뭐야, 뭐하는 짓이야!" 하는 기색이 여실한 뒤태를 보이며 훌쩍 떨어져간 아비. 화가 난 듯도 하고 신이 난 듯도 한 얼굴로 우리를 돌아봤다. 장난인지 아닌지 가늠이 안 되는 모양이었다. 내가 아비를 향해 걸음을 옮기자 아비는 뒷걸음질쳤다. 그러고는 돌아서서 "약 오르지?" 하는 듯 의기양양하게 꼬리를 곧추세운 채 뒤를 힐끔거리며 내가 걷는 그만큼씩만 걷더니 어디론가 사라져버렸다. 등 뒤에서 혜조 언니가 클클클 웃었다. 우리는 아비가 사라진 어두운 골목을 내려다봤다. 닭 쫓던 개 지붕 쳐다보듯이.

"아비가 다시는 안 나타나면 어떡하죠?"

"걱정 마. 밥 주는 데는 오게 되어 있어. 그리고 아비 쟤, 전혀 겁먹지 않았어."

돌아오니 베티가 담벼락에 머리통을 기대고 앉아 쓸쓸히 우리를 바라보았다.

"언니, 베티한테 간식 좀더 주세요."

혜조 언니가 캔 속 간식을 싹싹 긁어 그릇에 옮겼다. 그것을 들고 베티에게 다가가자 베티가 머리통을 담벼락에 비볐다.

"베티, 이거 먹고 얼른 가서 자."

고개를 수그린 채 간식을 먹는 베티의 머리통을 쓰다듬어줬
다. 베티, 춥다. 넌 어디 가서 자니?

"오늘은 이만 철수하자. 아비, 고놈 참 잘생겼네."

비탈길을 내려가면서도 희연 언니는 거듭 아비 잘생겼다고 감
탄했다.

"내가 시간 내서 날을 한 번 더 잡을게."

"응, 내가 제임스한테 말해둘게. 나 없는 동안 아비 잡게 되면
연락해."

빈 택시가 오자 희연 언니 혼자 올라탔다. 택시가 떠난 뒤 물
었다.

"희연 언니랑 같은 동네에 사는 거 아니었어요?"

"언니는 홍대 앞에 살아."

"그렇구나. 난 희연 언니도 한남동에 사는 줄 알았어요."

아니라며 고개를 젓는 혜조 언니가 품에 안아들고 있던 골판
지 박스를 길가 쓰레기통 옆에 내려놨다. 언니와 나는 지하철역
을 향해 걸었다.

"다음에 베티가 잡히면 희연 언니가 데려가겠죠?"

"아니."

"왜요? 희연 언니가 베티를 마음에 들어했잖아요."

"그건 아비를 보기 전 얘기지. 나 같아도 아비한테 마음이 쏠
리는걸."

"아, 언니도요?" 힘이 빠졌다.

"희연 언니는 품종 가리지 않는다고 했잖아요."

"그것도 아비를 보기 전 얘기라니까."

"제임스가 아비도 베티도 다 거둬줄 수는 없는 걸까요?"

"글쎄…… 그게 그렇게 쉬운 일은 아니니까. 에휴, 다 베티 팔자야."

생각할수록 안타까운 노릇이었다. 베티를 먼저 데려갔더라면, 그리고 그다음이 아비였다면 얼마나 좋았을까.

"언니 오늘 고생 많으셨어요. 고마워요, 정말."

"응, 너도 고생 많았어."

혜조 언니가 손을 흔들며 역 계단 아래로 걸어내려갔다. 지하철역 천장에 매달린 모니터를 보니 9시 2분이었다. 편의점 근무 시간까지는 두 시간쯤 남았다. 집에 들르기에는 어중간한 시간이었다. 편의점 창고에서 책이나 읽을까. 하지만 편의점에 가면 근무시간이 아니어도 알아서 도울 일이 많다. 한창 바쁜 시간이 지났다고 해도 빠진 물품 채우고 주문하고 테이블 정리하다보면 곧 근무시간이 될 게 뻔하다. 오늘은 그럴 기분이 아니다. 내 발은 어느새 고양이 비탈을 향해 걷고 있었다. 바람은 잦아들었지만 쌀쌀한 기운이 자욱했다. 흐린 하늘에 플라스틱 빗처럼 생긴 초승달이 비스듬히 걸려 있었다. 낯선 고양이 한 마리가 자동차 앞에서 비탈 터줏고양이들이 남긴 사료를 먹다 고개를 쳐든다. 의심 가득한 동그란 얼굴로 하시라도 달아날 태세다. 회색 줄무늬 고등어 고양이인데 비쩍 말랐다. 사료를 더 주려고 다가가자

후닥닥 자동차 밑으로 깊이 숨는다. "고양이 밥을 주니깐 온갖 고양이들이 다 모여들고 나도 죽겠다고! 다른 사람들한테 폐라는 생각도 좀 해야지!" 따지고 보면 부녀회장 할머니의 말씀이 영 틀린 것만은 아니다. 하지만 대개 지나가는 고양이들 아닌가. 가는 길에 어렵사리 밥 한 끼 먹는 것이다. 그리고 어디에서도 먹이를 구하지 못하는 날이 길어지면, 그 어느 날 그 어디선가 무지개다리를 건너고 마는 것이다.

멀리 가지 말고 여기 와 밥을 먹으렴. 잠자리는 다른 곳에 구하고 지금처럼 캄캄할 때 살짝 와서 밥만 먹고 가렴. 여기는 너희를 싫어하는 무서운 할머니가 살고 있단다.

비쩍 마른 떠돌이 고양이를 만나니 가슴이 더 휑했다. 이렇게 휑할 때면 〈고양이웃네〉에 들어가는 게 최고다. 나는 피시방에 가서 〈고양이웃네〉에 접속했다. 쪽지가 한 통 와 있었다. 전설 아저씨다. "햇살아, 영양 보충 시켜줄게. 7시 털보네, 콜? 주먹고기 구워먹자."

〈고양이웃네〉에서 내 닉네임은 햇살돛단배다.

고양이웃네

〈고양이웃네〉를 알게 된 건 3년 전 이모네 집에 살 때부터다. 어느 봄날이었다. 아마 일요일이었을 것이다. 나는 엘리베이터

34

를 기다리고 있었다. 문이 열리자 등산복 차림의 이모네 가족이 들뜬 기색으로 나왔다. 벙글벙글 웃던 이모부가 나를 보더니 인상을 썼다.

"다 저녁에 니 어디 가노? 가시나가!"

"잠깐 바람 좀 쐬고 오려고요."

"화열아, 얘 좀 봐!"

은경 언니가 안고 있던 분홍색 케이스를 치켜들었다. "고양이야, 고양이!" 은경 언니가 좋아서 어쩔 줄 모르자 이모부도 다시 싱글벙글 웃으며 "터키시 앙고라다!" 소리쳤다. 이모부는 노란색 플라스틱으로 만든 예쁘장한 개집 같은 것을 안고 있었다. "화열아, 저녁 먹고 나가." 이모가 내 팔짱을 끼며 슬그머니 나를 이끌었다. 슬쩍 은경 언니가 안고 있던 분홍색 케이스를 쳐다봤다. 고양이, 고양이, 툭하면 고양이 타령을 하던 은경 언니에게 대학에 합격하면 고양이를 기르게 해주겠다고 약속했던 이모부였다. 이모부가 바란 대로 은경 언니는 이모가 나온 한 여자대학의 법대에 들어갔다.

분홍색 케이스를 열자 하얀 털북숭이 새끼고양이가 발발 기어나왔다. 너무너무 귀여웠다. 한쪽 눈은 파란색이고 다른 한쪽 눈은 초록색이었다. "오드 아이야. 너무 예쁘지?" 은경 언니가 콧등에 주름이 잡힐 정도로 웃으며 좋아 죽겠다는 표정을 지었다. "응, 예뻐! 어디서 샀어?" 나는 고양이한테 눈을 떼지 못한 채 물었다. 주위를 살살 둘러보던 새끼고양이가 이리저리 도도도

뛰어다녔다.

"1동 앞 동물병원에서."

"50만 원짜리다, 갸가! 60만 원 달라는 거 깎았다! 다른 데는 더 비싸다 카더라."

이모부는 쩌렁쩌렁 큰 소리로 고하고 곧장 욕실로 들어갔다. "이거 여기다 놓으면 되겠지?" 이모가 베란다에서 소리치자 "응!" 하며 은경 언니가 쫓아갔다. 도도도 새끼고양이도 따라갔다. 이모부가 안고 있던 그 노란색 플라스틱 통은 고양이 집이 아니라 고양이 화장실이었다. 그 안에 모래를 부어두면 고양이가 들어가 알아서 배설을 한다고 했다. 은경 언니가 고양이 그림이 그려진 깡통을 따서 안에 든 것을 사기그릇에 쏟아주자 새끼고양이는 코를 박고 먹었다. 흐느끼는 듯 냥냥냥 소리를 내며. 마치 "이런 맛 처음이야! 너무너무 맛있어!"라는 것 같았다.

은경 언니는 새끼고양이 이름을 도도라고 지었다. 그리고 고양이를 키우는 친구가 소개해준 카페 〈고양이웃네〉에 가입했다. 닉네임은 '도도사랑'. 나는 은경 언니가 가르쳐준 아이디와 비밀번호로 이따금씩 〈고양이웃네〉를 기웃거렸다. 은경 언니가 도도 사진을 올린 글에는 "꺄꺄!" 하는 댓글이 줄줄 붙곤 했다. 그만큼 도도는 예쁜 고양이였다. 이런 댓글도 자주 붙었다. "아빠가 고양이를 예뻐하신다니 얼마나 좋을까요! 우리 아빠가 딱 그 반만 됐으면……" "도도사랑님 아빠, 만세!" 〈고양이웃네〉에 들어가서 나는 주로 고양이들의 사진을 봤다. 온갖 고양이들이 거기 다 모여 있었다. 저마다 내 마음을 간질였다. 고양이가 이렇게 사랑스러운 동물이었구나!

도도는 우리 모두의 사랑을 듬뿍 받았다. 이모는 퇴근해 돌아오자마자 "우리 막내 어디 있나?" 하면서 도도를 찾았다. 이모부도 소파에 누워 텔레비전을 볼 때 머리맡에 도도가 앉으면 머리통을 쓱쓱 쓰다듬어주곤 했다. 그러고는 반드시 도도를 쓰다듬은 손가락을 비비면서 자신의 가슴팍을 내려다봤다. "고양이라는 게 귀엽긴 하네. 털만 안 날리면 좋겠구만." 동물을 집 안에 들인 게 생전 처음이라는 이모부였다.

이모의 하루 일과 중 가장 큰 일은 이모부 양복에 고양이의 흰 털이 한 오라기라도 붙지 않도록 관리하는 거였다. 그러나 이모와 내가 하루에 몇 차례씩 털을 빗겨주고 청소기를 돌려도 떠돌아다니는 고양이털을 다 잡아내지 못했다. 이모부의 입에서 도도를 향해 점점 험한 말들이 쏟아졌다. "도도, 식탁에 올라가지 못하게 해라!" 이모부는 특히 식탁 유리에 털이 묻어 있는 걸 질색했는데 도도는 유독 식탁 유리 위에 앉아 있기를 좋아했다. 이모와 이모부 사이에 언성이 높아지는 일이 잦아졌다. 도도가 원인이었다. 이모부가 집에 있을 때면 다들 긴장을 풀 수가 없었다. "내가 아주, 데려온 자식이라도 이렇게 눈치 보며 살지는 않을 거야." 이모가 한숨을 쉬며 도도를 동물병원에 데려가 털을 싹 밀어줬다. "하하하, 저게 뭐꼬? 완전 쥐새끼맹쿠로!" 너털웃음을 터뜨리던 이모부가 몇 날이나 잠잠했을까. 얼마 안 가

은경 언니에게까지 도도의 털을 집어올려 보이며 투덜투덜 화를 냈다. "니, 고양이 관리 제대로 안 할 거믄 치와뿌리라!" "아이, 아빠는!" 그때마다 은경 언니가 제 아빠에게 눈을 흘겼다.

하는 수 없이 캣타워랑 방석이랑 밥그릇이랑 도도의 살림살이를 다 베란다에 옮겼다. 이모부가 집에 있을 때면 베란다 문을 굳게 닫는 것을 잊지 않았다. 고양이 한 마리가 지내기에는 넉넉한, 비교적 넓은 베란다였다. 나무와 화초가 잘 자라고 있는 화분도 많고, 잡동사니를 두는 책장도 있었다. 도도는 캣타워 꼭대기에 올라앉아 창밖을 내다보거나 볕을 쬐거나 때론 졸았다. 그래도 이따금 눈치 없이 유리문을 긁으며 안으로 들여보내달라고 야옹거렸다. 그럴 때면 내가 베란다로 나가 놀아줬다. 도도가 딴살림을 난 뒤 이모부는 나름의 안정을 찾았는지 가끔 비싼 고양이 장난감을 사들고 오기도 하는 등 너그러워졌다.

그러나 그 평화는 얼마 안 가 깨졌다. 어느 여름날이었다.

안녕, 도도!

이모와 이모부가 등산을 다녀왔으니 그날도 일요일이었을 것이다. 은경 언니와 나는 배달시킨 냉면을 먹고 있었다.

"아유, 더워!"

이모가 손부채를 부치며 거의 비명을 질렀다.

"아이고, 덥다! 우리 딸내미들 덥지 않았나? 맛있는 거 먹네!"

목덜미의 땀을 훔치며 이모부가 어깨를 기울여 내동댕이치듯 배낭을 내려놨다.

"응, 냉면. 아빠, 국물 좀 마시세요. 시원해."

"오냐, 오냐. 옷 좀 갈아입고."

이모부가 호쾌하게 안방 문을 열고 들어서기가 무섭게 쩌렁쩌렁 고함 소리가 났다. "저노마가, 저거! 저게 미친 거 아이가!" 가슴이 철렁해서 달려갔다. 이모부가 가리키는 곳을 보니 하얀 침대 시트에 흥건히 젖은 자국이 있고 그 가운데 고양이 똥이 동그마니 놓여 있었다. 이런! 침대 끄트머리에 앉아 있는 도도를 향해 이모부가 몸을 날렸다. 그와 동시에 "아빠!" "여보!" "이모부!"를 외치며 우리도 이모부를 향해 몸을 날렸다. 도도는 안방과 베란다 사이에 열려 있는 유리문을 통해 달아났다.

"저거, 버릇을 고쳐야 한다!"

말리려 달라붙는 우리를 어깨를 휘둘러 떨쳐내고 이모부는 도도를 쫓았다. "아빠 아빠 아빠!" "여보 여보 여보!" 외치며 우리가 그 뒤를 따랐다. 이모부는 책장 구석에 웅크려 숨어 있던 도도를 날름 잡아 들어올렸다. 겁에 질린 도도가 "야옹!" 울며 이모부의 손을 할퀴는 순간 이모부가 도도를 내던졌다. 꽁무니로 찍찍 물찌똥의 포물선을 그리며 도도는 날아 "켁!" 소리와 함께 벽에 부딪쳐 떨어졌다. 이 모든 게 순식간에 벌어진 일이었다.

"아빠아!" 은경 언니가 울면서 도도에게 달려갔다. "미쳤어요?" 이모가 이모부의 등을 마구 때렸다. 이모부는 당황한 얼굴로 "버릇을 가르쳐야 한다니까" 중얼거리더니 "저노마가 내 손을 할퀴었다 아이가? 이 피 좀 봐라!" 하며 손등을 내밀었다. 아무도 이모부의 손등을 보지 않았다. 도도는 엉엉 우는 은경 언니의 품에 안겨 "이야옹, 이야옹" 흐느껴 울었다.

"저 경상도 남자, 여자랑 동물이랑 막 대하는 거 보면 만정이 뚝 떨어진다니까!"

이모가 냉장고에서 찬물을 꺼내 벌컥벌컥 마시며 씩씩대자, 어깨를 떨구고 식탁 의자에 앉았던 이모부가 변명했다.

"세게 던지지는 않았다 아이가? 그쟈?"

도도를 껴안고 베란다 바닥에 쪼그려 앉아 있던 은경 언니가 울먹거리며 소리쳤다.

"나, 도도 데리고 집 나가 살 거예요!"

이모부도 버럭 소리를 질렀다.

"뭐라? 경아, 니 말 다 했나? 아빠랑 도도랑 누가 더 중하노?"

은경 언니는 아무런 대꾸도 하지 않고 벌떡 일어나더니 고양이 이동장에 도도를 넣었다. 그러고는 도도와 마찬가지로 대학 입학 선물로 받은 루이비통 핸드백을 찾아 어깨에 멘 채 이동장을 들고 쿵쿵거리며 현관으로 걸어갔다.

"니 어디 가노?!"

"병원 가요. 뼈가 부러졌는지 내장이 터졌는지 검사해봐야지요!"

이모부의 고함에 은경 언니는 쌀쌀맞게 대꾸했다. 나도 언니를 따라나서는데 등 뒤에서 이모부가 한탄했다.

"에이, 괜히 괭이 새끼 한 마리 땜에 식구들 인심 다 잃고 이기 뭐꼬?"

엑스레이와 초음파 검사를 했다. 다행히 도도는 다친 데가 없었다. 그래도 많이 놀랐을 테니 한동안 토할지도 모른다고 의사 선생님이 주사를 두 방 놔줬다. 하나는 위를 진정시키는 거고 하나는 간 수치를 낮춰주는 거라고 했다. 그날 밤 〈고양이웃네〉에 접속한 은경 언니가 베테랑 멤버에게 이것저것 궁금한 것을 물어봤다. 고양이들은 갑작스러운 환경의 변화로 불안과 불만이 생기면 스트레스를 심하게 받아 침구나 옷 위에 배설을 한다고 했다. 우리는 베란다 문단속을 더 단단히 하고 이모부와 도도가 부딪치지 않도록 조심했다. 이모부가 거실에 있을 때 행여 도도가 유리문을 박박 긁을까봐 가슴 졸이면서.

결국 도도는 8월이 가기 전에 다른 집으로 보내졌다. 고등학교 국어 선생님인 이모가 개학을 맞아 학교에 간 첫날이었다. 회식이 있어서 늦게 돌아온 이모가 내게 은경 언니 방으로 와보라고 했다. 이모보다 한발 앞서 집에 온 은경 언니는 아직 외출복 차림인 채였다.

"말도 안 돼! 말도 안 돼!"

은경 언니는 침대에 걸터앉아 발을 동동 구르며 그 말만 되뇌고 있었다.

"고양이가 집 안에서라도 저 가고 싶은 데 가고, 있고 싶은 데 있고, 그러면서 살아야지 이게 뭐니?"

술을 한잔 걸치신 듯 이모의 발음이 살살 샜다.

"김은자 선생님, 고양이 무지 좋아하셔. 남편도 고양이 이뻐하구. 도도, 우리 집에서보다 그 집에서 훨씬 행복하게 살 거다."

김은자 선생님은 이모네 학교에서 세계사를 가르치는 분이셨다. 이모와 가장 가까운 동료인데 키우던 고양이를 잃은 게 얼마 전이라고 했다.

"도도랑 똑같은 터키시 앙고라였는데 12년 키웠단다. 신우염인가 신장염으로 죽었다는데 선생님 남편이 며칠 동안 식음을 전폐했대. 어찌나 슬퍼하던지 정작 김선생님은 슬퍼할 겨를조차 없었다지 뭐니."

"흑흑, 도도! 도도!"

은경 언니가 발을 구르며 울어대기 시작하는데 방문이 열리더니 이모부가 고개를 불쑥 들이밀었다.

"똑똑, 똑똑, 들어가도 되나? 나 빼고 무슨 쑥덕공론이고? 경아, 니, 왜 우노?"

"도도 다른 집 보내려고요! 속 시원해요?"

이모가 쏘아붙였다.

"왜? 나 도도랑 잘 지낸다! 왜 내 평계를 대노?"

이모부가 억울한 목소리로 항변했다. 지금은 물러나 있으라는 듯 이모가 팔을 휘휘 저었다. 이모부가 "흠흠" 헛기침을 하며 문을 닫았다.

"공부를 하는 건지 놀러 다니는 건지 너는 만날 늦게 들어오고, 도도 치다꺼리는 화열이가 다 하잖아. 이제 화열이도 본격적으로 대학 갈 준비를 해야 하는데."

"웬 변덕이 나서 도도를 들였지만 네 아빠, 어려서도 동물을 키워본 적 없어. 게다가 우리가 마당 있는 집에 사는 것도 아니고. 아파트에서는 네 아빠, 동물이랑 같이 못 지낼 사람이야."

"도도가 아직 어리고 한창 예쁠 때 보내는 게 좋을 것 같아. 그래야 그 집 식구랑 정도 더 들 테고. 김은자 선생님 댁같이 조건이 딱 맞는 집이 있어 얼마나 다행이니? 아는 집이니까 보고 싶으면 아무 때나 가서 볼 수 있고."

이모는 오래도록 조곤조곤 은경 언니를 설득했다.

"도도한테 미안해서 어떡해? 불쌍한 도도!"

은경 언니는 눈물범벅이 돼 징징댔다.

"베란다에서 저렇게 갇혀 사는 게 진짜 불쌍한 거야. 그 집에 가면 도도 복 터진 거라니까."

그렇게 도도는 떠났다. 자연히 〈고양이웃네〉에 들어가는 일도 뜸해졌다. 그리고 만 18세가 된 지난해 여름, 나는 〈고양이웃네〉에 가입했다. 저녁 근무를 하러 편의점을 향해 걷다가 문득 에두른 골목에 접어들었을 때, 비탈길에서 한 고양이와 눈이 마주친 뒤.

철없는 엄마

엄마는 내게 좋은 사람이었다. 좋은 엄마였다. 어여쁘고 다정한. 그러나 내가 눈에서 보이지 않으면 엄마는 나를 잊었다.

초등학교 1학년 때였다. 스쿨버스에서 내려 집으로 걸어가는데 저 앞에서 엄마가 "화열아!" 부르며 손을 흔들었다. 하얀 민소매 원피스를 입고 커다랗고 새하얀 구슬백을 든 채 머리를 장미꽃처럼 틀어올린 엄마가 내게로 춤추듯 걸어왔다. 낡은 건물이 양편에 늘어선 거리에서 엄마는 구름 사이로 비치는 햇살처럼 환했다. 나는 깡충깡충 뛰어가 엄마에게 안겼다.

"엄마, 어디 가?"

"응, 우리 화열이랑 놀러 가지!"

"정말?"

생글생글 웃는 엄마 얼굴에 팬 보조개가 아득히 깊었다. 나는 엄마 손을 잡고 택시에 올랐다. 우리는 쇼핑몰로 향했다. 그곳 2층에 내가 좋아하는 이태리 식당이 있었다. 나는 그 집 토마토 스파게티라면 자다가도 벌떡 깰 정도였다. 엄마는 토마토 스파게티와 밀크셰이크를 시켰다.

"엄마는?"

"엄마는 밥 먹었어."

엄마가 포크로 미트볼 두 개를 각각 네 조각으로 자르는 걸보면서 나는 밀크셰이크를 마셨다. 엄마는 스파게티 접시를 내 앞으로 밀어준 뒤 가방에서 손수건을 꺼내 손을 닦았다. 가장자리에 레이스가 달린 하얀 손수건이었다. 엄마는 손수건을 다시 가방에 넣으면서 이번에는 휴대폰을 꺼내 액정에 얼굴을 이리저리 비춰보았다. 커다란 은빛 모토로라 휴대폰이었다. 나는 포크로 돌돌 말아 스파게티를 먹으면서 식당을 빙 둘러보았다. 가게가 꽤 넓었는데 다닥다닥 놓인 테이블마다 사람들이 가득이었다. 단정한 정장 차림에 쟁반을 한 손에 든 종업원 오빠가 빠른 걸음으로 우리 곁을 지나다 힐끔 엄마를 쳐다봤다. 그 순간 나와 눈이 마주친 그가 민망했는지 찡긋 한쪽 눈을 감아 내게 윙크를 했다.

식당을 나온 엄마가 내 손을 잡고 또각또각 소리 나게 걸었다.

"화열이 수영 좋아하지?"

"응."

"그럼 우리 수영장 갈까?"

"와!"

나는 엄마 손을 놓고 에스컬레이터로 뛰어갔다. 쇼핑몰 지하에 수영장이 자리하고 있었다. 엄마가 수영장 매표구에서 입장표와 열쇠를 받는 사이 나는 급한 마음에 먼저 탈의실로 들어가 책가방을 내려놓고 교복을 벗었다. 뒤따라온 엄마가 가방에서 수영복이랑 수영 모자랑 물안경을 꺼내줬다. 수영복에 수영 모자에 물안경까지 제대로 갖춘 나는 샤워실로 들어가 몸에 물을 끼얹고 나왔다. 엄마는 하얀 민소매 원피스 차림 그대로였다. 엄마가 내 오른쪽 발목에 사물함 열쇠 밴드를 끼우더니 비치 타월을 건넸다.

"화열아, 한 시간만 수영하고 있어. 나 친구 좀 만나고 올게. 뭐 먹고 싶은 거 있으면 매점 아줌마한테 열쇠 보여주고 달라고 해. 알았지?"

가만, 이럴 줄 알았던 것 같기도 했다.

"응, 엄마 빨리 와."

"그래. 금방 갔다 올게. 준비운동 잊지 말고 너무 오래 물에 들어가 있지도 말고."

"한 시간이면, 지금이 1시 30분이니까 2시 30분까지는 오겠네?"

내가 탈의실 벽에 걸린 동그란 시계를 보며 다짐을 받자 엄마는 까르르 웃었다.

"아유, 똑똑한 우리 딸! 그래. 근데 차가 밀리면 조금 늦을지도 몰라."

엄마가 내 엉덩이를 퉁, 하고 밀었다. 풀장으로 통하는 문을 열자 물 소독약의 파란 냄새와 함께 먹먹한 울림이 훅 끼쳐왔다. 나는 다이빙대로 종종걸음 쳤다.

풀에는 사람들이 많았다. 시간이 갈수록 점점 늘어나는 듯했다. 특히 물이 얕은 곳으로는 더 많이들 모여들었다. 나는 다이빙대 아래 초록빛으로 비치는 깊은 물속에서 몸을 뒤집었다 비틀었다 뒹굴뒹굴 굴렀다. 두 팔로 물을 가르고 두 다리로 물을

46

밀어내면 매끄러운 물살이 갈라졌다 착착 감겼다. 나는 물이 좋았다. 물도 나를 좋아했다. "쟤는 물속에서도 숨을 쉬는 것 같아." 엄마가 이모에게 자랑스럽게 말하던 기억이 난다. 내가 세 살 되던 해 처음으로 수영장엘 데려갔는데 물을 보자마자 손뼉을 치며 좋아하더라나. 아빠가 내 배에 손을 받치고 물에 띄우자 사지를 파닥거리며 까르르 웃고 물장구를 치더라나. 물론 내 기억에는 없는 일이다.

나와 달리 엄마는 수영을 잘 못했다. 열심히 물장구를 쳐도 둥둥 뜨기만 할 뿐 앞으로 나아갈 줄 몰랐다. 게다가 물은 또 얼마나 튕겨대는지…… 어느 수영장에서였나, 한 시간에 한 번씩 있는, 아이들은 물 밖에 나가 쉬어야 할 시간이었다. 어른들만 계속 수영을 할 수 있었다. 수건으로 몸을 감싼 내가 아빠 옆에 앉아 핫도그를 먹으며 물속에서 헤엄치는 엄마를 보고 있었다. 갑자기 안전 요원이 휘이익! 호루라기를 불더니 엄마더러 당장 풀 밖으로 나가라는 손짓을 해댔다. 엄마가 어지간히도 물장구를 세게 쳐댔던 것이다. 엄마는 얼굴이 발개져서 물 밖으로 나왔다. 아빠가 낄낄 웃었다.

"그렇게 물보라를 치니까 애인 줄 알았을 거야."

"칫!"

그래도 수영복을 입은 엄마는 아주 예뻤다. 누구라도 한 번씩은 다시 돌아봤다. 엄마보다 열 살 위인 이모는 엄마를 종종 "우리 김지미"라고 불렀다. 김지미는 옛날 배우라고 했다. 사진을 찾아보니 말마따나 김지미는 빼어난 미인이었다. 그러나 엄마와 딱히 닮은 데는 없어 보였다.

얕은 물 쪽으로 내 또래 아이들이 많이 보여 그리로 가봤다. 어른들의 물고기 같은 다리 사이를 지나 물 밖으로 머리를 내미니 아이들이 모여 있는 그 한가운데였다. 파란 수영장 바닥에 하얀 동전과 노란 동전이 아롱아롱 흩어져 있었다. 나보다 큰 언니와 오빠들이 물에 동전을 넣고서는 누가 많이 집어오나 놀이에 한창이었다. 나는 얼른 물속으로 들어가 동전 다섯 개를 집어 나왔다. 다 큰 처녀처럼 성숙한 몸매의 한 언니가 가슴께에서 찰랑거리는 물속에 서서 내게 말했다. "너는 꼭 인어 같구나." 나는 우쭐해져서 저절로 입 끝이 올라갔다.

그렇게 동전을 던지고 집어오고 놀다가 다시금 다이빙대까지 헤엄쳐 다녀오기를 얼마나 했을까. 어느새 동전 건지기 놀이를 하던 애들이 가버리고 그 자리에서 다른 애들이 놀고 있었다. 물 밖으로 나와 비치 타월로 몸을 닦고 벽시계를 보니 3시 30분이었다.

아냐, 엄마. 토가 나올라 그래서 그래

풀장 어디를 둘러봐도 엄마는 보이지 않았다. 혹시나 하는 마음에 탈의실에도 가보고 휴게실도 여러 차례 들락거렸다. 엄마는 지각 대장이야. 휴게실 공중전화로 엄마에게 전화를 걸었다. 휴대폰 신호음이 계속 이어졌지만 엄마는 전화를 받지 않았다. 엄마가 일러준 대로 매점 아줌마한테 열쇠를 보여주고 아이스크림을 사서 먹고 있는데 풀 속에서 동전 놀이를 함께하던 아이들이 우르르 매점 안으로 들어왔다. 이미 다들 샤워를 하고 옷을 갈아입은 후였다. 그들 중에는 날더러 인어 같다던 성숙한 몸매의 그 언니도 있었다. 햄버거를 하나씩 손에 든 아이들을 이끌고 나가던 언니가 발을 돌려 내게로 와 물었다.

"아직 안 갔네. 엄마는?"

"엄마가 좀 이따 오신대요."

글쎄, 내가 부러 더 씩씩하게 대답한 것인지도 모르겠다. 언니는 "야무지기도 하지. 혼자서도 잘 노는구나. 안녕!" 하고 금세 아이들을 뒤쫓아갔다.

아이스크림의 콘까지 아작아작 다 깨물어 먹어치운 나는 화장실에 들렀다가 다시금 풀장에 들어갔다. 한 바퀴, 두 바퀴, 세 바퀴…… 아무리 헤엄쳐도 엄마는 오지 않았다. 몸이 덜덜 떨렸다. 수건으로 몸을 닦고 풀장가에 앉아 쉬고 있는데 한 아저씨가 내 옆에 와 앉았다. 하얀 얼굴에 안경을 끼고 있었다.

"너 아주 수영을 잘하더구나. 수영 선수니?"

"아니요. 수영 선수는 아닌데요."

"와! 그런데 그렇게 잘해? 팔다리도 참 길구나."

아저씨는 내 팔을 쓰다듬더니 팔오금을 꽉 눌렀다.

"왜 혼자 있니? 부모님은 어디 계시니?"

아저씨가 다정하게 물었다. 벽시계는 어느덧 5시를 가리키고 있었다.

"엄마는 쇼핑하고 계세요. 5시에 데리러 오신댔어요."

벽시계를 흘깃 본 뒤 아저씨는 주위를 한 번 둘러보더니 슬그머니 내 팔을 났다. 나는 재빨리 물속으로 뛰어들었다. 단숨에 멀찌감치 헤엄쳐간 후 고개를 내밀어보니 아저씨가 보이지 않았다. 어디 있을까 생각하는데 갑자기 아저씨가 내 코앞에서 불쑥 머리를 내밀었다. 물에 젖은 얼굴을 쓸어내리고 싱글싱글 웃으며 아저씨가 말했다.

"우리 시합할까? 아저씨도 수영 잘하거든."

나는 아무런 대답도 하지 않고 물속으로 자맥질해 들어갔다. 눈에 보이는 것은 온통 수영중인 사람들의 팔다리뿐이었다. 어디에 숨어야 하나 두리번거리는데 누군가 내 발을 쑥 잡아당겼다. 돌아보니 그 아저씨가 싱글싱글 웃고 있었다. 나는 있는 힘껏 다리를 쭉 뻗었다. 내 발꿈치가 아저씨의 턱을 쳤다. 나는 뒤도 돌아보지 않고 헤엄을 쳐 사람들이 많이 모여 있는 곳으로 가 멈춰 섰다. 그러고는 아저씨가 어디 있나 찾아보았다. 물 위도 보고 물속도 보았다. 그때 누군가 나를 불렀다.

"화열아!"

코치 오빠가 풀장 위에서 나를 향해 손을 흔들고 있었다. 나는 그리로 헤엄쳐 가서 코치 오빠가 내밀어주는 손을 붙잡고 풀

50

장 밖으로 나갔다.

"대체 언제부터 물속에 있던 거야? 입술이 아주 새파래."

나는 아저씨가 어디 있나 보려고 계속 두리번거렸다.

"그 아저씨 누구니? 아는 아저씨니?"

코치 오빠가 그 아저씨와 나를 지켜본 듯 물었다. 나는 고개를 저었다. 코치 오빠는 화난 얼굴로 눈을 매섭게 뜨고 수영장 곳곳을 노려봤다. 나는 춥고 속이 메스꺼워 입을 꼭 다물었다. 온몸이 부들부들 떨렸다.

"엄마는 어디 계시니?"

내가 아무 대답도 않자 오빠의 얼굴이 시무룩히 어두워졌다.

"화열이 혼자 샤워할 수 있지? 추우니까 얼른 샤워하고 옷부터 갈아입자."

코치 오빠가 내 손을 잡고 샤워장 앞까지 데려다줬다. 샤워장은 엄마와 아이 들로 복작거렸다. 5시 40분부터 어린이 수영 강습이 있는 터였다. 빈 샤워기를 차지하려면 꽤 오래 기다려야 했다. 나는 그냥 탈의실로 가 옷을 갈아입었다. 샤워장 밖으로 나와보니 코치 오빠가 키박스 아줌마랑 무슨 얘긴가를 나누고 있다가 내게로 다가와서 물었다.

"화열이, 집 전화번호 알지?"

알았지만 나는 고개를 가로저었다. 집에 전화를 했다가는 큰 엄마와 엄마가 싸우게 될까 겁이 났기 때문이다.

"혹시 아빠 회사 전화번호는 아니?"

이번에도 나는 고개를 가로저었다.

"나 혼자 집에 갈 수 있어요."

"정말?"

코치 오빠가 반가운 빛으로 물었다.

"걸어서 가니?"

"아뇨, 45번 버스 타면 돼요."

그러자 이번엔 코치 오빠가 고개를 저었다.

"이를 어쩐다. 난 곧 강습 들어가야 하는데……"

벽시계를 올려다보며 머리를 긁적거리는 코치 오빠 뒤로 또각 또각 구두 소리가 났다.

"화열아! 우리 화열이 재미나게 놀았어?"

엄마였다. 코치 오빠 얼굴이 환해졌다.

"어머니 오셨군요! 아이쿠, 한시름 놨네요."

"아유, 죄송해요! 차도 어찌나 밀리는지."

수영장에서 나갈 때는 틀어올렸던 엄마 머리가 풀어 늘어뜨린 것으로 바뀌어 있었다. 엄마는 꼭 아가씨처럼 보였다.

"강습 시간이 다 돼서 저는 이만 가보겠습니다. 화열아, 또 보자!"

"예, 고마워요. 얼른 들어가세요."

엄마가 생글생글 웃으며 손을 흔들었다. 꾸벅 고개를 숙여 인사를 한 뒤 코치 오빠는 성큼성큼 걸어갔다.

"이런, 화열이 머리도 다 안 말리고 나왔네. 감기 들면 어쩌려고."

엄마가 손가락으로 내 머리카락을 흩트리며 털었다. 그래, 엄마가 왔으니 이젠 되었다. 엄마는 내 손을 꼭 잡고 종종 걸었다. 수영장 복도에서 나는 엄마 손을 뿌리치고 쭈그려 앉았다.

"우리 화열이 화났어?"

당황한 엄마가 나를 따라 쪼그려 앉아서는 걱정스레 내 얼굴을 들여다봤다.

"아냐, 엄마. 토가 나올라 그래서 그래."

나는 그 자리에서 조금 토했다. "어떡하니, 어떡하니." 내 등을 두드리는 엄마의 안타까운 속삭임을 달콤하게 들으면서.

어린 엄마

엄마는 재수생 시절 아빠를 만났다. 압구정동 로데오 거리에 있는 카페에서였다. 이모 말에 따르면, 영화학과에 가고 싶어했던 엄마는 대입학원보다 모델학원에 더 열심히 다녔다고 한다. 당시 아빠는 외국계 은행 대리였다. 직장 동료들과 함께 카페에 들어선 아빠는 한 무리의 아가씨들이 까르르 웃는 소리에 눈을 돌렸다가 단번에 엄마한테 반했다. 모델학원에 다니는 늘씬하고 화려한 아가씨들 속에서 청순한 얼굴의 자그마한 엄마를 보자마자 가슴이 찌르르 아프더니 쿵쾅쿵쾅 뛰었다고. 엄마 역시 키가 훤칠하고 눈이 맑은 아빠가 싫지 않았던 모양이다. 무엇보다도 아빠의 목소리가 좋았단다. 큰엄마 말에 따르면, 직장 확실하고 돈도 잘 쓰는데다 인물까지 훤하니 부잣집 아들인 줄 알고 엄마가 아빠를 잡았다나.

"버젓한 5층 건물 가진 한의원집 아들이니까 꽤 사는 줄 알았겠지. 다 빛 좋은 개살구인 줄 모르고."

할아버지가 뇌졸중으로 쓰러졌을 때 큰엄마가 문병 온 친척 아줌마한테 얘기하는 걸 우연히 엿들은 적이 있다.

"우리 서방님은 화열이 엄마가 다 망쳐놨어."

아빠의 선물 공세가 엄마 마음을 잡는 데 크게 작용하긴 했을 것이다. 그렇더라도 재수를 하다 말고 결혼을 결심했다는 건, 그만큼 엄마도 아빠를 사랑했다는 증거 아닐까? 엄마를 끔찍이 아꼈던 외할아버지는 결혼을 반대했지만 끝내 작은딸을 말리지 못했다. 결국 외할아버지는 엄마의 결혼식 날짜가 잡히자 "쟤가 나를 배신했어!" 외치더니 자리보전하고 닷새 동안 식음을 전폐했다. 반면 결혼식장에 온 아빠 친구들은 입이 함박 벌어진 채 기쁨을 감추지 못했다고 한다. 신부 친구들이 푸릇한 스무 살이었으니까.

아빠와 엄마는 아빠 직장에서 가까운 압구정동에 신접살림을 차렸다. 신혼 초에 엄마는 할아버지를 비롯한 시집 식구들로부터 귀여움을 독차지했다. 큰엄마가 말했다.

"장점이 많은 사람이긴 했어. 어린 사람이 속이 트이고 인정 많고 행동거지 나긋나긋하고."

그토록 살가웠으니 시아버지도, 손윗동서인 큰엄마도 엄마를 반겼을 것이다. 두 분 다 작은며느리이자 아랫동서인 우리 엄마가 큰집에 자주 들르지 않는 걸 섭섭하게 여길 정도였으니까. 그러나 엄마는 눈에 보이지 않으면 뭐든 금세 잊어버리고 사는 사람이었다.

내가 다섯 살 때, 엄마와 나는 할아버지 댁으로 들어갔다. 결혼 후 아빠는 다니던 은행을 그만두고 몇 가지 사업을 벌였지만 차례차례 다 실패하고 말았다. 그리고 어느 날 집에 돌아오지 않았다.

"멀쩡히 잘 다니던 은행 그만두고 사업을 벌였던 건 화열 엄마 사치를 감당 못해서 그런 거죠. 사업 아무나 하나. 아유, 말도 못 해요. 그러잖아도 고모가 들어먹어서 껍데기만 남은 참이었는데 서방님 사업 자금 대야 한다며 건물도 저당 잡히고, 우리 친정에서도 돈 빌리고 했어요. 그거 아직도 못 갚았어요. 내가 친정 식구들 앞에서 얼굴을 못 들어요."

역시 큰엄마 말씀이다. 엄마는 아빠가 '일 벌이는 걸' 말렸다고 했다. 그리고 외갓집과 이모네서도 돈을 많이 빌렸는데 못 갚았다고 했다. 아빠가 원래 통이 커서 직장 생활을 길게 못 할 사람이었다고도 했다.

운이 없는 사람이기도 하고 계획이 없는 사람이기도 한 아빠는 사채업자한테도 아주 큰 빚을 졌다. 집에 돌아오지 않는 아빠 대신 무섭게 생긴 아저씨들이 매일같이 집에 찾아왔다. 내내 울다 지친 엄마는 병이 났다. 엄마의 작은 자동차에도 피아노에도 텔레비전에도 장롱에도 빨간딱지가 붙었다. 엄마와 나는 빨간딱지가 붙지 않은 짐을 꾸려서 할아버지 댁으로 갔다. 할아버지도 아빠 걱정으로 몸져누워 계셨다. 눈물을 글썽이며 엄마와 나를 끌어안아주던 큰엄마가 우리를 옥탑방으로 데리고 올라갔다.

"대충 준비했어. 좀 쉬고 내려와."

큰엄마가 나간 뒤 엄마는 침대에 몸을 던졌다. 내가 다가가자 엄마가 엎드린 채 팔을 뻗었다. "화열이 이리 와." 엄마가 나를 끌어당겼다. 엄마 곁에 바짝 붙어 누운 나는 팔로 엄마 허리를 꼭 감았다. 그렇게 엄마와 나는 잠이 들었다.

세상에 드문 두 사람

한 달이 지나고 두 달이 지나도 아빠는 오지 않았다. 1년이 지나도 오지 않고 2년이 지나도 마찬가지였다. 내가 초등학교에 들어갈 때가 되자 엄마는 큰엄마에게 나를 사립학교에 보내겠다고 했다.

"그럴 형편이 아니잖아."

큰엄마가 딱한 표정으로 고개를 저었다. 엄마는 그보다 더 세게 고개를 저었다.

"형님한테 폐 안 끼쳐요!"

내 학교 문제로 큰엄마와 엄마는 한동안 다퉜다. "참, 정신 못 차리고. 아무튼 그 허영!" 큰엄마가 혀를 끌끌 찼다.

내 학비는 이모가 내줬다. 사돈네 신세를 너무 져서 면목이 없다며, 가끔 큰아빠 모르게 큰엄마가 엄마한테 두툼한 봉투를 건네기도 했다. 내가 4학년이었던 해 가을에 엄마와 나는 할아버지 댁을 떠나 효자동으로 이사했다. 아래층에 빵집이 있는 적산가옥의 2층이었다. 공립학교로 나를 전학시키는 날 아침에 엄마는 울었다.

엄마는 직장을 제대로 다닌 적이 없었다. 그러나 엄마는 돈을 벌어야만 했다. 할아버지 댁에 산 지 1년쯤 뒤에 큰엄마가 "화열이는 내가 잘 건사할 테니까" 하며 아는 회사의 비서 자리를 구해줬다. 엄마는 일주일 만에 그만뒀다. 그것이 아마도 엄마의 가장 긴 직장 생활이었을 것이다.

"형님은 몰라요. 출퇴근할 때 버스 안이 얼마나 붐비는데요. 제가 아직 기력이 없어요."

엄마가 슬픈 목소리로 말했다.

"내가 진짜 속이 터져서. 버스로 10분 거리도 못 다닌다면 어떡하자는 거야?"

큰엄마가 한숨을 푹 쉬었다.

"일도 저한테 안 맞고요. 근무시간도 너무 길고……"

"참, 나 같은 사람도 써주기만 한다면 얼씨구나 하고 다니겠네! 그 아까운 자리를! 젊은 사람이 어떻게든 살 궁리를 해야지. 화열이도 있는데."

엄마가 눈물을 글썽거리자 큰엄마는 말을 그쳤다.

"차라리 파출부 일이라도 할게요. 하루에 네 시간씩 일주일에 두 번만 하면……"

엄마가 비장한 얼굴로 말하자 큰엄마는 어이가 없다는 듯 픗 하고 웃음을 터뜨렸다.

"파출부는 아무나 하는 줄 알아? 살림의 달인이나 할 수 있는 일이라구. 동서가? 하하하!"

큰엄마가 웃자 엄마도 배시시 따라 웃었다.

"형님, 저 깔끔한 거 아시잖아요. 청소도 반짝반짝하게 하고요."

"동서가 깔끔하기야 하지. 그거야 우리 집 일 하는 거고, 돈 주고 살림 맡기는 사람들이 얼마나 지독한데. 막 부릴 텐데 힘도 세야 해. 기운 빠지는 말 그만해."

종종 다투는 듯해도 큰엄마와 엄마는 사이가 좋았다. "세상에 드문 분이야." 이모가 누누이 말했듯 큰엄마는 품이 넓었다. 물론 엄마는 온순했고.

엄마는 백화점 점원, TV 홈쇼핑 옷 모델, 이벤트 행사 안내원 등에 취직하기가 무섭게 하루 이틀이 멀다 하고 그만뒀다. 그러던 어느 날 아무래도 대학엘 가야겠다며 대입학원에 다니기 시작했다. 그 뒤부터 큰엄마 말에 따르면, "집에 붙어 있을 새가 없이" 엄마는 바삐 지냈다. 웹 디자이너가 되겠다고 컴퓨터 학원에도 등록했다. 엄마는 매일같이 늦게 들어와 새벽이 되도록 음악을 들으면서 컴퓨터 앞에 앉아 있다가 잠이 들었다. 내가 유치원에 갈 시간이 돼도 엄마는 일어나지 않았다. 큰엄마가 몇 차례나 올라와 깨우면 겨우 눈 비비고 일어나 정오가 다 돼서야 집을 나섰다. 한껏 멋을 내고서. 엄마는 다음해에 한 대학교의 미술과 개방대학에 등록해서 한동안 화구를 옆에 끼고 열심히 다녔다. 화구가 거추장스러웠는지 그도 그만둘 때까지.

늘 엄마를 감싸던 큰엄마가 결국 폭발했다. 엄마가 이모를 조르고 졸라서 낸 빈티지 숍을 두 달 하더니 문 닫았는데 그새 보증금을 다 써버린 것이다.

"그렇게 허구한 날 문을 열지 않으니 손님이 오겠어? 목도 좋은 곳이었는데."

그뿐 아니라 큰엄마가 빌려준 신용카드도 천만 원 가까이 쓰고 갚지 않았다. 할아버지가 뇌졸중으로 쓰러졌을 때, 문병 온 친척 아주머니한테 큰엄마는 이런 하소연도 했다.

"어쩜 그렇게 철이 없는지. 워낙 멋 부리기를 좋아하는 사람이고, 또 얼마나 마음이 허할까 싶어서 내줬더니만 카드를 그렇게나 긁고 다닐 줄이야."

"서방님 얘기를 들먹인 건 내 잘못이야. 하도 화가 나서. 그래도 독하지. 그길로 발을 뚝 끊더라구. 내가 여자 형제가 없어서 저를 친동생처럼 생각했는데. 암, 친동생한테도 그렇게는 못하지."

이사하던 날 큰엄마는 눈물을 흘리며 나를 끌어안았다. "우리 화열이, 자주 놀러 와야 한다." 그로부터 몇 년 뒤 할아버지가 쓰러지실 때까지 나는 큰집엘 가지 못했다.

아빠와 노래방

내가 초등학교를 다니는 동안에도 중학교에 다니는 동안에도 아빠는 돌아오지 않았다. 스무 살이 된 지금까지 아빠를 아는 사람들 중 누구도 아빠 얘기를 꺼내지 않는다. 어쩌다 멋모르는 사람이 아빠 얘기를 꺼내면 다들 어두운 얼굴로 침묵했다. 종적 묘연, 그것이 아빠다. 이따금 엄마는 비명을 지르듯 탄식했다.

"어떻게 살아 있는 사람이 이렇게 감쪽같이 사라져버릴 수가 있어? 이건 미스터리야. 신비야. 어떻게 그럴 수가 있지?"

그러면 이모는 슬픈 얼굴로 고개를 저었다. 그러면 엄마는 눈을 꼭 감고 도리질을 하며 "아니야!" 소리를 질렀다.

"밀항선을 타고 외국으로 갔을 거야. 거기서 아무도 모르게 잘 살고 있을 거야."

"그래그래, 그럴지도 모르지……"

이모가 말꼬리를 흐렸다.

"어디 남태평양 섬 같은 데서 추장 노릇을 하며 살고 있을 거 야."

엄마는 몽롱하게 중얼거렸다.

사라지기 며칠 전, 아빠는 나를 데리고 노래방에 갔다. 아빠와 난 함께 목청 높여 〈둥글게 둥글게〉랑 〈앞으로〉를 불렀다. 난 혼자 〈머리 어깨 무릎〉이랑 〈아빠와 크레파스〉도 부르고, 엄정화의 〈몰라〉랑 이정현의 〈바꿔〉도 불렀다. 엄정화랑 똑같이, 이정현이랑 똑같이 춤도 추며 불렀다.

"우리 화열이 가수네, 가수!"

아빠가 짝짝 박수를 쳤다. 아빠도 노래를 몇 곡 불렀다. 이따금 아빠는 집에서도 노래를 불렀는데 그때마다 고른 곡은 팝송이었다. 그런 아빠가 나는 너무나도 멋있다고 생각했다. "내가 저 노래에 넘어갔지 뭐야." 침대에 걸터앉아 생글생글 웃는 엄마 무릎에 얼굴을 파묻고 엎드려 있으면 엄마는 내 머리칼을 쓸며 몸을 흔들곤 했다. 둥근 스툴에 앉아 화장대를 손가락으로 두드리는 아빠의 노랫가락에 맞추면서, 거울 너머로 엄마와 나를 지그시 바라보는 아빠의 입 모양에 박자를 맞추면서.

아빠와 단둘이 노래방에 갔던 그 시간에 엄마는 미용실에서 머리에 파마 로트를 말고 있었을 것이다. "무슨 일이 있어도 나를 지켜준댔잖아, 행복하게 해준댔잖아!" 하고 아빠와 앙앙대며 말다툼을 한 끝에 "아, 몰라, 골치 아파! 머리나 하고 올 테야" 소리치며 외출을 한 뒤였으니까.

눈 쏟아지던 날

눈이 펑펑 쏟아지던 날, 혜조 언니를 처음 만났다. 그날 오전,
〈고양이웃네〉에서 전설 아저씨가 쪽지를 보냈다.

"새로 짓는 빌라 인테리어를 맡았는데 너희 동네 근처 같아.
차나 한잔 줄래?"

그만그만한 건물들 사이를 지붕으로 덮어 어두컴컴한 시장
속, 4층 건물의 3층에 있는 부엌 딸린 방 한 칸이 내가 사는 곳
이다. 주변 건물들 대부분 위층엔 살림집이 있고 1층은 점포 터
로 쓰인다. 그러나 정육점 하나, 건강원 하나, 생선 가게 몇, 참
기름과 국수를 파는 가게 몇이 명맥을 잇고 있을 뿐 대개 비어
있어 시장은 퇴락한 지 오래다. 전에는 신발 가게나 야채 가게
였다는 곳에 들어선 가내공장들을 제외하고는 인적 또한 거의
없다. 서울에 이런 곳이 다 있나 놀랄 만큼 허름한 곳인데, 그렇
지 않더라도 전설 아저씨를 내 방에 들일 수는 없는 일이다. "도
서관에 가야 해요"라고 답 쪽지를 보냈더니 전설 아저씨는 도서
관 앞으로 오겠다고 했다.

남산 숲도, 길 아래 집들도 하얗게 눈을 덮어쓰고 있었다. 발
목이 푹푹 빠질 정도로 쌓인 눈 위로 하얀 장막이 드리워진 듯
펑펑 눈이 쏟아졌다. 찻길에는 드문드문 차들이 엉금엉금 기어
다녔다. 눈의 파도를 헤치고 도서관에 도착하니 하필 휴관이었
다. 낭패한 마음에 주위를 둘러보니 문 닫힌 도서관 앞에 긴 목

62

도리로 얼굴을 감싼 한 여자가 휴대폰으로 통화를 하고 있었다. 통화를 끝낸 그녀는 우두커니 눈발을 바라보았다. 그때 하얀 눈밭에서 뭔가 어른거리더니 도서관 진입로를 가르는 화단으로 올라와 두리번거렸다. 검은색과 갈색이 섞인 카오스 고양이였다. 마침 비탈 고양이들에게 주려고 갖고 다니던 사료가 있었다. 나는 조심조심 고양이에게 다가갔다. 고양이는 달아나지 않고 구슬프게 울면서 나를 바라봤다. 그쪽은 너무 한데라 어디 눈을 피할 곳이 없나 둘러봤다. 커다란 단풍나무 아래 마른 풀덤불이 보였다. "이리 와" 손짓하며 덤불 쪽으로 걷자 고양이가 조르르 쫓아왔다. 가방에서 햇반 그릇을 꺼내 사료를 담아 내려놓았다. 고양이는 허겁지겁 먹기 시작했다.

"이런 데 고양이가 사네요? 배 많이 고팠나보네."

어느새 다가온 그녀가 말했다. 가까이서 보니 목도리에 감싸인 그녀의 생글생글 웃는 얼굴이 퍽 예뻤다.

"고양이 사료를 갖고 다니네요?"

"밥 주는 고양이들이 있어서요."

"나도 우리 집 앞 고양이들 밥 주는데."

"그래요?!"

그녀는 새끼 가진 고양이를 집에 들여 돌봐준 적이 있는데, 새끼를 네 마리 낳아서 다 입양 보냈다고 했다.

"네 마리나요? 입양 보내기 정말 힘든데!"

"그렇다던데, 나는 보낼 곳을 쉽게 찾았어요. 내가 고양이 세계 입문 단계여서 주위에 고양이 키우는 사람이 없었거든요. 떠 맡기기 좋았죠. 이제 차차 빈자리가 없어질 테죠. 그래도 한 다 섯 마리쯤은 보낼 곳이 남은 듯해요."

"그 사람들은 그걸 알아요?"

"당연 모르죠."

우리는 킬킬 웃었다. 맛나게 밥을 먹는 고양이를 내려다보며 고양이에 관한 이런저런 얘기를 나누고 있는데 전설 아저씨가 왔다.

"미안, 좀 늦었지? 폭설 때문에 길이 막혀서. 저 아래 차 세우 고 걸어왔다. 어, 고양이네!"

전설 아저씨는 그녀를 향해 어색한 듯 고개를 까딱해 보이더 니 이내 고양이에게로 시선을 돌렸다. 눈을 맞으며 고양이를 바 라보던 전설 아저씨가 부르르 몸을 떨며 도서관에 들어가자고 했다.

"아 참, 도서관 쉬는 날이에요."

내 말끝에 그녀가 가방을 추슬러 메며 "나도 휴관일인지 모르 고 왔어요. 마음먹고 오랜만에 왔는데 허탕이네요" 했다.

고양이에게 작별인사를 하고 우리는 천천히 버스 정류장을 향 해 걸었다. 같이 차라도 마시고 싶었지만 그녀는 갈 데가 있다 고 했다. 나는 그녀에게 내 전화번호를 적어줬다. 그녀도 전화번 호를 적어줬다. 메모지에 시원스런 글씨체로 적힌 이름은 이랬 다. '윤혜조.'

"유명한 분 아니에요? 어디서 들어본 듯해요."

내가 고개를 갸웃거리자 그녀는 씨익 웃었다.

"이름이 특이해서인가, 그런 말 많이 들어요."

그녀는 버스를 타러 길을 건너가고 전설 아저씨와 나는 남대문시장 쪽으로 걸어갔다.

"누구니? 예쁜데?"

전설 아저씨가 물었다.

"처음 보는 사람이에요. 그 언니도 〈고양이웃네〉 회원이래요."

"그래? 닉네임이 뭔데?"

전설 아저씨가 반색을 했다.

"몰라요. 댓글은 안 달고 구경만 하는 유령 회원이래요."

"그으래? 닉네임이 뭘까?"

전설 아저씨 목소리에 실망스런 기색이 묻어났다.

"여기 온 김에" 하며 전설 아저씨가 나를 데려간 곳은 남대문시장 속 좁은 골목에 있는 식당이었다. 갈치조림을 맛있게 하는 곳이라고 했다. 큼지막한 뚝배기에 풋고추를 통으로 얹은 갈치조림이 부글부글 끓고 있었다. 그 안에는 큼직큼직하게 썬 무가 폭 익어 있었다. "이 집 갈치조림 맛있다, 너!" 하며 전설 아저씨는 맵고 달큰한 국물 속에서 큼직한 갈치 토막을 꺼내 내 접시에 옮겨줬다.

식당을 나와 천천히 걷다가 옷 도매상가 앞을 지나는데, 전설 아저씨가 또 "여기 온 김에" 하며 내게 옷을 사주겠다고 했다.

"괜찮아요!"

나는 펄쩍 뛰며 거절했다. 전설 아저씨는 쩝 입맛을 다셨다.

"너도 샤방샤방한 옷 좀 입고 다녀. 한창 멋 부릴 나이에."

"그런 옷 저한테 안 어울려요."

"짜식…… 눈 푸지게 오네."

"그러게요."

우리는 묵묵히 눈을 맞으며 걸었다. 전설 아저씨와 단둘이 만난 적이 없어서 무슨 말을 해야 할지 생각이 나지 않았다. 나는 다른 약속이 있다 지어내고 총총 전설 아저씨와 헤어졌다.

무지개다리를 건너간 새끼고양이

편의점 근무시간은 오후 7시부터 오후 11시까지다. 급료는 시간당 4,100원. 돈으로 나오는 건 아니지만 하루에 2천 원어치씩 편의점에서 파는 식품을 사 먹을 수 있게 식사비도 책정돼 있다. 주인아주머니는 마음씨 고운 분이다. 종종 아주머니는 도시락을 내 몫까지 싸와서 함께 먹자고 했다. 그래서 나는 식사비로 집에서 먹을거리나 다른 일용품을 챙기곤 한다. 그러는 것이 처음엔 염치없는 짓 같아서 주저했는데 아주머니가 잘 챙기라며 야단을 치셨다. 아주머니는 유통기한이 막 지난 요구르트나 두부도 듬뿍 싸주시곤 한다. 진공포장 상태로 냉장고에 있었기 때문에 먹어도 괜찮은 식품들이다.

시장 집으로 이사한 지 한 달여 뒤였다. 밤이면 시장통에 고양이들이 보였지만 줄 것도 없던 터라 무심히 지나치곤 했다. 그런데 편의점에 다니면서 유통기한 지난 소시지 같은 것들이 생기자 고양이들 생각이 났다. 그래서 띄엄띄엄 주다보니 고양이 한두 마리와 안면을 트게 됐다. 그렇게 며칠이 지나자 내가 퇴근하는 시간이 되면, 고양이들이 계단 입구에서 나를 기다리기도 했다. 소시지가 매일 있는 건 아니어서 아예 고양이 사료를 한 봉지 샀다. 비탈길 고양이를 만난 건 그즈음이었다.

여름의 끝 무렵이었다. 찻길에는 저녁 햇살을 받으며 차들이 길게 늘어서 있었다. 그 길을 한참 걸어도 차들은 거의 움직이지 않았다. 성마른 경적 소리를 들으며 나는 찻길을 벗어나 좁은 길로 들어섰다. 처음 가는 길이었다. 길은 이내 비탈길로 이어졌고 가로지르는 길과 함께 네거리 좁은 길로 변했다. 그 네거리에서 어디로 갈까 망설이며 비탈을 올려다보는데 저만치 앞에 삼색 고양이가 멈칫 서 있었다. 삼색 고양이는 나와 눈이 마주치자 절박한 목소리로 길게 울었다. 너무도 배고프다는 듯 호소하는 소리였다. 마침 내 가방에는 퇴근길을 대비한 고양이 사료가 들어 있었다. 나는 걸음을 빨리해 비탈을 올라갔다. 고양이도 나를 향해 내려왔다. 앙상하게 마른 고양이였다. 비탈 옆의 장독대에 사료를 주자 고양이는 정신없이 먹었다. 그리고 일주일 뒤 편의점 가는 길에 문득 그 고양이가 생각났다. 혹시 또 있으려나 하고 가보았다. 고양이가 있었다. 쓰레기봉투를 뜯으면서.

내가 "야옹아!" 하고 부르자 고양이는 힐끗 돌아봤지만 멈추지 않고 쓰레기봉투를 뜯었다. 사료를 보여주며 "이거 먹어, 이거 먹어" 하자 그제야 내 쪽으로 고개를 돌리더니 다가왔다. 잠시 후 다른 고양이 한 마리가 나타나 같이 머리를 맞대고 먹었다. 나는 사료를 더 덜어줬다.

그 뒤 사흘에 한 번씩 비탈을 들렀다. 사실 내게는 시장 고양이들이 우선이었다. 비탈 고양이들한테까지 매일 밥을 주는 건 벅찬 일이라고, 끝까지 책임지지도 못할 텐데 고양이가 스스로 살아갈 힘마저 잃게 해선 안 된다고 생각했다. 그래서 밥만 주고 얼른 자리를 떴다. 고양이들이 내게 길들 것이 두려웠다. 지레 외면해서 얼굴은 모르지만 그래도 밥 먹는 고양이 수가 늘어났다는 건 알 수 있었다. 장독대와, 조금 더 올라가서 부녀회관 컨테이너 앞, 두 군데가 밥을 주는 곳이었다.

저녁 햇살이 점점 쌀쌀해지더니 가을이 오고, 늦가을이 됐다. 비탈에 들르는 날이었다. 나는 장독대에 사료를 한 그릇 내려놓고 컨테이너를 향해 바삐 올라갔다.

"아! 아!! 아!!!"

나도 모르게 허리가 꺾였다. 뱃속 저 깊은 곳에서부터 비명이 터지더니 뒤이어 울음이 솟구쳤다.

"어떡해!!!!!"

나는 비틀거렸고 휘청거렸고 소리소리 지르며 울부짖었다. 울음을 참을 수가 없었다. 컨테이너 앞에 어린 삼색 고양이가 쓰러져 있었다. 사람으로 치면 여섯 살이나 됐을까, 본 적이 있는 듯도 하고 없는 듯도 하지만 내가 주는 밥을 먹던 고양이가 틀림없었다. 고양이는 밥그릇이 놓인 곳으로 머리를 향한 채 축 늘어져 있었다. 누가 약을 놓은 걸까, 누가 몽둥이로 때린 걸까, 차에 치인 걸까. 나는 누구랄 것도 없이 원망스럽고 슬퍼서 미칠 것 같았다. 죽어가는 순간에 기신기신 찾아올 곳이 여기뿐이었어! 매일도 아니고 사흘에 한 번 밥을 먹는 곳이 얘한테 가장 아늑한 곳이었어! 죽어가면서 어쩌면 자기를 구해줄 사람이랍시고 나를 생각했던 걸까? 기껏 나였고, 기껏, 동네 사람들 눈길을 채 피하지도 못하는 여기! 아, 아, 아!!!

나는 그 고양이를 향해 다가갔다 물러섰다 그 주위를 빙글빙글 돌며 울었다. 다행히도 주위에 있는 집 어느 창문도 열리지 않았다. 그동안 남자 하나와 여자 둘이 지나갔다. 그들은 컨테이너 옆 옴팍한 곳에서 울부짖는 나를, 무슨 사연 있겠지, 알고 싶지 않구나, 하는 듯 돌아보지 않고 발길을 옮겼다.

간신히 진정을 하고 쭈그려 앉아 고양이를 살짝 쓰다듬었다. 아직 몸이 완전히 굳지 않았다. 미안해. 정말 미안해. 그동안 이 아이는 나를 알아봤겠지만 나는 짐짓 이 아이를 보지 않았다. 이대로 두면 다음날 쓰레기 수거하는 차가 실어갈 것이다. 그렇게 둘 수는 없었다. 나는 비탈길을 내려가 어느 집 차고 앞에 버려져 있는 스티로폼 상자를 들고 왔다. 그 상자에 옮겨 담기 위해 고양이를 들어올리자 그 자리에 노란 오줌 자국이 남아 있었다. 다시 울음이 터졌다. 비가 부슬부슬 내리기 시작했다. 스티로폼 상자 뚜껑을 잘 덮은 다음 컨테이너 뒤로 들고 갔다. 그곳엔 비탈길을 따라 쌓은 축대 아래 자그만 비탈 화단이 있었다. 화단과 컨테이너 사이의 좁은 틈에 윗몸 돌리기 원반이 놓여 있었고 그 주위에는 빈 컵라면 용기 따위가 어질러져 있었다. 나는 화단 한구석 돌 위에 가여운 고양이를 내려놓았다. 당장은 편의점에 가야 할 시간이었다. 내일 다시 오자. 나보다 먼저 누가 스티로폼 상자를 발견하고 열어보면 기겁을 할지도 모른다. 그러라지, 놀라라지!

나는 쓰라린 마음으로 편의점을 향해 걸었다. 그때 결심했다. 고양이의 독립심이고 뭐고 이제는 매일 밥을 주리라. 짧은 생을 살다 간 고양이가 그동안 매일매일 밥이라도 먹고 살았으면 얼마나 좋았을까. 그날 밤 편의점을 파하고 돌아와서 이루 말할 수 없는 외로움으로 서성거리다 나는 〈고양이웃네〉 문을 두드렸다. 그날 이후 비탈길에 매일 들렀고, 그때부터 삼색이 세 자매와 베티와 아비를 매일 만났다.

오프라인

〈고양이웃네〉에서 나는 좋은 사람을 많이 알게 됐다. 강남의 동사무소에서 자활근로자로 일하는 바리이모님과 그 가족, 번역 일을 하는 모눈종이님, 컴퓨터 편집 일을 하는 부드레불님, 프리랜서로 중소기업 회계 일을 봐주는 그럭저럭 오빠, 출판사에 다니는 건어물녀 언니, 동물병원 의사인 로라 언니, 인터넷 쇼핑몰을 하는 양야옹 언니, 그림을 그리는 튕클 언니, 그리고 인테리어 디자인과 설비를 하는 전설 아저씨 등…… 전설 아저씨를 빼고는 바리이모님을 중심으로 오프라인에서 가끔 만나는 사람들이다. 전설 아저씨는 마흔 살이 가까운 노총각으로 〈고양이웃네〉에서 큰오라버니를 자처하는 인기 스타다. 전설 아저씨가 게시물을 올리면 댓글이 주루룩 달린다. 전설 아저씨는 한밤 느닷없는 술자리 '번개' 글도 자주 올리는데 그 술자리에 많이들 가는 것 같다. 나도 너덧 번 갔다. 잘 알지도 못하는 전설 아저씨가 갑자기 내게 초대 쪽지를 보내서 가기 시작했다. 내가 도도를 안고 찍은 사진과 함께 도도를 그리는 글을 올린 뒤였다. 잘 생긴데다 여행과 음악, 술을 좋아하고 술값도 잘 내는 낭만적인 오라버니라고 〈고양이웃네〉에서 평판이 좋아 나도 호감과 호기심을 갖고 있던 차였다.

편의점을 파하고 뒤늦게 신촌으로 갔다. 호프집 문을 여니 자욱한 담배연기가 음악 소리에 울려 마구 춤을 췄다. 가장 떠들

썩하고 많은 사람이 앉아 있는 곳이 전설 아저씨 그룹이었다. 남자 셋, 여자 여덟이었다. 양옆에 앉은 여자들 어깨에 팔을 두르고 고개를 푹 수그리고 있는 사람이 전설 아저씨였다. 보브 스타일로 머리를 자른 여자가 나를 빤히 바라봤다.

"여기 〈고양이웃네〉 모임인가요?"

"네. 누구세요?"

여럿이 나를 돌아봤다.

"저도 〈고양이웃네〉인데, 잘 모르실 거예요. 햇살돛단배예요."

"아, 햇살돛단배님!"

혀 꼬인 소리로 알은체를 하는 사람은 내 또래로 보이는 여자였다. 은경 언니만큼이나 구김살 없이 맑은 얼굴로 그녀는 "왜 이제 와요? 저는 따복네예요" 하며 내 손을 잡아끌었다.

"여기 앉아요. 내 옆에 앉아."

따복네는 응석꾸러기 같은 목소리로 말했다. 손을 잡힌 채 빈 의자를 찾아 둘러보는데 전설 아저씨가 고개를 번쩍 들었다. 전설 아저씨는 "내가 많이 취했다!" 외치며 자세를 바로 하고 한 손으로 눈을 비볐다. 그리고 엉거주춤 몸을 일으키며 "햇살님?" 물었다.

"예, 안녕하세요?"

내가 비싯 웃자 전설 아저씨도 활짝 웃었다. 리처드 기어가 웃을 때처럼 눈이 가늘어지는 웃음이었다. 따복네 옆자리 사람이 의자를 비워주고 다른 의자로 옮겨 앉았다. 내가 자리에 앉자 전설 아저씨가 일행들에게 인사를 시켜줬다. 대개 전설 아저씨 글에서 댓글로 눈에 익은 이름들이었다. 상당히 친한 사이들 같았다.

바리이모님 모임이 가족적인 밥자리라면 전설 아저씨 모임은 미혼남녀의 활기 넘치는 술자리였다. 따복네만 내 또래고 다른 사람들은 서른 살이 넘어 보였다.

"대학생이에요?"

전설 아저씨 왼편에 앉은 보브 스타일의 여자가 물었다. 아니라고 하자 넥타이를 맨 와이셔츠 남자가 "그럼 고등학생?" 했다. 다들 웃었다.

"전설 오빠, 어린 사람 좀 술자리에 부르지 좀 마."

전설 아저씨 오른편에 앉은 란제리 패션을 한 여자가 새침한 목소리로 핀잔을 줬다. 전설 아저씨는 빙글빙글 웃었다.

"핑크 언니 또 저런다! 술도 나보다 못 마시면서."

따복네가 벌컥벌컥 비운 맥주잔을 내 앞에 쾅 놓으면서 애교 있게 소리쳤다. 전설 아저씨가 그 잔에 맥주를 채워줬다. "맥주 하지요?" 물으며. 나는 고개를 끄덕였다.

"시장하지 않아요? 이 집 맛있는 거 많은데."

전설 아저씨가 종업원을 부르려 하자 넥타이 맨 와이셔츠, 막강님이 말렸다.

"주방장 퇴근한 지 언젠데. 마른안주밖에 안 될 거야. 다른 집으로 옮기자."

따복네가 내 어깨에 머리를 기대며 웅얼거렸다. "난나나, 난나나~" 잠시 후, 담배를 빡빡 피우던 정장 슈트 차림 여자가 말했다.

"오늘은 여기서 끝내자. 7시부터 마셨잖아."

"뭐? 아직 초저녁인데 벌써 끝내자구?"

"갈갈말말! 갈 사람 가고 말 사람 말자!"

일행이 떠드는 동안 전설 아저씨는 지그시 나를 바라보며 미소 지었다. 나는 맥주를 한 모금 꿀꺽 삼켰다.

"일단 이 자리 술이나 다 마시고 결정하지."

누군가 말하자 여기저기서 병을 거둬 술잔을 채웠다. 전설 아저씨 눈이 게슴츠레해지더니 스르르 감겼다. 따복네도 내 어깨에 기댄 채 가볍게 코를 골았다. 막강님이 물었다.

"재수생이에요?"

딱히 궁금해서라기보다 내가 자기네들 떠드는 데 끼지 않고 술도 안 마시고 우두커니 앉아 있자 신경이 쓰여 말을 건넨 듯했다. 그런 건성 질문에 대답하고 싶지 않았지만 버릇없다고 여길까봐 입을 열었다.

"아니오."

"그럼 직장 다녀요?"

"네."

"아, 대답 짧네!"

막강님이 웃으며 물었다.

"무슨 일 해요?"

나도 웃으며 대답했다.

"편의점에서 일해요."

"아, 그래요?"

편의점에 대해 잘 몰라 미안하다는 듯한 미소를 지으며 막강님은 질문을 그쳤다. "술잔들 다 비웠으면 그만 일어나지?" 누군가의 제의에 란제리 패션 핑크님이 전설 아저씨를 흔들어 깨웠다. "응, 응, 알았어." 전설 아저씨는 눈을 뜨고 끔뻑거리더니 나를 보고 새삼 반겼다.

"햇살님, 잘 왔어요!"

그리고 또 지그시 바라보더니 보브 스타일 쪽으로 턱을 기울이고 속삭였다.

"햐, 쟤 눈 말이야. 우수에 꽉 차 있지 않니?"

그러자 그 자리의 모든 사람들 눈길이 내 눈으로 쏟아졌다. 왜 저런 말을 할까? 나는 기분이 좋지 않았다. 어두운 조명과 뿌연 담배연기 너머 술 취한 사람들의 눈길이지만 나는 편치 않았다. 호프집을 나와 그들은 어디론가 다른 술집으로 갔고 나는 집으로 왔다.

바리이모님은 내가 전설 아저씨를 만난 걸 알고 언짢아했다. 연앳거리를 찾는 게 목적인 그런 모임에 너같이 순진한 애가 왜 갔냐며 걱정이 늘어지셨다.

저 고양이는 그 고양이가 아니야

헝겊 가방에 두부 포장 용기 몇 개와 물병과 사료 봉지를 챙겨 담았다. 죽은 고양이를 어디에 묻어줘야 할지, 누가 상자를 치우지는 않았는지, 착잡한 마음으로 집을 나섰다. 비가 부슬부슬 오고 있었다. 스티로폼 상자도 비를 맞고 있겠지. 그 안에 누운 작은 고양이를 생각하니 다시 가슴이 저릿했다. 그래, 이제는 더이상 춥지 않고 배고프지도 않고 무섭지도 않을 거야. 비가 한 번 올 때마다 날씨는 추워지고 한겨울이 될 텐데. 이제 곧 네가 한 번도 겪어보지 못했던 겨울이 올 거란다. 작은 고양아, 그 삭막한 동네에서, 그래도 조금은 편하고 행복한 시간이 있었니? 아무 인간도 지나다니지 않는 한밤에는 뛰어놀기도 했니? 네 형제들과 엄마는 네가 죽은 걸 아니? 어쩌면 이미 다들 무지개다리를 건넜거나 다른 동네로 떠나 너 혼자 남았던 거니? 고양이는 기억력이 좋지 않다고 한다. 길어야 여섯 달이 지나면 다 잊어버린다고 한다. 그래야 할 것이다. 그렇지 않으면 가슴 아픈 일이 너무 많은데 어떻게 살겠어?

비탈길 장독대에도 비가 오고 있었다. 그래서 건너편에 세워진 자동차 밑에 사료를 놓았다. 고양이들이 다 먹을 때까지 차가 움직이지 않기를 빌면서. 비 때문인지 고양이들이 보이지 않았다. 컨테이너 아래에도 사료를 담은 그릇 두 개를 밀어넣었다. 고양이들은 냄새를 잘 맡으니까 알아서 찾아 먹을 것이다. 컨테이내 뒤로 돌아갔다. 스티로폼 상자가 그 자리에서 비를 맞고 있었다. 축축한 뚜껑을 열어보니 고양이가 꼬부리고 누워 있었다. 좀 커진 것 같다. 전날 많이 울어서인지 더이상 눈물이 나지 않는다. 그저 막막했다. 애를 어디 어떻게 묻어야 하나. 나는 결심했다. 이 화단에 묻자. 당장 여기밖에 묻을 데가 없고, 또 애가 잘 아는 곳이니까. 좁다랗고 경사가 심한 화단. 빙 둘러 왜소한 회향나무가 심겨 있고, 그 안을 일년초들로 촘촘히 깔아놨다. 철쭉인 듯한 나무 아래에 작은 도마 크기의 판판한 돌이 박혀 있었다. 저 돌 아래 묻자. 나는 바닥에 스티로폼 상자를 내려놓고 우산을 받쳐줬다. 그리고 화단에 올라가 돌을 들어냈다. 그리 깊게 박혀 있지 않았다. 그 아래는 고운 흙보다 돌멩이가 많았다. 꽃삽이라도 있으면 파기가 좋을 텐데. 가방에서 캔을 덜어줄 때 쓰는 플라스틱 숟가락을 꺼냈다. 제법 잘 파졌다. 큰 돌멩이는 손으로 걷어내고 숟가락으로 땅을 파다가 부러져서 뾰족한 돌을 주워 그것으로 계속 팠다. 동네 사람이 보면 난리가 날 터였다. 길 아래 옴팍한 곳이라 그나마 다행이었다. 비가 오는 것도 다행이었다. 평소 이곳에서 노숙자 아저씨들이 술을 마시곤 했는데, 비가 와서인지 아무도 기웃거리지 않았다. 그래도 근처 집에서 누가 창을 내다볼지도 모를 일이다. 서둘러서 파느라고 팠지만 그리 넉넉한 크기가 아니었다. 스티로폼 상자는 어차피 못 묻는다. 상자 안에 고양이를 그대로 두고 싶지도 않다. 나는 헝겊 가방을 비우고 안에 작은 고양이를 담았다. 가방은 비에 젖어 축축했고, 엎질러진 캔 국물로 얼룩져 있었다. 야옹, 작은 고양아, 괜찮지? 너희 고양이가 환장하는 캔 냄새야. 없어서 못 먹던 밥을 담아 다닌 가방이야. 다시 스티로폼 상자를 보았다. 고양이가 누워 있던 상자 바닥에 노란 얼룩이 보였다. 어찔했다. 너, 아주 죽은 게 아니었는데 내가 여기 가둬 버려뒀던 거니? 그런 거니? 한숨이 나왔다.

구덩이에 간신히 고양이를 넣었다. 그런데도 파낸 흙과 돌멩이만으로는 빈 데가 채워지지 않았다. 그래서 주위의 풀잎과 나뭇잎을 뜯어 꼭꼭 눌러 채우고 돌을 덮었다. 파헤쳤던 흔적이 없어지도록 그 위를 다듬었다. 언제 화초들을 다 들어내고 새 화초를 심을지 모르는 곳이다. 그래도 저 돌은 그대로 두지 않을까? 그렇기만을 빌 뿐이다. 어쨌든, 이제 겨울이 코앞이니 봄이 올 때까지는 아무도 저 화단에 손을 대지 않을 것이다. 그래, 그걸로 되었다. 죽으면 그만이다. 죽은 다음에야 몸이 어떻게 되든 다 무슨 상관이겠어? 고양아, 나도 죽을 거란다. 너무 외로워하지 마. 누구나 다 죽는단다. 그래도 영혼이 있어 외롭다면, 내게 깃들렴. 야옹, 작은 고양아, 떠돌지 말고 내게 깃들렴. 내게 오렴!

고양이를 묻고 비탈을 내려왔다. 봄까지는 괜찮으리라, 믿었다. 그런데 2월 즈음, 누구의 무슨 변덕인지 화단이 파헤쳐졌다. 나는 슬그머니 화단을 파헤치는 인부들 옆을 지나갔다. 쌓인 흙

더미 한 귀퉁이에 내가 너무나도 잘 아는 헝겊 가방이 올려져 있었다. 가슴이 꽉 막혔다. 그 가방을 들고 올 엄두도 나지 않았고, 막상 들고 온다 해도 어떻게 해야 할지 방도도 생각나지 않았다. 가방은 다음날도 그 자리에 있었다. 그다음 날도 그 자리에 있었다. 저 고양이는 그 고양이가 아니다, 나는 생각했다. 내가 어째야 했을까? 어떻게 할 수 있었을까? 괜찮지? 작은 고양아, 괜찮지?

넷째 날, 가방이 보이지 않았다. 인정 많은 인부 아저씨가 아무도 모르게 도로 묻어줬기를 바랐다. 아, 내가 그래야 했다. 그럴 걸 그랬다. 왜 그때는 그렇게 해야 한다는 생각이 나지 않았을까. 누군가 도로 묻어줬기를. 아무도 모르게 그곳에.

캣맘은 괴로워

고양이 밥 주기가 점점 고단해졌다. 장독대에도 그 건너 차 밑에도, 컨테이너 근처에도 밥을 놓지 못하게 됐다. 그래도 마침 컨테이너 윗길에 오래 세워두는 차가 있어서 다행이었다.

그 하얀 소나타 아래 고양이 밥을 놓을 때 간혹 차 주인이 오는 경우가 있다. 티셔츠와 면바지 차림의 삼십대 아저씨가 뚜벅뚜벅 차 쪽으로 걸어와서 처음엔 몹시 당황했다. 필경 한 소리 듣고 또 한 군데 밥 줄 자리를 잃겠구나, 각오했다. 그러나 그는 무르춤하는 내게 무표정한 얼굴로 아무 소리 하지 않고, 차 문을 열고 들어가 시동을 걸었다. 마치 내가 안 보인다는 듯이. 그리고 고양이 밥그릇도 고양이들도 보이지 않는다는 듯이. 딱 한 번 그가 내게 기척을 보낸 적이 있다. 차 앞에 쪼그려 앉아 밥 먹는 고양이들한테 정신이 팔려 있는데 갑자기 희미한 그림자가 드리워졌다. 올려다보니 그가 차 문 옆에 서서 나를 내려다보고 있었다. 눈이 마주치자 그는 시선을 돌렸다.

"죄송합니다!"

나는 사과하고 얼른 차 앞에서 물러났다. 차에 시동이 걸리자 고양이들이 그 밑에서 도망쳐 나왔다. 차가 움직이자 밑에 있던 고양이 밥그릇들이 길바닥에 엎어지거나, 바퀴에 눌려 찌그러졌다. 나는 그릇들을 추슬러 좀더 윗길에 있던 트럭 밑으로 옮겼다. 고양이들이 따라왔다. 밥을 놓든 말든 신경 쓰지 않는 것만으로도 얼마나 고마운 차 주인인지.

비탈 동네 부녀회장 할머니 같은 사람을 만나는 게 제일 싫고 힘들다. 파출소에 신고하겠다는 말을 빼놓지 않는데, 글쎄, 고양이 밥 주는 게 경찰이 관여할 일일까.

"저, 저, 괭이 새끼들 봐라! 저게 다 몇 마리고?!"

"내가 밥 놓지 말라고 몇 번이나 말했노? 왜 사람 말을 안 듣나? 내 아는 파출소 사람이 현장에서 당장 전화하라 카더라. 그럼 달려와서 붙잡아가겠다고. 내 여태 참았다 아이가? 이젠 못 참는다!"

이모부만큼이나 심한 사투리로 악을 쓰며 그 할머니가 야단을 치면 동네 사람들이 하나둘 모여들어 합세한다.

"그렇게 고양이가 이쁘면 데려다 키우지, 뭐한다고 남의 동네 와서 폐를 끼치노?"

"그래, 싹 다 데려가!"

"이 동네 사는 사람 아니야? 자기 집 앞에나 주지 왜 저런대?"

"나이도 어린 사람이 그렇게 할 일도 없을까. 그럴 시간 있으면 불쌍한 사람을 돕지. 세상에 불쌍한 사람이 얼마나 많은데."

"고양이가 얼마나 많은지 몰라. 징글징글해. 한 스무 마리는 돼."

"스무 마리는 아니고, 열 마리 좀 안 되는 것 같은데?"

"아, 저 창고 집만 해도 새끼들이 바글바글한데 스무 마리 되지!"

"고양이는 악물이여. 왜 밥을 줘?"

꼬장꼬장해 보이는 할아버지는 지팡이를 흔들며 소리친다.

"밥 주는 거 한 번만 더 내 눈에 띄면 요절을 낼 거여!"

그러면 부녀회장 할머니는 기세가 더 등등해진다.

"저 할아버지 무서운 사람이다. 혼쩌검이 날 거다. 고양이가 사람한테 뭐 하나 쓸모 있노? 제정신이가? 아, 왜 시간 들여가 메, 돈 써가메, 이리 폐를 끼치노 말이다?"

내가 혼이 나가 멍하니 서 있으니 인자해 보이는 다른 할머니가 내 팔을 슬그머니 잡아끌며 딱하다는 듯이 속삭이신다.

"에구, 얼른 가지 뭐하러 욕을 먹고 서 있어?"

그제야 몸이 움직인다. 나는 그 할머니께 감사한 눈빛으로 고개를 까딱 숙이고 간신히 발을 뗀다. 발걸음이 만근처럼 무겁다. 고양이들 밥 줘야 하는데…… 밤에 다시 들러야 하나…… 그때까지 얼마나 배고플까…… 터덜터덜 내려가는데 달아났던 베티가 어디선가 나타나 눈치도 없이 에에거리며 따라온다. 뒤통수가 따갑다.

몇 차례 그런 일을 당하고 나서, 난 완전 눈치꾸러기가 됐다. 특히 부녀회장 할머니를 만날까봐 조마조마해하면서 다닌다. 한번은, 하얀 소나타가 없어서 위쪽에 있는 트럭 밑에 밥을 놓고 있는데 컨테이너 길에 그 무서운 할아버지 모습이 보였다. 움찔했는데, 할아버지는 잠깐 발을 멈추고 힐긋 올려다보며 망설이는 것 같더니 그냥 지나갔다. 달려오기도, 소리치기도 좀 멀다 싶으니 귀찮으셨던 걸까.

고양이들 때문에 욕을 먹기 전까지 누구도 그렇게 나에게 함부로 대한 사람이 없었다. 고양이들에게 밥을 주기 시작하면서부터는, 속이 메슥거릴 정도로 심한 욕을 하는 사람도 생겼다. 그래도 나는 사람이니까 생명의 위협을 받는 건 아니다. 하지만 고양이는, 그들이 마음만 먹으면 얼마든지 해칠 수 있겠지. 그 악의와 힘을 떠올릴 때면 속수무책으로 암담해진다. 1년 가까이 고양이 밥을 주면서 노인들이 대개 고양이를 아주 싫어한다는 걸 알았다. 젊은 사람들은 고양이한테 우호적이거나 무심한 편이다.

가끔 하얀 소나타 아래 낯선 고양이 캔이 눈에 띄기도 한다. 깡통째 놓으면 절단면에 고양이 혀가 베일 수 있기 때문에 종이 같은 데라도 쏟아주면 좋을 걸 싶어 좀 아쉽지만 마음이 푸근해진다. 근처 사는 누군가 집에 고양이를 키우나보다, 그리고 비탈 고양이한테 마음을 쓰나보다. 그 생각을 하면 한줄기 따뜻한 기운이 가슴을 훈훈하게 한다.

도둑괭이 공주

아비가 비탈을 떠나고 마음이 휑하던 며칠 뒤였다. 바리이모님이 밑반찬 몇 가지를 갖다주겠다고 했다. 바리이모님에게 비탈길 고양이들도 선보일 겸 그 근처 지하철역에서 만나기로 했다.

"햇살 언니!"

유경이가 먼저 알아보고 손을 흔들었다. 바리이모님 딸인 유경이는 초등학교 5학년인데 벌써 다 큰 아가씨 같다.

"유경이 오늘 놀토라서 데려왔어."

"잘하셨어요. 유경이는 저번보다 더 큰 거 같네?"

"쟤네 반에서 제일 커."

"와, 그래요?"

"나보다 큰 애 하나 있어."

유경이가 제 엄마 허리에 한 팔을 감고 응석 섞인 소리로 말했다.

"너보다 더 크면 걔 큰일 났다."

제 엄마 말에 유경이는 헤헤헤 웃었다.

바리이모님과 함께 움직이니까 사뭇 든든했다. 햇살 가득한 컨테이너 앞에 삼색이 중 둘째와 베티가 누워 있었다. 눈을 지그시 감은 베티는 앞다리 뒷다리를 각각 모은 채 털퍼덕 옆으로 누워 있었고 삼색이는 베티와 포개듯 누워 베티의 머리통을 핥아주고 있었다.

"쟤들 정말 귀엽다!"

유경이는 깔깔깔 웃고 바리이모님은 픽 웃었다.

"환할 때 거기서 놀면 어떡해? 빨리 이리 와!"

내가 소리 죽여 부르자 고양이들이 벌떡 일어나 뛰어왔다. 이 야옹, 에에에, 울면서. 하얀 소나타 밑에서 기다리던 고양이들도 고개를 쏙 내밀다가 바리이모님과 유경이를 보고 도로 들어갔다.

"햇살이가 밥 주는 애들이구나."

바리이모님이 자애로운 표정으로 애들을 보았다.

"예, 하나 더 있었어요. 걔는 아비시니안이었는데."

"아비시니안이 어떻게 생겼는지 난 몰라."

바리이모님은 원래 고양이를 무서워했고 지금도 좋은 줄은 모르겠다고 한다. 그런데도 고양이를 두 마리 키운다. 큰 고양이 오광이는 바리이모님 동네에 있던 식당에서 쥐잡이로 데려다놨던 아이였다. 식당이 다른 곳으로 옮겨가면서 버려졌는데, 바리이모님이 밥을 주다 집에 들였다고 했다. 작은 고양이 고도리는 동물병원에서 데려왔다. 철창 구석에서 비실거리는 걸 불쌍하게 여긴 유경이가 바리이모님을 졸라서 데려온 거라 한다. 고양이 이름을 오광이와 고도리라 지은 것은 인터넷 고스톱을 즐기는 바리이모님의 유머 감각이다.

"애들이 우리가 있으니까 무서워하네. 유경이랑 저기 가 있을게."

바리이모님이 유경이를 데리고 비탈길을 건너갔다. 삼색이 자매와 베티가 머리를 맞대고 냥냥냥냥, 맛있게 밥 먹는 걸 지켜보는데 어디선가 애처롭고 날카롭게 칭얼거리는 소리가 났다. 고개를 돌려보니 트럭 아래에 처음 보는 회색 줄무늬 고양이가 오똑 앉아 있었다. 비쩍 마른 청소년 고양이다. 내가 그쪽으로 걸음을 옮기자 베티가 쫓아왔다. 회색 줄무늬 고양이는 도망갈 자세를 취했다.

"베티, 저리 가!"

나는 휘이휘이 손을 젓고 발을 굴렀다. 에에에? 베티가 왜 그러냐는 듯이 갸웃거리며 계속 다가와서 할 수 없이 캔을 땄다. 캔 따는 소리가 나자 삼색이 자매도 몰려왔다. 그동안 서둘러 트럭으로 가서 그 밑에 사료를 한 줌 놓고 돌아왔다. 회색 줄무늬 고양이는 트럭 밑으로 깊숙이 도망갔지만, 이내 슬금슬금 사료 쪽으로 다가오더니 먹기 시작했다.

"쟤 너무 불쌍하다."

유경이가 잠긴 목소리로 중얼거렸다.

"우리가 데려오지 않았으면 오광이도 고도리도 저렇게 살지 않았겠냐고 이러네."

바리이모도 가라앉은 목소리였다. 착한 유경이. 그러고 보니 회색 줄무늬 고양이는 어딘지 고도리를 닮았다. 비쩍 마른 체구며 겁 많은 얼굴이며.

"오늘은 아무도 안 만났네. 역시 바리이모님이랑 오니까 운이 좋네요."

비탈을 내려가며 나도 모르게 한숨을 내쉬고 활짝 갠 목소리로 말하자 바리이모님이 물으셨다.

"여기 올 때 늘 그렇게 마음 졸이는 거야?"

"예. 거의 매일 욕을 먹고 사니까 제가 아주 천덕꾸러기가 된 것 같아요."

내 하소연에 바리이모님이 잠시 묵묵히 걷다가 말했다.

"천덕꾸러기라고 생각하지 말고 고양이 공주라고 생각하도록 해. 원래는 귀한 족속인데 몰락해서 핍박받는 고양이족을 이끄는 공주."

그 말을 듣자 마음이 환해졌다.

"아, 좋다! 도둑괭이 공주요?"

"그렇지. 도둑괭이 공주."

바리이모님이 미소 지으며 고개를 끄덕였다. 유경이가 깔깔깔 웃으며 되뇌었다.

"도둑괭이 공주! 도둑괭이 공주!"

길고양이들이나 나나 똑같이 불쌍하기만 한 존재 같았는데 바리이모님 말을 들으니까 불끈 힘이 나면서 나도 고양이도 고귀하고 아름답게 느껴졌다.

부디 행복해야 해!

배가 그렇게나 불룩하더니 새끼를 낳느라 그런 건지 며칠째 베티가 보이지 않았다. 너무나 걱정이 됐다. 베티야, 무슨 일이니? 어디 사는지 알아야 찾아가보지. 아비는 아비대로 걱정이었다. 아비는 어느 시간에라도 항상 비탈길에서 나를 기다리고 있었고, 전보다 더 따랐다. 밥은 뒷전이고 아아앙 울면서 나를 못 가게 했다. 부녀회장 할머니와 맞닥뜨릴까봐 조심하며 아비를 후미진 주차장으로 데리고 가 한참을 놀아줬다. 아비는 깨물깨물 내 손을 물면서 장난쳤다. 아비랑 놀고 있는데 머리 위에서 "야, 네 고양이니?" 소리가 나서 깜짝 놀랐다. 해골 무늬 두건을 쓴 남자애가 오토바이 옆에 서 있었다. 베베치킨 배달원이었다. 편의점 근처에 치킨을 배달하러 다니는 걸 본 적이 있다. 몇 번 봤다고 반말이야? 나이도 어려 보이는데. 나는 대꾸 않고 다시 아비와 놀았다. 잠시 후 그 애가 밉살맞게 말했다.

"고놈 참 때림직스럽게 생겼네."

"뭐라구?"

내가 홱 고개를 들고 째려보자 그 애는 킬킬 웃었다. 너야말로 참 맞음직스럽게 구는 애로구나! 나도 피식 웃음이 났다. 내가 웃었더니 그 애가 물었다.

"너, 이 동네 사니?"

그 애가 골목을 막고 서서 아비와 날 들여다보는 모습을 부녀회장 할머니가 멀리서라도 보고 쫓아올까봐 신경이 곤두섰다. 내가 대꾸 없이 인상을 쓰자 그 애는 머쓱한 얼굴로 머뭇거리다 오토바이를 끌고 지나갔다. 아비야, 나 이제 가봐야 해. 아비 앞에 캔에 든 간식을 듬뿍 덜어놓은 뒤 캔이라면 환장하는 아비를 두고 마구 뛰었다. 가슴이 쓰라렸다. 사나운 수고양이가 출몰했는지 아비 머리통에 된통 물린 '땜빵'까지 생긴 터였다. 불안했다.

"아비 데려가는 거, 아무래도 서둘러야겠어요."

내 전화에 혜조 언니는 흔쾌히 알았다고 했다. 그리고 나서 이틀 뒤 혜조 언니가 철장을 하나 들고 왔다. 혜조 언니는 '길고양이를 보호하는 협회' 회원이었는데, 그곳에서 빌려왔다고 했다.

"새로 개조한 건데 실패할 확률 제로래."

"아, 그랬으면 좋겠다."

"그러게. 오늘은 꼭 잡아야지."

"시험해봤어요?"

"응."

혜조 언니는 자신만만했다. 모양새는 여느 포획용 철장과 같
았는데, 문 위의 작은 고리를 누르면 사뿐 문이 내려와 닫히는
구조였다.

"철장에 밥을 넣어놓고 아무나 들어와서 먹게 놔두면 돼. 차
례차례 먹고 나가도록 내버려두다가 아비가 들어가면 닫아버리
는 거지!"

"와! 딴 애가 먼저 먹고 무사히 나가면 아무리 의심 많은 아비
라도 경계하지 않고 들어가겠네요."

"그렇지!"

혜조 언니와 나는 희희낙락했다.

하얀 소나타 뒤에 철장을 내려놓고 그 안에 캔을 얹은 사료를
넣었다. 삼색이 자매 중 식탐 많은 막내가 얼른 들어가더니 찹
찹 먹었다. 무늬가 호사스러운 그놈은 느긋이 포식하고 나왔다.
서둘러 빈 그릇을 새로 채워넣었다. 다음은 맏이가 들어가 먹었
다. 세번째, 드디어 아비가 들어갔다. 혜조 언니와 나는 일순 숨
을 멈추고 눈을 마주쳤다. 재빨리 고리를 누르자 스르륵 문이
닫혔다. 만세! 혜조 언니와 나는 팔짝팔짝 뛰었다. 아비는 먹기
를 뚝 멈추고 당황한 얼굴로 나를 보았다. 그리고 철망을 긁으
며 울었다.

"아비, 아비, 미안해."

아비는 '장난이지? 장난이야!' 하는 얼굴로 울었다.

"얼른 가자!"

혜조 언니가 철장을 들고 씩씩하게 걸어갔다. 다른 고양이들이 식사를 계속하도록 차 밑에 밥을 놓고 혜조 언니 뒤를 따라갔다. 비탈을 내려가는데 어쩐지 마음이 무거웠다. 밥이나 조금 더 먹게 하고 닫을걸. 아비는 울고 삼색이 중 둘째, 흰 털이 많은 고양이가 걱정스레 우리를 미행했다. 어느새 날이 어둑어둑해지고 찻길에는 차들이 한가득이었다. 아비가 들어 있는 철장을 골목 입구 담에 바짝 붙여놓고 혜조 언니는 휴대폰 통화를 했다. 러시아워였다. 한동안 택시를 잡을 수 있을 것 같지 않았다. 아비는 빛을 잃은 얼굴로 구슬피 울었다. 통화를 끝낸 혜조 언니가 상큼한 얼굴로 말했다.

"얜 어쩜 이렇게 우는 소리도 이쁘니?"

그건 사실이었다.

"제임스랑 희연 언니한테 전화했어. 희연 언니도 지금 제임스네로 오겠대."

"아, 그래요?"

나도 밝은 목소리를 냈지만 마음이 울컥했다.

"참, 너 편의점 갈 시간 지났겠다!"

"혹시 몰라서 오늘 쉬겠다고 했어요. 저도 제임스네 같이 가도 되죠?"

언제 다시 볼지 모르는데 이대로 덜컥 아비를 보내고 싶지 않았다.

"아비도 저랑 같이 가면 더 안정이 될 거예요. 전 금방 나올 게요."

"그럼, 가도 되지! 근데 병원 먼저 들렀다 가야 하지 않을까? 목욕도 시킬 겸."

"그 집에 다른 고양이가 없으니까 그냥 데려가는 게 좋을 것 같아요. 아비한테 벼룩 같은 건 없어요. 제가 여러 번 안아줬는데 한 번도 벼룩 옮은 적 없거든요. 병원은 천천히 데려가보라 해요. 목욕은 제가 시킬게요."

"그럴 수 있겠어? 그러자, 그럼. 그나저나 택시 안 오네."

혜조 언니는 붐비는 찻길을 흘깃 보더니 "안 되겠다" 하며 어디론가 전화를 걸었다. 통화를 끝낸 혜조 언니가 생긋 웃으며 말했다.

"근처에 사는 친구가 다행히 집에 있네. 차 갖고 나오겠대."

"정말요? 아, 다행이다!"

나는 차마 아비 옆에 있지 못하겠어서 골목을 왔다갔다했다. 바쁜 혜조 언니는 또 누군가와 통화를 하고 있었다. 삼색이 둘째는 어느새 보이지 않았다.

미안해, 아비. 다 너를 위해서야. 베티는 뭐하고 있니? 너는 알지? 베티랑 작별인사도 못하고 헤어지는구나. 그게 더 나을지도…… 처음에는 너, 나 무서워했지? 언제부터 너랑 친해졌을까. 그 추운 겨울에 아아앙 울면서 나를 맞이하고 어디까지라도 따라오려고 들어 애를 태웠지. 눈밭을 경중거리며 뛰어다니던

네가 눈에 선하다. 얼마나 예뻤는지 아니? 네가 아주 많이, 많이
그리울 거야. 네가 없는 비탈이라니 얼마나 허전할까! 그래도
네가 행복한 게 더 중요하지! 삼색이들도 베티도 네가 사라지면
굉장히 쓸쓸할 거야. 어떤 사람도 고양이도 너를 해치지 않는다
면 그냥 그대로 사는 게 제일 행복일걸! 아니, 지난겨울에 얼마
나 무섭게 추웠니? 다들 무사히, 건강히 겨울을 나서 정말 고맙
고 대견했어. 아비, 난 알아. 네가 같이 살고 싶어하는 사람이
나라는 걸. 그렇지만 난 그럴 형편이 못 되는걸. 미안해. 아비,
미안해. 미안해, 아비. 이제 네가 갈 곳은 정말 좋은 집이래. 제
임스가 너를 아주 아껴줄 거래……

제임스를 만나다

혜조 언니가 아비 옆에 쪼그려 앉아 있었다. 다가가니, 혜조
언니는 아비 울음에 맞춰 "미안해. 미안하다구. 미안하다니까"
사과하고 있었다.
"참, 제임스네 집에 아비 줄 사료랑 화장실이랑 모래 있어
요?"
내가 묻자 혜조 언니가 무릎을 펴고 일어서며 명랑한 목소리
로 대답했다.
"그럼! 제일 비싼 모래랑 화장실이랑 다 준비했어. 사료는 유

기농이고. 내가 다 주문해줬어. 제임스는 아비 이름도 벌써 지어놨는걸."

"그래요? 뭐라고 지었어요?"

"알리. 이집트 고양이라서 이슬람식으로 지었대."

"알리요?"

"응, 알리."

혜조 언니랑 나는 흐뭇이 웃었다.

"제임스는 진작부터 아비 데려오기를 기다렸어. 내가 바빠서 차일피일 미룬 거지."

한결 마음이 놓였다.

"그랬구나! 저번에 저 철장 갖고 왔으면 좋았을걸요. 참 신통방통한 철장이에요."

"그렇지? 신통하지? 그때는 이런 거 없었어. 오늘이라도 성공해서 다행이야. 아비가 영리해서 혹시 실패할지도 모른다고 생각했는데."

다시 마음이 흐려졌다. 그토록 아비는 나를 믿었던 것이다. 아비……

20분쯤 뒤 클랙슨이 울렸다. 자동차 서너 대 뒤로 검정 그랜저가 한 대 보였다. "이제 왔네!" 혜조 언니는 반가워하며 철장을 들고 뛰었다. 혜조 언니는 서둘러 뒷문을 열고 아비와 함께 탔고, 나도 서둘러 앞자리에 앉았다. 차들이 기어다니니까 서두를 필요도 없건만.

"어서 와! 많이 기다렸지? 아, 정말 길 되게 막히네!"

혜조 언니 친구가 터프하게 외쳤다. 목청이 컸는데 쾌활한 성격인 것 같았다. 인사하라는 혜조 언니 말에 "안녕하세요?" 하고 인사하자, 혜조 언니 친구는 고개를 까딱해 보이고는 혜조 언니한테 "미친년!" 하며 이럴 때나 연락한다고 투덜댔다. 말씨는 험해도 웃는 인상이었다. 아비가 계속 울었다.

"아유, 우는 소리 귀엽네! 새끼고양이니?"

"아니, 큰 고양이야."

"흠, 그래?"

"아비시니안이야."

"이집트 고양이?"

"잘 아네."

"아는 사람이 그거 키우더라구. 귀티 나게 생겼던데. 늘씬하구."

친구가 대답하며 뒤돌아보자, 혜조 언니가 목소리를 높였다.

"앞 똑바로 보고 운전이나 잘해. 얘는 털털하게 생겼어. 뚱뚱해. 화열이가 잘 거둬 먹여서."

두 사람이 얘기를 나누는 동안 우두커니 창밖을 내다보았다. 그렇게 바라 마지않던 일인데 왜 이리 울적할까. 제임스가 제발 아비를 좋아하기를! 아비는 지금 어떤 심정일까? 나를 많이 원망할까? 배신감을 느낄까? 이런저런 생각에 착잡해 있는데 "저런 미친놈, 얼마나 빨리 가겠다고! 저걸 그냥!" 혜조 언니 친구가 버럭 소리를 질러서 흠칫 놀랐다. 이어 뒷자리에서 혜조 언니의 속삭임이 들렸다.

"너한테 그러는 거 아니야. 아비, 괜찮아."

혜조 언니 친구가 클클 웃었다.

예상보다 오래 걸려서 제임스네 집에 도착했다. 그러나 제임스도 희연 언니도 집에 없었다. 그쪽도 길이 꽤 막히나보다. 제임스의 집은 홍익대 근처 동네에 있는 다가구주택이었다. 아비는 여전히 철장 안에 웅크린 채, 낯선 골목 길바닥에 내려졌다. 공용주택들로 들어찬 골목이었다. 보안등 빛이 침침했다. 아비의 울음소리가 점점 더 불안해졌다. 제임스가 어서 왔으면 싶었다. 빨리 아비를 집 안에 데리고 들어가야 할 텐데. 그나저나 제임스는 어떤 사람일까? 한 번도 외국인을 만난 적이 없는데, 나한테 말을 시키지는 않겠지? 나도 참, 희연 언니와 혜조 언니가 통역해줄 텐데 무슨 걱정이람.

혜조 언니 친구가 차를 세워놓고 왔다. 혜조 언니와 혜조 언니 친구는 건물 현관 벽에 기대어 두런두런 얘기를 나눴다. 나는 철장 옆에서 웅크리고 앉아 철장 안의 처연한 아비 울음소리를 막막히 듣고 있었다.

서둘러 딛는 구두 발걸음 소리가 가까워지더니 외국인 억양으로 "안녕하세요?" 인사가 들렸다.

"제임스!"

혜조 언니가 벽에서 등을 떼며 반겼다. 회색 양복을 입은 해

사한 청년이 혜조 언니에게 "하이!" 인사한 뒤 철장으로 몸을
기울였다. 어두워서 아비가 잘 보이지 않을 것이었다.

"애, 작아요?"

뜻밖에도 제임스는 한국인이었다. 국적은 미국인지 몰라도 외
양은 동양인이었고, 발음은 조금 어색했지만 분명 한국말을 하
고 있었다.

"아니요. 커요."

제임스는 고개를 끄덕이더니 몸을 돌려 현관 안으로 들어섰
다. 우리가 뒤따라 걸음을 옮기자 제임스는 계단을 뛰어올라가
더니 혜조 언니를 향해 말했다.

"먼저 들어가서 좀 치울게요. 잠깐만 기다려주세요."

"우리가 갑자기 와서 그래. 오늘 아비가 잡힐 줄 몰랐거든."

혜조 언니가 어깨를 으쓱 올렸다 내리며 설명했다. 낯선 사람
이 집 앞에서 기다리고 있으니 당황했을 것이다. 게다가 그 불
청객을 졸지에 집에 들여야 하다니. 하지만 미안한 마음 못지않
게 아비가 살 집에 대한 호기심도 컸다.

잘 살아야 해, 아비……

얼마 기다리지 않아 제임스가 우리를 불렀다. 제임스가 사는
곳은 건물 2층에 있는 스튜디오였다. 문을 열고 들어서자 좁은

현관 옆에 택배 상자들이 뒹굴고 있었다. 원룸 스튜디오인 만큼 침대도 바로 건너다보였다. 생각보다 빨리 우리를 부른 건 아마 말끔히 치우기를 포기해서인 듯했다. 눈에 띄는 것들만 대충 발로 밀어놨을 것이다.

"너무 지저분하죠? 잘 치우고 살지 못해요."

제임스가 머리를 긁적이며 말했다.

"제임스가 아주 바쁘거든."

혜조 언니가 좀 민망해하는 얼굴로 제임스를 변명했다.

"아뇨, 뭐."

혜조 언니 친구가 고개를 끄덕이며 말을 우물거렸다.

"언니, 아비 목욕 먼저 시킬게요. 수건 좀 주세요."

"그럴래? 제임스, 수건."

철장을 들고 화장실 문을 열었다. 문을 열자마자 세면대가 있고 구석에는 변기가 놓인, 좁고 어두운 화장실이었다. 나는 착잡한 마음으로 철장 문을 열었다. 아비가 철장 안에서 잔뜩 웅크리고 나오려 하지 않았다.

"아비."

나는 철장에 손을 넣어 아비를 억지로 꺼냈다.

"아비, 괜찮아."

아비를 꼭 끌어안았다. 혜조 언니가 수건을 한 장 갖고 들어왔다.

"쟤 많이 겁먹었다."

혜조 언니가 가엾어하는 목소리로 말했다.

"언니, 저 혼자 할게요. 나가 계시는 게 좋겠어요."

"그럴까?"

혜조 언니가 나갔다. 난 세면대 수도를 틀었다. 물이 따뜻해지기를 기다린 다음 세면대 위의 벽에 걸린 샤워 호스를 빼들고 뒤를 돌아보니 아비가 보이지 않았다. 어느새 변기 뒤에 가 숨어 있었다. 아비를 간신히 그곳에서 꺼냈다. 아비는 거의 패닉에 빠져 몸이 굳어 있었다. 이대로 목욕을 시키는 건 무리였다. 나는 수건을 뜨거운 물에 적셨다가 꼭 짰다. 그리고 오들오들 떠는 아비 몸을 닦아줬다. 울고 싶었다.

"아비, 미안해. 아비, 제임스는 좋은 사람이래. 좋은 사람 같아. 이제 너 좋아하는 캔 실컷 먹을 수 있어. 아비, 괜찮아."

계속 말해줬지만 아비 귀에는 들리지 않을 것이었다.

후줄근해진 수건을 치울 기운이 없어 그대로 바닥에 두고 아비를 안고 나갔다. 혜조 언니와 혜조 언니 친구가 박수를 쳤다. 그새 희연 언니가 와 있었다. 희연 언니는 아비를 향해 빙그레 웃었다.

"목욕은 못 시키고요, 물수건 만들어서 대충 닦았어요. 며칠 있다 제임스하고 낯이 익으면 목욕시켜주세요."

제임스도 아비를 보고 빙그레 웃었다. 아비는 내가 바닥에 내려놓자마자 쌩하니 구석 싱크대에 있는 가스레인지 위로 올라가 몸을 웅크렸다.

"며칠 있으면 괜찮아질 거야."

혜조 언니가 말했다.

"네, 그럴 거예요."

제임스가 저녁을 먹으러 나가자고 했다. 멍한 와중에도 제임스에게 더이상 불편을 끼쳐서는 안 될 것 같았다.

"저는 가봐야 해요."

그러자 제임스가 커피라도 마시겠냐고 물었다. 고개를 끄덕이자 제임스가 머그잔에 커피를 가득 따라줬다. 나는 뜨거운 커피를 꿀꺽 마셨다. 그 쾌활한 아비가 저 정도로 위축될 줄은 몰랐다. 가슴이 저릿했다.

"아비 화장실은 어디 됐어요?"

짐짓 밝은 목소리로 물었다.

"응, 베란다에."

혜조 언니를 따라 베란다에 가보니 먼지가 앉은 베란다 끝에 연두색 화장실이 있었다.

"미리 대청소를 하고 알리를 맞아야 했는데 갑자기 데려오게 돼서…… 좀 지저분하지? 이번 주말에 희연 언니랑 나랑 싹 다 치울 거야."

혜조 언니 말에 나는 고개를 끄덕였다. 이젠 아비가 아니라 알리다, 제임스 앞에서 다른 이름으로 부르는 건 실례다, 생각했지만 나는 아비를 알리라고 부르지 못할 것 같았다. 제임스가 혜조 언니와 희연 언니를 향해 빠른 영어로 말을 했다. "오케이,

오케이." 고개를 끄덕이며 듣던 혜조 언니가 내게 말했다.

"제임스 말이, 알리를 침대로 옮겨주는 게 좋겠대. 며칠 동안 숨어 있을 텐데 침대 밑이 편치 않겠냐고."

"오, 그게 좋겠다!"

왠지 말이 없던 혜조 언니 친구가 큰 소리로 동감을 표했다. 제임스는 자상한 사람이구나. 비로소 내 마음이 조금 밝아졌다. 커피를 마저 마신 다음 그 집을 나서기 전에, 아직도 가스레인지 위에 웅크리고 있던 아비를 안았다. 아비는 극한 패닉 상태에서도 내게 순순히 안겼다. 그때 거기서 아비가 믿을 사람은 나밖에 없어서였을까. 자기를 데려가주려나보다 생각했던 것일까. 다들 지켜보는 가운데 나는 아비를 안아들고 침대로 가 살포시 내려놓았다. 아비는 번개처럼 침대에서 뛰어내려 그 밑으로 들어갔다.

혜조 언니 친구도 집에 가겠다고 했다. 혜조 언니가 우리를 계단 밑까지 배웅했다.

"언니, 고생 많으셨어요. 언니 덕분에 편하게 아비를 잡았네요."

"별말을. 아비는 걱정하지 마. 제임스가 정말 고양이 이뻐하는 사람이야. 얼마나 착한데. 아비를 마음에 들어하기도 하고."

"예, 좋은 분 같아요."

나는 고개를 끄덕였다.

"언니, 제임스한테 저를 한번 초대해달라고 부탁해주실 수 없

어요? 언니랑 함께요. 그때는 정말 아비 목욕 깨끗이 시켜줄게
요."

"그래그래. 아비 한 번 더 봐야지."

나는 아비를 다시 보기를 간절히 빌었다. 하루라도 가까운 날
에. 혜조 언니와 헤어진 후, 난 혜조 언니 친구의 차에 탔다.

"어디로 가요?"

혜조 언니 친구가 물었다.

"해방촌이요."

"오, 우리 이웃 동네네."

혜조 언니 친구가 라디오를 틀었다. 현악 협주곡이 울려퍼졌
다. 묵묵히 차를 몰던 혜조 언니 친구가 문득 입을 열었다.

"그 집, 고양이 키우기 좀 좁지 않아요?"

"원룸에서 여러 마리 키우는 사람도 많아요."

내 말에 혜조 언니 친구는 "흠!" 하며 고개를 저은 것도 같고
끄덕인 것도 같다. 그리고 가볍게 한숨짓고 중얼거렸다.

"왠지 마음이 좀 그렇네."

나는 천천히 고개를 끄덕였다. 아비야, 잘 살아야 해. 행복해
야 해! 아비랑 그런 식으로 헤어질 줄은 몰랐다. 사는 것이, 모
든 게, 슬프고 슬펐다. 아비……

대학가 카페

벽에 낙서가 빼곡하다. 대개 검은색 글씨인데 내가 앉은 자리 옆에 보라색으로 휘갈겨 쓴 글이 있어서 눈이 갔다.

"그러나 시간은 공간이 아니며, 우리 앞에는 과거가 놓여 있다. 과거를 떠난다 해도 그 거리가 멀어지지 않는다."

과거…… 그런 것 같다. 나는 한 발짝도 미래로 나가지 못하고 하루하루 과거를 사는 것 같다. 희미해지는 과거를. 아빠 얼굴도 희미하다. 나를 데리고 큰집에서 나올 때 엄마는 아빠 사진을 남김없이 갖고 나왔다. 유치원, 초등학교, 중학교, 고등학교, 대학교 앨범까지 챙겼다. 엄마가 큰집 앨범들에서 아빠 사진을 빼내어 새 앨범에 담던 모습이 생각난다. 다시는 이 집에 발을 들이지 않겠다고 했다. 엄마는 은빛 공단 보자기에 차곡차곡 새 앨범을 담아 꼭꼭 싸맸다. 그 이후 몇 집을 떠도는 동안 엄마는 앨범 보자기를 잃어버렸다. 아마 잊어버렸을 것이다.

엄마는 비원 근처에 새로 지은 오피스텔에 살기를 원했지만 누가 그 월세를 감당하겠냐며 이모가 반대하는 바람에 효자동 적산가옥에 살게 됐다. 전셋돈은 안성에 내려가 사시는 외할아버지가 복숭아 과수원을 팔아서 내주셨다. 그 집에 살게 된 게 나한테는 다행이었다. 자주 밤늦게 들어오는 엄마를 대신해서 집주인 아주머니가 나를 챙겨주셨으니까. 그 집에서 2년을 살았다. 언제부턴가 엄마는 전셋돈의 절반 이상을 빼 쓰고 그만큼을 월세로 냈던 것 같다.

내가 중학생일 때 우리는 광화문에 있는 오피스텔로 이사했는데, 이사 후 한동안 엄마는 생기가 넘쳤다. 오피스텔 월세 보증금을 내고 많은 돈이 손에 남았으니까. 1년 뒤부터 엄마와 나는 몇 달을 여관에서 살았다. 한남동의 반지하 방에서도 살았고 어느 때는 호텔에서 살았다. 한번은 한 주일, 또 한번은 한 달 정도 나 혼자 엄마 친구 집에 보내진 적도 있다.

호텔에 살 때였다. 하루는 엄마가 나를 호텔 지하에 있는 바로 불렀다. 무거운 문을 밀고 들어가자 재즈 음악이 커다랗게 울려퍼지고 있었다. 엄마가 있는 자리가 한눈에 들어왔다. 까만 구슬이 수놓인 검정색 원피스를 입은 엄마는 말쑥한 남자들에게 둘러싸여 화사하게 웃고 있었다. 나는 위아래 회색 추리닝 차림이었다. 나는 어쩐지 "엄마"라고 부르지 못하고 엄마 어깨에 가만히 손을 얹었다. 고개를 들고 나를 보더니 엄마 눈빛이 이루 말할 수 없이 애틋해졌다.

"밥 먹었어?"

"응."

나는 고개를 끄덕였다.

"뭐 먹었어?"

"오다가 떡볶이 먹었어."

"아휴, 얘는! 너 스키야키 좋아하잖아. 2층 일식집에서 스키

야키 먹으라니까."

"나중에."

말쑥한 남자들 중 하나가 "따님인가봐요?" 물었다. "예, 우리 딸 예쁘죠?" 엄마가 생글생글 웃으며 대답했다.

"엄마도 미인이고 따님도 미인이고. 두 분이 자매 같네요."

엄마는 우리가 자매 같다는 말을 듣기 좋아했다. 그래서 까르르 웃었다.

"따님이 더 의젓하네."

"그렇죠? 앤 정말 의젓해요. 얼마나 착하고 성실하다고요. 저랑 달라요. 공부도 잘해요."

엄마는 또 까르르 웃었다. 엄마와 뒤의 말을 주고받은 남자는, 그때는 몰랐지만, 엄마와 각별한 사이였다. 그와 인사시켜야겠다는 생각이 갑자기 든 엄마가 나를 부른 거였다.

"화열이 와 있네?"

갑자기 누군가 내 목을 끌어안는다. 은경 언니다.

"보고 싶었어! 왜 통 놀러 오지 않니?"

여전히 응석꾸러기 같은 은경 언니 목소리. "잘 지냈어?" 은경 언니가 내 머리칼에 코를 비빈다. 책을 한 아름 안은 여대생 둘이 나타나더니 은경 언니와 함께 의자에 앉는다.

"내 친구들이야."

"안녕?"

"안녕?"

나도 "안녕하세요?" 인사했다.

"내 동생 화열이."

은경 언니가 소개하자 언니 친구가 "동생이 있었어?" 물어서 "사촌동생이에요" 대답했다.

"얘는 수진이, 얘는 미림이. 과 친구들이야."

나는 고개를 꾸벅꾸벅 숙였다.

어젯밤 오랜만에 은경 언니 전화를 받았다. 은경 언니는 휴학하고 미국으로 어학연수를 갈 거라 했다.

"이모가 서부에 있다 그랬나? 내가 시간 내서 찾아가볼게. 어휴, 이모는! 주소는 그대론지 모르겠네."

가슴이 써늘해지는 듯도 했고 확 달아오르는 듯도 했고, 욱신거렸다.

"이모한테 연락 없었지?"

"응……"

내가 한참 말이 없자 은경 언니도 당황한 듯 말을 못 이었다.

"화열아……"

"응……"

은경 언니는 쩔쩔매다가 간신히 "내일 시간 어떠니? 얼굴 한번 보자" 했다. 그렇게 잡힌 약속이었다. 은경 언니 일행은 생맥주를 주문했다.

"화열이 배고프지? 여기 스파게티도 맛있고 족발도 맛있는데,

뭐 먹을래?"

은경 언니가 물었다. 내가 스파게티를 먹겠다고 하자 은경 언니는 "아참, 너 떡볶이도 좋아하지? 여기 궁중떡볶이 맛있다, 너!" 하더니 족발과 궁중떡볶이와 스파게티를 시켰다.

"화열이 너, 얼굴이 왜 이렇게 까매졌어?"

은경 언니가 호들갑스럽게 외쳤다. 고양이 밥 주러 낮에 돌아다녔더니 얼굴이 많이 탄 모양이다.

"그래? 많이 까매?"

"그러엄! 선크림 바르고 다녀."

은경 언니는 핸드백에서 선크림을 꺼내 내밀었다.

"이거 발라."

"아냐, 괜찮아."

내가 손을 휘저었지만 은경 언니는 기어이 내 손에 선크림을 쥐여줬다. 내가 그 초콜릿 빛깔의 작은 튜브를 만지작거리자 은경 언니 친구 중 한 명이 "메리케이네. 나도 그거 쓰는데" 했다. 이어 그들은 이런저런 화장품에 대한 이야기를 속사포처럼 주고받았다. 은경 언니와 그 친구들 모두 단정히 화장을 한 뽀얀 얼굴이었다. 은경 언니는 전보다 성숙하고 예뻐 보였다.

게나 고둥이나

은경 언니는 8월 초에 떠날 거라고 했다.

"좋겠다! 나는 아빠가 혼자서는 절대 못 보낸다고 해서 망했어."

"그래도 넌 꾸준히 영국문화원 어학 센터도 다녔잖아. 나도 듣고 싶었는데 언감생심이었지. 그나저나 꼭 취직해야 하는데 큰일이야. 내가 왜 법대에 들어왔을까. 진작 전공 바꿔서 교직이수나 할 걸 그랬어. 제길! 시간이 있어야 말이지. 어느새 졸업반이네. 만날 알바 뛰느라."

"어학 센터는 은경이도 다녔지, 뭐. 은경이는 초등영어교실부터 다녔지?"

"은경이네 엄마가 학교 선생님이니까 어련히 잘 찾아 가르치셨을까. 우리 엄마는 능력도 없으면서 왜 애를 셋이나 낳아갖고! 복 터진 은경이 너는 영어라면 빠삭할 텐데, 웬 어학연수?"

"나? 한참 멀었어. 회화랑 읽기는 그럭저럭 되는데, 글은 영 아니야."

은경 언니와 언니 친구들은 영어 능력과 어학연수와 취직에 대해 자랑과 한탄과 불안을 여러 가지로 얘기했다.

"작년에 졸업한 언니지?"

"응, 아기 공룡 둘리처럼 생긴."

"아빠가 신문사 다닌다던데."

"좋겠다!"

"미림이는 로스쿨 갈 거지?"

"생각은 있는데 쉽겠어, 어디?"

"저런 내숭!"

은경 언니와 언니 친구들이 사법고시에 합격한 누군가를 부러워하는 얘기, 로스쿨 얘기, 외무고시 폐지 얘기를 하고 있는데 딸각딸각 발소리가 들렸다. 이마 위로 올려 쓴 초록색 고글이 눈을 끄는 사람이 다가오고 있었다.

"언수구나!"

애를 셋이나 낳은 엄마를 원망하던 수진 언니가 그를 반겼다. 눈을 질끈 감고 혀를 한껏 내민 까까머리 여자의 사진이 프린트된 흰 셔츠와 회색 반바지를 입고, 딱딱한 플라스틱 슬리퍼를 신은 언수라는 사람은 세 여자를 차례차례 끌어안았다. 그리고 팔을 벌린 채 나를 봤다.

"은경이 사촌동생이야."

수진 언니가 날 소개했다. 언수라는 사람은 나에게 고개를 까딱해 보이고는 수진 언니 옆에 앉으며 "배고파 돌아가시겠다!" 했다. 엄마 원망 수진 언니가 떡볶이가 담긴 제 앞접시를 밀어줬다. 그는 스스럼없이 수진 언니가 쓰던 포크로 떡볶이를 찍어 자기 입에 넣었다. 은경 언니가 종업원을 부르는 벨을 눌렀다.

"언수야, 내 옷 어때?"

수진 언니가 일어나 맵시 있게 뱅그르르 돈 다음 자리에 앉았다. 종아리 중간까지 오는 길이의, 까만 바탕에 커다란 붉은 꽃이 가득 찍힌 시폰 원피스였다. 언수라는 사람은 떡볶이를 우물우물 씹으며 고개를 끄덕거리더니 입안의 것을 꿀꺽 삼켰다.

"음, 19세기 몽마르트르 같은데?"

"호홋, 19세기! 몽마르트르!"

기분 좋은 듯 외치며 수진 언니가 활짝 웃었다.

"몽마르트르에서 방귀로 연주하는 사람이랑 같이 있는 여자 같아."

다들 까르르 웃었다. 수진 언니도 웃으면서 그의 어깨를 찰싹 때렸다.

"방귀로 연주하는 사람?"

"그래. 영화에서 못 봤니? 19세기 몽마르트르 극장에 방귀 연주가가 있었어. 그 무대에서 거드는 여자가 그런 옷 입고 있더라."

수진 언니는 쩝, 입맛을 다셨다. 은경 언니가 킬킬거리면서 내게 귀띔했다.

"언수씨는 파리에서 중학교 다녔어. 지금은 출판사에서 책 디자이너로 일하고 있어."

언수라는 사람이 빙글빙글 웃으며 자기소개를 했다.

"나, 이대 나온 남자야."

"이대 나오셨어요?"

내가 놀라서 묻자 다들 폭소를 터뜨렸다. 은경 언니가 웃으며 내 오해를 바로잡아줬다.

"미대 나왔어. 미대 나온 남자라구."

"너도 법학과?"

언수라는 사람이 날 보며 물었다.

"저는 학교 안 다녀요."

내 대답에 잠깐 어색한 침묵이 돌았다.

"재수하는 거야? 아니면 휴학?"

미림 언니가 물었다.

"휴학 아니고 고2 때……"

내 대답에 은경 언니가 덧붙였다.

"화열이는 고2 때 대입검정고시 패스했어. 애가 좀 특이해."

"대단하다, 고시를 패스하다니!"

언수라는 사람의 말에 다들 또 까르르 웃었다.

"우리 반에도 그런 애 두엇 있었는데. 걔들은 1년 일찍 대학 갔어."

미림 언니가 말했다. 나는 멋쩍게 웃으며 고개를 끄덕였다.

"그래, 뜻도 없이 학교는 다녀서 뭐하냐? 돈지랄이지. 게나 고 둥이나 다 다니는 대학! 너 크게 되겠다, 소신 있게 사는구나! 오직 수능 성적이 아깝다고 법대 들어간 저 언니들보다 낫다."

언수라는 사람이 이렇게 말하자 수진 언니는 걱정스런 목소리 로 "그래도, 다들 다니는데 다녀야지. 대학 나와도 살기 힘든 세 상인데…… 힘들잖아" 하고 말했다.

오늘은 야간근무를 하게 돼서 11시까지 편의점에 가면 된다. 종종 야간근무하는 오빠의 부탁으로 토요일 밤에 대신 근무하곤 했는데, 이번에는 내가 먼저 바꿔달라고 부탁했다. 카페 앞까지 배웅 나온 은경 언니가 봉투 하나를 건넸다.

"엄마가 전해주래."

"나 돈 있어."

"받아둬. 그리고 집에 들러서 반찬 같은 것도 가져가고 그러래. 어려운 일 생기면 꼭 연락하고. 화열아, 미안해. 언니가 너 사는 데 찾아가보지도 못하고. 엄마 아빠도 늘 네 걱정해. 얼굴 좀 자주 보이고 용돈도 타가고 그러란 말이야."

"나 잘 지내, 언니. 이모부랑 이모한테 잘 지내더라고 전해 줘."

"그런 거 같아 보이긴 해."

은경 언니는 신통해하는 표정으로 배시시 웃었다.

"나 떠나기 전에 엄마 아빠랑 같이 밥 한번 먹자!"

은경 언니는 나를 꼭 끌어안은 뒤 손을 흔들며 다시 카페로 들어갔다. 잉잉 소리가 나는 듯 붐비는 대학가의 금요일 밤이다.

보안등 불빛 아래

건너편 선로를 지나가는 지하철은 만원이다. 그쪽만큼은 아니지만 내가 탄 지하철도 꽤 붐빈다. 휴대폰을 확인해보니 문자가 두 통 와 있다. 둘 다 바리이모님이다.

"돼지 등뼈 넣고 우거지탕 한 솥 끓였어. 일 끝나고 와서 먹어라. 팅클이랑 양야옹도 올 거야. 먹고 놀다가 극장 가서 심야영화 한 편 보자."

"네가 좋아하는 수박도 큰 거로 하나 사놨어."

나는 답장을 보냈다.

"저 오늘 밤은 근무해요. 재미있게들 노세요."

이태리 여배우처럼 눈 끝이 시원스레 치켜올라간 팅클 언니. 좀 터질 듯 부푼 몸매인데 "난 살쪄도 균형이 잡혀 있어서 괜찮아. 들어갈 데 다 들어갔잖아?" 한다. 후후, 본인은 자신만만이다. 언니는 몇 년간 강사로 몸담았던 미술학원을 지난해에 그만뒀다고 한다. 소설을 쓰려고. 〈고양이웃네〉에 언니가 올린 글들을 읽으며 참 맛깔스럽다 생각했는데 과연.

팅클 언니는 고양이 네 마리를 키운다. 전부 암고양이고, 그중 셋이 카오스다. 검정, 노랑, 주황색이 뒤죽박죽 섞인 고양이를 카오스라고 하는데 대개 어둡고 칙칙한 느낌을 줘서 인기가 없는 편이다. 흰색 바탕에 검정, 노랑, 주황색이 조화롭게 무늬진 고양이는 삼색 고양이라 불리는데, 삼색 고양이들이 예쁘기로 호가 난 것과 대조적이다.

카오스는 인상과 달리 섬세하고 순한 품성을 가졌다고 한다. 미술대학을 나온 팅클 언니가 카오스 고양이한테 이끌리는 건,

112

그 털빛이 여러 가지 물감이 말라붙은 팔레트를 연상시켜서일지도 모르겠다. 수입도 없는데 고양이들 먹이려면 난방비를 아껴야 한다고, 그 추웠던 지난겨울을 보일러 한 번 켜지 않고 지낸 팅클 언니. 자기는 추위를 타지 않는다고 큰소리쳤지만 바리이모님 댁에서는 따끈한 방바닥에서 뒹굴며 "아, 좋다!"를 연발했었지.

팅클 언니는 취향은 화려하지만 생활은 검박하다. 불같은 데가 있는 성격이면서 착하고 책임감이 강하다. 그 집 맏고양이 팅클이 열 살이 넘었다고 했으니 언니가 이십대 초반에 인연을 맺은 건데, 순탄치만은 않았던 듯한 시절을 잘 거두며 지나왔다. 팅클 언니의 강함이 존경스럽다. 팅클 언니가 얼른 소설가가 됐으면 좋겠다. 어떤 소설을 쓰고 있는지 궁금하다. 문득 다들 보고 싶어졌다. 하지만 지금 9시 11분이니까 바리이모님 댁에 도착하면 10시. 거의 바로 일어나야 11시까지 편의점에 갈 수 있을 것이다. 포기하자.

고양이 비탈에 왔다. 차 밑에 뒀던 스티로폼 도시락 그릇과 두부 포장 그릇을 누가 길옆에 곱게 모아놨다. 내가 모르는 어떤 이의 선의가 어룽대는 듯해 뭉클하다. 다들 밥들은 잘 먹었는지 모르겠다. 이 시간쯤이면 "아아앙~" 울면서 아비가 나타나기도 했는데. 아비야, 잘 있니? 어디선가 푹 쉰 목소리로 고양이 우는 소리가 들린다. 컨테이너 쪽에서 고양이 한 마리가 울면서 다가온다. 얼굴이 동그랗고 털이 긴 노랑얼룩 고양이다.

"너구나!" 얘를 만나면 착잡하다.

처음 얘를 본 건 지난겨울 어느 날 밤이었다. 그때는 컨테이너 주위에 고양이 밥을 놓아두었다. 다른 고양이들이 아그작 오독오독 사료를 씹어 먹고 있는데 컨테이너 밑에서 너무도 구슬픈 울음소리가 들려왔다. 엎드려서 들여다보니 여느 길고양이와는 다르게 생긴 고양이가 있었다. 컨테이너 밑에 사료를 놓아주자 앙앙거리며 먹는 소리가 들렸다. 며칠 뒤 다른 고양이들이 밥을 먹을 때 또 구슬프게 울면서 비탈을 올라오기에 따로 밥과 물을 줬다. 그런데 밥은 먹지 않고 첩첩 소리를 내며 물만 정신 없이 마시더니, 너무도 구슬픈 목소리로 울면서 몸을 돌려 내려갔다. "왜 밥 안 먹어?" 외치며 밥그릇을 들고 따라갔는데, 우뚝 멈춰 구슬피 울더니 걸어가고, 또 우뚝 멈춰 구슬피 울더니 걸어가고, 어느 순간 사라져버렸다. 너무 많이 울어 목이 망가질 정도로 쉰 것 같았다.

지금도 예쁘지만 새끼고양이 때는 얼마나 예뻤을까. 얼마나 사랑스러웠을까. 많이 사랑받다가 버려진 것 같은 이 방황하는 고양이는 비탈에서 한 정류장쯤 떨어진 초등학교 앞에서도 두 번 만난 적이 있다. 거기서 이 비탈 동네까지 배회하면서 울고 다니는 모양이다. 예전에 살던 집이 그 사이 어디일까? 조금만 기다리면 도로 데려갈 줄 알았는데 아주 버려진 곳이 그 사이 어디일까?

요전번 만났을 때는 대낮이었는데 많이 마르고 아파 보였다.

털도 몹시 더럽고 푸석푸석해졌다. "야옹아" 부르니 우뚝 멈춰 나를 향해 얼굴을 치켜들고 쉰 목소리로 울었다. 길바닥에 얼른 밥을 줬더니 냄새만 맡고 구슬피 울면서 그냥 가버렸다. "물이라도 마셔!" 안타까워서 따라갔는데 나를 피해 걸음을 빨리했다. 괜히 겁만 주는 것 같아 나는 더이상 따라가지 못했다.

"아직 살아 있었구나!"

붙잡는다 한들 그다음 어떻게 해줘야 할지 방도가 생각나지도 않지만, 잡히지 않을 것같이 거리를 두고 우는 고양이다. 제발 밥을 먹어줬으면! 기도하는 마음으로 사료와 물을 줬다. 물이라도 마셨으면…… 그래, 차라리 무지개다리를 건너가거라! 그렇게 외롭고 슬프게 떠돌아다니지 말고, 돌멩이 던지는 무서운 사람 없고 추위도 배고픔도 없는 그 나라로 가거라!

다시는 그 고양이를, 영영 만나지 못할 것 같았다. 보안등이 주홍빛을 비추는 비탈길을 터벅터벅 내려갔다. 눈물이 후드득 떨어졌다. 혹시 그날이었을까? 가필드처럼 동그란 얼굴의 그 고양이를 처음 봤을 즈음, 컨테이너 앞에 버려져 있던 헝겊으로 만든 고양이 집과 빨간 플라스틱 밥그릇이 문득 떠올랐다. 밥 주는 사람이 있으니까 굶지는 않으리라 생각하고 집이랑 밥그릇이랑 같이 그 고양이를 거기에 버렸던 걸까…… 그때가 겨울이 시작될 무렵이었는데…… 왜 그랬어요? 왜 그랬어요? 어떻게 그랬어요? 저게 뭐예요? 저게 뭐예요!

"으흐응!"

내 입에서 커다랗고 이상한 소리가 났다. 나는 얼른 헛기침을 했다. 비탈을 올라오는 아주머니가 걸음을 늦추며 내 쪽을 물끄러미 바라보았다. 적일까? 아군일까? 그 와중에도 그 아주머니가 너 잘 만났다는 듯, 왜 고양이 밥을 주고 다니느냐 시비를 걸 사람일까봐 두려웠다. 곁눈도 주지 않고 난 걸음을 빨리해 쌩 지나쳤다.

나는 좀처럼 우는 사람이 아니다. 그런데 고양이들을 알게 된 뒤로 자꾸 울게 된다.

밤의 편의점

이 근처는 대학가인데도 한산한 편이다. 그래도 오늘은 금요일 밤이어서인지 편의점 앞 테이블 세 개가 다 차 있었다. 열릴 때마다 딸랑딸랑 종소리를 내는 문을 밀고 들어서자 에어컨 냉기가 훅 끼쳐왔다. 계산대 앞에 다섯 사람이 줄을 서 있었다. "일찍 왔네?" 컵라면 바코드를 찍으며 주인아주머니가 반겼다.

"담배 좀 채워줄래?"

"예."

고개를 꾸벅 숙여 인사하고 담배 진열장을 체크했다. 디스 플러스, 말보로 라이트, 버지니아 슬림 1밀리그램이 있는 칸이 거의 비어 있었다. 담배를 가지러 창고에 가보니, 뜯지 않은 상자들이 잔뜩 쌓여 있었다. 포도주 상자, 생수 상자, 맥주 상자, 컵라면 상자, 과자 상자, 스타킹 상자…… 그중 담배 상자를 찾아 들고 나갔다. 바리이모님은 팅클 언니가 '골초'라고 했다. 골초란 연기에 찌들 정도로 담배를 많이 피우는 사람을 말한다. 골초 팅클 언니가 즐겨 피우는 담배는 마일드 세븐이다. 마일드 세븐 케이스는 두 종류인데, 언니는 각이 진 케이스는 싫어했다. 부드러운 케이스의 마일드 세븐을 좋아했다. 팅클 언니야말로 반듯이 각이 잡히고 날이 선 사람인데.

담배를 채워넣고 창고로 돌아가 유니폼을 걸쳤다. 손수건을 꺼내려 가방을 뒤지던 참에 은경 언니한테 받은 봉투를 열어보았다. 빠닥거리는 5만 원권 지폐 열 장이 들어 있었다. 왠지 기분이 좋아졌다. 아주 부자가 된 것만 같았다. 통장에는 2백만 원 가까이 들어 있다. 편의점에서 일한 지도 열 달쯤 돼가는데, 고양이 사료랑 공과금이랑 차비 말고는 쓸 일이 없으니 돈이 모였다. 만나는 사람들도 나보다 어른들이어서일까, 모두들 내게 무언가를 주기만 하고 밥값 한 번 내지 못하게 한다. 엄마도 다른 사람한테 뭐든지 잘 줬었다. 큰엄마도 이모도 엄마한테 마음이 좀 풀릴 때면, 엄마가 재벌 딸로 태어났으면 사람 구실을 버젓이 했을 거라고 혀를 차곤 했었다.

돈이 든 봉투를 서동욱 시집 『랭보가 시 쓰기를 그만둔 날』에 끼워넣었다. 『랭보가 시 쓰기를 그만둔 날』은 팅클 언니 집에 놀러 갔다가 빌려왔다. '랭보'란 글자에 끌려 들춰보다가 「집고양이」와 「도둑고양이」란 시가 있어서 빌린 것이다.

진열장에 음료수들을 채우고 빈 테이블을 치우러 나가보니 라면 그릇이 엎어져서 국물이 길바닥으로 뚝뚝 떨어지고 있었다. 그릇 옆에는 라면 가닥과 함께 국물이 흥건했고, 그 위에 담배 꽁초가 젖어 있었다. 뒹클 언니라면 이렇게 소리 질렀을 것이다.

"헐, 이러고 싶을까?"

테이블을 깨끗이 정리하고 편의점 안에 들어가니 한 여대생이 핸드백을 여미며 카드 전표를 들여다본다. 그녀가 나가자마자 주인 아주머니가 피곤해하는 목소리로 한탄한다.

"990원짜리 김밥 한 줄이랑 사이다 캔 하나 사면서 카드를 내네."

전에는 만 원 넘어야 카드를 썼는데 언제부턴가 담배 한 갑 사면서도, 생리대 한 봉지 사면서도, 심지어는 커피 한 캔 사면서도 카드로 거래하는 손님이 많아졌다고 아주머니는 고개를 설레설레 저으셨다. 푼돈을 일일이 전표 끊는 건 국가적 낭비라고 아주머니는 강변했다. "계산하는 데 시간도 많이 잡아먹고." 아주머니 말씀에 나는 고개를 끄덕여 동의를 표시했다.

처음 일을 시작할 때 아주머니는 내게 단단히 주의를 주셨다. 아무리 액수가 작아도 카드 거래를 거절하면 안 된다는 것이었다. 그 사람이 고발하면 벌금을 물게 된다고 했다. 또 절대 해서는 안 될 일 하나는, 물건을 담아주는 봉투를 거저 주는 것이다. 봉투도 거저 주면 벌금을 문다. "봉투에 담아 드릴까요? 봉투

값은 20원입니다"라고 딱 부러지게 알리고 돈을 받는 모습이 천장에 달린 CCTV카메라에 찍혀야 한다고 했다. 주인아주머니는 언젠가, 짐을 넘치도록 들고 온 할머니가 편의점에서 산 물건을 어찌 들어야 할지 몰라 쩔쩔매면서 돈도 없다기에 선의로 봉투를 그냥 드렸다가 벌금을 문 적도 있다고 했다. 별별 상황으로 함정을 만든 뒤 걸려들면 신고를 하고 포상금을 받는 게 직업인 사람들이 있는데, 그들이 주로 노리는 게 나 같은 아르바이트 근무자라고 했다. 실수는 아르바이트 근무자가 해도 벌금은 가게 주인이 무니 아주머니가 신경을 곤두세우는 게 당연하다.

계산을 맞추고 카운터를 넘겨준 뒤 주인아주머니는 유니폼을 벗으며 창고로 갔다. 잠시 후 돌아온 아주머니가 마지막 지시를 내렸다.

"밤참에 따로 식비 쓰지 말고 아저씨 김밥 남은 거 먹어. 에휴…… 김밥이 많이 남아서 어떡하나…… 두 개는 너 먹고 나머지는 반품해야지, 뭐. 아저씨 속상하시겠다. 4시에 김밥 아저씨 올 거야. 멸치김밥이랑 김치김밥은 일곱 개씩 받아놓고, 햄김밥은 다섯 개만 놓고 가시라 그래. 그럼, 수고해라! 참, 내일은 못 보겠네?"

"네, 일요일에 뵐게요."

아주머니는 해쓱해진 얼굴에 잔잔한 미소를 띠고 총총 나가셨다.

새벽의 편의점

이 편의점에는 점원이 셋이다. 매일 오후 11시부터 다음날 오전 8시까지 일하는 야간근무자 호선 오빠, 오전 8시부터 오후 5시까지 일하는 주간근무자 진수 오빠, 그리고 오후 7시부터 오후 11시까지 일하는 나. 주인아주머니는 평일에는 오후 5시에서 7시까지 가게를 지킨다. 토요일에는 평소 하던 시간에 더해서 내 근무시간을 메우고, 일요일에는 호선 오빠가 맡은 야간시간도 담당하신다. 그리고 제약회사에 다니고 있는 아주머니의 남편이 토요일 진수 오빠 시간을 맡는다. 이렇게 주인아주머니 부부는 점원들이 한 주일에 하루는 휴일을 갖게 한다. 그런데 호선 오빠는 종종 펑크를 내서 아주머니를 질색하게 만들곤 했다.

"우리 아주머니처럼 경우 바르고 인정 많은 사람 없어."

여러 편의점에서 일해봤다는 진수 오빠의 평이다.

"그래서 내가 여기를 못 뜨잖아?"

편의점이 문을 연 이래 여태까지, 4년이 넘도록 다니는 장기근속자 진수 오빠. 아주머니는 늘 진수 오빠를 든든히 여기며 월급을 많이 못 올려주는 것을 미안해했다. 진수 오빠도 주인아주머니를 친누이처럼 따르는 것 같다. 예컨대, 옆 건물 1층에 24시간 김밥집이 생긴 뒤로 편의점 김밥 매출량이 현저히 떨어진 걸 제일처럼 안타까워했다.

아주머니처럼 좋은 고용주를 만나기도 힘들지만, 아주머니 입장에서는 좋은 점원을 구하는 게 힘든가보다. 돈을 다루는 일이니만큼 신뢰할 수 있어야 할 뿐만 아니라, 근무시간을 철저히 지켜줄 만큼 성실한 사람이 필요하다고 했다. 그런데 보수가 적어서인지 영 책임감이 없어서 한 달도 채우지 않고 불시에 그만두는 사람이 부지기수라고, 아주머니는 한숨을 쉬셨다.

"그만두려면 다음 근무자를 구할 때까지는 시간을 줘야 한다고 뽑을 때 아무리 다짐을 받아놔도 소용없어. 그렇게 잘 지내던 사람들이 언제 본 사람이더냐고 얼굴 바꾸는데, 가슴이 횅해져."

상처 받은 얼굴로 푸념하던 아주머니는 내 칭찬을 하셨다. 그리고, 진짜 더 좋은 일이 생기기 전에는 그만두지 말라고 당부했다.

새벽 1시가 지나자 손님이 뜸해졌다. 30분 전부터 가게 벽에 둘러진 긴 테이블 앞에 앉아 신문을 보던 아저씨가 휴대폰을 받았다.

"창천동이요? 골목 많이 들어갑니까? 아, 예, 세아빌딩…… 10분쯤 걸릴 겁니다. 근처에 가서 전화드리겠습니다."

대리운전 아저씨인가보다. 휴대폰 폴더를 닫으며 아저씨는 벌떡 일어나 커피가 든 종이컵을 집어들었다. 고개를 한껏 젖히고 종이컵을 입속으로 기울였다. 그리고 종이컵을 구겨 테이블에 내려놓고 혀로 입술을 축이며 잠시 멈칫하더니 뚜벅뚜벅 걸어 문을 열고 나갔다. 그 뒤에서 딸랑딸랑 종소리가 울렸다. 중학생으로 보이는 남자애와 여자애가 사이좋게 붙어 앉아 햄버거를 먹던 테이블이 어느새 비어 있었다.

딸랑딸랑딸랑, 종소리와 함께 사무라이 머리를 한 언니가 쳐들어오듯 들어섰다.

"호선씨 없어요? 호선씨 어디 있어요?"

윗머리는 노란색이고 정수리에서 말꼬리처럼 늘어뜨린 부분은 붉은색이었다.

"오늘 일이 있어 쉬는데요."

"흠, 그렇구나. 양주 두 병 사러 왔어요. 호선씨는 3천 원씩 깎아줬는데. 저 '빅'에서 왔거든요."

'빅'은 근처에 있는 술집이다. 한밤에 갑자기 술이 떨어지면 우리 편의점에서 조달하곤 했다.

"그렇게 해드릴게요."

"오옷, 땡큐."

사무라이 언니는 머리 꼬리를 불꽃처럼 나폴거리며 양주 코너에 가 술을 들고 왔다.

"정신이 나갔었나봐아~"

흥얼거리는 노랫소리가 낭랑하다. 베베치킨의 필용이가 좋아하는 이승기 노래다.

"학생이에요?"

카드를 받아 단말기에 긋는 내게 사무라이 언니가 묻는다.

"아니에요."

"흠, 그렇구나. 그럼 뭐, 배우러 다녀요? 난 낮에 웹 디자인 학원 다녀요."

"아, 예."

우물거리며 건네주는 카드와 영수증을 받자마자 사무라이 언니는 "수고하세요!" 외치고 바삐 나갔다. 딸랑딸랑딸랑.

고양이 스커트를 입고

테이블을 정리하고 편의점 구석구석 물걸레질을 했다. 편의점 앞도 말끔히 쓸었다. 내친김에 김밥집 앞도 쓸었다. 진수 오빠가 봤으면 라이벌 가게 앞을 왜 청소해주냐고 핀잔할 것이었다. 인테리어에 공을 들여 카페처럼 꾸민 김밥집이다. 유리창으로 흘깃 들여다보니 꽤 너른 실내가 휑하니 비어 있다. 평소에도 그다지 손님이 없는 편이다. 주인아주머니 말대로 우리 편의점에 손해를 입히면서 자기네도 적자가 만만치 않을 것이다. 김밥집 문 앞에서 두어 번쯤 주인을 본 적이 있다. 안경을 쓰고 야윈 얼굴의 초로 신사가 어딘지 어색해하는 모습으로 서 있었다. 퇴직금을 털어 차린 가게라던데……

창고에 들어가 스타킹 박스를 뜯는데 종이 울렸다. 얼른 일어나 나가보니 반가운 얼굴들이었다. 바리이모님, 양야옹 언니, 팅클 언니! 양야옹 언니는 쇼핑백을, 팅클 언니는 보퉁이를 들고 있었다.

"웬일이세요?!"

"바리이모님이 너 우거지탕 먹이자고 여기 가자셔서. 아, 덕분에 난 집이 한참 멀어졌네."

팅클 언니가 짐짓 투덜거리며 계산대에 쿵, 보퉁이를 내려놓았다.

"이것도 햇살님 거."

양야옹 언니가 쇼핑백을 그 옆에 놓았다.

"겉절이랑 멸치볶음이야. 멸치에 호두도 넣고 땅콩도 넣고 볶았어."

바리이모님이 설명하며 가게를 둘러봤다.

"손님이 없네?"

"예, 이 시간엔 뜸해요. 시간 잘 맞춰 오셨어요."

바리이모님 얼굴을 보니 화장을 진하게 해서 웃음이 나왔다.

"바리이모님, 화장하셨네요?"

"응, 팅클이 해줬어. 스모키 화장이래나. 양야옹도 해놨잖아."

바리이모님은 수줍어하며 얼굴을 막 문지르셨다.

"아이고, 화장 다 뭉개지네!"

팅클 언니가 바리이모님 손을 잡아챘다.

"와, 예쁘신데요, 다들 예쁘다!"

바리이모님은 이목구비가 또렷해서 예쁜 얼굴인데 로션 하나 안 바르고 옷도 털털하게 입고 다녔다. 본인 말에 의하면 처음 만났을 때 남자인 줄 아는 사람도 종종 있다고 했다.

"이런 옷 좀 입지 마요."

언젠가 큼지막한 회색 점퍼를 입고 나왔던 바리이모님에게 팅클 언니가 퉁박을 준 적이 있었다. 바리이모님은 이렇게 변명했다.

"체격이 크니까 남자 옷 중에서 골라야 맞는 게 있더라구."

사실 숙녀복 중에서도 큰 사이즈의 예쁜 옷이 많을 것이다. 하지만 혼자 힘으로 아이 둘을 키우며 살자니, 자신에게 쓸 돈은 아끼셨을 바리이모님이었다.

"바리이모님 화장하니까 정말 예쁘지?"

팅클 언니가 으스댔다. 바리이모님이 발그레 얼굴을 붉혔다.

"난 피부가 약해서 이런 거 바르면 얼굴에 뭐 난단 말이야. 로션도 못 바르잖아."

말씀은 그렇게 해도 기쁘신 듯했다.

"그럭이도 왔어."

"와, 그럭 오빠도요? 어떻게요?"

그럭 오빠의 닉네임은 그럭저럭인데 줄여서 그럭이라고 부른다. 오빠는 부천에 산다.

"응, 그럭이가 칼국수 좋아하잖아. 칼국수 해주겠다고 꼬셨지롱. 차 세워두고 올 거야."

바리이모님 말이 떨어지자마자 종소리가 울렸다. 그럭 오빠였다. 흰 폴로셔츠가 깔끔하게 잘 어울리는 멋쟁이 그럭 오빠. 들어오자마자 바리이모님한테 쇼핑백을 내밀었다.

"이거 입기로 했지요?"

그럭 오빠 말에 다들 깔깔깔 웃으며 "아 참!" 한다.

"뭔데요?"

"그럭이가 양야옹 쇼핑몰에서 산 거래."

바리이모님이 대답하며 쇼핑백에서 파르스름한 옷가지들을 꺼내 하나씩 나눠줬다. 타월지에 고양이가 그려진 긴 스커트였다.

"아, 예뻐요!"

내가 감탄하자 양야옹 언니가 흐뭇한 목소리로 말한다.

"요번에 물건 떼러 일본 갔을 때 가져온 거야."

"그럭이가 우리 주려고 여러 장 샀대."

바리이모님이 일러줬다.

"여름 선물이에요. 가격도 착하기에."

그럭 오빠가 바지 위로 스커트를 입으며 별거 아니라는 듯 겸손하게 말했다. 우리는 "땡큐!" "고맙!" "잘 입을게요!" 인사하며 저마다 고양이 스커트를 입었다.

"그럭이 제일 맵시 있네. 잘 어울려."

"그러게요."

"크크, 정말 치마 잘 어울리네."

"44사이즈 남자!"

모두들 그럭 오빠를 놀렸다. 그럭 오빠는 빙글빙글 웃었다.

다들 고양이 스커트를 입은 채 바깥 테이블에 둘러앉으니 장관이었다.

"그럭 오빠 우거지탕 드실래요?"

내가 묻자 그럭 오빠는 배부르다며 사양했다.

"그럭이도 한 그릇 싸줬어. 그럭이는 아까 칼국수 잔뜩 먹어서 배부를 거야."

바리이모님 말에 그럭 오빠는 배를 두드렸다.

"세 그릇 먹었어."

그럭 오빠 말에 양야옹 언니와 팅클 언니가 목소리를 높였다.

"많이 먹더라! 그럭님 정말 칼국수 좋아해."

"그럭 오빠, 칼국수라는 그 말 한마디에 부천에서 달려오다!"

그럭 오빠가 대꾸했다.

"칼국수라면 언제 어디라도 달려갑니다!"

바리이모님이 그럭 오빠 편을 들었다.

"우리 차 태워주려고 왔지, 뭐. 고양이 치마도 줄 겸."

"바쁠 때는 못 오는데 마침 한가해서요."

그럭 오빠가 유순한 목소리로 말했다.

"다들 뭐 드시고 싶은 것 드세요. 모처럼 오셨는데 제가 살게요. 그럭 오빠, 맥주 드실래요?"

"난 운전해야 해서 안 마실래. 배도 부르고."

"햇살이가 무슨 돈이 있다고 그래?"

바리이모님이 말렸다.

"괜찮아요. 제가 대접해야지요. 뭐 드실래요?"

내가 둘러보자 그럭 오빠가 제의했다.

"제가 쏠게요. 팅클 술 잘 마시지? 햇살이 장사도 시켜줄 겸 딴 사람들이 좀 마시면 좋겠네요."

바리이모님이 피식 웃었다.

"팅클 쟤는 술 못 마셔. 담배만 들입다 피우지. 맥주는 양야옹이 좋아해."

"나? 못 마시지요. 술이 안 받아요. 그래도 그럭 오빠가 쏜다니까, 뭐 하나 골라볼까?"

팅클 언니가 자리에서 일어나자 그럭 오빠와 양야옹 언니가 따라 일어났다.

"나는 진한 커피 한 잔 갖다줘."

바리이모님이 다리를 쭉 뻗으며 말했다. 바리이모님을 두고 우리는 가게에 들어갔다.

내가 루저라고?

양야옹 언니가 하이네켄 맥주를 집어오자 그럭 오빠는 "그럼 나도 하나만" 하며 하이네켄 깡통을 하나 더 가져왔다. 팅클 언니는 달콤한 레몬 보드카 칵테일을 한 병 골랐다. 아몬드와 땅콩과 버터 오징어까지 그럭 오빠가 계산했고, 바리이모님과 그럭 오빠를 위한 제일 진하고 비싼 커피는 내가 고집을 부려 값을 치렀다.

칵테일 병을 기울여 한 모금 삼키며 팅클 언니가 "카아!" 소리를 냈다.

"그거 도수는 있는 거야?"

그럭 오빠가 물었다. 병을 살핀 뒤 튕클 언니가 대답했다.

"5도네요."

"제법 센데?"

"음, 달콤하고 향긋한 게 먹을 만하네."

튕클 언니는 맛있다는 듯 꼴깍꼴깍 마셨다.

"양야옹 언니, 먼 걸음 하셨네요?"

"오빠가 강남으로 영어 배우러 다니잖아. 그 참에 묻어왔어."

"강남까지 멀지 않아요?"

"응, 차 밀릴 땐 두 시간이나 걸려."

"와, 너무 오래 걸린다!"

"일산에는 영어학원이 없니?"

바리이모님이 물었다.

"일산에서도 몇 군데 등록했었는데 잘 다니지 않더니 이번에 등록한 학원은 열심히 다니더라구요. 모르지, 이제 한 달 돼가니까. 그래도 괜찮은 덴가봐. 대전에서 다니는 사람도 있대요."

"대전? 야, 장난 아니네! 어떤 학원인데?"

"유명한 데래요. 에로 영어라나."

'에로 영어'라는 한마디에 왁자지껄해졌다.

"그거 괜찮다. 대전에서도 다니겠다고 할 만하네."

"영어가 머리에 쏙쏙 들어오겠네."

"어디야? 나도 다니고 싶네. 재밌겠다."

우리의 열렬한 호응에 흐뭇해하던 양야옹 언니는 팅클 언니의 "남자들 많이 다니겠네"라는 말에 고개를 갸웃거리면서 "여자도 많다던데?" 대꾸하더니 곧 당황한 얼굴로 말했다.

"그런 에로가 아니라, 음…… 화살이라는 뜻이에요."

"아아, 애로우(arrow)!"

팅클 언니가 하하 웃었다.

"에로가 뭐야, 에로가!"

팅클 언니가 양야옹 언니를 놀렸다. 다들 깔깔깔 웃었다. 양야옹 언니도 멋쩍게 웃었다.

"내가 혀가 짧아서리. 애로우, 애로우. 근데 로고도 하트랑 화살 모양이야."

"그렇다면 정말 에로로 오해해서 등록한 사람도 있겠다."

"아, 맞다. 에로스가 사랑의 화살을 매거나 겨누고 있는 그림들이 있지!"

"그래, 큐피드! 큐피드가 에로스지?"

"야옹이네 오빠도 오해해서 등록한 거 아니야?"

양야옹 언니가 웃으며 고개를 저었다.

"그럴지도! 크크. 그건 아니고요. 무역 일 하려면 영어 좀 해야 하거든요. 옛날부터 영어 공부한다고 돈도 많이 투자했어요. 그런데 실력이 통 늘지를 않아요. 그래서 내가 놀려요. 대학교도 졸업한 사람이 어떻게 검정고시 출신인 나보다 영어를 못하냐고. 영어 서류 같은 거 내가 다 봐주거든."

"양야옹이 워낙 머리가 좋잖아."

바리이모님이 거들었다. 양야옹 언니는 일본어도 혼자 공부했는데 일본 사람과 웬만큼 대화할 정도로 잘했다.

나도 검정고시 출신이라는 걸 이 고양이 카페 친구들은 모르고 있다. 어쩌다보니 말할 기회를 놓쳤다. 검정고시를 통과하지 않았다면 양야옹 언니와 나의 법적 학력은 중졸이 됐을 것이다. 중졸 두 명, 바리이모님은 고졸, 튕클 언니는 대졸, 그럭 오빠도 대졸. 우리들의 평균 학력이 고졸이로구나. 여기 베베치킨의 필용이가 있으면 반올림해야 고졸이 된다. 필용이는 중학교를 중퇴했으니 초졸인 셈이었다.

정다운 얼굴들을 둘러보다 느닷없이 우리 평균 학력이 셈해지는 건 은경 언니 친구들을 만나고 온 뒤여서일까? 그늘 한 점 없던 그 사람들은, 우리처럼 대학교와 인연이 먼 사람을 보면 'L'로 시작되는 단어를 떠올릴지도 모른다.

지난해 바리이모님 댁에서 가진 망년회에서도 화제가 됐던 'L'로 시작되는 단어. 한 텔레비전 프로그램에 출연한 어느 여대생이 키 180센티미터가 안 되는 남자는 루저라고 했다지. "내가 바로 루저라네~" 어이없다는 듯 웃으며 그럭 오빠가 읊조렸다. "내 참, 내 참! 한심해서."

물론 그 여대생이, 그리고 그녀가 대표하는 대한민국 젊은 여성들 일부의 정신세계가 한심하다는 말이었다. 속물. 아주 어릴 때부터 귀에 익은 엄마 목소리의, "속물!"

속물이란 말을 엄마 외의 사람을 통해서 들어본 적이 없는 것 같다. 엄마가 생각하는 최대 욕은 속물이었다. 생각하면 우스웠다. 엄마야말로 속물 그 자체라고 매도할 사람이 많을 테니까. 국어사전을 찾아보면 속물이란 "세속적 명리에만 급급한 사람"을 얕잡아 일컫는 말이라고 쓰여 있다. 모르겠다. 엄마가 그런 사람인가? 어쨌든 엄마는 그 여대생과 닮지 않았다. 엄마는 그 누구라도 결코 루저라고 생각하지 않을 사람이다.

내 생각에 속물이란, 다른 사람을 루저라고 부르는 사람이다. 이 무슨 실례이며 바보 같은 생각인가? 여기 모인 우리들 중에서 'L'로 시작되는 사람이 대체 누가 있단 말인가? 하나 있다면 혹시 나일까? 이 사람들은 모두 당당한 용사다. 저마다 자기 삶을 자기 힘으로 꿋꿋이 밀고 나간다. 자기만의 것인 버젓한 삶. 그리고 착한 삶! 아직 어린 내가 이런 좋은 사람들과 친구가 되다니! 다행스럽고, 누구에게랄 것도 없이 감사한 마음이 뭉클 솟았다.

고양이를 키우는 남자

"참, 햇살아, 쇼핑백에서 하얀 비닐봉지 좀 꺼내와라."

바리이모님 말에 팅클 언니와 양야옹 언니가 꺅! 소리를 질렀다.

"아, 그럭 오빠도 있는데 괜찮을까요?"

팅클 언니가 잔뜩 점잔 빼는 목소리로 저어하자 바리이모님이 씨익 웃었다.

"그럭이야 뭐, 명예여성인데."

그럭 오빠가 빙그레 웃으며 고개를 끄덕였다.

"나, 치마 입은 남자야."

"그래도 좀 거무튀튀하지 않나?"

팅클 언니가 계속 점잔을 빼자 바리이모님이 면박을 줬다.

"거무튀튀하기는, 야! 너무 산뜻하지."

"뭔데요?"

"갖고 나와보면 알아."

세 여자의 의미심장한 미소. 나는 냉장고에 넣어뒀던 쇼핑백에서 하얀 비닐봉지를 꺼내들고 나갔다. 비닐봉지를 받아든 바리이모님이 봉지에 든 것을 테이블 위에 쏟았다.

"아, 거무튀튀해!"

팅클 언니가 양손으로 과장스레 볼을 감싸며 낄낄거렸다. '거무튀튀'는 '은밀히 감춰야 할 만큼 성적인 그 무엇'에 대한 팅클 언니 고유의 표현이었다. 테이블 위에 색색가지 끈이 한 무더기 쌓였다.

"이게 뭐예요?"

그럭 오빠가 묻자 세 여자가 낄낄거렸다.

"끈팬티야. T자 팬티."

바리이모님 대답에 그럭 오빠는 자기도 모르게 몸을 좀 뒤로 빼며 '여자들이란!' 하는 표정으로 빙글빙글 웃었다.

"이런 걸 어떻게 입어요? 가릴 데 가려지나?"

양야옹 언니가 팬티를 뒤적거리며 고개를 갸웃했다.

"의외로 편해요."

흠, 점잔 빼던 튕클 언니는 입어본 적이 있는 모양이었다.

"속옷 가게 하던 사람이 폐업 신고하러 왔다가 한 무더기 놓고 갔어. 고급이래. 천은 좋더라구. 강남이니까 멋쟁이 아가씨들이 많이 찾을 줄 알고 들여놨었나봐."

"이건 헤어밴드 하면 이쁘겠다."

까만 레이스 끈팬티를 앞머리에 대며 양야옹 언니가 말했다.

"정말! 이쁜데?"

튕클 언니의 맞장구. 양야옹 언니는 진짜 헤어밴드로 쓸 생각인지 레이스 팬티만 세 장 골랐다.

"여름에 얇은 옷 입을 때 좋아. 자국 안 나고 편해."

튕클 언니가 권해서 나도 하나 골라 들었다.

"나머지는 다 튕클 가져가라."

"그럴까요?"

바리이모님 말에 튕클 언니는 나머지를 봉지에 쓸어담다가 잠시 멈칫하며 그럭 오빠를 향해 빙긋 웃었다.

"그럭 오빠도 하나?"

"아, 그것만은 사양."

134

그럭 오빠는 손사래를 쳤다.

"하긴 사이즈도 클 거예요. 44사이즈 오빠."

툉클 언니가 그럭 오빠를 놀리며 비닐봉지를 오므려 가방에 넣자 바리이모님이 테이블 아래로 고개를 숙이며 외쳤다.

"여기 한 장 떨어졌다!"

바리이모님이 팬티를 주워 툉클 언니에게 건네줬다. 다들 킬킬 웃었다.

"이거 발견 못 했으면, 나중에 누가 보고 놀랐을 텐데."

"그러게. 길바닥에 끈팬티가 떨어져 있다니 이게 뭔 일이야 했겠지?"

"말세로다!"

"편의점 앞 테이블 밑에!"

"도로 떨어뜨려놓을까?"

툉클 언니가 아하하 웃으며 끈팬티를 바닥에 던지는 시늉을 하자 그럭 오빠는 눈 둘 바를 몰라하며 씨익 웃었다.

그럭 오빠네는 고양이가 셋이다. 첫째인 부츠는 샴이고 둘째 윤호는 아메숏 믹스, 막내 카스는 카오스다. 그럭 오빠 인생에 고양이란 존재가 처음 끼어든 것은 군복무 시절, 병영 안을 떠돌아다니는 검정 고양이 한 마리에게 밥을 주면서부터였다. 제대하면서 헤어졌던 그 고양이가 두고두고 마음에 맺혀 고양이를 기르게 됐다고 했다.

막내 카스는 원래 툉클 언니가 오다가다 만난 새끼고양이었다.

"난 왜 이렇게 카오스가 붙나 몰라!"

졸졸 따라오는 바람에 할 수 없이 데려왔는데 도저히 다섯째 고양이를 들일 여력이 안 된다고 팅클 언니가 하소연해서 그럭 오빠가 맡아줬다. 그게 다섯 달 전이었다. 그럭 오빠의 아버지는 오빠가 장가는 안 가고 고양이를 키우며 혼자 사는 걸 못마땅해 하셨단다. 그런데 이제는 먼저 카스 안부를 물으시기도 한다나. "그놈은 귀엽더라. 세 마리는 너무 많으니 개만 키우는 게 어떻겠니?" 하신다니 카스가 이만저만 애굣덩어리가 아닌가보다. 카스는 사람들한테도 고양이들한테도 살갑게 굴었다.

맏고양이인 부츠는 지금 다섯 살인데, 두 살 때 그럭 오빠와 인연을 맺었다. "입양 대상 고양이가 두 마리였는데, 그중 한 마리가 예뻤어. 예쁜 애를 찜하고 찾아갔는데 뚱뚱하고 덜 예쁜 애를 데려가라고 하는 거야. 가만히 보니까 부츠가 사랑을 못 받았는지 우울해 보이는 게 짠하더라구. 아무 말 않고 그냥 데려왔어. 무슨 고양이가 이렇게 뚱뚱한가 하면서." 부츠는 지금도 여전히 뚱뚱했다. 그나마 열심히 다이어트시켜서 날씬해진 거라고 했다.

역시 두 살 다 돼서 그럭 오빠와 인연이 닿은 둘째 고양이 윤호. 부츠가 외로울까봐 같이 놀게 해주려고 들인 고양이였다. 그러나 원래 키우던 사람이 여러 차례 다른 집에 맡긴 적이 있어서인지, 윤호는 사람은 잘 따랐지만 같은 고양이는 싫어했다. "부츠랑 놀기는커녕 마주치면 하악질을 하니 실망스러웠지만

이 집 저 집 떠돌던 애를 다시 보낼 수도 없고…… 그렇다고 피
터지게 싸우지는 않으니까……" 전전하던 집들의 고양이들로부
터 텃세를 많이 당해서 그런 모양이라고, 딱하게 여기는 그럭
오빠였다.

웬지 모르겠지만 고양이를 키우는 사람은 거의 여자였다. 6만
명이 넘는 〈고양이웃네〉 회원들 중에서도 남자 회원은 가뭄에
콩 나듯 드물었다. 직접 만나본 사람은 전설 아저씨와 그럭저럭
오빠 정도였지만, 〈고양이웃네〉에 올라오는 글만 봐도 고양이를
키우는 남자들의 특징을 알 수 있었다. 그들은 대체로 깔끔하고
착하며 낭만적이고, 친구 많고 술을 좋아했다.

메렝게 춤을 춥시다

양야옹 언니가 맥주 한 캔을 더 사서 마셨다.
"아, 너무 취한다! 술 좀 깨야겠는데."
레몬 보드카를 반병쯤 마신 팅클 언니가 머리를 흔들며 벌떡
일어났다. 그리고 가방에서 MP3플레이어를 꺼내 테이블에 올려
놓았다. MP3플레이어에서 쿵, 짜자자장, 쿵짝, 빠르고 흥겨운
라틴 음악이 흘러나왔다. 음악에 맞춰 팅클 언니가 무릎을 건들
건들 엉덩이를 실룩샐룩 머리를 까딱까딱, 앞으로 갔다 뒤로 갔
다 빙글빙글 돌며 춤을 췄다.

"메렝게잖아?"

그럭 오빠가 아는 체를 하자 팅클 언니가 대꾸했다.

"네, 후안 루이스 게라! 내가 요즘 다이어트 삼아 추는 춤이에요. 오빠도 같이 춰요!"

팅클 언니가 그럭 오빠를 잡아끌었지만 그럭 오빠는 몸을 뒤로 빼며 고개를 마구 저었다.

"난 못 춰!"

"아이, 나만 따라 해요!"

그럭 오빠는 팅클 언니에게 질질 끌려나가더니 엉거주춤 어설프게 몸을 흔들었다. 그 모습을 보고 바리이모님은 배를 쥐고 웃었다. 양야옹 언니도 웃으며 일어나 춤을 추었는데, 눈이 휘둥그레질 정도로 근사했다. 바리이모님도 음악에 맞춰 손뼉을 치며 양야옹 언니한테서 눈을 떼지 못했다.

"우와, 양야옹 언니 짱이다! 진짜 댄서 같아요!"

팅클 언니가 오른쪽 발꿈치를 올렸다 내렸다 하면서 감탄하자, 양야옹 언니가 그 앞에서 왼쪽 발꿈치를 올렸다 내렸다 하며 숨을 할딱거리고 대꾸했다.

"내가 옛날에, 학학, 살사를 배우러, 학학, 다녔거든, 학학!"

"어쩐지! 학학, 나는, 학학, 유튜브, 학학, 보면서, 학학, 배웠어요, 학학!"

팅클 언니로부터 놓여난 그럭 오빠는 어우러져 메렝게를 추는 두 여자를 감탄 어린 눈으로 바라보며 손뼉을 쳤다. 그러다 슬

그러니 따라서 춤을 췄다. 파르스름한 고양이 치마를 휘감으며 펄럭이며. 메렝게~ 메렝게~ 메렝게~

지나가던 택시가 멈추더니 뒷좌석에서 양복 입은 아저씨 둘이 내렸다. 기분 좋게 취한 아저씨 둘은 메렝게 음악에 맞춰 신나게 막춤을 췄다. 그리고 담배 한 보루와 맥주 한 박스를 사들고 다시 택시를 타고 떠났다. 메렝게~ 메렝게~

춤이 멈추고 음악이 그치고 숨을 고를 때, 김밥 아저씨가 오셨다. 내가 김밥 아저씨와 함께 가게로 들어가자 바리이모님이 따라 들어오셨다.

"다른 가게들도 주문이 줄었어요. 여름에는 늘 조금씩 덜 나가기는 하지만……"

"그래도 아저씨 김밥 먹어본 사람은 그것만 찾아요. 진짜 맛있잖아요."

"예, 내가 재료 안 속이고 정성껏 만들기는 하죠."

김밥 아저씨와 내가 주고받는 얘기를 듣더니 바리이모님이 재고 김밥을 사겠다고 하셨다. 김밥 아저씨는 온화하게 웃으며 사양했다.

"새로 갖고 온 김밥으로 드세요. 갓 만들어서 맛있을 겁니다."

"아니에요. 아직 상하지 않았잖아요. 우리는 지금 먹을 거니까 괜찮아요."

김밥 아저씨는 단호히 고개를 저었다.

"그럴 수는 없지요. 날짜 지난 걸 돈 받을 순 없어요. 그럼 그냥 드세요."

결국 바리이모님은 새 김밥 세 줄을 사고 재고 김밥들은 덤으로 받았다. 재고 김밥들 중 두 줄은 편의점 아주머니가 먹으라고 했던 것이어서 값을 치렀다. 환히 웃으며 돌아서 나가는 아저씨의 등이 들어올 때보다 구부정해진 듯했다.

"990원짜리 김밥, 훨씬 맛없는데 그건 찾는 사람이 많아요. 아저씨 김밥은 손 김밥인데, 1,500원이라고 덜 팔리네요. 나 같으면 1,500원 내고 이걸로 사 먹을 텐데."

"다들 살기 힘들어져서 그렇겠지. 살아가는 게 다 기적 같아."

바리이모님 말씀에 나는 고개를 끄덕였다. 아저씨 김밥을 쟁반에 담아 내가자 튕클 언니도 양야옹 언니도 그럭 오빠도 환호성을 지르며 손을 뻗었다. 오늘치 아저씨 김밥도 어제치 아저씨 김밥도 꿀맛이었다. 그럭 오빠가 따끈한 국물이 그립다고 해서 우거지탕을 데워오기 위해 일어났다. 멀리 빌딩 너머 동쪽 하늘 끝이 동트기 전의 자색빛으로 번졌다.

군대보다 무서운 삼진 아웃

즐거웠던 메렝게 파티의 밤 이후, 바리이모님과 튕클 언니에게 중대한 변화가 있었다. 먼저, 바리이모님 아들인 영인이가 드디어 입대를 했다.

영인이는 생활이 어려운 모자 가정의 외아들로, 어머니가 마흔다섯이 넘었고 동생도 어려서 사실 군복무를 면제받을 수도 있었다. 바리이모님이 이 사실을 알려주지 않고 기어이 영인이를 군대에 보낸 데는 사연이 있다. 지난해 공대에 들어간 영인이가 두 학기 연달아 성적을 엉망으로 받았던 것이다. 한 번만 더 기회를 주면 만회하겠다고 제 엄마에게 머리를 조아렸지만, 현명한 바리이모님은 넘어가지 않았다.

"한 번만 더 성적이 그 모양으로 나오면 삼진 아웃인데 로또보다 더한 확률을 갖고 모험할 수는 없잖아?"

"내가 참, 말하기도 창피한데…… 아직도 출근할 때마다 인터넷 선 뽑아서 갖고 나가잖아. 완전 게임에 미쳐서 파김치가 되니 가뜩이나 잠 많은 녀석이 만날 지각이고 결석이지. 출석이라도 착실했으면 그 점수는 안 나올 텐데, 그게 더 화가 나. 걘 이대로는 안 돼!"

공대의 필수과목이자 영인이의 취약과목인 수학을 기초부터 닦을 시간과 더불어, 그전에 기본적으로 정신교육이 필요하다는 게 바리이모님 생각이었다. 군대 가서 고생을 해봐야 정신을 차린다고, 해이한 영인이의 정신 상태를 개조해줄 곳은 군대밖에 없다고, 그것도 예사 군대가 아니라 군기가 센 곳에 보내야 한다고, 영인이가 없는 자리에서 바리이모님은 모질게 주장했다. 그것이 바리이모님의 모정이었다. 그 모정으로 바리이모님은 2학년 첫 학기가 시작되자마자 영인이를 휴학시키고 입대 프로젝트에 들어가셨던 것이다.

"너 등록금 대출받은 게 벌써 '쌩으로' 얼만 줄 알아? 입대하기 전에 부지런히 아르바이트해서 토해내!"

어머니의 닦달이 아니더라도 아르바이트는 착실히 해온 영인이었다. 입대의 운명을 피할 수 없게 된 영인이는 커피 전문점에 나가는 한편 짬짬이 연회장 도우미로도 일하는 등 열심히 아르바이트를 했다. 그러나 동시에 공부로부터의 자유도 만끽했다. 너무도 떳떳하게 컴퓨터 게임에 몰두하고, 멋 부리고 놀러 다녔다. 그런다고 누가 영인이를 헐뜯으려 들면 바리이모님은 느긋이 말씀하셨다.

"군대 가면 고생할 텐데 그 전에라도 실컷 놀라지. 언제 또 놀아보겠어."

처음에 영인이는 육군의장대에 지원했었다. 복무 지역이 서울 한복판인데다, 의전행사의 꽃으로 쓸 잘생기고 늘씬한 청년들만 모집하는 멋쟁이 군대라는 어머니의 설득에 넘어간 것이다. 다 맞는 말이지만, 바리이모님은 군기가 몹시 세다는 사실은 영인이에게 비밀로 했다.

"아, 거기 되면 딱 좋은데! 근데, 키가 180센티미터 이상이어야 하는데, 영인이가 2센티 모자라."

"휴지를 몇 겹 접어서 양말 속에 넣고 키 재라 하세요."

"등허리를 쭉 뻗고 목도 쭉 빼라 그러세요."

"정수리에 뭘 올려놓고 스카치테이프로 붙인 다음에 머리카락으로 가리면 안 되나?"

다들 머리를 맞대고 영인이 키에 2센티를 보탤 방도를 여러 가지로 궁리했다. 한 학기만 더 기회를 주게 제 엄마를 설득해 달라는 부탁을 귓등으로 듣고 심지어 제 엄마보다 한 술 더 떴던 우리를 영인이는 심히 섭섭해했다. 특히 제 또래인 나를 괘씸해했다.

의장대 신체검사가 있는 날 아침에 바리이모님은 양말 안에 넣으라고 영인이에게 키높이 깔창을 건네줬다. 그러나 영인이는 제 키를 높이는 데 통 성의를 보이지 않았다. 신체검사만 마치고 영인이는 어차피 안 될 거라면서 의장대 지원을 중도에 그만뒀다. 아무래도 유경이가 제 오빠 고생할 게 겁나서 비밀을 알려준 것 같았다.

실망한 바리이모님을 위로할 겸 바리이모님 댁에서 저녁 모임을 가진 날이었다. 영인이는 제 엄마 모르게 내게 손가락으로 브이를 만들어 보였다. 샛노란 머리에 까만 쫄티, 꼭 끼는 청바지를 입은 영인이가 크로스백을 간지 나게 메고 현관에서 운동화를 신은 다음 외쳤다.

"재밌게들 놀다 가세요!"

"어디 가니? 데이트?"

"알바 가요."

"일요일에도 알바하니?"

"네. 오래오래 노시다들 가세요!"

"너 몇 시에 들어올 거야?"

"알바 끝나고 근식이 생일 파티에 가야 해. 새벽에 들어올 거야."

"술 작작 마셔!"

"너, 머리 염색 이쁘게 됐다!"

왁자지껄 인사를 주고받은 뒤 영인이가 나가자 바리이모님이 푹 한숨을 쉬며 탄식했다.

"정말, 2센티가 모자라 루저가 됐네!"

우리는 와르르 웃었다.

"나도 키가 174센티고 제 아빠도 컸는데 왜 키가 모자랄까…… 내가 먹이기는 잘 먹이고 키웠구만."

"아직 한창 더 자랄 나이잖아요."

바리이모님이 못내 아쉬워하자 모눈종이님이 위로해주셨다.

"그래, 해병대에 보내지, 뭐!"

바리이모님의 결의에 찬 말에 우리는 깜짝 놀랐다.

"해병대 군기가 엄청 세다던데, 게으른 영인이가 너무 힘들지 않을까요?"

뜅클 언니가 걱정하자 바리이모님은 결연히 말했다.

"군대 다 힘들지, 뭐, 이왕 고생하는 거 제대로 해야지. 그리고 빨리 군대 보내야지, 빈들거리는 꼴도 보기 싫고, 쟤가 어영부영 세월 보낼 때가 아니야. 해병대는 7월에 뽑으니까……"

144

"불쌍한 영인이⋯⋯"

"불쌍하긴 뭘 불쌍해? 해병대가 정작 들어가면 오히려 군 생활하기가 괜찮아. 해병대 자존심이라는 게 있잖아."

"그런가요? 그래도 영인이가 몸도 빼빼한데 훈련을 이길 수 있을까요?"

팅클 언니가 점잖을 빼는 목소리로 물었다.

"영인이가 몸으로 하는 건 잘해. 어렸을 때부터 힘든 집안일은 다 영인이가 했는걸. 영인이 또래 요즘 애들하고는 달라."

바리이모님이 착 가라앉은 목소리로 말했다.

"영인이가 진짜 효자지요. 착한 영인이⋯⋯"

모눈종이님이 애잔한 목소리로 중얼거리셨다.

"에이, 공부만 좀 잘하면 오죽 좋아?"

유경이가 안타깝다는 듯 외치자, 팅클 언니가 피식 웃으며 유경이 머리칼을 헝클어뜨렸다.

"니한테는 둘도 없는 좋은 오빠다. 세상에 그런 오빠가 어딨노? 알지?"

진주 출신 팅클 언니가 갑자기 고향 사투리로 말했다. 유경이가 고개를 끄덕였다.

"얼마나 철딱서니가 없는지⋯⋯ 하는 짓 보면 누가 오빠고 누가 동생인지 모르겠어."

바리이모님의 말에 유경이가 또 고개를 끄덕였다. 어쨌거나 그날 저녁의 중심 요리인 김치찜은 황홀할 정도로 맛있었다. 두

툼히 살이 붙은 돼지 등뼈에 큼직한 묵은지 한 통을 통째로 넣고 네 시간 동안 고았다고 했다. 보들보들 익은 묵은지 이파리로 갓 지은 밥을 폭 싸서 아구아구 먹었다. 고기는 야들야들했다.

"맛있다!"

"맛있네."

"맛있네요."

"맛있어요!"

외마디 찬탄을 내뱉고 다들 김치찜에 빠져들었다. 어쩌나, 영인이. 군대에서 엄마 김치찜 그리워 어쩌나.

그렇게 우리 영인이라지

정말이지 마지못해, 영인이는 해병대에 지원을 했다, 라기보다 지원을 당했다. 바리이모님이 모든 서류를 준비하고 접수를 마쳤다.

"붙기나 할는지 모르겠어. 경쟁률이 세. 수색병은 15대 1이고, 일반병은 4대 1이야."

바리이모님이 걱정스레 말했다. 수색병이 뭔지 모르겠지만, 경쟁률이 훨씬 세다니 일반병보다 좋은 건가보다. 천하태평 영인이 얼굴에 언뜻 두려움이 비쳤다. 엄마가 설마 사랑하는 외아들을 사지에 몰겠나, 하는 믿음 하나로 간신히 태연자약한 모습을 유지했지만 눈꺼풀이 살짝 떨리고 입술 끝이 슬쩍 실룩거리는 걸 나는 보았다. 하긴, 영인이는 이제 갓 스무 살이었다. 내가 군대에 가야 한다면…… 상상만 해도 무섭다. 영인이가 너무나 안됐다는 생각이 들었다. 바리이모님 심정은 오죽하실까. 그러나 영인이가 해병대 면접시험을 보는 날, 바리이모님은 군대만이 영인이의 살길이라고 새삼 확신하시게 됐다.

"1시에 시험이니까 늦지 않게 서두르라고 당부했는데, 알았다고 대답은 잘해놓고 1시 5분 전에 전화가 온 거야. 보라매역이라면서, 면접 어디서 보냐고 묻더라구."

바리이모님은 휴대폰에 대고 불같이 화를 냈다고 했다. 전화를 끊은 다음에는 아무래도 영인이가 수험번호도 모를 것 같은 불길한 예감이 들어서 문자로 알려줬다고 했다. 그렇게 건들건들 간 시험장의 분위기가 어찌나 진지하고 치열했던지 영인이는 충격을 받았다고 했다.

"A4용지 네 장에 면접 볼 내용을 추려 와서, 해병대 역사가 어떻고 뭐가 어떻고 하며 달달달 외우는 놈. 할아버지, 아버지, 모두 해병대 출신이어서 저도 해병대 가야 한다는 놈. 대전에서 떨어져서 서울로 주소 옮겨 다시 시험 본다는 놈. 대기실에 앉아서 머리를 감싸 쥐고, 아, 난 꼭 수색대 가야 하는데! 하며 두 손 모아 기도하는 놈. 온통 해병대에 미쳐 있는 놈들뿐이야. 아니, 다들 군대 안 가려고 난리를 치는 판에 대체 이게 꿈인가 생신가 믿어지지 않더라니까."

"체력시험은 자신 있었는데, 팔굽혀펴기를 속사포처럼 하는 놈들 천지고…… 이젠 갈까 말까가 아니라, 내가 그런 치열한 경쟁 속에서 해병대에 합격할 수 있을까 걱정이 돼."

바리이모님 모자는 처음으로 한마음이 되어 합격을 기원했다고 한다. 다음은 바리이모님이 〈고양이웃네〉에 올린 영인이의 면접시험 풍경이다.

현역병 지원 서류를 뒤적거려보고 긍정적인 표정을 짓던 면접관.

—해병대에 지원한 동기는?

—지원해보고 싶었습니다!

—……해병대를 알아?

—모릅니다!

—그런데 왜 지원했어?

—빨리 군대 가려고요!

—……육군 의장대도 지원했었구만. 왜 취소했어?

—어머니가 키 작아서 떨어질 거라고 취소하고 해병대 가라셔서요!

—왜 군에는 빨리 가려고 하는데? 동생도 아직 어린데 좀 돌봐줘야 하지 않아?

—그래서 빨리 가야 합니다! 어머니가 더 늙기 전에 빨리 갔다 오려고요!

―……그렇게 입대하면 어머니께서 힘드시지 않으실까? 가족이 걸려서 마음이 편치 않을 텐데?

―어머니께서도 군에 계셨었고, 남자는 군에 다녀와야 된다고 지원하라 하셨습니다!

―오호, 그래? 어디인데?

―육군입니다!

―그럼 육군 지원하지? 왜 해병대?

―그러게요! (멍청한 녀석! 안 해도 될 대답을……)

서류상으로 만족스러웠던 영인이를 좀 좋게 평가해주고 싶었던 면접관. 하지만 명분이 없어서 다시 한번 기회를 주고 싶었나보다.

―해병대 지원한 동기를 다시 한번만 잘 말해봐.

―꼭 가고 싶었습니다! 뽑아주십시오!

―@@##%%%%%%&&&&??

에휴…… 면접까지 대신 봐줄 수도 없고…… 합격을 할는지……

바리이모님이 쓴 게시물을 본 사람들은 하하호호 웃으며 파이팅을 외치는 댓글을 주루룩 달았다. 여군 출신인 바리이모님은 글을 재미있게 쓰신다. 몇 년 전, 한 백화점에서 공모한 '가족에게 보내는 사랑의 편지'에 원고를 보내 1등으로 당선되어 상금 3백만 원을 받은 적도 있다. 우연일까, 오프라인에서 바리이모님을 중심으로 모이는 사람들은 모두 책 읽기를 무척 좋아한다. 그래서 바리이모님과 만나면 늘 맛있는 음식과 더불어 책을 나누는 자리가 된다. 내 방 책꽂이에는 모눈종이님과 건어물녀 언니와 양야옹 언니한테 받은 책이 빼곡하고, 냉장고에는 바리이모님이 주신 반찬이 그득하다. 참, 내 중형 냉장고도 바리이모님이 쓰시던 걸 받은 것이다.

영인이는 해병대 첫 지원에 합격하지 못했다. 그러자 해병대에 대한 영인이의 평가는 아주 높아져서 애착마저 생긴 듯했다.

"두번째 지원에는 가산점이 있으니까 어쩌면 기대해볼 만해."

세상일에 모르는 게 없으신 듯한 바리이모님은 이리 말씀하셨지만, 끝내 영인이가 해병대에 입대 못 할지도 모른다는 각오도 하신 듯했다. 신체 건강한 대학생인데, 설마 이런 사태가 일어날 줄이야! 바리이모님은 당황하셨다. 영인이도 좀 풀이 죽었다.

초조하게 기다리던 어느 날, 바리이모님과 유경이와 내가 남산 한옥마을을 바지런히 걷고 있을 때였다. 바리이모님 휴대폰에서 까치 울음소리가 났다. 휴대폰을 꺼내 문자를 확인한 바리이모님이 함빡 웃으며 내게 액정을 보여줬다.

"합격! 인생무상하오이다."

영인이가 보낸 문자였다. 기쁘기도 하고 자랑스럽기도 하고, 한편으론 새삼 불안스런 심사까지 복잡하게 얽혀 있는 문자였다. 팔짝 뛰며 기뻐하는 유경이와 달리 바리이모님의 입술 끝이 순간 실룩, 파르르 떨리는 걸 나는 보았다. 그날은 바리이모님이 근무하는 동사무소에서 나온 티켓으로 '국악 한마당'을 보러 가던 길이었다. 공연 내내 바리이모님은 마음이 다른 데 가 계신 듯했다.

모눈종이님이 근사한 이태리 레스토랑에 마련하신 송별연에서 영인이는 의젓하게 인사를 했다.

"어머니한테 〈고양이웃네〉 친구분들이 계셔서 마음이 놓여요. 어머니와 유경이를 잘 부탁드립니다."

식탁을 둘러싼 사람들 얼굴에 뭉클함이 잔물결로 퍼져갔다. 나는 어쩐지 울컥해지는 마음을 스파게티와 함께 간신히 꿀꺽 삼켰다. 그러나 이내 영인이는 닭 가슴살을 놓고 유경이와 티격태격해 우리를 웃게 했다. 어쨌든 영인아, 파이팅! 해병 훈련소 입소 전날까지 영인이는 필사적으로 놀았다. 바리이모님 말에 의하면, 입소 전 열흘이 중학생 시절 이후 영인이가 아르바이트를 하지 않고 보냈던 가장 긴 기간이었다.

입소하면서 영인이가 가장 아쉬워한 것은 친구도 애인도 아니고, 학교는 당연 아니고, 어머니도 아니고, 누이동생도 아니고, 한껏 업그레이드시켜놓은 온라인 게임 '던전 앤 파이터'의 캐릭터였다. 그걸 바리이모님도 알고 유경이도 알았지만 두 사람 다 그다지 섭섭해하지 않았다. 그러게 우리 영인이라지~

강남 전셋집 구하기

　영인이의 해병 훈련소 입소 즈음은 바리이모님한테 '머리가 횅해질 지경'으로 급박하게 돌아가던 나날이었다. 머리 좋고 현명하고 매사 느긋한 바리이모님이었지만 별수 없이 휘둘리게 되는 수레바퀴가 세상 곳곳에 있는 것이다.

　대학생으로 장성한 최근까지도 두들겨 패지 않을 수 없었던 철없는 아들이지만, 의지박약에 우유부단에 게으름이라는 천성 탓일 뿐 그지없이 착하고 유쾌하고 효성도 지극한 영인이. 이제 입대하면 언제 때려보나. 해병대에서 듬직한 건아가 되어 나오겠지. 서로 별말을 다 주고받던 아들, 친구 같기도 하고 남편 같기도 한 아들을 생전 처음으로 떠나보내는 감회에 젖을 겨를도 없었다. 바리이모님 가족이 세 들어 살던 집을 비우라 집주인이 통보한 것이다. 집을 리모델링하겠다는 것이었다. 허름하지만 바로 앞에 공원이 있고 교통도 좋은 곳에 괜찮은 월세로 넓은 집을 얻은 행운을 바리이모님 가족이 기뻐하던 게 1년 전이었다. 번듯하게 리모델링을 하면 월세를 최소 두 배는 올려 받을 수 있을 터이겠지만, 순박해 보이는 집주인이 언제까지라도 편히 사시라 말해줘서 고마워하며 내 집처럼 여기던 바리이모님이었다.

　현관이 계단 밑에 있어 습하고 어두웠지만 지상에 있는 집이었다. 영인이한테 처음으로 자기 방을 주게 된 걸 무엇보다도 흐뭇해하던 바리이모님. 유난히 나지막한 천장 때문에 쓰던 장롱들을 다 버리고 새 가구를 들여야 했는데, 돈이 정신없이 샌다고 비명을 지르면서도 함박웃음을 감추지 못하셨더랬다. 영인이를 위해서 싱글 침대를, 바리이모님과 유경이를 위해서 퀸 사이즈 침대를, 그리고 새 이불들을 장만하면서 그토록 뿌듯해하셨더랬지.

"아, 돈! 있는 집 사람한테도 돈이 제일인가봐. 나 같으면 안 그럴 텐데……"

바리이모님은 어린 소녀처럼 상처 받은 얼굴로 말했다. 집주인이 통고한 두 달 기한이 휙휙 지나가고 있건만 전셋집은 구해지지 않았다. 처음에 바리이모님은 집주인한테 섭섭한 마음이 컸을 뿐, 새로운 집을 구하는 데 자신만만했다. 토지주택공사에 '기존주택전세임대' 희망자로 선정돼 있었던 것이다. 7천만 원까지 전세금을 지원하는데, 어렵사리 모아둔 돈을 합치면 1억 원쯤 됐다. 얼마나 큰돈인가! 그 돈이면 얼마든지 훌륭한 전셋집을 구할 수 있을 줄 알았다고 했다. 이제야말로 천장 높고 환한, 버젓한 주거공간에서 살 기회다. 그것도 전세로!

다달이 물던 월세 35만 원을 아끼기 위해 월세를 전세로 바꿔달라고 집주인한테 부탁해보려던 참이었는데, 이 참에 월세가 안 들어가게 된 것도 바람직한 일이라고 설파하던, 어디까지나 긍정적인 바리이모님이셨다.

"내가 참, 유경이 아기 때 초등학교 다니는 영인이랑 셋이 지하 단칸방에서 서울 생활 시작했는데, 그때 고생에 비하면 아무것도 아니야."

우리도 덩달아 꿋꿋했지만, 강남에서 전셋집을 구하는 건 예상과 달리 지난한 일이었다. 침대를 비롯한 가구가 늘어난데다 비로소 한바탕 뛰놀 공간을 가졌던 오광이와 고도리를 데리고 도로 원룸에서 사는 건 생각도 못할 일이었다. 하지만 강남에서 투룸 전세를 얻는 건 하늘에서 별 따기인가보았다. 투룸 집은 전세가 1억5천만 원이나 하며, 그나마도 드물어 전체 물량의 98퍼센트가 월세라고 했다. 게다가 월세라는 게 천만 원당 10만 원씩 책정돼 있다나. 바리이모님 덕분에 우리는 강남 셋집 시세를 빠삭하게 알게 됐다. 바리이모님은 평일엔 퇴근 후, 휴일엔 온종일, 전셋집 찾느라 입술이 부르틀 지경이었다.

"기한이 지나도 쫓아내지는 못하게 돼 있으니까 너무 초조해 마세요."

모눈종이님이 위로했지만 바리이모님은 길에 나앉는 한이 있어도 그 전에 집을 비우겠다고 하셨다. 그만큼 집주인에 대한 바리이모님의 서운함이 컸다. 바리이모님이 서운하거나 말거나 강남에서 전셋집 구하기는, 라이언 일병 구하기보다 더 어려운, 속수무책의 미션이었다. 웃음 많은 바리이모님이지만 웃어넘기려야 웃어넘길 수 없고, 피하려야 피할 수 없는 냉엄한 현실이었다.

"어디엔가 누가 살아주기만 바라는 빈집도 있을 텐데요."

내가 중얼거리자 튕클 언니는 싱거운 말 말라는 듯이 "서울에

그런 데가 어딨어?" 핀잔을 줬고 바리이모님은 "그런 데도 있긴
있겠지. 거기가 어딘지 알면 좋으련만" 힘없는 목소리로 간절하
게 말씀하셨다. 나는 그런 집을 알고 있었다. 이제는 다른 사람
들이 살고 있으나 한때 아무도 지킬 사람이 없던 집.

드디어 집을 구하다

수차례 기대하고 수차례 실망한 끝에 바리이모님은 더이상 집
에 대해 입을 열지 않았고 우리도 차마 묻지 못하던 날들이었
다. 집주인이 준 기한이 겨우 열흘 남은 날, 바리이모님이 문자
를 보내셨다.

"집 구했어!"

와우! 여의도에서 부천에서 일산에서 오산에서 면목동에서,
바리이모님 문자를 받고 일제히 안도의 환성을 질렀을 것이다.

잠 못 이루던 새벽, 바리이모님이 인터넷 부동산 카페를 별
기대 없이 훑어보는데 획, "역삼동 전세"라는 글자가 유성처럼
눈앞을 스쳤다고 했다. 막 떠오른 게시물이었다.

"저요! 당장이라도 갑니다!"

바리이모님은 다짜고짜 댓글부터 남기고 얼른 게시물을 읽어
보았다. 세 들어 살던 아가씨가 직장을 옮기는 바람에 급히 이
사를 해야 한다는 사연이었다. 넓이는 18평, 전세금은 7천만 원.

집 내부 사진들도 같이 올라와 있었는데, 반듯하고 깨끗해 보였다고 했다. '지하'라는 두 글자에 0.5초쯤 망설였지만 배부른 투정이라는 걸 너무나도 잘 알게 된 바리이모님이셨다. 바리이모님은 서둘러 게재된 연락처로 전화를 걸었다. 아주 유순한 목소리의 아가씨가 전화를 받았다.

"새 직장이 멀어서요. 퇴근해서 가면 10시나 될 텐데요."

밤 10시에 그 집 앞에서 만나기로 하고 바리이모님은 부드레불님에게 전화를 했다. 실수할 시간도 없는 터라 만전을 기하기 위해 야무진 부드레불님께 동행해주십사 부탁한 것이다. "될 듯될 듯하다가 어그러지고, 도대체 일이 자꾸 꼬이니까." 그만큼 바리이모님이 소심해진 상태였다.

구글로 주소를 검색해보니 맵시 있고 튼튼하게 지어진 빨간벽돌집이었다. 동네도 아담했다. 바리이모님은 몹시 마음에 드는 그 집을 행여 놓칠까 조바심쳤다. 그래서 부드레불님과 저녁을 먹은 뒤 9시부터 그 집 앞에 진을 치기로 했다. 그런데 이미 와 있는 사람들이 눈에 띄었다. 그 집 옆의 주차장에는 배낭을 멘 청년 둘이 서성거렸고, 건너편 집 계단에 한 아가씨가 앉아 있었다.

"아니, 저 사람들 다 이 집 보러 온 거 아니에요?"

부드레불님이 혀를 찼다.

"글쎄요. 나랑 만나기로 약속했는데······"

바리이모님이 불안으로 가슴 조이며 고개를 저었다.

"아냐, 내 말이 맞을 거야. 급히 나가야 하니까 연락 오는 대로 다 약속 잡았나봐요."

"그러는 게 어딨어. 내가 꼭 계약할 거라고 했는데. 나랑 통화할 때는 내가 처음 연락한 거라 그랬는데……"

보온병에서 뜨거운 커피를 따라 꿀꺽 마시면서 바리이모님은 전의를 다졌다. 시간이 흐르면서 중년부부 한 쌍과 초로의 남자하나와 젊은 커플 한 쌍이 합류했다. 한적한 역삼동 주택가의 한 집을 에워싸고 열 명의 사람이 배회하는 밤이었다. 드디어 아가씨가 나타났다. 주차장에 있던 배낭 청년 둘이 재빨리 아가씨에게 접근했다. 그들이 긴히 얘기를 나누기 시작하는 순간, 바리이모님이 달려갔다.

"음, 이러면 안 되는 거죠. 우리도 아까부터 기다렸는데."

배낭 청년 중 하나가 코웃음을 쳤다.

"우리가 맨 먼저 왔거든요!"

"약속 시간이 10시인데 그 전에 온 게 무슨 상관이에요."

바리이모님 말에 다들 고개를 끄덕였다.

"집 참 마음에 듭니다. 당장이라도 계약하죠."

"우리도 사정이 급해서 양보할 처지가 아니에요."

와글와글 법석법석, 전운이 감도는 가운데 전셋집을 내놓은 아가씨가 어쩔 줄 몰라하며 변명했다.

"동네 부동산 중개소에 내놔도 소식이 없어서, 이렇게 금방 오실 줄 몰랐어요."

바리이모님의 전세 계약 후일담을 들으며 흥분한 팅클 언니가 물었다.

"그래서 어떻게 됐어요? 어떻게 바리이모님이 계약하게 됐어요?"

"순리대로 하기로 했지."

"아, 가장 형편 딱한 집이 계약하도록 했군요?"

팅클 언니의 감상에 찬 목소리에 바리이모님은 피식 웃었다.

"그런 게 어딨어? 얼마나 살벌했는데. 그만한 가격에 그만한 조건은 좀체 없거든."

"그러면 어떻게요?"

"댓글 순서랑 쪽지 순서, 전화 연락으로 약속 잡은 순서대로 하자고 했어. 다들 동의할 수밖에 없었지. 내가 댓글도 1순위, 쪽지 보내기도 1순위, 전화 연락도 1순위더라고."

과연 바리이모님! 우리는 고개를 끄덕이며 바리이모님을 우러러봤다.

"발버둥 치다 다시 지하로 내려갑니다."

〈고양이웃네〉에 올린 글 제목은 자못 비통했지만, 계단 여덟 개짜리 그 지하 집을 얻을 수 있어서 바리이모님이 곱씹으셨을 성취감과 안도감이 얼마나 묵직한 것인지 우리는 잘 알았다. 영인이는 이삿날 이틀 전에 훈련소로 떠났다. 자기 없이 이사하느라 엄마가 얼마나 힘들지 진심으로 안타까워하면서.

토지주택공사에 전세금을 청구하고 혜택을 받는 데도 시간이 빠듯했다. 그래서 또 바리이모님은 우여곡절 환란을 겪었지만, 시시콜콜 그 얘기를 늘어놓지는 않겠다. 그 또한 지나간 일이라고밖에.

취직도 잘해요

틩클 언니한테 전화가 왔다.

"합동으로 굿 한번 해야겠어! 바리 언니도 힘들지만, 나도 왜 이렇게 되는 일이 없지?"

착 가라앉은 목소리였다. 짐짓 냉소적인 어투였으나 어디서 날아온 짱돌로 뒤통수를 맞은 듯 멍하고 휑한 목소리. 그럴 만도 했다. 틩클 언니가 1년 가까이 모든 일을 작파하고 써온 소설이 다 날아가버린 것이다. 눈 깜빡할 새에. 노트북 자판에 커피를 쏟았다고 했다. 그것도 뜨겁고 다디단 커피를.

"잘 알아보면 복구할 방도가 있을 거예요!"

"백방으로 알아봤는데, 땡이래. 땡, 땡!"

노트북은 자판 밑에 본체가 있어서 이런 경우 직방으로 손상된다고 했다.

"얼마나 쓰셨어요?"

"글쎄, 거의 마무리 단계였어. 천 매가 좀 넘어."

"아, 어쩜 좋아요!"

그 소설은 튕클 언니의 꿈이고 보람이었다. 튕클 언니의 은밀한 자랑거리였고, 삶을 획기적으로 바꿔줄 확실한 기대주였다. 튕클 언니는 소설에 대한 자신의 재능을 확신했다. 우리 바리이 모님 패밀리는 진작부터 튕클 언니를 소설가로 인정하고 있었다.

"유에스비에 옮겨두시지 그랬어요."

아무짝에도 소용없는 말인지 알면서도 안타까움에 절로 그런 말이 나왔다.

"그러게……"

"다른 데 옮겨놓은 거 전혀 없으세요?"

"공책에 끼적거린 게 있으니까 뼈대는 있는 셈인데, 되살릴 기력도 없고 기분도 안 나네. 내가 얼마나 고생하면서 쓴 건데…… 소설 쓰지 말라는 징조인가봐……"

튕클 언니의 치켜올라간 커다란 눈에 비질비질 눈물이 배어나오고 있을 것이었다.

"아니에요. 아니에요, 언니!"

"내가 잘못 살고 있는 게 아닌가 하는 생각이 부쩍 드네…… 이제 소설 들여다볼 생각하면 지긋지긋해. 지쳤어…… 튕, 크을!"

전화기 너머로 캬아옹, 오오옹, 소리가 들렸다.

"전화 끊자. 튕클 녀석이 또 안나를 쫓아다니면서 못살게 구네."

안나는 튕클 언니네 막내 고양이다. 집 앞에 놓아주는 밥을 먹던 소녀 고양이였는데 어느 날 갑자기 열린 현관문 안으로 들어오더니 통 나갈 생각을 하지 않아 할 수 없이 넷째로 들였다. 들어오더니 안 나가서 이름이 안나다.

텡클 언니는 곧 취직을 했다. 규모가 큰 입시 미술학원에서 좋은 조건으로 일하게 됐다고 했다. 바리이모님이 냉면집에서 축하 파티를 열어주셨다.

"난 냉면집에서 냉면 사먹는 게 너무 아까워. 원가 생각나서. 만들기도 얼마나 쉬운데."

이것이 평소 지론인 만큼 다른 때 같으면 집에서 냉면을 해주셨을 것이다. 그러나 그때가 이사가기 직전이었다. 바리이모님은 집 안도 어수선한데다 집과 서먹서먹해져서 손님을 들일 기분이 아니라고 했다.

"취직도 잘해요."

바리이모님이 감탄하자 건어물녀 언니가 추임새를 넣었다.

"그만두기도 잘하고요."

"에헴, 이 바닥이 은근 이동이 많아요. 나처럼 실력 있는 강사라면 언제 어디서나 오케이죠."

텡클 언니가 긴 속눈썹을 과시하듯 눈을 내리뜨며 거만하게 말했다.

"우리 바닥도 마찬가지야. 일이 고되거든. 야근을 떡 먹듯 하고. 위장병 있는 사람이 많아. 하다하다 나가떨어질 것 같으면 그만두고, 새 직장 구할 때까지가 휴식기간이지."

여리여리한 건어물녀 언니가 여리여리한 목소리로 말했다.

"건녀네 회사가 유난히 일 지독하게 시키는 거 아니야? 밤늦게까지 일하고, 휴일도 없고, 도대체 얼굴 한번 보기가 힘들잖아. 오늘도 토요일인데 회사에 나가고."

바리이모님 말에 건어물녀 언니는 고개를 횃횃 저었다.

"아니에요. 출판사들 다 마찬가지예요. 우리 회사는 그나마 나은 편이에요."

"그래. 요즘 세상에 직장 있는 것만 해도 어디니. 다들 장하다."

건어물녀 언니는 물냉면을 시켜 아무것도 넣지 않았고, 퉁클 언니 역시 물냉면을 시켜 겨자와 식초를 조금 넣었다. 나는 비빔냉면에 겨자와 식초를 듬뿍 넣었다. 바리이모님은 비빔냉면에 땡초 다대기를 세 숟가락 더 넣었다. 나도 매운 걸 꽤 좋아하는 편이지만 바리이모님을 따라 똑같이 다대기를 넣어 먹었다가 뜨거운 납을 삼킨 듯 위가 묵직해져서 고생한 적이 있다.

"무거워서 두 세트밖에 못 갖고 나왔네. 한 명은 우편으로 받아야겠네요."

건어물녀 언니가 비닐 쇼핑백에서 화집 세트를 꺼내 먼저 바리이모님한테 건넸다. 바리이모님은 그림에 관심이 많았고 또 유경이도 미술을 좋아했기 때문에 탐스러워했다. 하지만 선뜻 양보했다.

"이사하는 데 짐만 되지, 뭐. 나는 나중에 부쳐줘."

그래서 팅클 언니와 내가 세 권으로 된 화집 한 질씩을 받고 동시에 말했다.

"고마워요, 언니!"

"건녀, 우리 주는 책들 공짜로 생기는 거 아니지?"

바리이모님이 묻자 건어물녀 언니가 여리여리하게 웃으며 대답했다.

"공짜로 생기는 것도 있고요, 공짜로 못 받으면 직원가로 사요."

팅클 언니는 최근 건어물녀 언니네 회사에서 나온, 새 장정으로 치장한 문학전집을 직원가로 사달라고 부탁했다.

"장정에 많이 힘썼다고 하더라."

"맞아. 우리 회사 야심작이야. 그 장정 한정판인데 한번 알아볼게."

건어물녀 언니는 서른 살 앞뒤로 몇 년간 독일에서 책 디자인을 공부했다. 여리여리한 건어물녀 언니가 그 먼 나라에서 몇 년을 혼자 보냈다니 대단하다.

"돈을 좀 벌어야겠어. 겨울 되기 전에 아파트로 이사도 가고 이제부터 따뜻하게 지낼 거야! 나 이사하면 다들 놀러 오세요. 보일러 펑펑 틀어놓고 보일러 파티 할 거예요!"

보일러에 한 맺힌 듯한 팅클 언니의 포효에 다들 고개를 마구 끄덕였다.

"그러자. 팅클네 고양이들도 이제 따뜻한 겨울 보내겠네."

바리이모님이 다독거리는 어조로 말했다.

"근데, 아파트도 난방비 장난 아니라던데 펑펑 틀고 살면 감당하기 힘들걸?"

바리이모님 말씀에 팅클 언니가 빙그레 웃으며 진상을 밝혔다.

"제가 봐둔 아파트가 좀 외곽에 있는데요. 뭐, 그래도 학원까지 한 번에 오는 버스도 있고 갈아타야 하지만 지하철도 있어요. 그 아파트 가까이에 쓰레기 소각장이 있대요. 그래서 전기세나 가스비 같은 게 다른 곳의 4분의 1 가격이라네요. 소각장 지을 때 주민들이 들고 일어나서 그렇게 해주기로 했다나봐요."

"와, 4분의 1이면 펑펑 때고 살아도 되겠다!"

"그 동네가 어디야?"

그러면 그렇지, 야무진 팅클 언니! 팅클 언니가 기운을 차린 듯 보여 다행이었다. 내가 걱정하지 않아도 팅클 언니는 소설의 씨앗을 어련히 잘 간직할 것이다. 때가 되면 싹을 틔우고 무럭무럭 키울 것이다.

누가 그 고양이를 구할까

혜조 언니가 일러준 대로 부동산 소개소를 찾아가 그 앞에서 기다렸다. 곧 혜조 언니가 왔다. 아닌 게 아니라 설명만 듣고는 호락호락 찾기 힘든 데에 혜조 언니 집이 있었다. 고불고불 골목을 돌고 돌아 한 연립주택의 계단을 올라갔다. 한 층에 현관문이 두 개씩이었다. 혜조 언니는 2층의 한 문을 쓱 밀고 들어갔다.

"언니! 문도 안 잠그고 다녀요?"

"괜찮아, 괜찮아. 가져갈 것도 없는데 뭘."

"언니, 조심하세요. 꼭 문 잠그고 다니세요."

"알았어, 알았어. 괜찮아."

혜조 언니의 원룸은 몹시 좁았다. 내가 사는 곳의 절반 크기도 안 되는 듯했다. 그런데도 월세가 50만 원이나 한다고 했다.

"근처에 시장도 없고 아무것도 없는데 말이야. 물가가 얼마나 비싼지 몰라. 다른 동네 두 곱은 되는 것 같아."

투덜대면서도 방을 옮길 생각을 안 하는 혜조 언니.

"왜 이런 데에 집을 구하셨어요?" 물으니 친구가 사는 동네라 한 동네에 얻었다고 했다. 그런데 그 친구는 이사를 가버렸다고.

흠치르르 윤이 나는 커다란 검정고양이가 혜조 언니 침대에 누워 있다 고개를 치켜들었다. 대개의 고양이들이 그렇듯 입매가 올라간 웃는 얼굴이다.

"어머, 언니, 고양이 키우네요?"

"아냐. 쟤는 내가 밥 주는 앤데 피오줌을 싸길래 치료해주려고 임시로 데리고 있는 거야."

"피오줌요? 어휴…… 근데 피오줌 싸는 거 어떻게 알았어요?"

"글쎄, 내가 고양이들 살갑게 살펴보는 편은 아닌데, 쟤가 살려고 그런 건지 내 눈에 띄더라구. 내 앞에서 오줌을 싸는데 시커먼 거야. 병원에 데려가 보여줬더니 신장이 뭐 어떻다던데, 지금 처방식 먹이거든. 한 달 됐는데 많이 좋아졌어."

내가 침대에 걸터앉아 머리를 쓰다듬으니 검정 고양이는 고롱, 고로롱 소리를 냈다.

"밖에 사는 애가 참 사람을 잘 따르네요."

"응, 얘도 누가 기르던 앤가봐."

"이쁘다. 언니, 치료비 많이 드셨겠어요."

"백만 원 좀 넘었지 뭐."

"어떡해요, 언니! 유학비 모으시는 중이잖아요?"

"그러게 말이야. 누가 보태줘도 시원찮을 판인데."

혜조 언니는 한숨을 쉬며 클클 웃었다. 항상 웃는 얼굴인 혜조 언니. 작은 방 안에 작은 침대 하나와 천을 드리운 행거, 아주 작은 싱크대와 그 옆에 작은 냉장고가 있다. 그리고 또 작은 조립식 식탁 하나. 그것만으로도 꽉 차는 방이다. 그토록 작은데도 답답할 뿐, 훈기가 조금도 느껴지지 않는다.

"언니, 한 달에 50만 원이면 훨씬 좋은 집 구할 수 있을 거예요. 분위기 좋은 동네도 아니고 집도 그렇고…… 언니가 시간 없으시면 제가 구해볼게요. 이사할 생각 없으세요?"

"이사, 생각 있었는데, 방세도 나한테는 부담되고 말이야. 나는 다른 데도 다 이렇게 비싼 줄 알았어. 내 손으로 방 얻어 산 게 처음이거든. 근데 유학 준비로 시간도 없었고…… 당분간 서울에 더 있게 됐으니까 옮길까 싶기도 하고."

혜조 언니가 다니려던 미국 대학의 드라마 테라피 교수가 9월 학기에 서울의 대학으로 오게 됐다고 한다. 그 교수의 작업을 도와주고 배우면서 학업을 시작하지 않겠냐는 제의가 들어와서 응낙했단다.

"와, 잘됐다! 잘된 거죠?"

"그렇지. 유학 기간도 줄일 수 있고."

"그럼 이사 가세요! 그러세요, 언니!"

혜조 언니를 채근하고 있노라니 작고 살풍경한 방에게 죄스러운 기분이 들었다. 아무에게도 사랑받지 못했을 것 같은 방. 혜조 언니와도 그다지 정을 주고받지 못했을 것이다. 똑같은 방이라도 방세가 적절했다면 누군가 애지중지 예쁘게 가꾸고 정들이며 살 수도 있었으련만, 방세가 비싸니까 애꿎게 더 냉대를 받았을 방. 혜조 언니는 마치 페루나 터키의 낯선 거리에서 며칠 묵는다는 듯이 그 방에서 지내는 것 같았다. 짐승과 이슬을 피할 곳에 몸을 누일 수 있으면 됐다, 아무 때라도 훌쩍 떠날 곳이다, 여기가 어떤 곳이었는지 아마도 전혀 떠올리지 못할 것이다……

"쟤는 치료 끝나고 도로 내놓으면 금방 재발하지 않을까요?"

"응, 내가 작게 관여하는 고양이 보호소에서 받아주기로 했어."

"정말요? 아, 잘됐다! 다행이에요!"

"다행이지. 근데, 거기 1년밖에 못 있어. 그 안에 데려갈 사람 없으면 안락사시켜. 시설은 굉장히 좋은데, 사람들도 훌륭하고…… 다른 고양이들을 받아들이려면 그래야 하나봐."

"아……"

검정고양이는 방바닥으로 내려가 혜조 언니 다리에 목을 비볐다. 혜조 언니는 "그래, 그래, 그래" 하면서 내가 사간 치즈 케이크 두 조각을 접시에 담아 조립식 식탁에 놓고, 냉장고에서 망고 주스를 꺼내 유리잔 두 개에 채웠다. 혜조 언니의 작은 냉장고는 거의 비어 있었다. 집에서 밥도 잘 안 해먹나보다.

"음, 맛있네! 나 단 거 먹으면 안 되는데, 살쪄서 죽겠는데, 맛있다."

케이크를 오물거리며 혜조 언니는 무심히 식탁 위에 있는 노트북의 스페이스바를 툭 건드렸다. 모니터가 환해져서 눈길을 얼른 거두려 했는데 그러지 못했다.

인천 남동구 지하주차장에 몸이 아픈 어미 고양이와 새끼고양이들이 위험한 환경에 노출되어 있다고 합니다. http://cafe. naver.com/poorcat/18462 글 참조하시고, 임시 보호나 기타 도움 가능하신 분들 연락 바랍니다.

혜조 언니는 인터넷 카페에서 회원들에게 단체로 보내는 쪽지를 보던 도중에 나를 마중하러 나온 것 같았다.

"가슴 아픈 일이 너무 많아……"

혜조 언니는 중얼거리며 다디단 망고 주스를 벌컥벌컥 마셨다. 나도 망고 주스를 한 모금씩, 갑자기 꽉 좁혀진 목구멍으로 넘겼다.

"누가 연락했을까요?"

"그랬기를 바라야지. 그랬을 거야……"

"한번 알아보세요."

"알아봐서 뭘 어떡하려고? 인천에 사는 회원들 착한 사람 많아. 믿고 맡겨야지. 각자 자기 구역 돌보기도 힘에 부치잖아."

혜조 언니는 커서를 '삭제'에 댔다가 그냥 컴퓨터를 껐다.

어른이 된다는 것

세 자매인 줄 알았던 비탈길 삼색 고양이들은 알고 보니 남매였다. 둘은 새끼를 가져 배가 둥그스름해졌는데, 무늬가 호사스럽고 성질 사나운 애만 날씬했다. 수고양이는 셋 중 막내인 모양이다. 체구도 제일 작고 밥 먹는 순위도 밀리곤 했다.

늘 사이좋게 머리를 모으고 밥을 먹던 야옹이들이었는데, 아비가 입양된 즈음부터 분위기가 썰렁해졌다. 보기에도 의젓한 맏언니가 먼저 밥그릇을 차지하고, 얼굴 하얀 순둥이 둘째가 틈을 봐서 조심스레 고개를 들이밀고 한입씩 물어 옆에서 먹었다. 막내는 둘이 다 먹을 때까지 밥그릇에 얼씬도 못 했다. 누나들이, 특히 큰누나가 사납게 하악질을 했기 때문이다. 그러면 녀석은 땡깡 부리듯 인상을 쓰면서 비통하게 깨갱거렸다. 막내는 칭얼대는 소리도 좀 미운 편이다. 생긴 건 예쁜데, 째지는 목소리로 징징거린다. 나는 얼른, 좀 떨어진 곳에 밥을 두 그릇 더 놓아주었다. 셋이 각각 다른 그릇에서 먹을 수 있도록. 이제부터는 계속 그래야 할 것 같다. 그런데, 밥그릇을 여럿 놓게 되면 다 먹기를 기다렸다가 꼭 치우고 와야 할 텐데…… 글쎄, 그냥 자기들끼리 알아서 서열대로 먹게 두는 수밖에 없겠다. 여유 있는 날만 셋 다 따로 주기로 하고.

베티를 그렇게나 사납게 몰던 놈이 제 누나들한테는 꼼짝 못하는 걸 보니 다행스럽긴 했다. 이놈이 제 누나들한테도 포악을 부렸으면 어쩔 뻔했나. 다행은 다행인데, 좀 가엾다.

"어차피 걔는 딴 데서 자기 영역을 개척해야 해. 자기 누나들이 새끼를 낳고 살 곳이니까. 그게 힘 약한 청소년 수고양이의 비애지. 누나들도 아마 둘 다 거기서 새끼를 키울 수는 없을걸? 한 애가 옮겨가야 할 거야."

수의사인 로라 언니 말을 들은 뒤부터는 그 애가 더 가엾게 느껴졌다. 유난히 식탐이 많아 맛있는 걸 발견하면 누나들을 제치고 당연한 듯 먼저 차지했었는데, 어느 날 갑자기 상황이 돌변해서 구박 덩어리가 됐으니 얼마나 당황스러울까. 이제 와서 갑자기 어디로 떠나 뭘 어떻게 구해 먹고 살아야 할까?

와락 쓸쓸해진다. 사람들도 그럴까? 그토록 오순도순 지내던 형제들이 커서 제 아이들을 갖게 되면 눈빛조차 차가워지고 갑자기 서로에게 낯선 존재가 된다. 서로가 생존에 위협이 되는 라이벌일 뿐이라는 듯. 어른이 된다는 건 쓸쓸하고 무서운 일 같다. 동물의 세계에서는 더욱더.

삼색이들이 냠냠 밥을 먹는데 할머니 두 분이 비탈길을 올라오셨다.

"고양이들 밥 주나봐?"

나는 찔끔해서 입을 꾹 다물고 할머니들 표정을 살폈다. 내 경계심을 느꼈는지 말을 건네셨던 할머니가 눈빛으로 '고양이한테 별 적의 없음' 신호를 보내셨다.

"얘네 에미가 요새 안 보이네."

"어머, 얘네들 엄마 아세요?"

"그럼, 노란 팽이야."

비탈에 터 잡고 지내는 노란 팽이라면 베티?

"얘네랑 늘 같이 보였는데."

나는 깔깔깔 웃었다.

"아니에요, 할머니! 걔는 얘네 엄마 아니에요. 제가 얘네 처음 볼 때부터 넷이 덩치가 비슷했어요. 혹시 형제라면 몰라도요."

"아냐. 내 말이 맞아. 노인회관 지붕에서 새끼 낳고 키우는 거 다 봤어. 꼬물이들 데리고 다녔는걸. 그치?"

할머니가 돌아보며 동의를 구하자 옆 할머니가 손자 얼굴이라도 떠올리는 듯 자글자글 웃으시는 얼굴로 고개를 끄덕였다.

"응, 에미가 노란 고양이야. 새끼들은 쟤네들 맞아."

"아, 정말요?!"

내게 놀라운 소식을 들려주고 할머니들은 비탈을 계속 올라가셨다. 세상에, 베티가 삼색이들 엄마? 그러고 보니 막내 놈이 패악을 부리기 전까지 덩치 작은 베티가 어쩐지 대장처럼 보였었다. 몸집이 작아서 몰랐는데 어쩌면 베티가 생각보다 나이가 많을 것도 같았다. 베티를 알게 된 이래 베티는 거의 항상 배가 불러 있었다. 지금도 새끼를 뱄는데, 내가 본 것만 해도 세번째다. 그동안 어디에 새끼를 낳고 어떻게 키워왔는지…… 잘 건사나 했는지…… 그나저나 삼색이들이 베티 새끼들이라면, 저 막내 놈, 저거 후레자식이잖아!

요즘 베티 밥은 비탈 아랫길의 한 골목 안에 주고 있었다. 이제 베티는 비탈에 잘 안 나타난다. 비탈 아랫길은 우유 대리점과 미용실, 구제 옷가게, 옷 수선집, 식당, 세탁소 등이 조르르 붙어 있는 일방통행 도로다. 그 작은 점포의 주인들은 베티를 진작부터 잘 알고 있었다. 그중 서너 사람한테 베티는 동네 고양이로 귀여움을 받으며 닭튀김이나 우유 같은 걸 곧잘 얻어먹고 지낸 듯하다.

끊임없이 새끼를 갖는 건 건강에도 나쁠 터여서 베티만큼은 중성화 수술을 시킬 궁리를 했었다. 암고양이를 중성화 시술하고 웬만큼 수술 자국이 아물 때까지 보살피자면 일주일 정도 필요하다. 그런데 새끼들이 생후 두 달은 지나야 젖을 떼니까 그동

172

안은 엄마 고양이를 떼어놓을 수 없다. 그 두 달을 기다릴 틈을 주지 않고 임신을 해버린 베티다. 사랑이 충만한 베티, 너무해!

아비가 다른 비탈 고양이들과 잘 지낸 건 성격 좋고 잘생겨서만이 아니라 중성화가 돼 있었던 영향이 큰 것 같다. 비탈 고양이들한테 쾌활하고 듬직한 오빠며 형이었던 아비, 영원한 소년 고양이 아비. 멋진 아비가 자손을 퍼뜨리지 못하게 된 건 가슴 아프지만, 모르겠다. 다들 중성화가 돼서 언제까지라도 소년소녀로 화기애애하게 지내는 게 좋은 건지, 저마다 어른이 되어 자기 가족을 거느리고 뿔뿔이 흩어지고, 그 가족들도 또 같은 과정을 거치고, 그러는 게 좋은 건지.

개체의 행복만 생각한다면 중성화가 정답인 것 같은데, 모르겠다. 어쨌든, 베티, 미안하지만 너는 중성화를 해야 될 거야. 그동안 새끼도 많이 낳았잖아. 걔네들은 다 어디서 살고 있을까……

열아홉 살이래요

어느 날, 비탈을 올라가는데 누가 길바닥에 무릎을 꿇고 엉덩이를 뒤로 뺀 채 소나타 밑을 들여다보고 있었다. 나는 허둥지둥 걸음을 재촉했다. 가까이 다가가보니 빨간 줄무늬 티셔츠가 말려 올라가는 바람에 청바지 위로 한 뼘은 드러난 허리통이 매끈했다.

"뭐하세요?"

매끈한 허리가 꾸물꾸물 상체를 세우고 고개를 돌렸다. 베베
치킨 배달원이었다.

"고양이들한테 치킨 주는데?"

"치킨? 뼈 발라내고 줬어?"

"아니, 그냥. 지네가 알아서 발라 먹겠지. 잘 먹는데?"

"잘 먹겠지, 이 바보야! 닭 뼈 먹으면 고양이 큰일 나는 거 몰
라? 닭 뼈는 바늘처럼 쪼개지기 때문에 삼키면 위랑 창자랑 다
찢어진단 말이야! 저리 비켜!"

나는 눈을 끔벅거리는 베베치킨 배달원을 밀치고 차 밑을 들
여다봤다. 삼색이들이 무지 맛있는 걸 먹을 때마다 내는, '냐옹
냐옹냐옹' 소리를 보글보글 내면서 열심히 닭튀김을 먹고 있었
다. 삼색이 막내는 저쪽 끝에서 큼직한 닭튀김 조각을 물어뜯고
있었고 누나들은 닭튀김 더미 옆에 있다가 내가 손을 뻗으니 하
나씩 물고 한가운데로 깊숙이 들어갔다. 나는 손 닿는 닭튀김들
을 끄집어내 들고, 부녀회장 할머니 눈도 피하고 땡볕도 피할
겸 비탈 건너 골목에 있는 주차장으로 갔다. 아비와 놀던 곳이
다. 아비가 치킨을 좋아했던가? 잘 생각이 나지 않는다. 어느 자
리에서고 닭튀김이 남으면 챙겨서 비탈 고양이들한테 준 적이
몇 번 있었는데……

꺼내보니 닭튀김을 참 많이도 갖고 왔다. 살코기와 껍질과 연

174

골을 열심히 발라내는데, 옆에 쪼그리고 앉아 있던 베베치킨이 말했다.

"와, 너 참 잘 발라낸다!"

"이렇게 해서 줘야 해. 너도 해봐."

"아, 난, 못하겠는데. 뼈만 남으니까 징그럽고 무섭다!"

난 베베치킨을 흘겨봤다. 흘겨보느라고 봤는데, 눈이 참 예뻤다. 속눈썹도 소처럼 길었다.

"너 치킨 못 먹니?"

"먹기야 먹지. 좋아하지는 않지만. 숯불구이 가슴살은 좋아해. 근데, 이렇게 깨끗이 발라놓은 닭 뼈 한 번도 본 적 없어."

"좀 그렇긴 해. 나도 닭 다리는 좀 먹었는데, 고양이 주려고 뼈 발라낸 다음부터 닭 다리도 잘 못 먹겠어. 뭐, 닭고기에 항생제 많이 들어 있어 몸에 안 좋다니까 아쉬울 건 없지만."

"우리 베베치킨 닭은 안 그래. 항생제 안 먹이고 키운 닭만 쓴대. 기름도 항상 일등품으로 깨끗한 거 쓰고."

"그런 광고를 보긴 했어. 근데 광고를 다 믿을 수 있을까?"

"우리 엄마 아빠는 정직한 사람들이야. 믿어도 돼."

"어머, 부모님이 베베치킨 주인이니?"

"응."

"착하다. 부모님 가게 일을 돕는 거구나?"

내 말에 베베치킨은 "글쎄, 뭐……" 하고 우물거리며 얼굴이 살짝 발그레해졌다.

"쟤네들 조금만 더 덜어주고, 나머지는 갖고 가야겠다. 냉장고에 넣어놨다가 나중에 줘야지. 음식 줄 때 한 번에 너무 많이 줘서 남으면 벌레들 꼬이고 냄새 나서 안 돼. 상한 걸 나중에 또 먹다 탈 날 수도 있고."

"그렇구나…… 너 참 똑똑한 거 같다."

내가 몸을 일으키자 베베치킨도 몸을 일으키고, 내가 걷자 베베치킨도 내 옆에서 걸었다. 삼색이들한테 몫몫의 닭고기를 던져주고 비탈을 내려갔다. 베베치킨은 담 옆에 세워뒀던 오토바이를 끌고 졸졸 따라왔다.

"너, 이름이 화열이지?"

"응, 어떻게 알았어?"

"편의점에서 부르는 거 들었어. 나는 필용이야, 윤필용."

"필용이?"

이름을 듣는 순간 까르르 웃음이 터졌다.

"미안, 미안!"

"괜찮아. 내 이름 웃기지?"

"응. 근데 성이랑 함께 들으면 안 웃겨. 훌륭한 사람 이름 같아."

"그러니? 윤, 필, 용. 정말 그런가?"

필용이는 반신반의하며 좀 기뻐했다.

"너 몇 살이니? 나는 열아홉 살이야."

필용이가 물었다.

"난 스무 살. 누나라고 불러라."

"누나긴 누나네. 그렇지만 누나라고 부르기 싫어. 나, 누나 있거든. 그냥 화열이라고 부를래."

"그러든지."

털털털 오토바이를 끌면서 잠시 묵묵히 걷던 필용이가 말했다.

"아쉽다. 너, 생일 몇 월이니? 나한테 오빠라고 부르면 진짜 안 되겠니?"

"웃기고 있어, 정말. 버릇없이!"

나는 깔깔깔 웃었다. 헤어지기 전에 필용이가 머리를 긁적이며 걱정스레 물었다.

"고양이들 닭 뼈 준 거 괜찮겠지?"

"이번엔 괜찮을 거야. 너무 배고플 때 아니면 닭 뼈를 씹어 먹지 않을 테니까."

필용이는 순한 얼굴로 고개를 끄덕였다. 그리고 진지하게 말했다.

"화열아, 오늘 반가웠다. 앞으로 친하게 지내자."

나는 웃으면서 필용이 얼굴을 찬찬히 보았다. 예쁘고 착해 보였다.

"그러든지~"

필용이가 오른손을 내밀었다. 나도 마주 손을 내밀었다. 필용이는 힘차게 악수를 한 뒤 오토바이에 올라타고 부르릉 소리와 함께 멀어져갔다. 아 참, 오토바이가 아니라 바이크.

목포는 한구다

필용이는 제가 타고 다니는 걸 오토바이라 부르면 부루퉁해진다.

"오토바이를 오토바이라 부르지, 그럼 뭐라 불러?"

"바이크라 불러다오."

"바이크라 불러주마. 근데 오토바이나 모터사이클이나 바이크나 다 그게 그거 아니니?"

"뭐, 뜻은 같겠지만, 오토바이라 그러면 배달 오토바이가 떠오르잖아."

"배달 오토바이 맞잖아?"

"맞긴 맞는데, 내건 다른 배달용이랑 기종이 다르단 말이야."

그리고 시티 기종이 어쩌고 50cc가 저쩌고 400cc가 그쩌고, 한참 설명을 했는데, 필용이의 바이크는 다른 베베치킨 바이크보다 급이 좀 높은 125cc이며, 얼마 전 2종 소형 면허 시험을 봤는데 떨어졌으며, 언젠가 400cc짜리 할리 데이비드슨을 갖는 게 꿈, 요렇게 요약할 수 있겠다.

"배달 오토바이는 면허 없어도 되지?"

"아냐. 그것도 원동기 면허 있어야 돼. 난 그거 열여섯 살에 땄어."

"와, 대단한데! 그걸로 된 거 아니야? 또 면허를 따야 해?"

"응, 당근이지. 용량이 크면 임계속도가 커지니까. 수퍼 바이크 머신 같은 건 웬만한 자동차보다 우람해. 그 앞에 서면 완전 압도당하지."

필용이는 몽롱한 눈빛이 됐다.

"그래. 나도 그런 오토바이 봤어. 멋있더라. 위풍당당하달까."

"아, 또 오토바이라 그러네! 바이크는 내 로망인데, 오토바이라 그러면 뭐랄까, 발목 잡혀 끌어당겨지는 기분이랄까? 너도 젊은 애가 할매처럼 오토바이가 뭐냐? 요즘 누가 오토바이란 말을 쓰냐? 우리 엄마 말고."

나는 곰곰 생각해보고 대답했다.

"다 오토바이라 그러는 거 같은데? 바이크라 부르는 사람은 한 명도 없어."

"헐!"

어쩌면 내가 내 또래와 너무 오래 떨어져 지내온 건지도 모르겠다.

"화요일!"

비탈길에서 우연히 만난 며칠 뒤 편의점에 근무하러 가는데 필용이가 뒤에서 큰 소리로 불렀다. 나는 가슴이 두근거렸다. 화요일은 초등학교 4학년 때까지 내 별명이었다. 전학을 한 뒤로 한 번도 들어보지 못하고 잊어버렸던 별명. 나는 기분이 이상해져서 물끄러미 필용이를 바라봤다. 애가 혹시 그때 같은 학교를 다닌 친구였나?

강당에서 1학년 신입생들을 모아놓고 오리엔테이션을 하는 날이었다. 키가 커서 눈에 띄었는지, 몸 풀기 무용 체조 시간에 선생님과 함께 시범을 보일 학생으로 앞에 불려 나갔다. 무용 선생님이 마이크에 대고 "이름이 뭐예요?" 물었다. "화열이요" 대답하자 무용 선생님은 "화요일?" 하고 되물었다. 나는 "아니요. 화열이요. 이화열이요" 또렷하게 대답했다.

"아, 난 또 화요일인 줄 알았네. 화열이!"

무용 선생님의 낭랑하고 명랑한 목소리가 지금도 귀에 선하다. 은방울을 굴리는 듯 맑은 무용 선생님 웃음소리에 이어 강당 안이 좌중의 웃음소리로 우렁우렁 울렸다. 그 뒤 내 별명은 화요일이 되었다.

필용이, 얘는 별명을 짓는 것도 완전 초등학생 수준이다. 후후, 귀엽다. 필용이는 자기 별명이 '용필이'라고 알려줬다. 필용이가 더 별명 같다. 이름과 별명 얘기가 나온 김에 말하자면, 필용이네 개 이름은 '목포'다. 목포는 말티즈 피가 섞인 하얀 개다. 필용이가 편의점에도 몇 번 데려왔고, 셋이 함께 남산 산책을 한 적도 있었다.

"이름을 왜 목포라고 지었어?"

"처음에는 한구라고 지었더랬어."

한구는 한국 개라는 뜻이란다. 필용이 수준이 이렇다.

"내가 '한구요' 그랬더니 아빠가 '항구? 목포는 항구다, 할 때 그 항구 말이냐?' 그러시는 거야. 그때 딱 필이 오더라구. 목포! 좋잖아? 목포는 한구다, 기억하기도 좋고."

그래, 그래, 그래, 후훗……

녹슨 통덫

가장 볕 따가운 오후 2시였다. 언제나처럼 소나타 밑에 사료를 놓고 있는데 부녀회장 할머니가 찬바람이 쌩쌩 도는 얼굴로 비탈을 썩썩 올라왔다. 일부러 사람들 통행이 뜸할 때를 노렸건만. 한숨이 절로 나왔다. 나는 차 밑에서 얼른 밥그릇을 빼들고 좀더 올라가 트럭 아래 두었다.

"내가 그만두라 안 했나?!"

부녀회장 할머니가 소리를 지른다. 정말 힘들다. 어떻게 이 고비를 넘길까 걱정하며 나는 할머니 손이 닿지 않게 차 밑 깊숙이 밥그릇을 밀어넣었다.

"컨테이너 근처에 주지 말라고 하셔서 그렇게 하잖아요."

"여기나 거기나! 아무 데도 주지 말란 말이다!"

"그러면 여태 밥 먹던 고양이들, 갑자기 어떻게 해요? 조금씩 옮길게요. 차차 멀어질 거예요."

"햐, 별 걱정을 다하네! 어디 두고 보거라!"

할머니는 날래게 부녀회관 팻말이 붙은 컨테이너에 내려가더니 자루가 긴 빗자루를 꺼내들고 왔다. 그리고 그 빗자루를 트럭 밑에 넣어 고양이 사료를 싹싹 맨홀 철망으로 쓸어버렸다.

"앞으로는 내사 보이는 대로 이래 다 쓸어버릴 거다!"

"왜 이러세요? 시간을 좀 주시면 조금씩 밥 주는 자리를 옮기겠다니까요."

"하이고, 어데 줄 건데? 거기 사람들은 싫어라 안 하겠나? 내 편하자고 웃동네 사람들한테 미루겠나? 여고 저고 아무 데도 주지 말거래이! 이 동네 얼씬도 말거래이!"

기가 막혔지만 할머니의 막무가내 사나운 기세에 나는 입술만 달싹일 뿐이었다. 아래쪽에 있는 마티즈 밑에서 삼색이들이 숨을 죽이고 지켜보고 있었다. 아, 쟤네들 배고플 텐데. 할머니가 서슬 퍼런 목청으로 나한테 야단을 치고 있는데, 건너편 집 대문이 끼익 열리며 아주머니 한 분이 나왔다. 일이 커지는구나. 땀이 삐질삐질 흘렀다.

"학생이 여기 고양이 밥 주는 거야?"

아주머니는 상냥하게 말을 건넸다. 혹시 고양이 편이시려나? 나는 한 점 희망을 갖고 아주머니를 주시했다.

"이 아가씨가 이래 고양이 밥을 놓네! 벌써 내가 몇 번이나 그러지 말라고 해도 말을 안 듣고, 정말 못살겠다!"

할머니가 또 기세를 높이셨다. 아주머니는 할머니를 향해 건성으로 고개를 끄덕이곤 나를 향해 말했다.

"참 착한 일 하네. 근데, 다른 데 주면 안 돼? 여기 고양이 밥을 주니까 오다가다 고양이들이 자꾸 우리 집에 들어와서 꽃밭을 다 헤쳐놓네."

"아…… 죄송해요. 그런데 여기 밥 먹는 애들은 그쪽으로는 안 가는 것 같은데요……"

"고양이들이 안 가는 데가 어디 있어? 그나저나 내가 하소연을 하니까 우리 시동생이 고양이 잡는 통덫을 빌려줬어. 우리 시동생이 저 큰길 건너에서 동물병원 하거든. 고양이 잡으면 무료로 중성화 수술해준대."

"그래요? 그 병원이 TNR 지정 병원이에요?"

나는 부녀회장 할머니의 공격을 피할 셈으로 더 아주머니 얘기에 집중했다.

"응."

"아, 그렇군요. 그럼 수술한 뒤에 다시 이 자리에 데려다놓는 거지요?"

"그럼, 그럼."

도로 데려다놓는다는 말에 부녀회장 할머니는 절대 반대라는 듯 강하게 고개를 저었다.

"내가 통덫 빌려줄 테니까 학생이 고양이들 좀 잡아줄래? 학생은 고양이랑 친하니까 쉽게 잡을 거야. 우리 꽃밭에 놓으니까 한 마리도 안 들어가더라고."

그러잖아도 베티를 중성화시킬 생각이었기 때문에 잘됐다 싶었다. 하지만 아주머니가 들고 온 통덫을 보니 흠칫해졌다. 음울하게 잔뜩 녹이 슨 쇠창살 통덫이었다. 동물들의 고통과 공포와 비탄이 덕지덕지 들러붙은 것 같은 통덫. 내 손으로 어떤 고양이도 그 안에 들여보내고 싶지 않았다.

"제가 오늘은 정신이 없고요. 다음에 부탁드릴게요."

"그래. 저기가 우리 집이니까 아무 때나 필요하면 대문 두드려. 우리 시동생 병원, 중성화 수술 잘해. 새끼고양이들도 많이 분양했어. 여대생들이 지나가다가 얼마나 잘 데려간다구."

거기까지만 들었으면 좋았을 것이다. 나는 한줄기 따스한 빛이 비추는 기분이었다. 이제 새끼고양이를 만나도 끄떡없겠구나, 그 병원에 데려다놓으면 만사 오케이겠구나, 그런 행복한 병원이 있었구나!

"여대생들이 아주 좋아한대. 일일이 발톱 다 제거해서 보내거든. 그러면 가구도 절대 안 긁고 할퀴지도 않고 아주 편하지."

"네? 고양이 발톱을 제거해요?"

"응, 공짜로 해줘."

아주머니는 자랑스럽게 말했다. 고양이 발톱을 뿌리째 뽑는 게 얼마나 잔혹한 짓인지, 그렇게 평생 불구가 된 고양이가 어떻게 걷는지, 그 꼴이 되고도 버려지는 고양이가 어떻게 죽어가는지 내가 아는 대로 알려주고 싶었지만, 부녀회장 할머니 앞에서 아주머니와 의견 충돌이 있는 것처럼 보이고 싶지 않아 입을 다물었다. 언젠가 말씀드려야 할 텐데.

더없이 화창한 여름 한낮이었지만 이래저래 마음이 음산했다.

짝귀 베티

베티가 비탈 아랫길로 터를 옮긴 뒤, 난 자연히 그 길목 어른들과 낯을 익히게 됐다. 베티가 지난가을에 구제옷 가게 지붕에 새끼를 낳았다는 얘기도 들었다. 밤새 새끼고양이들이 천장에서 뛰놀아 정신이 하나도 없었다며 옷가게 아주머니는 선하게 웃으셨다.

"애가 참 순해요. 고양이 그렇게 이뻐하면 데려다 키우지그래요?"

고양이가 그렇게 예쁘면 집에 데려가서 키우라는 말을 숱하게 들어왔다. 그러나 거의 악에 받친 말이었지 이처럼 진정 어린 말은 처음이었다.

"제가 데려다 키울 형편이 못 돼서요."

"하긴 나도 형편이 안 돼요."

아주머니는 고개를 끄덕였다. 옷가게 아주머니 못지않게 옷 수선집 아주머니도 베티를 귀여워하셨다. 그래서 수선집 앞에서 밥을 주다가, 나중에는 아예 베티 몫의 사료를 그 아주머니에게 맡겨놓았다.

"쟤, 새끼를 얼마나 많이 낳았는지 몰라. 쉬지 않고 낳는 것 같아. 잡아다 수술을 시키면 좋을 텐데."

사람이 먹는 우유를 고양이가 먹으면 배탈 나니까 주지 말라고 당부해도, 자꾸 베티한테 우유를 주는 우유 대리점 아저씨가 걱정스레 말씀하셨다.

"예, 그러잖아도 새끼 낳은 지 한 달 지났으니까 조금만 더 있다가, 새끼들 젖만 떼면 수술시키려고요. 아는 언니들한테 부탁해놨어요."

"그래? 아이쿠, 잘됐네! 늘 맘만 있었지 어떻게 하나 했는데."

우유 대리점 아저씨가 자기 일처럼 기뻐해주셔서 고마웠다. 그나저나 베티가 이번에는 어디에 새끼를 낳았을까? 비탈 아래 길목 사람들도 모두 궁금해했다.

그러던 어느 날 베티가 사라졌다. 하루, 이틀, 사흘, 밥 먹으러 오지도 않는다고 수선집 아주머니도 걱정이 크셨다. 나흘, 닷새가 된 어느 날 베티가 홀연히 나타났다. 귀 한쪽이 반이나 잘린 채. 옷 수선집 앞에 엎드려 있던 베티는 나를 보자 에에에 울면서 달려왔다.

"베티야! 너 어디 갔다 왔어?"

너무 반가워 베티 머리를 쓰다듬으려 하자, 베티가 움찔 피했다.

"쟤가 무슨 일을 당했는지 저렇게 움찔움찔하네. 전에는 안 그러더니. 귀는 저렇게 잘렸고. 누가 그러는데 중성화 수술해놓은 것 같다고 하네."

"그래요?"

베티의 배는 여전히 불룩했다. 베티는 늘 배가 불룩하다. 베티를 뒤집어보니 아무렇게나 듬성듬성 꿰맨 자국이 여섯 땀쯤 보였다.

"정말 중성화 수술했네요! 그런데 수술 자국이 이게 뭐예요?"

"그러게 말이야. 대충 꿰맸나봐."

옷 수선집 아주머니가 속상해하셨다. 나는 약국에 달려가서 소독약과 연고를 사왔다. 수술 자국이 벌겋게 부어 있었다. 사람을 잘 따르는 베티를 잡는 건 누구라도 쉬웠을 것이다. 중성화 수술을 해준 건 고마운 일이다. 그리고 무엇보다도 고마운 건 베티가 되돌아온 것이다. 그런데, 대체 어느 병원에서 수술을 한 걸까? 주인 없는 고양이라고 아무렇게나 막 꿰맸구나. 아니면 수술이 미숙한 의사 손에 걸려든 것일까? 귀는 대체 왜 저렇게 싹둑 잘랐지? 길고양이를 중성화시키면 수술했다는 표식으로 귀 끝을 잘라놓게 마련이었다. 하지만 대개 살짝 자를 뿐 저렇게 무지막지하게 반 가까이 자르지는 않는다. 비 오는 날은 빗물이 베티의 귓속으로 다 들어갈 것이다. 발을 동동 구르고 싶도록 속이 상했다. 하지만 돌아온 것만으로도 얼마나 다행인가. 잡아간 사람이 원래 자리에 데려다준 건지, 수술 후 아무 데나 풀어놨는데 베티가 어렵사리 찾아온 건지, 누구도 모를 일이지만.

옷 수선집 아주머니는 베티가 가여웠는지 가게 문 옆에 스티로폼 상자로 집을 만들어주셨다. 베티는 이제 그 집에서 산다. 늘 베티가 사는 곳이 궁금했는데, 보고 싶어도 어디 사는지 모르니 찾아갈 수가 없었다. 이제 나는 베티가 사는 곳을 안다.

그나저나 베티야, 네가 마지막으로 낳은 새끼들은 어떻게 된 거야? 베티가 잡혀 있는 동안 베티 새끼들은 어떻게 됐을까. 베티가 얼마나 애가 탔을까. 젖꼭지가 불어 있는 고양이는 어딘가 젖먹이 새끼들이 있을 것이기 때문에 확인하는 즉시 제자리에 풀어놓아주어야 마땅할 것이다.

내 빨간 자전거

전설 아저씨가 〈고양이웃네〉에 올린 사진들을 봤다. 모두 다섯 컷이었다. 제일 위 사진은 여대생인 듯도 하고 직장인인 듯도 한 아가씨가 자전거를 타고 아름드리나무가 도열한 공원길을 달려오는 장면이다. 검은 챙이 달린 노란 헬멧을 쓰고 풋풋하게 웃는 얼굴. "참 예쁘죠?"라는 캡션이 달렸다. 이어서 자전거를 타고 강변을 달리는 옆모습과 뒷모습 사진들. 어떤 사진은 강 건너 아파트들이, 어떤 사진은 새털구름이 흩어진 하늘이 배경으로 잡혔다. 헬멧 뒤로 나풀거리는 긴 머리, 착 달라붙는 검은 민소매 티에 연노랑 재킷, 무릎까지 오는 검정 레깅스가 싱그럽고 건강해 보인다. 전부 "예쁘죠?"라는 캡션이 붙었다. 예쁘다. 그리고 마지막 사진은 그 아가씨와 전설 아저씨가 풀밭에 눕혀 놓은 두 대의 자전거 옆에 나란히 앉아 턱을 치켜들고 웃는 사진이었다. 전설 아저씨도 활짝 웃고 있다. 이상하다. 쿡 찔린 듯 가슴이 아팠다.

전설 아저씨는 늘 사람들과 어울려 즐겁게 지낸다. 종종 야외에서도 모임을 갖고 그 후기 사진들을 올리곤 했다. 주로 아리따운 언니들과 화기애애하게 찍은 사진들이었다. 한두 번 본 것도 아닌데, 후훗, 더구나 전설 아저씨와 나는 아무 사이도 아닌데 말이다.

댓글들을 보니 사진 속 주인공은 〈고양이웃네〉의 회원인 모양이었다. 알은체하는 글들이 많다. 어쩌면 나도 전설 아저씨가 부른 자리에서 본 적이 있는 사람일지도 모르겠다. 전설 아저씨가 소집한 술자리에 마지막으로 간 게 한 달 전이었다. 마포에 있는 주먹고깃집이었다. 열 명 남짓한 사람들이 모여 있었다. 볼 때마다 넥타이에 와이셔츠 차림인 막강님이 한 손을 번쩍 들어 나를 반겨줬다.

"전설 형이 이뻐하는 햇살님 오셨네. 전설 형 옆에 앉으세요."

"햇살이, 이리 와, 이리 와."

전설 아저씨가 손짓하고, 전설 아저씨 왼쪽에 앉은 따복네도 배싯 웃으며 제 옆에 오라고 마구 손짓을 했다. 나는 얼결에 전설 아저씨와 따복네 사이에 앉았다. 전설 아저씨는 불판에서 잘 구워진 고기를 몇 점 집어 내 앞에 놓인 빈 접시에 담아줬다.

"맛있는 거야. 많이 먹어라."

"맥주? 소주? 막걸리?"

따복네가 물었다. 전설 아저씨가 "햇살이 술 못 마셔. 사이다 하나 시켜라" 하자 따복네는 장난스레 눈을 부릅뜨고 도리질을 했다.

"마시면 늘어. 술이 얼마나 좋은데."

내가 "막걸리 마실게요" 하자 따복네는 방글방글 웃으며 호들갑스럽게 양재기에 막걸리를 따라줬다. 그리고 내 양재기에 자기 맥주잔을 부딪쳤다. 막걸리는 달콤하고 쩡했다.

그날 전설 아저씨는 새로 장만한 자전거 장비를 화제로 열을 올렸다. 전설 아저씨가 늘 차에 싣고 다니는 자전거는 몇백만 원짜리라고 했다. 그즈음 〈고양이웃네〉에는 자전거 바람이 불고 있었다. 전설 아저씨가 앞장서서 스무 명쯤이 자전거 공동 구매를 한 뒤 잠실에서 구리까지 자전거 하이킹도 다녀온 뒤였다.

"난 미니벨로라고 안 끼워줬어."

따복네가 투덜거렸다.

"미니벨로는 동네에서나 타는 거지. 제대로 된 사이클을 하나 장만하라니까."

막강님이 말했다.

"큰 자전거는 무섭단 말이에요. 미니벨로가 얼마나 빨리 달리는데."

따복네의 말을 전설 아저씨 오른쪽에 앉은 언니가 받았다.

"우리 언제 미니벨로만 모여서 하이킹 한번 하죠."

"아, 좋아라! 언제요? 언제요? 날 잡아요!"

따복네가 손바닥을 짝짝 부딪치고 맥주를 발칵 마셨다. 전설 아저씨 오른쪽에 앉은 언니는 무테 안경을 쓴 해사한 얼굴을 하고 있었다. 닉네임이 율리시즈라고 했다.

"미니벨로 하이킹, 한강 따라 서울공원 가서 한 바퀴 도는 것
도 좋고, 상암동 메타세콰이어 길도 좋고."

막강님이 거들며 내게 물었다.

"햇살님도 자전거 타세요?"

"저는 자전거 없어요."

내가 고개를 젓자 따복네가 미니벨로를 사라고 권했다.

"얼마나 예쁘다고! 타기도 쉬워."

"햇살이 자전거 없니? 내가 하나 줄게."

전설 아저씨가 말했다. 나는 아니라고 고개를 마구 저었다. 따
복네가 "나는요?" 하고 응석 섞인 목소리로 소리를 꽥 질렀다.
전설 아저씨가 난처한 척 콧등에 주름을 잡으며 웃고 "넌 무서
워서 못 탄다며?" 하자 막강님도 낄낄 웃었다.

내게도 자전거가 있었다. 네 살 생일 선물로 할아버지가 사주
신 빨간색 시보레 자전거.

"이건 애 건데 그냥 두세요."

엄마가 자전거 핸들을 끌어당기자 젊은 아저씨가 우물거렸다.
하지만 곧 다른 사람이 다가와 가차 없이 딱지를 붙였지. 엄마
는 얼른 자전거 핸들을 놓고 내 손을 꼭 쥐었다.

구운 주먹고기는 아주 연하고 맛있었다. 막걸리를 또 한 모금
삼키면서 자리를 둘러보니 인형처럼 차려입고 다니는 핑크 언니
랑 보브 스타일 머리를 한 언니가 보이지 않았다. 바리이모님

모임에서 들은 소문이 생각났다. 전설 아저씨가 두 언니를 동시에 사귄 사실을 언니들이 알게 됐단다. 전설 아저씨가 정말 좋아한 사람은 보브 스타일 언니였단다. 핑크 언니는 그쪽에서 더전설 아저씨를 좋아해서 쫓아다녔는데, 보브 스타일 언니도 전설 아저씨와 사귀는 걸 알자 보브 스타일 언니를 찾아갔다. 결국 두 사람은 함께 전설 아저씨를 만나 성토한 뒤 작별을 고했단다. 그런 소문을 들은 뒤여서 전설 아저씨가 걱정됐고 왠지더 보고 싶었다.

"두 사람이 다가 아니란다. 완전 바람둥이야."

"여자들도 잘못 아니에요?"

"전설이도 안됐어. 한 사람은 정말 좋아했던 모양인데."

"그러게 조심했어야지요. 술 취하면 옆에 앉은 여자한테 지분거리는 버릇도 있대."

"여자 둘끼리는 계속 자주 만나고 친하게 지낸다네. 별일이야."

바리이모님이 걱정스레 한 말씀 하셨다.

"햇살이 너는 왜 자꾸 그런 자리에 가니?"

"저 잘 안 가요. 아주 가끔만 가요."

전설 아저씨가 그랬구나. 나는 충격을 받았지만 전설 아저씨를 이해해주고 싶었다. 술이랑 사람을 너무 좋아하다보니 일이얽혔을 거야. 소문이 다가 아닐 거야. 나한테는 정말 잘해주는좋은 아저씬데. 성격도 깔끔한 아저씨가 왜 그렇게 사는지 안타까웠다. 그런 일이 있어서인지 전설 아저씨 웃는 모습이 전에 없이 쓸쓸해 보였다.

요조숙녀는 군자호구라

주먹고깃집에서 나와 노래방에 갔다. 그냥 집에 가려고 했는데 따복네가 팔짱을 꼭 끼고 놔주지 않았다. 새 건물 2층에 있는 노래방은 깔끔한 마루가 깔리고 벽에 나무를 댄 상큼한 공간이었다. 우리는 넓은 방으로 안내됐다.

"이런 노래방이 다 있네!"

"카페 같다. 여기서 세미나 해도 되겠는데?"

"실내 공기도 깨끗하고."

방을 둘러보며 한마디씩 하자 전설 아저씨가 으쓱해했다.

"내가 새로 개척한 노래방이야. 스피커도 마이크도 괜찮아."

"전설 형, 아주, 노는 데는 프론티어라니까!"

막강님이 소파에서 탬버린을 들어 흔들며 감탄했다.

"시간 간다. 빨리 노래 고르셔들!"

"누가 〈총 맞은 것처럼〉 좀 찾아줘!"

율리시즈 언니가 큰 소리로 부탁했다.

"무슨 노래 제목이 그래?"

전설 아저씨가 킬킬 웃자 막강님이 "그 노래 몰라? 얼마나 좋은데" 대꾸하면서 노래 목록을 뒤져 재빨리 번호를 눌렀다. 전주곡이 흐르자 율리시즈 언니는 얼른 앞에 나가 마이크를 잡았다. 그리고 자막도 보지 않고 눈을 지그시 감은 채 노래를 불렀다. 애절하고 고운 고음이었다. 율리시즈 언니 노래가 끝나자 따복네가 박수를 치며 혀 꼬부라진 소리로 "너무 진지해. 언니, 신나는 노래 좀 불러주세요" 했다.

"오케이, 〈밤이면 밤마다〉 부탁해요!"

율리시즈 언니는 깡충깡충 뛰더니 반주가 나오자 몸을 흔들며 목청 높여 노래했다. 얌전해 보이던 율리시즈 언니는 노래방에 오더니 물 만난 고기처럼 생기가 돌았다.

"햇살이도 노래 골라. 무슨 노래 부를래?"

전설 아저씨가 말했다.

"먼저들 부르세요. 전 나중에 부를게요."

"아, 빼지 말고 빨리 골라봐."

내가 노래 목록을 뒤적거리는 동안 다들 열심히 노래를 불렀다. 전설 아저씨는 팝송을 몇 곡 불렀다. 〈Top of the world〉는 다 같이 불렀다. 함께 많이 불러본 솜씨로 화음이 근사했다. 다른 사람들한테 이 노래 저 노래 신청하고 저는 맥주만 마시던 따복네도 꽥꽥거리며 목청을 보탰다.

"전설 아찌, 〈Welcome to my world〉 불러주세요."

따복네가 또 신청하자 다른 사람들도 우르르 박수를 치며 청했다. 나도 "와!" 소리를 지르며 박수를 쳤다. 전설 아저씨가 놀란 듯 나를 향해 눈을 둥그렇게 뜨고 웃었다. 막강님이 번호를 찾아 눌렀다. 전설 아저씨가 노래를 시작했다. 웰컴 투 마이 월드. 나지막하고 아름다운 목소리였다. 아빠가 잘 부르던 노래였다. 아빠와 마지막으로 노래방에 갔을 때도 아빠는 그 노래를 불렀었다. 나는 눈을 감고 노래를 들었다.

Knock and the door will open
Seek and you will find
Ask and you will be given
The key to this world of mine

짐 리브스의 이 노래를 몇백 번이나 들었을까. 나도 모르게 입술을 달싹여 따라 불렀다. 문득 눈을 뜨자 전설 아저씨가 "Won't you come on in" 노래하며 내 앞에 서 있었다. 전설 아저씨는 계속 노래하며 나를 지그시 내려다보다가 내 어깨에 한 손을 얹더니 옆에 앉았다. 그리고 노래가 끝나자 박수갈채와 휘파람 소리와 탬버린 흔드는 소리 속에서 내 얼굴을 와락 끌어당겼다. 나는 멍한 중에 전설 아저씨를 밀며 얼굴을 돌렸다. 전설 아저씨의 입술이 내 입술 끝을 스쳤다. 전설 아저씨는 창백한 얼굴로 화가 난 듯 웃었다. 나도 어색하게 웃었다. 내 얼굴도 창백해졌을 것이다.

"형님, 또 발동 걸렸네."

막강님이 야유하자 "그런 거 아니야, 인마!" 전설 아저씨가 버럭 소리를 질렀다. 어수선한 침묵을 깨고 따복네가 전설 아저씨 입술에 쪽 뽀뽀를 했다.

"뭐? 우린 만날 하는데. 뭐? 햇살님 바보~"

다들 피식 웃었다. 막강님은 좀 화가 난 듯 부루퉁히 말했다.

"다 너처럼 말괄량인 줄 아냐? 햇살님은 요조숙녀잖아."

그 말을 받아 율리시즈님이 식혜 캔을 따며 "요조숙녀는 군자 호구라" 읊조렸다.

"하하하, 요조숙녀는 군자의 호구란 거야?"

따복네가 배를 쥐고 웃자 다들 따라 웃었다.

"뭐, 대충 그런 뜻이지. 요조숙녀는 군자의 좋은 짝이로세! 이런 뜻이야."

율리시즈님이 식혜를 꼴깍꼴깍 두 모금 삼킨 뒤 설명했다.

"재밌다! 그거 언니가 지어낸 말이지?"

따복네가 짝 손뼉을 치자 막강님이 혀를 찼다.

"너는 대학생이라는 애가 무식하긴. 『시경』에 나오는 말이잖아. 『시경』이 뭔지는 알지?"

"몰라, 몰라. 『시경』은 성경 같은 거 아니야?"

따복네가 도리질을 했다. 폭소가 터졌다. 같이 웃으며 쯔끼다 시군이란 닉네임을 가진 언니가 조심스럽게 "나도 그런 줄 알았는데?" 했다.

"『시경』은 중국에서 가장 오래된 시집이야. 중국 최초의 시집."

196

막강님이 선생님처럼 말한 뒤 스스로 좀 어색했는지 "요조숙녀는 군자호구라, 를 요조숙녀는 군자를 호구로 만들어버린다, 로 푸는 사람도 있지" 농담을 덧붙였다.

"미녀는 용감한 사람을 얻는다, 라는 말은 아는데."

따복네의 한마디에 또 웃음이 터졌다.

"크크크, 제대로 좀 알아라. 용감한 자만이 미녀를 얻는다겠지!"

"뭐, 그거나 저거나! 그건 또 누가 한 말이야? 나폴레옹?"

또 와그르르 깔깔깔.

"글쎄, 그건 모르겠다. 어떤 놈이 술 취하고 한 말 아닐까?"

"그 말을 한 사람은 직업이 군인일 거 같아."

또 깔깔깔. 전설 아저씨만 웃는 듯 마는 듯한 얼굴로 말없이 앉아 있었다. 그러고는 슬며시 일어나 나가더니 돌아오지 않았다. 그날 이후 전설 아저씨는 한 번도 내게 연락을 하지 않았다.

Happy birthday to me

편의점 일을 마치고, 마침 정류장에 서 있던 마을버스를 탔다. 길이 막히지 않아 버스가 쌩쌩 달려서 7분 정도 만에 도착했다. 시장 입구를 나서려던 참인 듯 보이는 코점이 야옹이가 나를 보더니 쫓아온다. 생선 가게 매대 아래에서도 삼색이 한 마리가 나온다. 시장은 어둑어둑하다. 안쪽에 살림집이 있는 정육점과 건어물 가게의 유리문 너머로 파르스름한 텔레비전 빛이 새어나온다. 신발 가게와 상 가게와 가방 가게를 차례로 거쳐 지금은 비어 있는 가게 터가 내가 살고 있는 집 1층이다. 그 가게 터의 유리문에는 "세놓음(전월세)"이라고 적힌 종이가 붙어 있다. 그 유리문이자 유리벽을 따라 판자로 짠 쪽마루 같은 진열대가 있다. 그 아래가 고양이 밥그릇을 놓아두는 곳이다. 그릇을 꺼내 사료를 가득 담아 진열대 아래에 깊숙이 밀어넣는다. 사람들 눈이 닿지 않도록. 삼색이는 진열대 아래로 들어가고 코점이는 나를 계속 쫓아온다. "왜?" 물으니 혀로 입가를 핥으며 빤히 쳐다본다.

"밥 따로 달라고?"

코점이가 고개를 끄덕이는 것 같다. 나는 휴지를 한 장 꺼내 사료 한 움큼을 덜어준다. 코점이가 오독오독 사료를 깨물어 먹는다. "잘 놀아라" 인사하고 계단을 올라간다. 좁고 가파른 계단이다.

2층은 내가 사는 집의 문과 옆 가게 살림집 문이 마주하고 있다. 문을 열고 들어가 계단을 한 층 더 올라간다. 이 건물은 3층인데 1층은 가게 터고 2층은 부엌과 큰방 하나와 작은방 하나가 있다. 집주인 부부가 그곳에 산다. 3층에는 내가 살고 있는 부엌 딸린 방과 화장실, 커다란 방이 하나 있다. 커다란 방에서는 주인아주머니가 기타도 치고 공인중개사 자격시험 공부도 한다.

예전에는 아주머니의 시부모님과 시누이들, 아들과 복작복작 살았다는데, 시부모님은 다 돌아가시고 시누이들은 시집가고, 아들은 요리사로 취직해 나가 살면서 한 달에 한두 번 들를 뿐이라고.

내 방은 나 혼자 살기에 넉넉한 공간이다. 냉장고와 침대와 오디오와 텔레비전과 책상과 옷장이 모두 들어 있다. 부엌도 가스레인지가 놓인 작은 싱크대 하나만 있을 뿐 텅 비어서 널찍하다. 시멘트를 바른 부엌 바닥에는 하수구가 있어서 빨래도 하고 샤워도 할 수 있다.

이 시장에 있는 좁은 건물들은 대부분 지은 지 40년도 넘었다고 한다. 재개발 얘기가 나오기 시작한 건 30년도 더 됐는데, 이제야말로 진짜 재개발 날이 머지않았다고 한다. 건물은 낡을 대로 낡고 손님은 거의 다 떨어져나간 옛날 시장 한가운데서, 오직 재개발만이 꿈인 원래 주민들이 들으면 펄펄 뛰시겠지만 난 이대로가 좋다. 도시가스가 가설되지 않아 심야 전기를 쓰는 패널로 난방을 하는데, 사방이 다른 집들로 막혀 있어서인지 적은 전기세로도 겨울을 꽤 따뜻하게 날 수 있었다.

아주 오래전에 가내공장을 한다고 가건물로 작은방을 두 개 들였다는 옥상은 오붓한 스페셜 공간이다. 빨래를 널거나 화분에 물을 줄 때 외에는 아무도 올라오지 않기에 늘 호젓한 옥상. 저녁에 올라가 서녘 하늘을 보면 광활히 일렁이는 노을이 어지러울 정도로 황홀하다. 남산이나 미8군 영내나 여의도에서 불꽃

놀이를 할 때, 그 호사스런 전망도 자랑할 만하다.

낡은 나무 문에 매달린 맹꽁이 자물통을 따고 들어가 스위치를 올렸다.

"정말 옛날 집이구나!"

아직 이런 자물통을 쓰는 집이 다 있냐며 팅클 언니가 신기해했었지. 나는 이 자물통과 열쇠도 좋다. 바퀴벌레가 사사삭 달려가 싱크대 밑으로 들어간다. 연탄을 때던 아궁이 부뚜막 위에는 작은 식탁 상판을 올렸고, 그 위에 거울과 세면도구를 두었다. 식탁 상판은 길에서 주워온 것이다. 아궁이 속에는 아직 연탄재가 들어 있다. 이제는 더 눅눅해졌을 하얀 연탄재. 처음에 보고 버리려다가 달리 채워놓고 싶은 것도 없어 그대로 둔 것이다.

샤워를 하고 방에 들어가 컴퓨터를 켰다. "생일 축하합니다!" 메일이 와 있다. 열어보니 인터넷 쇼핑몰에서 보낸 것이다.

"세상에 하나뿐인 이화열님의 생일, 생일을 진심으로 축하합니다. 행복한 하루 되세요!"

그러고 보니 오늘은 내 생일이었다. 나도 모르게 "고맙습니다!" 하고 답장을 쓸 뻔했다.

내 생일이 몇 분 안 남았다. 매번 생일을 챙겨주시던 이모는 지금 은경 언니와 함께 미국에 가 있다. 내 생일이 이제 3분 남았다. 나는 촛불을 켜고 형광등을 껐다. 그리고 눈을 감았다.

"엄마, 아빠, 저를 이렇게 건강하게 낳아주셔서 감사드려요. 어디 계시든 행복하세요. 저를 지켜주세요. 하느님, 엄마와 아빠를 지켜주세요."

그리고 촛불을 불어 끄고, 컴퓨터 모니터를 우두커니 바라보았다. 해마다 제야의 밤, 어느 자리에서건 제야의 종이 울릴 때면 누구에게랄 것도 없이 기도했었다. 엄마, 아빠, 이모네 가족, 큰엄마네 가족, 그리고 나를 아는 모든 사람들, 세상의 모든 사람들이 행복하게 해달라고. 지난해부터는 바리이모님 패밀리와 모든 고양이들이 기도에 추가됐다. 올해는 필용이를 위해서도 기도해야지.

모든 숨 탄 존재들이여, 부디 행복하기를!

마을의 귀염둥이

짝귀가 돼 돌아온 베티가 옷 수선집 앞에 터를 잡은 지 한 달쯤 지났다. 거친 봉합 자국은 다행히도 잘 아물었다. 한 달 새 베티는 깜짝 놀랄 정도로 덩치가 커졌다. 보는 사람마다 "쟤, 새끼 가졌구나" 할 만큼 살이 쪘다. 그때마다 내가 가만있지 못하고 "아니에요. 살이 쪄서 그래요. 쟤, 새끼 못 갖는 수술 받았어요. 보세요. 그 표시로 귀를 잘라놨잖아요" 하는 이유는 베티가 이곳에 살기 위한 통과의례를 거친 고양이라는 사실을 주지시키기 위해서였다. 가엾게도 싹둑 잘린 베티의 귀는, 고양이들의 사람 세계 영주권이나 마찬가지다. 우리나라에서는 제대로 인정받지도 못하는 영주권이지만.

　베티를 그냥 지나치지 않고 알은체하는 사람들은 그나마 고양이를 크게 싫어하지 않는다. "아이고, 그랬구나. 귀는 왜 저렇게 많이 잘랐대?" 하는 사람이나 "배가 땅에 끌리는데? 아무래도 새끼 가진 것 같아" 하는 사람이나 "쟤가 고양이냐? 돼지지" 하는 사람이나 모두 베티를 보는 눈이 따뜻했다. 아닌 게 아니라 베티는 걱정스러울 만치 뚱뚱했다. 마침 한 문예지에서, 실력 없고 질 나쁜 수의사가 TNR 시행비가 욕심 나서 길고양이 포획꾼이 무작위로 잡아온 고양이들의 배만 가르고 정작 수술은 않은 채 그냥 꿰매 풀어놓는다는 소설을 읽은 참이었다. 정말 그런 수의사가 있을까? 어쩌면 베티가 그런 수의사한테 걸렸던 게 아닐까? 어쨌든 저 정도로 배가 부른 건 새끼를 가졌거나 무슨 병에 걸린 게 틀림없어 보였다. 나는 겁이 더럭 나서 혜조 언니한테 도움을 청했다.

　"저희 집 가는 길에 TNR 병원 있거든요. 새끼 가졌나 거기서 엑스레이라도 찍어보려고요. 근데, 베티를 거기까지 어떻게 데려가야 할지 모르겠어요."

　혜조 언니는 아비를 제임스네로 데려갈 때 차를 태워줬던 친구와 나를 연결시켜줬다. 혜조 언니 친구는 달려가겠다고 흔쾌히 대답했다. 혜조 언니한테는 "미친년, 꼭 저 필요할 때만 전화하지" 하고 투덜거린 모양이지만.

　약속한 날, 좀 이른 시간에 베티를 보러 갔다. 베티는 나를 보자 에에에 울면서 다가오더니 길바닥에 누워 발랑 몸을 뒤집었다. 둥글둥글 오동통 베티가 발라당 누워 이리 데굴 저리 데굴, 하는 모습이 말할 수 없이 귀여웠다. 마구 쓰다듬어줬다. 베티는 내 손을 살짝살짝 깨물었다. 깨물깨물. 어쩜 이렇게 사랑스러울까!

"내가 물수건으로 암만 닦아주면 뭐해? 저렇게 아무 데서나 뒹구니까 금방 더러워지지."

열린 문 안쪽 재봉틀 앞에 앉은 옷 수선집 아주머니가 웃으며 소리치셨다. 지나가던 초등학생 남자애 하나가 "귀엽다! 만져봐도 돼요?" 하며 옆에 쪼그려 앉았다. "응" 대답하자 남자애가 베티 머리통을 쓰담쓰담했다. 베티는 처음에 움찔하더니 가만히 있었다.

"나, 고양이 처음 만져봐요, 너무 귀엽다!"

"귀엽지? 귀엽지?"

우리가 시시덕거리고 있는데 할아버지 한 분이 지나가다 발을 멈추고 "집에서 기르는 고양이인가보네. 참 이쁘다" 하셨다. 아주머니 두 분도 "뭔 고양이가 저렇게 사람을 따른다냐?" "도둑괭이가 순하네. 길 한가운데서 저러고 있네" 하셨다. 싱글벙글 웃으며 내려다보던 젊은 남녀도 옆에 쪼그려 앉아 베티를 쓰다듬어주며 서로 "귀엽지?" 하더니 남자가 "우유 사줄까?" 하면서 일어났다. 그래서 내가 얼른 "고양이는 사람이 마시는 우유 먹으면 설사해요" 했더니, "그래요?" 긴가민가해하며 서운한 얼굴이 됐다.

뚜뚜! 경적이 울렸다. 작은 용달차였다. 베티를 가운데 두고
모여 있던 사람들이 웃으며 길을 비켜줬다. 작은 용달차 운전기
사는 무슨 일인가 싶었는지 천천히 차를 몰며 차창 밖으로 고개
를 빼고 쳐다보았다. 그 차에서 복숭아 향기와 포도 향기가 훅
끼쳤다.

"산지에서 막 올라온 복숭아가 한 바구니에 5천 원! 단물이
뚝뚝 떨어지는 복숭아가 왔어요! 달콤하고 씨 없는 포도가 한
상자에 만 원!"

몇 사람이 과일차로 다가갔고, 베티는 나를 따라 옷 수선집으
로 들어왔다. 베티를 좋아하는 사람들을 보니 흐뭇한 한편 걱정
스럽기도 했다. 사람에 대한 경계심이 너무 없으면 해코지를 당
하기 쉽기 때문이다. 베티야, 아무한테나 곁을 주지 마. 먼저 잘
살펴보고 위험한 사람은 피해야 해. 알았지? 꼭!

베티는 싱크대 옆에 시멘트를 발라 만든 개수대에 들어가더
니 세숫대야 물을 참참 마셨다. 옷 수선집 아주머니가 깔깔 웃
으셨다.

"아주 웃겨 죽겠어. 물그릇에 준 건 잘 안 먹고, 꼭 세숫대야
물을 먹어. 그래서 깨끗한 물로 받아놔."

물을 마신 다음 베티는 개수대 위 벽지를 신나게 박박 긁었
다. 이미 여러 차례 긁었는지 그 자리가 너덜너덜했다.

"베티, 그러지 마!"

겨드랑이에 손을 넣어 베티를 벽에서 떼어냈다. 공중에 쳐들린 베티가 다리를 쭉 뻗고 장난기 어린 눈을 반짝였다. 무겁구나, 베티야.

"거긴 괜찮아. 눈에 띄지도 않는 데니까. 의자나 좀 긁지 말지. 다 긁어놨어."

"아휴, 어떡해요! 발톱 긁개를 장만해줘야겠네요."

아주머니는 후후 웃으셨지만 너무 죄송했다. 어쩌면 옷 수선집 아주머니가 나보다 베티와 더 가까운 사이일 수도 있는데 죄송해하는 게 또 죄송했다.

"여긴가?"

소리에 돌아보니 혜조 언니 친구가 왔다.

"베티 병원에 데려가줄 언니예요."

"고마우셔라!"

옷 수선집 아주머니와 혜조 언니 친구는 서로 인사를 나눴다. 혜조 언니 친구가 "정말 뚱뚱한 고양이네. 뭘 먹고 이리 살이 쪘니?" 하며 쿡쿡 웃었고, 나는 따로 준비한 인조가죽 쇼퍼백에 베티를 넣어 가슴에 안았다. 심장이 떨리기 시작했다. 베티가 무슨 병에 걸렸을까봐도 떨렸고, 새끼를 가졌을까봐도 걱정됐고, 아무리 순한 베티지만 병원까지 잘 데려갈 수 있을지, 병원에서 순순히 진료를 할 수 있을지도 불안하기만 했다. 더욱이 병원에 잡혀가 수술을 당한 적이 있는 베티 아닌가. 패닉 상태에 빠질지도 모른다.

베티야, 괜찮니?

차 안에서 베티가 울었다. 늘 듣던 에에에가 아니라 처음 들어보는 슬픈 울음소리였다.

"베티. 괜찮아, 괜찮아. 금방 다녀올 거야."

가방을 꼭 끌어안고 다독다독 두드려줬다. 울음을 그쳤지만 가방 너머로 베티가 바들바들 떠는 게 전해졌다. 실제로는 얼마 걸리지 않는 거리인데 멀게 느껴졌다. 이윽고 병원 앞에 도착했다.

혜조 언니 친구는 "밖에서 기다릴까요, 같이 들어갈까요? 오래 걸리나?" 묻더니 "에잇, 일단 여기 세우고 잠깐 들어가야겠네" 자답했다. 병원 문을 여니 나지막한 목책이 무릎에 걸렸다. 안에서 개 짖는 소리가 났고 야옹이 두 마리가 달려오더니 목책에 앞발을 올려놓고 반겼다. 흰 가운을 입은 의사 선생님이 야옹이들의 뒤를 따라와 목책 걸쇠를 벗겨줬다.

"중성화된 길고양이예요, 근데 배가 너무 불러서요. 새끼를 가졌는지……"

"아, 전화했던 학생?"

나는, 학생이 아니었지만 "예"라고 대답했다. 의사 선생님은 내게 고개를 까딱해 보이고 안쪽에 있는 진찰대로 안내했다. 진찰대 위에 베티가 든 가방을 내려놓았다.

"고양이 좀 꺼내보세요."

"얘가 순하긴 순한데 바깥에서 사는 고양이라서요."

나는 잔뜩 긴장한 채 가방을 열었다. 베티가 바들바들 떨며 가방 안으로 더 바짝 기어들어갔다.

"베티, 괜찮아."

나는 베티를 살살 쓰다듬으면서 조금씩 끄집어냈다. 드디어 베티의 전신이 가방 밖에 놓였다. 베티는 앞발 사이에 머리를 끼우고 진찰대에 납작 엎드렸다.

"베티, 괜찮아, 괜찮아."

속삭이면서 나는 가방을 발치에 내려놨다. 동물병원 고양이들이 다가와 가방 속에 코를 박자 "저리 가 있어!" 하며 보조사 아주머니가 쫓았다.

"어디서 수술했지? 정말 귀를 많이 잘랐네요. 우리는 끝만 살짝 자르는데."

의사 선생님이 혀를 찼다.

"배가 많이 불렀네."

베티를 살펴보던 의사 선생님이 걱정스레 중얼거렸다.

"정말 중성화 수술하지 않고 그냥 봉합하기도 해요?"

혜조 언니 친구가 묻자 의사 선생님은 혜조 언니 친구를 힐끗 본 다음 난처한 표정으로 고개를 저었다.

"글쎄요, 그런 얘기는 못 들어봤는데…… 설마 그랬겠어요? 어쨌든 일단 초음파로 봐야겠네요."

그러고는 옆에 서서 신기한 듯 베티를 지켜보던 보조사 아주머니에게 초음파 검사 준비를 해달라고 했다. 보조사 아주머니가 이런저런 물품이 든 하얀 사기 쟁반을 가져왔다. 의사 선생님은 사기 쟁반에서 커다란 튜브를 꺼내들고 내게 물었다.

"초음파 검사하려면 배에 젤을 발라야 하는데 고양이를 붙잡아줄 수 있겠어요?"

내가 잘할 수 있을까? 나는 겁이 났지만 고개를 끄덕이며 물었다.

"검사하는 데 오래 걸리나요?"

"아니오. 검사는 잠깐이면 돼요. 움직이지 않게 꼭 붙잡고 있어야 하는데 보조사 아주머니가 길고양이를 무서워하거든요. 애도 학생이 잡아주는 게 더 안정이 될 거예요."

나는 더 세게 고개를 끄덕였다.

"어떻게 해야 해요?"

"고양이 배가 보이게 뒤집어주세요."

나는 바닥에 찰싹 달라붙어 있는 베티 몸통 아래에 손을 밀어넣어 살그머니 뒤집었다. 좋아! 베티, 나를 막 할퀴고 물어뜯어도 괜찮아. 무슨 일이 있어도 너를 놓치지 않을 거야. 하고 싶은 대로 해! 나는 눈을 한 번 질끈 감았다가 떴다. 베티가 애처로운 눈빛으로 나를 마주 보았다. 그래, 베티, 나를 믿어!

의사 선생님이 푸르스름한 젤을 베티 배에 짠 뒤, 고루고루 퍼지게 문질렀다. "다행히 털이 길지 않네" 중얼거리시며. 젤이 살짝 닿은 손등 부위가 선뜻하니 차가웠다. 나는 베티 얼굴에 바짝 내 얼굴을 대고 "베티, 괜찮아. 금방 끝나. 괜찮아" 속삭여줬다. 베티는 조금도 바둥거리지 않고 진찰을 받았다. 의사 선생님은 모니터를 들여다보며 초음파 검사 기기를 베티 배 위에서 이리저리 움직였다. "새끼는 없네요…… 간도 깨끗하고…… 방광도 깨끗하고……" 설명해주시면서.

베티, 너무 뚱뚱해! 너무 뚱뚱해!

"다 끝났습니다!"

참았던 숨이 밀려나왔다. 의사 선생님은 두루마리 휴지를 뜯어서 내게 건네며 "아, 고양이 참 순하네" 칭찬했다. 나는 휴지로 베티 배에 묻은 젤을 닦아줬다.

"고양이는 그냥 두고요, 손 닦으시라고요."

"그냥 둬도 돼요? 핥아 먹을 텐데 그래도 괜찮아요?"

"예, 알코올 성분이니까 다 날아가요."

나는 얼른 가방에 베티를 넣었다. 집에서 키우는 고양이도 병원 매너가 베티만 못할 거야! 공포에 질려 의사 선생님이고 반려인이고 아랑곳없이 물어뜯고 할퀴는 고양이도 많다고 들었다. 아주 붕붕 날아다녀 혼을 쏙 빼놓는다지. 우리 베티는 어쩌면 이렇게 얌전하고 의젓할까. 자랑스러웠다. 하지만 그 수선도 다 세상 물정 모르는 새끼고양이나 천방지축 귀염둥이로 자란 고양이들이 피우는 걸지도 몰랐다. 세상에 기댈 데 없는 길고양이들

은 낯선 진찰대에서 고양이 앞의 쥐처럼 오금을 못 펴는 건지
도. 어쨌건 베티가 내게 보여준 믿음이 나는 눈물겨웠다.

"뱃속에 새끼도 없고 다 괜찮네요."

의사 선생님이 환한 얼굴로 통고했다.

"그러면 배는 왜 저렇게 부른 거예요?"

"비만이에요. 너무 살이 찐 거죠. 다이어트 좀 해야겠네요."

의사 선생님이 웃으며 진단을 내렸다. 혜조 언니 친구도 웃고
보조사 아주머니도 웃었다. 아아, 다행이다. 그런데 베티, 단순
비만이라 하더라도 너처럼 지나치게 뚱뚱하면 좋지 않아! 그나
저나 초음파 검사를 했으니 진료비가 얼마나 나올까? 뜻밖에도
의사 선생님은 손을 저으며 그냥 가라고 했다. 감사한 말씀이지
만 그러면 안 될 것 같아 나는 "그럼 요만큼이라도 받으세요" 하
고, 만 원짜리 한 장을 보조사 아주머니께 내밀었다. 보조사 아
주머니가 의사 선생님을 바라보자 의사 선생님은 미소를 띠고
고개를 끄덕였다.

"아니, 내가 낼게!"

혜조 언니 친구가 잽싸게 보조사 아주머니 손에 들린 지폐를
내게 돌려주고, 자기 지갑에서 지폐를 꺼내 드렸다.

"아, 제가 내야 되는데요!"

내가 외치자 혜조 언니 친구가 심드렁히 말했다.

"아무나 내면 어때? 내가 내고 싶어서 그래요."

보조사 아주머니가 벙글벙글 웃으며 "빙글빙글 도는 돈이네

요” 하셨다. 병원을 나서는 마음이 날아갈 듯 가벼웠다.

“베티야, 베티! 베티야, 베티! 너무 뚱뚱해! 너무 뚱뚱해!”

저절로 흥얼흥얼 노래가 나왔다. 혜조 언니 친구가 씩 웃었다.

“베티, 인제 금방 돌아갈 거야. 고생 많았다!”

병원에서는 찍소리 않던 베티가 차 안에서 또 구슬픈 소리를 냈다. 쌩하니 차를 달려 혜조 언니 친구는 옷 수선집 앞에 우리를 내려주고 돌아갔다. 옷 수선집 안에 들어가 가방을 열어주니 베티가 얼른 나와 쌩하니 밖으로 튀어나갔다.

“중성화 수술은 제대로 된 건가봐요. 뱃속에 새끼도 없고 몸도 건강하대요. 간도 깨끗하다네요.”

내가 보고하자 옷 수선집 아주머니도 안도의 한숨을 쉬셨다.

“너무 많이 먹어서 그래. 나만 주는 게 아니라 뭘 주는 사람이 많아. 주지 말라 그래도 말을 안 듣네. 저기 사는 아줌마는 어디서 나는지 만날 돼지고기 수육을 수북이 쌓아놓고 가는데 보는 족족 내가 치워버려.”

“냉장고에 뒀다 조금씩 주시지요.”

“내가 보는 앞에서 주면 얼른 받아서 냉장고에 넣겠는데, 안 보는 새 베티 밥그릇에 담아두고 가니까 지저분해서 그냥 버려. 가게에 가서 꽁치 통조림을 사갖고 와 쏟아놓고 가는 사람도 있어.”

먹다 남은 찌개를 부어놓기도 한다고 했다. 물기 많은 음식은 파리가 꼬이고 금방 상해서 냄새를 풍기기 때문에 옷 수선집 아주머니가 아주 질색을 하신다. 사실 고양이는 신장이 약한 동물이라서 염분 많은, 사람이 먹는 음식을 되도록 안 먹이는 게 좋다. 굶는 것보다는 그런 거라도 먹는 게 낫지만 말이다. 나도 베티 밥그릇에서 여러 가지를 봤다. 튀김, 떡볶이, 오징어, 구운 생선 토막, 생선회, 순대, 과자, 빵, 땅콩…… 곶감도 들어 있었다. 겉에 뽀얗게 분이 오른 오동통한 곶감이었는데 한입 베어 물고 준 것인지 말간 속살이 꼬들꼬들 말라가고 있었다.

"누가 아깝게 이 비싼 곶감을 다 던져놓고 갔네."

베티 밥그릇에서 곶감을 집어 휴지통에 던지며 옷 수선집 아주머니는 혀를 차셨다. 베티가 안 먹는 것도 있고 먹으면 탈이 날 것도 있지만, 베티 밥그릇에 담긴 음식을 보면 길에 사는 고양이에게 뭔가 먹이고 싶어하는 마음들이 읽혀 뭉클하다. 그런데 베티 건강을 생각하면 좋지 않은 일이다.

"내가 잘 먹이고 있는 줄 모르는지, 밤에 베티 집 앞에 고양이 사료를 수북이 놓고 가는 사람도 있어. 베티는 배 터지게 또 먹지. 그러니 살이 안 쪄?"

먹는 것을 통제할 수 없으니 베티는 속수무책으로 뚱뚱해진다. 무슨 수가 없을까? "음식물을 주지 마십시오. 고양이가 탈이 납니다"라고 적은 종이를 베티 집 지붕에 붙여놓아도 별 효과가 없다.

종종 옷 수선을 맡기는 근처 회사 여사무원이 베티 주라고 고급 고양이 사료 한 포대를 보내왔다고, 아주머니가 기뻐하며 알려주셨다. 고맙고 고맙다. 나는 가장 값싼 사료밖에 못 먹었는데……

8월의 어느 하루

차와 사람이 너무 많이 지나다니는데다 좁은 일방통행 길임에도 사람이 다칠 지경으로 속도를 내는 차가 종종 있는 위험한 곳이었지만, 베티한테 정처가 생겨서 다행이었다. 그 길목에서 '말발 서고' 신뢰받는 주민인 옷 수선집 아주머니의 보호를 받는 것도 베티의 입지를 탄탄하게 했다. 하루는 옷 수선집에서 베티와 노닥거리는데 부녀회장 할머니가 들어서는 바람에 움찔한 적이 있다. 그런데 저분한테 저런 면이 있었나 싶게 부녀회장 할머니는 대범하고 온화한 눈빛으로 베티를 흘깃 봤다. 물론 내게는 좀 어색해하며 눈을 주지 않았다.

"하이고, 언니, 괭이 키울라나보네?"

엇, 언니라니? 옷 수선집 아주머니가 더 연세가 많으신가? 어쨌든 부녀회장 할머니는 듣던 중 나긋나긋하게 말을 건넸다. 저간의 사정을 아는 옷 수선집 아주머니는 부녀회장 할머니와 나를 한 공간에서 대하는 게 여간 불편한 게 아니신 듯했다. 그래도 베티를 감싸며 베티에 대한 아주머니의 입장을 밝히셨다.

"얘는 도둑괭이 아니야. 얼마나 사람을 잘 따르는데. 이쁘지?"

"쟁이 먹이기 시작하면 다른 쟁이들 꼬이는데!"

삐딱한 한마디를 던지기는 했지만 다행히도 부녀회장 할머니는 베티를 옷 수선집 '언니'네 고양이로 받아들이기로 한 듯했다. 뭐, 아주 마음을 놓을 수는 없는 일이지만. 나는 어색해서 베티만 만지작거리다가 밖으로 나왔다. 베티가 따라 나왔다. 뒤뚱뒤뚱 걷는 뒤룩뒤룩 베티. 에고, 베티야, 어쩌면 좋니? 길을 걸어오다 베티를 보고 달려오는 유치원생 꼬마가 어김없이 물었다.

"얘, 아기 가졌어요?"

"아니야, 살찐 거야. 얘는 아기 못 낳는 수술받았어."

고개를 끄덕끄덕하며 꼬마는 외쳤다.

"야, 정말 뚱뚱하다, 근데 정말 귀엽다!"

꼬마가 머리통을 쓰다듬는 걸 시건방진 표정으로 묵인하던 베티가 갑자기 벌떡 일어나 아르르 소리를 냈다. 베티는 계속 아르르거리며 포복자세로 궁둥이를 실룩실룩하더니 쌩 내달았다. 곧 깨갱깨갱 강아지 비명 소리가 났다.

"저런, 베티야!"

옷 수선집 아주머니가 달려나왔다.

"쟤가 꼭 저 개만 보면 겁도 없이 저러네! 베티야, 못써, 이리와!"

옷 수선집 아주머니가 외치고, 부녀회장 할머니도 "별꼴 다 본다!" 외치며 깔깔깔 웃었다. 입을 쩍 벌리고 바라보니 10미터 앞에 필용이와 목포가 있었다. 목포는 필용이 뒤에 숨어 애처로운 비명을 지르고 필용이는 개줄을 쥔 손을 쭉 뻗은 채 목포와 베티를 어이없는 듯 내려다보았다. 베티는 목포의 따귀를 양쪽으로 연달아 한 대씩 갈기고 의기양양 돌아왔다.

"와, 용감한 고양이다! 개랑 고양이랑 싸우면 고양이가 이겨요?"

꼬마가 입을 헤벌리고 베티를 존경 어린 눈으로 봤다. 필용이가 목포를 안아들고 뚜벅뚜벅 걸어왔다. 우습기도 하고 미안하기도 했는데, 필용이 역시 우습기도 하고 화가 나기도 한 뒤죽박죽 표정이었다.

"베티야, 못써! 왜 그래?"

옷 수선집 아주머니는 필용이 들으라고 한 번 더 베티를 야단쳤는데 시늉뿐이신 게 분명했다. 얼굴과 목소리에 웃음을 참는 기색이 여실했다.

"근데 무슨 고양이가 개를 다 쫓고, 무슨 개가 고양이를 이래 무서워하노?"

부녀회장 할머니는 고개를 절레절레 저었다.

"그래도 학생이 참 점잖은 사람이라서 다행이야. 딴 사람 같았으면 베티 혼찌검을 냈을 텐데. 저 녀석 저러다 언제 개한테 물리지."

알고 보니 베티가 목포를 쫓아가 따귀를 때린 게 한두 번이 아니었다. 수선집 아주머니의 칭찬에 필용이는 착하게 웃으며 머리를 긁적였다.

"네…… 모르는 고양이도 아니고요…… 아, 네……"

"형, 이 개, 고양이한테 져요, 이겨요?"

꼬마가 집요하게 묻자 필용이는 난처한 듯 웃었다.

"강아지 귀엽다!"

목포를 본 꼬마는 '누가누가 이기나'에서 목포의 귀여움 쪽으로 관심이 바뀌었다.

"한번 안아봐도 돼요?"

필용이가 목포를 꼬마에게 안겨주려고 몸을 낮추자 베티가 어슬렁어슬렁 다가갔다. 목포가 흠칫했다. 목포는 워낙 순하기도 했지만 체급에서도 베티에게 밀릴 만했다. 베티는 살만 찐 게 아니라 뼈대도 굵어졌나보다. 최소한 두 살은 됐으니 다 자랐을 나이일 텐데, 그동안 못 먹어서 못 자란 뼈대가 뒤늦게 자라기도 하는 것인가보다. 덩치는 목포 1.5배요, 체중은 두 배가 넘어 보였다. 그런 거구가, 또 개도 아닌 것이, 사냥 페로몬을 풀풀 뿌리며 쫓아왔으니 목포는 얼마나 무서웠을까. 아무튼 개 주인이 필용이라서 다행이야.

아주머니 눈치를 보면서 베티 그릇에 간식을 덜어줬다. 베티가 밥그릇에 코를 박고 먹기 시작했다. 그 틈에 필용이와 목포를 데리고 얼른 자리를 떴다.

"걱정이야. 베티가 다른 개한테도 달려들면 어떡하지? 목포가 무서워하니까 다른 개들도 저를 무서워할 줄 알고."

"그러기야 하겠어? 고양이가 개 무서워하는 건 본능인데."

"근데 왜 목포한테는 달려들까?"

"글쎄…… 내가 처음에 베티랑 목포랑 소개시켜줄 때, 베티 물까봐 목포를 꽉 잡고 있었거든. 그때 베티가 괜히 목포 뺨을 때리더라구. 그러니까 목포가 깨갱거리고. 그다음부터 만만한가 봐. 우리 목포가 원래 겁이 많기는 해."

"순해서 그렇지, 뭐. 근데 나, 베티가 그러는 거 처음 봤어. 깜짝 놀랐어. 베티도 얼마나 순한 앤데."

나는 걸음을 멈추고 쪼그려 앉아 옆에서 졸랑졸랑 걷던 목포를 꼭 끌어안아주었다.

"목포야, 미안. 무서웠지? 베티 누나 때찌!"

목포는 헥헥거리며 내 얼굴을 마구 핥았다. 콧등도 핥고 입술도 핥았다. 예쁜 목포! 웃는 얼굴이 필용이를 닮았다.

"베티…… 하, 참, 웃기는 고양이야. 같잖아서……"

"그래도 고양이는 물어뜯지는 않으니까…… 목포, 자다가 경기하겠네."

"아냐. 애는 그 자리에서만 호들갑이지 금방 다 잊어버려."

"다행이네. 너 닮았나봐."

"응, 나 닮았어. 나쁜 일은 금방 잊어먹어요! 호이호이~"

목소리도 예쁘지! 필용이는 흥얼거리며 건들건들 걸었다. 목포가 필용이와 나 사이를 쫄래쫄래 왔다갔다했다.

"어디 가는 길이니?"

"도서관 가는 길. 너는?"

"너 가는 길."

후훗, 나도 모르게 내 머리로 필용이 어깨를 툭 부딪쳤다. 필용이는 나보다 한 뼘쯤 컸다. 바람 한 점 없는 날이었다. 하늘엔 두둥실 흰 구름이 떠 있었고, 아스팔트의 열기가 종아리로 훅훅 끼쳤다.

"나는 여름이 좋아, 너는?"

내가 물었다.

"나도 여름이 좋아."

필용이가 대답했다.

"정말? 나 따라 하는 말 아니지?"

"정말. 원래부터 여름 좋아했어. 우리 엄마한테 물어봐."

나는 여름을 좋아한다. 필용이도 여름을 좋아한다. 여름, 여름, 즐거운 여름, 여름이 너무 좋아! 1년 내내 여름이었으면 좋겠다. 달콤한 장미 향기가 훅 끼쳤다. 고개를 들어보니 높다랗고 하얀 담장에 활짝 핀 여름 장미가 치렁치렁 늘어져 있었다. 우리는 여름의 한가운데를 행복하게 걸어올라갔다.

도서관 앞 등나무 밑에서 필용이는 내가 도서관 안으로 들어가는 걸 바라보았다. 목포를 데리고 뻘쭘하게 서서. 어서 가라고 손을 휘두르니 필용이는 빙긋 웃는 얼굴로 고개를 끄덕였다. 2층에 올라가 휴게실 테라스에서 내려다봤다. 필용이가 도서관 입구를 바라보며 서 있었다. "필용아!" 부르니까 목포와 동시에 필용이가 쳐다봤다.

"화열아, 화열아!"

필용이가 마구 손을 흔들었다. 나도 살짝 손을 흔들었다.

"나, 이제 들어간다. 잘 가!"

"그래, 잘 있어!"

잘 있어? 필용이하고는! 후훗……

기세등등 베티

"조금만 더 옴팍한 데면 좋겠어요. 너무 한데예요."

내 걱정을 혜조 언니는 명쾌히 정리해줬다.

"그러면 더할 나위 없이 좋겠지만, 지금 상태가 베티한테는 제일 이상적이야. 어차피 오랫동안 밖에서 살던 고양인데 이제 와서 안에 갇혀 사는 것보다 베티처럼 사는 게 행복한 거야."

"그럴까요?"

"당연!"

베티가 잘 적응하고 있는 것 같긴 하다. 예전에 유명 의상실 디자이너였다는 옷 수선집 아주머니는 스티로폼 박스 두 개를 이어 베티 집을 만들어주실 때 여러 가지로 신경을 쓰셨다. 한 눈에 알아챌 수 없지만 베티 집은 뒤쪽도 열려 있다. 베티가 안에 들어가 있을 때 누가 해코지를 하거나 잡아가려 하면 베티가 달아날 수 있도록 만든 것이다. 그 집을 벽에 바짝 붙인 다음 길거리 쪽은 화분 두 개로 가렸다. 비좁은 게 흠이지만 안전한 집으로, 베티가 꽤 마음에 들어하는 눈치다. 하긴, 생전 처음 가져 보는 집일 테니까……

집이 생긴 뒤 그쪽 길목은 베티의 영역이 됐다. 목포를 쫓아가 때리는 것도 자기 영역을 지키려는 뜻이었는지도 모르겠다. 처음에 포악한 삼색이 막내 놈이 찾아올 때면, 베티는 겁을 먹곤 했다. 전처럼 멀리 달아나지는 않았지만. 그런데 언제부턴가 베티가 막내를 무서워하지 않는다. 오히려 막내가 베티를 무서워하면서 비굴하게 징징거린다. 그러면 베티가 자기 밥그릇의 간식거리나 남은 사료를 막내가 먹는 걸 눈감아주기도 했다. 그것도 점점 뜸하더니 이제는 오지 않는다. 언제 한 번 베티한테 혼쩌검이 난 모양이다. 하긴, 막내와 같은 크기였던 베티가 짧은 시간에 뻥 튀긴 듯 커졌으니 몸집에서도 눌렸을 것이다. 막내 몸집은 그대로인데 말이다. 걔는 그렇게 먹는 걸 밝히는데 왜 비쩍 마르고 잘 크지 않았는지 모르겠다. 주식인 사료보다 간식을 더 좋아해서 그런가? 큰누나한테 완전히 밀렸는지 비탈길에서도 볼 수 없는데, 가엾다. 그 사나운 막내가 베티한테 눌린 것은 몸집도 몸집이지만 거기가 베티의 집이 있는, 베티의 영역이기 때문일 것이다. 집이 있다는 것은 그런 것인가보다.

베티는 온유한 고양이다. 베티의 자손인지, 달리 아는 사이인지, 이따금 내가 모르는 고양이들이 와서 밥을 먹어도 내버려둔다. 어떤 때는 그 고양이가 먼저 먹도록 옆에 비켜 있다. 얼굴

하얀 삼색이 둘째는 아예 이쪽으로 터를 옮긴 것 같다. 베티한테 뭘 줄 때면 맞은편 집 지붕에서 내려와 자기도 달라고 야옹야옹 울곤 한다. 참, 고양이는 자기들끼리는 '야옹' 소리를 내지 않고 사람한테 말을 걸 때만 야옹거린다고 한다. 믿거나 말거나.

나는 처음에 베티를 그다지 예뻐하지 않았다. 다른 고양이들이 먹고 있는데 뒤늦게 와서 머리를 들이대고 먹기 일쑤여서 얌체같이 느껴졌던 것이다. 그때는 베티 역시 나를 보고 에에에 울지도 않을 때였다. 눈만 왕방울처럼 크고 꾀죄죄한 얼굴로 나대는 고양이가 베티였다. 그런데 어느 겨울밤, 눈이 하얗게 쌓인 자동차들 밑에 밥을 주고 있는데 덩치가 커다란 턱시도 수고양이가 나타났다. 여기저기서 밥을 먹던 고양이들이 얼어붙은 듯 동작을 멈췄고, 나도 '큰일 났네' 싶었다. 그런데 내 발밑에서 열심히 먹던 베티가 "캬오!" 소리를 지르며 순식간에 그 고양이를 쫓아갔다. 뜻밖에도 그 왕고양이가 꽁무니를 빼고 달아났다. 다른 고양이들은 다시 평화로이 냠냠 먹기 시작했고, 잠시 후 베티도 돌아와서 밥을 먹었다. 나는 감동했다. 덩치도 작은 어린 놈이 자기 동료들을 보호하려고 제 안전을 팽개치고 달려들었구나. 어쩜 저리 의리 있고 용감할까! 갑자기 베티가 너무도 멋져 보였다. 웬일인지 텔레비전에서 본 〈베티 블루〉란 영화가 떠올랐다. 베티의 행동에서 느낀 어떤 뜨거움 같은 게 〈베티 블루〉를 연상시켰나보다. 그때부터 베티는 베티가 되었다. 그 전까지 베티는 그냥 고양이였다. 생각해보니 베티만하거나 베티보다 컸던 그 고양이들이 다 베티 새끼들이었던 것 같다. 그래서 땅꼬마 베티가 대장 노릇을 했던 것이다. 베티는 강한 어머니였다.

옷 수선집 아주머니는 삼색이 둘째도 예뻐하신다. 얼굴도 예쁘고 성질도 순하다고. 다른 고양이들이 자꾸 눈에 띄면 동네 사람들이 싫어할까봐 걱정하시면서도 여러 고양이가 먹도록 밥을 넉넉히 놓아두는 아주머니. 자제분들한테도 분명 다정한 어머니이실 것이다.

옷 수선집 옆집도 맞은편 집처럼 식당인데, 가정식 백반 전문이다. 그 식당을 낀 골목에 들어서면 쪽문이 하나 있다. 근처 가게 몇 군데에서 함께 쓰는 화장실 문이다. 쪽문 못 미쳐서, 즉 식당 벽을 따라 에어컨 외부기를 올려놓은 선반이 있고 선반 아래 벽에 판자를 대놓았다. 거무튀튀하고 축축해 보이는 판자때기다. 그 앞에 두 발로 선 베티가 앞발로 박박 판자때기를 긁는 걸 보고 마침 스크래처를 하나 선물하려던 차였다. 그런데 옷 수선집 벽지와 의자를 긁는다니, 더이상 미룰 수 없었다. 베티에게 주고 싶은 건 기둥 모양의 스크래처였지만 세워둘 데가 마땅치 않아 빨래판 모양으로 골랐다. 스크래처는 삼줄이나 면줄을 촘촘히 감아 만든 고양이 발톱긁개다. 보라색 쥐돌이 인형이 달린 주황색 빨래판 스크래처를 들고 가면서 베티가 얼마나 좋아할까 두근거렸다. 그 위에 엎드려 잠도 자고, 박박 발톱을 긁기도 하는 베티를 얼른 보고 싶었다.

베티는 땡볕을 피해 건너편 식당의 오토바이 그늘에서 잠을 자고 있었다. 푸짐한 베티. 널브러져 있으니, 후훗, 인절미 한 말을 엎어놓은 것 같다. "베티야!" 부르니 벌떡 일어나 에에에 울면서 쫓아온다. 옷 수선집 문을 열고 들어가니 아주머니가 작업대 앞에 앉아 일을 하시다 돌아보며 반기신다. 베티가 들어온 뒤 문을 닫았다.

"여기서 에어컨 바람 쐬면 좀 좋아? 문만 닫으면 열어달라고 그 난리네."

흘겨보는 아주머니 발치에 베티가 발랑 눕는다.

"시원하지, 베티야? 어떤 때는 아주 네 발을 쳐들고 곯아떨어져 자는데 얼마나 웃기는지 몰라. 그게 뭐야?"

"스크래처요. 고양이들이 좋아하는 장난감이에요. 이거 있으면 의자 안 긁을 거예요."

빨래판 스크래처를 바닥에 내려놓고 베티를 데려왔다. 아주머니와 함께 기대에 차 있는데, 이런! 스크래처에 내려놓자마자 베티가 후닥닥 내려와 멀찌감치 가버린다.

"베티야, 왜 그래?"

다시 데려와서 이번에는 베티 앞발을 붙잡고 스크래처를 문질렀다.

"베티, 이렇게 하는 거야."

그런데 베티는 스크래처를 외면하고 결사적으로 바둥거리며 몸을 빼더니 밖에 나가겠다고 문을 긁는다.

"아이구, 안 되겠네. 베티가 무서워하네."

"그렇네요. 왜 무서워할까요? 베티, 봐봐. 이렇게, 이렇게 하는 거라니까."

내 손으로 스크래처를 긁어 보이는데 베티는 안타깝게 쳐다보지도 않았다. 내가 실망감을 감추지 못하자 아주머니가 딱해하며 말씀하셨다.

"그냥 두고 가. 천천히 익히겠지."

"예, 그랬으면 좋겠네요."

나는 힘없이 중얼거리며 베티를 쓰다듬어줬다. 용감한 베티, 뭐가 그렇게 무서워? 비슷하게 생긴 판때기로 누가 때린 적이 있는 걸까…… 별생각이 다 들었다.

길에서 산다는 것

밤 10시, 편의점에서 일하는데 옷 수선집 아주머니가 전화를 하셨다.

"큰일 났네. 베티가 없어졌어."

"예?!"

"아까 낮에 내가 가게를 비운 새에 어떤 미친놈이 사냥개를 데리고 지나가다가 베티를 공격하게 했나봐. 원, 세상에, 그런 미친놈이 다 있나! 나이도 쉰 살은 돼 보인다는 인간이!"

"베티가 물렸대요?"

"그건 몰라. 골목까지 베티를 쫓아갔다는데. 어째야 좋을지 모르겠네. 지금까지 베티가 안 나타나. 일 끝나고 들를 수 있어?"

"그럼요! 너무 걱정 마세요. 놀라서 어디 숨어 있을 거예요. 제가 가서 찾아볼게요."

전화를 끊자 눈물이 났다. 베티, 많이 다친 거 아니지? 베티! 어디 있니? 너, 죽은 거 아니지? 죽으면 안 돼! 베티, 베티, 베티! 가슴이 쿵쾅쿵쾅 뛰고 찌르르 아프고 머릿속이 하얘졌다. 초조해 죽겠는데 야간근무로 교대해줄 호선 오빠는 30분이나 늦게 왔다.

정신없이 옷 수선집으로 뛰어갔다. 옷 수선집 아주머니와 함께 계시던 구제옷 가게 아주머니가 말했다.

"오토바이 밑에서 자고 있는 베티를 보더니 '쉭! 쉭!' 그러면서 개를 모는 거야. 머리가 좀 어떻게 된 사람인가봐. 헤실헤실 웃으면서."

"그걸 말리지 않고 그냥 보셨어요? 아주머니네 고양이라 그러시지요!"

나도 모르게 원망하는 소리가 나왔다. 원래도 심약하게 웃는 얼굴이던 아주머니는, 난처한 듯 억울한 듯 어색하게 웃는 얼굴이 되셨다.

"나도 말리긴 말렸지. 그 앞을 가로막고 그러지 말라 했는데,

헤실헤실 웃으면서 계속 오토바이 밑으로 개를 대고 '물어! 사람은 물지 말고 고양이만 물어!' 그러더라구. 커다란 사냥갠데 얼마나 무서웠다구."

구제옷 가게 아주머니는 새삼 얼굴이 창백해지셨다.

"사람도 물릴 뻔했네! 내 그놈을 만나면 가만두나봐라!"

옷 수선집 아주머니가 노기에 차 버럭 소리를 질렀다. 오토바이 밑을 빠져나간 베티가 골목으로 도망가자 그 사람은 신이 나서 '쉭! 쉭!' 소리를 지르며 그 뒤를 쫓아갔단다.

"저기 세번째 집 앞까지 쫓아가는 건 봤어. 저 집 앞에서 개가 짖고 난리였는데 어떻게 된 일인지 모르겠어."

구제옷 가게 아주머니가 일러준 집 앞에 가보니 굳게 닫힌 철문이 보였다. 더이상 도망갈 곳이 없는 막다른 곳이었다.

"베티가 물린 거 같아요?"

"모르지."

구제옷 가게 아주머니의 힘없는 대답을 들으니 미칠 것 같았다.

"어디 도망갈 데가 없네요!"

내가 어쩔 줄 몰라하자, "어떻게든 잘 피했을 거야. 베티가 이 동네 구조를 잘 알잖아" 하고 옷 수선집 아주머니가 위로하듯 말씀하셨다.

"골목에서 나오더니, 저 모퉁이 집 있지? 마당에 큰 개 기르는 집. 그쪽에서 개 짖는 소리가 나니까 또 그 집 대문 밑으로

226

자기 개를 몰아서 싸움을 붙이려 하더라구. 그 집 개도 미친 듯이 짖고 아주 난리도 아니었어. 사람들이 다 내다보고. 우유 가게 아저씨가 야단을 치니까 그제야 가더라구."

구제옷 가게 아주머니의 떨리는 목소리를 들으며 옷 수선집 아주머니는 "이만저만 미친놈이 아니네!" 하셨다. 옷 수선집 아주머니는 이미 둘러보신 참이라 나 혼자 베티를 찾아보기로 했다. 밤길이 위험하니 내일 찾아보라며 옷 수선집 아주머니가 말리셨다. 하지만 어느 구석에서 피 흘리며 떨고 있을 베티가 내 발소리를 듣고 당장이라도 나올 것 같았다.

베티, 베티, 베티, 제발 무사하렴. 우리 베티, 귀를 싹둑 잘리고 새끼도 못 갖게 된 베티, 집도 생기고 사람 친구들도 생겼는데 이제 와서 잘못되면 너무 억울하잖니?

부끄럽지 않나요? 고양이가 얼마나 작고 약한 동물인데요. 그 큰 사람 몸과 센 사람 힘을 그렇게밖에 휘두르지 못하는 게 부끄럽지 않나요?

하긴, 고양이나 다른 동물을 해치는 사람은 모자라는 사람이다. 사람으로서 자존심이 있을 리 없다. 못난 사람! 그런데, 사람이 못나면 고양이뿐 아니라 다른 약한 사람들이 지옥을 겪게 된다.

베티, 베티, 베티. 밤이 늦어 베티를 부르지는 못하고 좁고 황폐한 골목길들을 몇 바퀴 돌았다. 베티는 이틀 뒤 돌아왔다. 그동안 어느 지붕 밑에서 꼼짝달싹 못하고 달달 떨었을 것이다.

그 사람이 다시 올까 걱정이었고, 그런 사람이 또 있을까도 걱정이었다.

슬픈 냉면

은경 언니가 길쭉한 봉투에 넣어 엽서 두 장을 보내왔다. 한 장은, 눈부신 백사장에서 바다를 향해 조르르 선 일곱 명의 발가숭이 남자들이 윗몸을 앞으로 구부리고 엉덩이를 내민 사진엽서였다. 동그란 엉덩이 일곱 쌍이 헤헤헤 웃는 것 같았다. 다른 한 장은 그들의 앞모습이었는데, 입이 찢어져라 웃으며 두 손으로 앞을 가리고 있었다. 어린애부터 할아버지까지.

여기는 멕시코의 유명한 관광지 칸쿤이야. 작은아빠와 작은엄마, 그리고 사촌동생 둘과 엄마와 나, 이렇게 왔어. 몇 년 전에 우리 집에 놀러왔던 케빈, 생각나지? 걔는 안 왔어. 작년에 하버드 들어갔는데 방학 때도 머리 터지게 공부한다고 계속 학교에 남아 있나봐. 칸쿤에는 어제 도착했는데 세 밤 더 자고 돌아갈 거야. 호텔이 끝내줘. 모든 음식과 음료와 술이 다 공짜야. 인도산 망고는 맛이 환상인데 금방 쟁반이 비어서 운이 좋아야 맛볼 수 있어. 바닷가재랑 왕만한 게랑 통돼지 바비큐랑, 음식들도 다 맛있고, 즉석에서 짠 파인애플 주스랑 오렌지 주스가 얼마나 맛있는지 몰라. 으하하, 나 벌써 살찐 거 같아. 호텔에 딸린 바닷가에 수영장이 있는데 거기서 밤마다 파티를 연대. 너도 같이 왔으면 더 신났을 텐데…… 화열아, 생일 축하해! 어제 비행기에서 엄마가 걱정하시더라. 화열이 생일이 어제 아니면 오늘인데, 하시면서…… 휴가 끝나면 나는 뉴욕 작은집에 잠깐 들렀다 곧장 시카고로 갈 거고, 엄마는 계속 작은집에 묵으실 거야. 이제 진짜 혼자 떨어져 지낼 생각을 하니 두렵기도 해. 빈칸이 없네. 이만 줄일게. 안녕!

겉봉에 찍힌 소인을 보니 열흘 전 날짜였다. 휴대폰이 울렸다.
"화열아!"
이모 목소리는 엄마 목소리와 비슷하다.
"이모, 안녕하세요? 한국에 오신 거예요?"
"오늘 아침에 왔어. 너무 피곤해서 자고 이제 일어났네. 시차 적응이 되려면 며칠 걸릴 거야. 너 이따 저녁에 집에 좀 올래?"
"몇 시에요? 저 7시에 일하러 가야 하는데요."
"아…… 몇 시에 끝나니?"
"11시요."
"아휴! 너 그렇게 늦은 시간에 다니니?"
"……"
이모는 한숨을 쉬셨다.
"그래…… 내일은 이모가 학교에 잠깐 다녀와야 하는데……

내일 오후 1시에 올래? 집에 와서 이모랑 점심 먹자. 너 줄 것도 있고, 할 얘기도 있고……"

"예, 그럴게요. 이모."

"내일 보자. 우리 화열이, 늦었지만 생일 축하해……"

"아, 예, 이모…… 내일 뵐게요. 안녕히 계세요."

이모는 잠시 가만히 계시다가 잠긴 목소리로 웃으셨다.

"화열이 목소리 전화로 들으니까 딱 네 엄마 목소리네."

나도 웃었다.

"저도 이모 목소리 들으면서 똑같은 생각했어요."

"그랬니? 나는 좀 톤이 낮은데. 은경이가 외려 비슷하지."

은경 언니가? 응석꾸러기로 엥엥 콧소리를 내는 은경 언니를 떠올리니 풋, 웃음이 나왔다. 전화를 끊고 엽서를 만지작거리고 있는데 누가 문을 쿵쿵 두드리면서 "안에 있어?" 했다. 집주인 아주머니였다. "예!" 대답하며 문을 열었더니 아주머니가 "입맛이 없어서 냉면 했는데 같이 먹자고. 나, 냉면 맛있게 만들어" 하면서 웃으셨다. 아주머니는 뚱뚱하시지만 얼굴이 하얗고 눈코입이 오목조목한 미인이다. 젊었을 때는 미인 소리를 많이 들으셨단다. 처음 이 시장통에 시집올 때도 색시 예쁘다는 칭송이 자자했다고. "아깝다는 소리 많이 들었어. 그러면 뭐해. 시집온 날부터 지지리 고생이었지"라며 어린 나한테 한탄하시곤 했다.

아주머니를 따라 옆방에 갔다. 밥상에 열무냉면 두 그릇과 열무김치가 차려져 있다. 세숫대야만한 그릇에 가득 담겨 있는 냉면 위에 삶은 계란 하나가 통째로 얹혀 있다.

"와, 너무 많아요!"

"내가 손이 큰데다 냉면을 좋아해서 많이 하게 되네. 많이 먹어. 맛있어야 할 텐데."

"저도 냉면 좋아해요. 잘 먹겠습니다."

젓가락으로 냉면 가락을 집어올리면서 아주머니는 한숨을 쉬셨다.

"새벽에 많이 시끄러웠지?"

"아니에요……"

"요즘 와서야 돈 좀 벌면서 그 유세인지!"

아주머니는 생각할수록 분하신지 치켜든 젓가락을 부르르 떨며 버럭 소리를 지르셨다.

"정말 드럽고 치사해서! 내가 거저 밥을 얻어먹나? 언제부터 지가 돈을 벌었어? 가게도 다 내가 고생하면서 꾸렸었고, 시어머니가 따로 돈 벌어오라고 호령해서 화장품 외판한 것도 몇 년인데…… 내가 벌기 싫어 안 벌어? 식당에 취직도 해봤지만 몸이 안 따라줘서 못하겠는 걸 어떡해?"

아저씨 얘기였다. 몇 달 전부터 아저씨는 택배 일을 시작하셨다. "한 달에 3백만 원이면 괜찮지? 돈이 벌리니까 힘들어도 일이 재밌나봐"라며 자랑하시던 아주머니였다. 그리고 아저씨가 나이 들어 고생한다고 마음 아파하시기도 했다.

"나도 이해하지. 애 장가보낼 준비도 해야 하고 돈 들어갈 데는 많은데 모아놓은 돈은 없고…… 내가 반찬값이라도 벌었으면 싶겠지. 그래서 내가 공인중개사 자격 따겠다는 거잖아? 그게 얼마나 공부할 게 많은데. 내가 공부하는 게 돈 버는 거지."

"공부 힘들지 않으세요?"

"힘들긴 한데 재밌어. 나는 민법이 그렇게 재밌더라구."

갑자기 아주머니 얼굴에 화색이 돌았다.

"학교 다닐 때 공부 잘하셨을 것 같아요."

"엄마는 다방 한다고 늘 나가 있고, 집 살림 내가 도맡아 하느라고 공부할 시간이 없었어. 그래도 웬만큼은 했는데……"

아주머니 친정은 아주 부자였다고 했다. 제천에서 유지 집안이었다고. 그런데 아주머니는 그 집안에 어머니가 데리고 들어간 딸이었다. 의붓아버지와 의붓오빠들과 의붓언니는 냉담했고, 친어머니는 역성을 들어주기는커녕 온갖 화풀이를 다 했다고 한다.

"차라리 혼자 서울에 올라와 취직해서 살지 그러셨어요? 일하면서 더 공부하고 싶으면 공부도 할 수 있었을 텐데요. 아주머니라면 잘해내셨을 거예요."

"다른 길은 생각도 못했어. 옆에서 충고해주는 사람도 없었고. 엄마가 원망스러워. 내가 고등학교 졸업하자마자 어떻게든 빨리 치워버리려고만 했었어. 나도 빨리 그 집을 떠나고 싶었고."

아, 가엾은 아주머니……

"화열이도 무슨 기술을 익히거나 자격증을 따. 버젓한 직장이 있어야 시집가서도 대우받고 살아. 나도 진작 젊었을 때 그렇게 할걸. 이 시장 구석에서 세월 다 보냈네……"

공중에 둥둥 떠다니는 먼지가 밥상에 내려앉는 게 다 보이도록 방 안에는 햇살이 가득 차 있었다. 아주머니는 두 손으로 천천히 냉면 그릇을 들어올렸다. 냉면 국물 무늬가 아주머니 얼굴에 어룽졌다. 나는 고개를 숙이고 꾸역꾸역 냉면을 먹었다. 시큼하고 서글픈 냉면 맛이었다.

선물 푸는 시간

"은경이 말대로 화열이 너 정말 새까맣게 탔구나! 건강해 보여 좋네."

활짝 웃는 이모도 얼굴이 많이 그을렸다.

"밥부터 먹자."

이모를 따라 조리대 쪽으로 가자 이모가 거들 것 없다고 말렸다.

"그냥 앉아 있어."

이모는 식탁에 삼계탕과 깍두기를 차리셨다. 삼계탕 국물을 떠먹으면서 내가 맛있다고 하자 이모는 쑥스러운 듯 웃으셨다.

"맛있지? 내가 한 건 아니고, 잘하는 집에서 사온 거야."

이모도 국물을 한술 떠 맛을 본 뒤, 만족한 듯 중얼거렸다.

"아, 좋다!"

식사를 끝낸 뒤 이모가 차를 준비하는 동안 나는 설거지를 했다. 수돗물이 나오지 않아 당황했더니 이모가 웃으며 싱크대 아래 페달을 밟으라고 일러주셨다. 페달을 밟자 수도꼭지에서 물이 쏟아졌다.

"신기하네요!"

"일하기 편하라고 그렇게 설치한 모양인데 난 별로야."

이모네는 올봄에 이 아파트로 이사를 했다. 내가 이모네 가족과 함께 살던 아파트보다 훨씬 넓은 아파트라고 했는데, 막상 와보니 더 넓어 보이지는 않았다.

"주상복합 아파트라서 실평수는 넓지 않아. 관리비도 엄청 비싸고. 이모부가 원해서 이사하긴 했는데 나는 영 그래. 먼저 집이 좋았지."

"바닥도 다 대리석이고, 멋있는데요?"

"난 대리석 바닥 안 좋아. 차갑잖아. 하긴 전망도 좋고, 보기는 좋지."

꿀로 맛을 낸 얼 그레이, 이모의 홍차다. 오랜만이다. 맛있다. 이모는 차를 두어 모금 마신 뒤 의자에서 일어났다. 그리고 현관과 연결되는 길고 좁은 복도 쪽에 가서 커다란 쇼핑백을 들고 오셨다.

"너 좋아하는 문구용품들이랑 청바지랑 티셔츠, 쇠고기 육포랑 초콜릿이랑…… 뭐, 이것저것 많아. 보석 같은 게 박힌 샤프

펜슬도 있을 거야. 그건 은경이가 주는 선물이야. 티파니에서 샀단다."

나는 쇼핑백에서 선물을 하나씩 꺼내 풀어봤다.

"은경 언니는 기숙사에 들어갔나요?"

"아니, 학교 근처에 작은 아파트를 하나 얻었는데, 하우스 메이트 구해서 둘이나 셋이 지내겠다네."

"이모, 걱정되시죠?"

"걱정은 무슨? 1년 금방 가."

작고 네모난 것을 꺼내 갈색 포장을 풀자, 'e+m'이라고 적힌 단단한 종이 상자가 나왔다. 뚜껑을 열어보니 계피 빛 나무를 깎아 만든 주사위 모양과 담배 파이프 모양의 물건이 들어 있었다.

"그건 내 선물! 너 심 굵은 샤프 펜슬 좋아하지? 비행기에서 샀어."

"와, 고마워요, 이모!"

나무 몸체의 양쪽 끝은 은빛 쇠붙이로 되어 있었다. 꽁무니를 누르니 굵은 연필심이 주르륵 미끄러져나왔다. 나는 얼른 연필심을 추슬렀다. 원뿔형으로 날씬하게 깎인 연필심 앞부분을 만지자 전기가 오르는 것 같다. 엄지와 검지에 힘줘 쥐고 연필심을 한 바퀴 돌렸는데 가루가 거의 묻어나지 않는다. 주사위 모양은 연필심을 가는 도구다. 나는 포장지 안쪽에 이것저것 글씨를 써보았다. '고맙습니다, 베티, 베돌이, 필용이, ㅋㅋㅋ, 아비야' 등등…… 매끄럽게 잘 써졌다.

"화열아."

"네?"

'e+m' 펜슬에 빠진 나는 몽롱하게 대답했다.

"화열아."

"네?"

나는 이모를 바라보았다. 이모는 빙그레 웃으며 내 눈을 지그시 바라보더니 눈을 한 번 감았다 떴다.

"화열이 너, 대학은 어떡할 거야?"

"아……"

나는 주사위 모양을 만지작거리다 홈 안에 새끼손가락을 넣어보았다. 손톱이 반밖에 들어가지 않았다. 나는 상자 안 스펀지 위에 원래대로 샤프펜슬과 연필심 깎이를 놓고 뚜껑을 닫았다.

"이모는 네가 이번 9월에 수능시험 원서 접수했으면 좋겠어. 한번 연습 삼아서라도 시험 봐. 그러고 나서 제대로 대입학원 다니면서 준비했으면 해. 그동안 공부도 오래 쉬었으니까. 너 검정고시도 1등급이니까 수능 점수만 잘 나오면 웬만한 대학 갈 수 있을 거야."

"이모, 대학은 생각 안 해봤어요. 갑자기 왜……"

"갑자기는 아니야…… 어어, 하는 새 2년이 지났네."

"이모, 생각 좀 해볼게요. 일단 올해는 수능 안 보는 게 좋겠어요."

"화열아, 세월 금방이야. 어영부영하다가 서른 살도 되고 마흔 살도 돼. 그렇지 않디? 학교 그만둔 뒤 시간 후딱 갔지? 네 동기들 이제 대학교 2학년 되지. 금방 졸업하고 결혼하고 취직하고 할 거야. 뭐, 대학 삼수도 하고 사수 하는 사람도 있지만…… 이모는, 꼭 대학 나와야만 사람 구실하고 산다고 생각하는 그런 사람은 아니야. 그렇지만 네가 대학을 안 가는 이유를 도저히 모르겠어. 너, 계속 혼자 사는 건 용납하겠지만, 학교는 다녀야 해. 이모부가 1, 2년 동안 회사 일로 엄청 바빠서 정신없었지만, 그 와중에도 짬짬이 얼마나 나를 몰아세웠는데. 이모부는 아직도 너를 당장 집으로 불러들이라고 그래."

내가 검정고시를 봤던 건 이모부 때문이었다. 검정고시에서 1등급을 못 받으면 학교를 옮겨서라도 다시 고등학교에 다녀야 한다는 조건으로 자퇴를 할 수 있었다. 그때가 고등학교 1학년 11월 초였다. 나는 대학에 뜻이 없었기 때문에 검정고시 합격증도 좋은 성적도 다 필요 없었지만, 자퇴 후 9개월 동안 아주 열심히 공부를 했다. 인터넷 강좌도 열심히 들었고 학원도 열심히 다녔다. 점수를 올리자는 정확한 목표를 세우고 집중하니 공부가 재미있었다. 태어나서 그때처럼 재밌게 공부한 적이 없었던 것 같다.

"걱정 끼쳐서 죄송해요, 이모."

"그러게. 화열이가 이렇게 걱정을 끼칠지 누가 알았겠니? 그때 너를 내보내지 말 걸 그랬나봐."

비어 있는 큰집에 들어가 살겠다고 했을 때 이모부는 길길이 화를 내셨다. 엄마까지 들먹이면서.

"엄마는 못 만났어. 사흘 동안 찾아봤는데……"

나는 쇼핑백 속에서 부스럭거리던 손을 멈췄다.

"3년 전에 엄마가 보낸 엽서…… 너도 봤던…… 그 주소로 찾아갔었어. 샌프란시스코 국내선 공항에 있는 선물 가게인데…… 거긴 꽤 오래 있었나보더라. 1년 있었나…… 매니저와 친하게 지냈는지 그만둔 뒤 놀러오기도 하고 그랬대. 연락도 계속 주고받고. 그 뒤 하와이에 가서 레스토랑 웨이트리스를 몇 달 하다가, 엉뚱하기도 하지, 라스베이거스 대학에 입학했대. 그게 1년 전 일인데 그 뒤 연락이 끊겼대. 라스베이거스 대학은 찾아가봤는데, 방학이기도 하고…… 그런 사람이 입학했는지 어쨌는지 알 도리가 없다는구나……"

엄마는 모델 에이전시를 통해 미국 취업 비자를 받았었다. 엄마가 미국에서 모델을 했는지는 모르겠지만, 아마 합법적이지 않은 비자였으리라.

"그 매니저도 궁금해하고, 엄마 얘기할 때 표정도 좋은 걸 보니 엄마가 꽤 성실히 살았나봐."

이어 이모는 혼잣말인 듯 중얼거리셨다.

"그렇게 소식 한 자 없고…… 저는 속 편한가…… 어쩜 그리 나이 먹도록 옆 사람 생각을 못하는지……"

읽어보고 잘 생각해보라며 이모는 내게 편지 한 장을 주셨다.

미국으로 떠나면서 엄마가 이모께 건넨 편지라고 했다. 나는 편지를 두 번 세 번 접어, 가방 깊숙이 넣었다. 그때, 3년 전에 엄마가 엽서를 보냈을 때, 답장을 할 것을. 나는 엄마가 내게 따로 편지하지 않은 게 미워서 답장을 하지 않았다. 엄마가 한 번만 먼저, 내게 편지하기를 기다렸다.

엄마 편지

언니,

정말 속만 무지 썩이던 내가 떨어져나가니 속이 시원하지? 하하, 농담!

학비를 대주지 않겠다는 언니의 말에 섭섭했어. 형부에게도 그랬고.

그렇지만 지금은 아니야.

도대체 그동안 내가 믿음을 줬어야 말이지.

그런 판에 이 나이에 유학을 갈 거라고 했으니, 형부 말마따나 말이 안 됐지.

진짜 이제야말로 공부를 하고 싶기도 했지만, 그건 핑계일 뿐 세상에 발 딛기를 유예하려던 게 아니었나 싶기도 해.

영어도 못하면서 왜 미국에 가느냐고 말렸지?

절실하게 대한민국을 떠나고 싶었어.

난 이제 젊지 않아. 아직 예쁘긴 하지. 하지만 더이상 젊지 않아.

그게 부끄럽고 너무 무서워. 젊지 않은 나이로 산다는 게.

대한민국을 떠나면 내가 다시 젊어질 것 같아.

언니, 내가 차사장과 잘못된 건 어쩌면 자업자득이야.

차사장이 부자가 아니었어도 내가 그를 좋아했을까?

아마도 아닐 거야.

내가 그 사람을 처음 본 건 호텔 로비에서였어.

옆자리에서 어떤 남자의 웃음소리가 "하아, 하아, 하아," 나더라구.

어쩜 저렇게 적막하고 위선적인 웃음소리일까.

남자들은 아버지 나이가 되면 왜 저렇게 웃는 걸까.

생각하며 얼굴을 찌푸리면서 돌아봤어. 깜짝 놀랐지.

내 또래로밖에 안 보이는 멀끔한 남자인 거야. 쫙 빼입은.

하하, 언니, 차사장이 나보다 몇 살 더 많긴 하지만, 내 나이가 벌써 나 어릴 적의 아버지 나이 가까이 됐다는 걸 그때는 못 깨달았지.

우연히 듣게 된 늙수그레한 그 웃음소리가 끔찍이 싫으면서도 뒤에 그 사람을 알게 됐을 때, 나는 놓치지 말아야겠다고 마음먹고 결국 정을 들였어.

그 사람이 엄청난 부자였기 때문에.

언니, 화열이 아빠가 너무, 너무, 너무, 그리워.

그이는 대체 어떻게 된 걸까? 응?

알아, 알아, 알아……

화열이 아빠와 오래 살았으면 아마 아이를 하나쯤 더 낳았을 테고……

나는 어른이 됐겠지. 그랬겠지?

내가 차사장과 사단을 낸 건, 다른 사람의 아내가 되기 싫었기 때문일지도 몰라.

차사장이 사색이 된 채 이혼한 아내한테 아이가 생겼다고 고백했을 때, 머릿속이 하얘지도록 배신감을 느꼈지만 마음속 저 구석에서 슬그머니 해방감도 느꼈어.

파토다!

그러면서도 질질 끌었지. 오직 그가 부자였기 때문에.

언니랑 형부를 망신스럽게 해서 미안해……

언니, 나는 미국에 살러 가는 게 아니야.

나는 거기 죽으러 가.

하하, 미안!

언니한테 내 지금 심정을 전하고 싶어서 말하고 말았네.

하지만 지나가는 마음이지, 결국 난 잘 살 거야!

내가 성공해서 화열이를 곁에 둘 날이 언제쯤 올까……

언니, 나, 열심히 살 테니 그동안 화열이를 잘 돌봐줘.

언니도 믿고 형부도 믿고 화열이도 믿어.

우리 예쁘고 착하고 다정한 딸. 언니가 없었으면 어쩔 뻔했을까……

때가 되면 화열이를 꼭 대학에 보내줘.

어떡하든 나중에 다 갚을게.

내가 미국에서 트럼프 같은 부자를 만날지 또 알아? 하하……

5천 달러 고마워. 이것도 나중에 갚을게.

언니, 항상 고맙고 미안한 언니. 모쪼록 건강하세요!

자주 소식 전할게.

— 언니의 잘난 동생

글씨도 참 못 썼네…… 엄마 글씨가 이랬구나……

이모는…… 엄마가 나를 꼭 대학에 보내달라고 부탁한 걸 보면, 내 마음이 움직일 거라 생각하셨을까…… 엄마…… 너무, 너무, 너무, 그리운 엄마…… 엄마, 잘 계시는 거죠? 어디서건 잘 계셔야 해요! 죽은 엄마가 제일 나쁜 엄마야! 엄마……

정이란 무엇인가

혜조 언니는 더 살이 쪘다.

"잘 먹지도 않는데 살이 찌네."

"컵라면만 드시고 사니까 그렇지요. 밥해드세요."

242

혜조 언니가 이사한 집은 먼저 살던 집에서 큰길 건너에 있다. 월세는 똑같은데 많이 넓었다. 이제 과외 가르치러 여러 동네를 다니지 않고, 가까이 사는 학생들만 집에서 받기로 했다고 한다. 쉽사리 학생이 모이는 걸로 보아 언니가 과외 선생으로 꽤 인정받고 있나보다. 언니를 만나려면 주말에도 밤 10시나 돼야 한다. 그때까지는 과외 스케줄이 촘촘히 잡혀 있다. 워크숍이다 세미나다, 언니 학업도 만만치 않을 텐데 대단하다.

"화열이한테 컵라면 먹일 수 없고, 치킨 시켜 먹을까?"

"저는 컵라면 평소에 안 먹으니까 괜찮은데…… 예, 치킨 시키세요."

"뭐로 먹을래? 후라이드? 양념? 전기 통닭?"

"전기 통닭요."

과외 끝나고 나면 지쳐서 라면 끓여 먹을 기운도 없다는 혜조 언니. 그래서 컵라면을 먹는단다. 걱정이다.

"아비, 잘 있어요?" 묻자 혜조 언니는 으하하 웃으면서 "제임스는 알리한테 죽고 못 살아. 그렇게 좋을까! 알리 때문에 넓은 집으로 이사할 거래" 대답한다. 보조개가 파이도록 생글생글 웃는 얼굴로 호탕한 웃음소리라니, 그 언밸런스가 또 사람을 웃긴다.

"알리는 나도 희연 언니도 싫어해. 제임스만 좋아해. 우리가 저 잡아온 것을 기억하나봐."

혜조 언니가 샐쭉한 표정으로 말한다.

"알리 입에서 냄새가 많이 나서 스케일링도 했어. 걔 병원 데리고 다니는 거, 목욕시키는 거, 약 먹이는 거, 희연 언니랑 내가 다 해. 그러니까 알리가 우리를 더 싫어해. 제임스 저는 혼자 점수 따려고 알리 밥 주고 간식 주고 놀아주고, 그런 것만 해. 얌체야."

아비가 사랑받고 있다니 얼마나 다행인가! 보고 싶은 아비. 어떻게 변했을까.

"그런데 알리가 우리가 알던 그 알리가 아니야. 옛날엔 명랑했잖아. 그 모습이 하나도 없어. 침울해. 차차 나아지겠지. 제임스한테만 간신히 곁을 주고 우리는 만지는 것도 싫어해. 그래서 제임스가 우리한테 자주 오지 말래. 알리 스트레스 받는다고. 쳇!"

혜조 언니는 여전히 명랑한 어조였지만 나는 착잡해졌다. 세상에 아비가 침울해지다니! 마지막으로 본 아비 모습이 떠오르면서 가슴이 새삼 에이어왔다.

"언니, 아비 보고 싶어요. 한번 보러 가면 안 돼요? 제임스한테 말 좀 해주세요."

혜조 언니는 난처한 표정이 됐다.

"나중에 보는 게 좋을 것 같아. 넓은 집으로 이사하고, 집이랑 제임스한테 알리가 완전히 정든 다음에. 이제 세 달 지났나? 아비시니안이 머리가 좋잖아. 이제 안정돼가는 중인데 화열이 만나서 알리가 흔들리면, 괜히……"

그럴 수도 있겠다. 근래에 본 〈고양이웃네〉 게시글이 떠올랐

244

다. 어떤 사람이 사정이 생겨 고양이를 친구 집에 오랜 기간 맡기게 됐는데, 보름쯤 뒤 그 집에 놀러 가 하루 자고 왔더니 멀쩡했던 고양이가 이불에 오줌을 싸기 시작했다고. 그래서 도로 데려오게 됐다고 했다. 처음엔 어리둥절한 채 새 집에 적응했는데 주인이 다녀간 뒤 그 고양이 속의 무엇이 건드려졌던 것이다. 자기가 버려졌다고 이번에야말로 느꼈을까.

아비가 나를 아주 잊을 때까지 아비를 만날 수 없다. 그래야 한다. 아비…… 네 행복이 제일 중요해. 너는 제임스의 고양이야. 얼른 쾌활해지렴. 빨리 제임스가 넓은 집으로 이사했으면 좋겠다. 보고 싶은 아비. 나는 언제까지고 너를 기억할 거야.

고양이 밥그릇용으로 햇반 그릇을 잔뜩 모은 쇼핑백을 건네면서 혜조 언니가 말했다.

"참, 저기서 필요한 거 있으면 골라가. 내일 다 '아름다운 가게'에 갖다줄 거야."

싱크대 앞에 물건들이 잔뜩 쌓여 있었다. 어떤 건 포장도 풀지 않았다. 혜조 언니는 과외를 마치고 종종 근처 대형 마트에 들러 쇼핑하는 걸로 스트레스를 푼다고 했다. 주로 할인 상품을 그때그때 내키는 대로 사들인다고. 돔 모양의 가습기와 MP3 플레이어와 나침반을 골라 가졌다. '아름다운 가게'에 미안한 마음으로.

"피곤하실 텐데 나오지 마세요."

"아냐. 슬슬 걸어서 마트 좀 둘러보고 올 거야."

내가 킬킬 웃자 혜조 언니도 웃었다.

"내 유일한 취미야. 택시 탈 거니?"

"아니오. 아직 버스 있으니까 버스 탈래요."

"그래, 그럼 길 건너서 가라. 나는 이쪽으로 갈게. 잘 가."

횡단보도 앞에서 바지 앞주머니에 한 손을 찌르고 섰던 혜조 언니가 발길을 돌려 터벅터벅 걸어갔다. 가게들이 거의 문을 닫은 어두운 길에서 불빛이 환한 저쪽으로.

야간근무자

편의점 야간근무를 하는 호선 오빠는 무뚝뚝하다. 얼굴은 순하게 생겼는데 말도 잘 하지 않고 잘 웃지도 않는다. 가끔 근무 시간을 바꾸느라 말을 섞는 나한테만 조금 웃어주는 정도다.

"커피도 제 것만 타서 혼자 마시지, 언제 한 번 권한 적이 없었어. 사람을 옆에 놓고도 말이야."

아주머니가 원한다면 더 비싼 커피도 마실 터, 커피 믹스쯤 따로 권하고 자시고 할 만한 게 아니라고 호선 오빠는 생각했을지도 모른다. 아니면, 마시겠느냐 말겠느냐 묻는 게 수줍었거나 성가셨거나.

아주머니는 평소 호선 오빠가 옆에서 저 혼자 커피를 마실 때의 무안함이랄지 서운함이 어제 일어난 뒤숭숭한 일보다 더 마음에 맺힌 듯 토로하신다. 그러고 보니 하루 사이에 아주머니 얼굴이 아주 해쓱해지셨다. 호선 오빠가 낸 사고 때문이다.

어제 편의점에 출근하니 주간근무 진수 오빠가 계산대를 지키고 있었다. 진수 오빠는 나를 보더니 "일 났어" 속삭이며 손가락으로 조리대를 가리켰다. 거기 주인아주머니와 뜻밖에도 호선 오빠가 함께 앉아 있었다. 그러고 보니 진수 오빠가 있을 시간도 아니었다.

"네 돈도 아니고 남의 돈이잖아. 직장 돈이잖아. 그걸 나한테 전화 한 번 안 하고 빌려주다니, 그럴 수 있는 거야? 안 되는 거잖아?"

아주머니한테 처음 들어보는 화난 목소리였다. 호선 오빠는 고개를 푹 숙이고 대꾸했다.

"제 월급에서 까면 되잖아요!"

"물론 호선이 월급에서 까야지! 지금 그 얘기가 아니잖아? 계속 믿고 금고를 맡길 수 있겠느냔 말이야. 경찰들도 전부 이상하다고 그래. 말이 안 되는 얘기라고."

호선 오빠가 아주머니를 향해 휙 고개를 돌렸다.

"지금 저를 의심하시는 거예요?"

아주머니는 풀이 죽은 목소리로 말했다.

"모르겠어. 정황은 납득이 안 가지만, 호선이 말이 사실이라고 믿고 싶어…… 사실이겠지……"

편의점 손님들이 조리대 쪽을 힐끔거렸다. 손님이 한 무리 빠져나간 뒤 진수 오빠는 계산을 맞추고 내게 계산대를 넘겨줬다.

"낮에 경찰도 다녀갔어."

진수 오빠가 목소리를 죽여 말했다. 가슴이 두근거렸다. 진수 오빠는 창고에서 유니폼을 벗고 나오더니 "저 갈게요!" 소리쳤다. 아주머니가 돌아보고 힘없이 "그래, 고생했어" 말하며 고개를 끄덕였다. 나는 진수 오빠를 따라 나갔다.

"무슨 일이에요?"

"손님한테, 손님도 아니지, 처음 보는 사람한테 85만 원이나 빌려줬단다. 금고에서 꺼내서. 저 친구 대박이야. 아, 골 땡겨. 들어가봐라. 수고!"

진수 오빠 뒷모습을 바라보다 편의점으로 들어가는데 아주머니와 호선 오빠가 나왔다. 호선 오빠는 초췌해 보였다. 나와 마주치자 얼굴이 불그레해졌는데 입술 끝이 실룩 떨렸다. 웃는 듯도 하고 울음을 참는 듯도 했다. 아주머니는 한쪽 눈꺼풀을 꾹 누르고 비비셨다. 두 사람 다 지쳐 보였다.

"우리, 밥 좀 먹고 올게."

아주머니가 말했다. 두 사람이 어색하게 떨어져서 한 방향으로 걸어갔다. 그게 내가 마지막으로 본 호선 오빠의 모습이었다. 계산기를 두드리면서도 선반을 채우면서도 청소를 하면서도 뒤숭숭했다. 11시가 다 돼서 아주머니가 오셨다.

"오늘은 내가 밤 당번이야. 호선이는 가서 쉬라고 했어. 하루

종일 힘들었을 거야. 내일 밤에 오라고 했어."

"아주머니도 피곤하실 텐데요."

"괜찮아. 집에 들어가서 잠깐 누웠다 왔어. 집에 있어도 잠이
올 것 같지도 않아. 진수한테 얘기 들었지?"

"예."

아주머니는 길게 한숨을 쉬셨다.

"에스프레소 내려왔는데, 한 잔 마실래?"

아주머니는 창고에 가서 머그잔 두 개를 가져와 커피를 따르
셨다.

"외상도 절대 주지 말라고 근무자들한테 내가 당부했잖아. 외
상 주면 손님 두 번 떨어진다고. 못 받기도 하고 다신 안 오기도
한다고. 근데 이건 아예 돈을 빌려줬다니. 한두 푼도 아니고, 그
것도 처음 보는 사람한테……"

아주머니는 커피 한 모금을 삼킨 뒤 착잡한 얼굴로 중얼거리
셨다. 아주머니가 너무 힘들어 보여서 나는 자정이 훨씬 넘도록
같이 있어드렸다.

사정을 들어보니 이러했다.

"가게에 나와주세요. 호선씨가 돈 사고를 냈네요."

아주머니가 진수 오빠 문자를 받은 건 오전 10시 무렵이었다.
진수 오빠가 편의점에 들어서자 호선 오빠가 상기된 얼굴로 뜸
을 들이다가 어렵사리 말을 꺼냈다고 한다.

"월급날 갚을 테니 80만 원만 빌려줄 수 없어요?"

아침 댓바람에 친하지도 않은 호선 오빠가 돈을 빌려달라니, 그것도 80만 원이나 빌려달라니 진수 오빠가 뜨악할 수밖에.

"나한테 그만한 돈이 있나…… 잔고 찍어봐야 하는데…… 왜요? 아주머니한테 가불해달라지 그래요?"

그러자 호선 오빠가 지금 당장 돈이 필요하다며 사정을 털어놨다고 한다. 새벽에 만취한 사람이 편의점에 들어와, 자기 차가 견인돼 갔는데 그걸 찾을 돈을 빌려달라고 했다는 것이다. 뭐에 씌었는지 그 사람이 너무 딱해 보여서 빌려줬는데 아침에 갚으러 오겠다고 하더니 아무 연락이 없고 그 사람이 적어준 전화번호도 결번이더라는 것이다.

"신분증 있는지 물어봐도 없다고 하고, 휴대폰 있냐고 물어도 주머니 뒤지면서 없다고 하고, 신용카드도 안 보인다고 하고……"

"거참…… 어쩌자고 신원도 모르는 사람한테 85만 원이나 덜컥 내줬어요?"

"내가 이것밖에 없다고 5만 원을 줬더니 그것 갖고는 안 된다고, 백만 원은 있어야 한다고 사정을 하는 거예요."

"아, 무슨 견인된 차 찾는데 백만 원이나 들어요? 그리고 그 시간에 무슨 차를 찾아요? 견인차고지에 아무도 없을 텐데…… 그렇지 않나?"

호선 오빠와 내가 근무교대를 하는 밤 11시면 아주머니는 편의점에 와서 금고 안에 있던 돈을 거둬가신다. 오른쪽과 왼쪽,

두 개의 금고에 잔돈으로 쓸 15만 원씩만 남기고 말이다. 그런데 호선 오빠가 그 30만 원에다 새벽까지 물건을 팔고 받은 현금까지 합한 돈을, 동전만 남기곤 싹싹 긁어 그 사람한테 다 줬다는 얘기니, 진수 오빠는 예삿일이 아니라 판단하고 아주머니를 부른 것이다.

믿어보고 싶었다

호선 오빠는 더듬더듬 자초지종을 말하다, 아주머니가 "참 황당한 얘기네! 왜 그랬어? 호선이 바보야? 내 이름은 뭐다, 한마디 듣고, 알지도 못할 전화번호 하나 받아적어놓고, 그것만 믿고 어떻게 덜컥 85만 원을 빌려줘? 제 돈도 아니면서!" 와락 소리를 지르자 뚱한 얼굴로 입을 꾹 다물었다고 했다. 아주머니는 일단 경찰에 '편의점 사기' 신고를 했다. 경찰은 호선 오빠에게 이것저것 묻고는 CCTV 녹화 화면을 돌려봤다. 모자를 쓴 오십 대 남자가 술에 취해 횡설수설하고, 호선 오빠가 그 사람에게 무언가 건네고 그 사람이 그걸 도로 주고, 다시 횡설수설하고, 마침내 호선 오빠가 금고를 열어 돈을 주는 장면이 찍혀 있었다.

"완전히 술에 취해서 횡설수설하는데 그 사람이 그렇게 조르는 것 같지도 않았어. 근데 호선이가 선뜻 돈을 내주더라구."

경찰은 아주머니에게 호선 오빠가 수상하다며 그 사람과 짜고

일을 벌인 것 같다고. 아주머니가 원하면 호선 오빠를 조사하겠다고 했단다.

"나도 별생각이 다 들었지만 그건 차마 못할 짓이라서, 호선이는 그럴 사람이 아니라고 했어. 카메라에 찍힌 그 사람이나 찾아달라고."

경찰이 돌아간 뒤 호선 오빠는 일단 퇴근했다. 그리고 더 얘기하자는 아주머니의 요청에 다시 편의점으로 온 모양이었다. 식당에서 아주머니와 함께 밥을 먹으며 호선 오빠는 "경찰한테 제 편을 들어줘서 고마웠습니다" 하더니, 처음으로 자기 얘기를 털어놓았다. 어렸을 때 어머니가 돌아가셨다는 것, 중학생 때 새어머니가 들어왔다는 것, 아버지가 무뚝뚝하고 무심한 성격이었다는 것, 항상 외톨이었다는 것······

"그 아저씨가, 나를 한 번 믿어주면 안 되냐고 그러더라고요. 당신이 어려운 일을 당하면 나도 당신 한 번 도와줄게, 그러더라고요. 믿어보고 싶었어요."

믿어보고 싶었다는 호선 오빠의 한마디에 아주머니는 가슴이 찡해지더라고 했다.

"죄송합니다. 80만 원은 제 월급에서 빼주세요."

"호선이 월급이 얼마나 된다고······ 그 힘든 야간근무해서 번 돈을 그렇게 뗄 생각을 하니 속상해 죽겠네······"

용서를 빌고 용서를 받으며 따뜻하게 헤어졌던 호선 오빠는 결국 아주머니께 문자를 보내 편의점을 그만두겠다고 알려왔단다.

"한 번 불신감이 생기면 회복이 불가능하지요. 제가 계속 편의점에 나가는 건 서로 불편한 일입니다. 그동안 감사했습니다."

또 이렇게 갑자기 그만두면 어쩌란 말이냐며 아주머니는 혀를 차셨지만, 어느 정도 호선 오빠와 동감이신 듯 홀가분해 보이기도 했다. 하지만 새 사람을 뽑는 건 쉽지 않을 것이다.

편의점 야간근무자는 몸이 약해도 안 되고, 신원미상이어도 안 되고, 신뢰가 안 가는 사람이어도 안 되고, 또 여자여도 곤란했다. 보수도 적은 일인데, 조건에 맞는 사람을 구하려면 꽤 힘들다. 한번은 야간근무자를 뽑는다는 공고를 보고 갓 제대한 청년이 온 적이 있었다고 했다. 인상도 좋고 모든 조건도 맞고, 게다가 군대 가기 전에 한 편의점에서 2년이나 계속 아르바이트를 했던 청년이었다. 흡족했던 아주머니는 청년이 일했다는 편의점 주인과 마침 아는 사이였던 터라 전화를 걸어 어떤 사람이냐고 자문을 구했는데 그 뒤 일이 틀어졌다고 했다. 마침 그 편의점도 야간근무자를 구하는 참이었던 것이다. 그 편의점 주인은 즉시 청년에게 연락해서 좀더 높은 보수를 제시하고 채갔다. "아는 사이에 그럴 수가 있는지…… 정말 질렸어" 하며 고개를 절레절레 흔드는 것으로 아주머니는 그 얘기를 마무리하셨다. 새 야간근무자를 구할 때까지 아주머니는 고된 나날을 보내시겠지. 나도 종종 스페어 근무를 해야 할 것이다.

호선 오빠는 또 어느 거리, 어느 편의점에서인가 야간근무를 할 건지…… 지금까지보다 더 무뚝뚝하고 외로운 모습으로……
그 아저씨는 호선 오빠한테 85만 원보다 훨씬, 비교할 수 없이
훨씬 소중한 것을 앗아가버렸다.

어머니와 아들

바리이모님이 문자를 보냈다.

"양야옹이 강남에 볼일 있다고 집에 들른대. 너도 와라. 같이
점심 먹자."

바리이모님댁 현관에 들어서자 맛있는 냄새가 훅 끼쳤다. 바
리이모님은 자그마한 오븐 겸용 전자레인지로 별별 요리를 다
하신다. 이번에는 속을 판 단호박에 찹쌀이랑 콩이랑 팥이랑 잣
을 채워넣고 구워 내오셨다. 한 사람 앞에 하나씩이었다. 따끈따
끈 쫄깃쫄깃 달콤달콤 고소고소했다.

"해병대 교육 훈련단에서 문자 왔는데 영인이가 폭파병으로
배치됐대."

"폭파병이요?!"

양야옹 언니와 나는 동시에 외치며 웃음을 터뜨렸다. 겁이 나
면서도 왠지 웃음이 났다. 영인이와 관련된 일은 거의 다 재미
있었다. 바리이모님은 짐짓 시니컬한 얼굴로 말을 이었다.

"어려서부터 사고뭉치에 천방지축이라 별명이 '움직이는 시

254

한폭탄' 이더니……"

양야옹 언니와 나는 다시 웃음을 터뜨렸다.

"걱정되시겠어요."

양야옹 언니 말에 바리이모님은 심드렁히 "걱정은 무슨……"
하신다.

"고생 좀 하라고 보냈는데, 나한테 하도 갈굼당하며 살아서
그런지 해병대 생활을 그리 고달파하지 않는 것 같아. 이젠 날
마다 설거지랑 스팀 청소 안 하겠지, 하면서 낙천적으로 생각하
고 간 녀석이니까……"

바리이모님은 숟가락으로 단호박 한 모서리를 헐어, 두어 조
각을 덜어냈다. 그중 한 조각을 입에 넣고 씹으시며 빙그레 웃
더니 의자에서 일어나 안방으로 가셨다. 식탁에 돌아온 바리이
모님 손에 종이쪽 한 장이 들려 있었다.

"영인이가 3주차 훈련중에 보냈던 건데, 군사우편이 느려서
훈련 끝나가는 5주차에야 온 거야. 구구절절한 편지 두 통이랑
같이 넣어서 보냈더라구."

양야옹 언니와 나는 머리를 맞대고 종이쪽을 읽어보았다. 바리
이모님이 영인이에게 보냈던 이메일 내용이 프린트되어 있었다.

오늘도 하루가 갔구나. 너도 잘 보냈겠지? 사실 너에게 잘
보냈을 거라는 말은 약 올리는 말밖에 안 될 거라 생각한다. 무
얼 해도 힘들고 잠시의 휴식과 먹는 시간이 최고의 위안이겠지.

하지만 네가 미루고 간 일 뒤치다꺼리를 남아 있는 내가 하다 보니 역시 넌 군대에서 아주 혹독한 훈련을 더 받고 정신을 차려서 와야 한다는 생각밖에 안 든다.

어제는 너희 학교에 가서 네 군 휴학 처리를 하느라 엄청난 서류 보따리를 만들어야 했다. 현역입영통지서는 이제 출력도 되지 않아서 동사무소에 냈던 서류를 복사해서 냈다. 너, 본인이 진작 했으면 현역입영통지서 한 장으로 끝냈을 일을 말이다! 학자금 대출이며 군 휴학 처리는 당연히 군대 가기 전에 네가 알아보고 했어야 될 일이다. 두 달 전 아니더냐? 기합 좀 받아라.

그 종이쪽 여백에는 볼펜으로 이렇게 적혀 있었다.

미안한 마음에 같이 보낸다. 니베아 바디 로션 잘 쓰고 있나? 내가 쓸까 하다가 보냈어. 내 월급에서 나가는 듯. 엄마 편지 모으는 중이니 다음 편지 보낼 때 도로 보내주고. 마음의 기합 받고 있습니다. 꼬박꼬박 편지 써줘서 다시 한번 고마워.

— 당신 아들.

'당신 아들'이라는 말에 우리는 또 한 번 웃음을 터뜨렸다. 양야옹 언니가 크크 웃으며 물었다.
"미안한 마음에 같이 보낸다, 는 또 뭐예요? 로션이요?"

256

"그 녀석은 그런 말투 쓰는 게 아주 정다운 건 줄 알아. 나한테 받은 이메일을 제 편지랑 같이 보낸다는 말이야. 부대에서 출력해준 거 읽고 무슨 심사인지 내게 다시 보낸 거야. 그걸 또 도로 보내달라네. 모은다고. 니베아 로션은 먼젓번에 영인이가 보내줬어. 내가 얼굴에 바르는 유일한 화장품이거든."

바리이모님 눈에 따뜻한 빛이 아른아른 피어올랐다. 바리이모님은 영인이한테 매일 인터넷으로 메일을 보내고 일주일에 한 번 편지를 보내신단다. 영인이 역시 한 주일도 거르지 않고 꼬박꼬박 편지를 보낸다고. 어머니와 아들 사이에 할 얘기가 그렇게나 많은가보다. 영인이는 전화도 자주 건다고 했다.

"지난 일요일에도 수신자부담 전화를 두 번이나 했어. 이제 됐으니 전화 그만하고 보내준 편지지랑 우표로 편지나 보내라고 했더니 '으으응, 그~래!' 하면서 끊더라. 좀 섭섭한가봐."

"영인이가 참 효자야. 요즘 영인이 같은 아들 없어요."

양야옹 언니 말에 바리이모님은 수긍하는 미소를 지으셨다.

"저도 나한테 미안하긴 할 거야. 첫 학자금 대출받은 거 갚기 시작했거든."

"아니, 벌써요?"

"갚으라고 통지가 와서 알아보니까 내가 거치 기간을 1년으로 해놨더라."

"어이구, 왜 그러셨어요?"

"몰라. 그때 내가 정신이 없었나봐."

"바리이모님도 실수할 때가 있네요."

"나중에 다 영인이 빚이니까, 무의식중에 빨리 갚아 없애고 싶었던 것 같기도 하고……"

바리이모님과 양야옹 언니의 대화는 학자금 대출 빚 5천만 원을 안은 채 대학교를 졸업해서 취직도 못하는 청년들에 대한 한탄으로 넘어갔다.

저, 오광이 녀석!

고도리는 어디 숨었는지 보이지 않고 오광이가 사람 무시하는 표정으로 식탁 근처를 왔다갔다한다. 양야옹 언니가 "오광이하고 야바위 놀이 한번 해볼까?" 하며 생글생글 웃는다.

"야바위 놀이는 또 뭐야?"

바리이모님이 물으니 양야옹 언니는 "요새 우리 짜루랑 하는 놀이인데, 재밌어요!" 하며 가방에서 비닐봉지를 꺼낸다.

"이거 비타 캣스틱이라고 야옹이들이 환장하는 건데 오광이랑 고도리 먹이세요."

양야옹 언니는 안에 든 것을 하나 꺼낸 뒤 식탁에 비닐봉지를 놓는다. 그리고 물컵 두 개를 들고 "오광아, 맛있는 거 먹자~" 부르며 방바닥에 앉는다. "뭐야?" 하는 표정으로 오광이가 다가간다.

"조심해. 괜히."

바리이모님이 주의를 주셨다. 양야옹 언니가 손에 든 것의 알록달록 겉껍질을 벗기자 맛있어 보이는 갈색 스틱이 나왔다. 양야옹 언니는 그걸 살그머니 오광이 코에 댔다. 오광이가 킁킁거리며 냄새를 맡자마자 양야옹 언니는 얼른 그걸 바닥에 놓더니 컵으로 덮는다.

"어디 어디 들었나, 알아맞히면 주~지!"

캣스틱이 든 컵과 빈 컵, 두 개의 컵을 앞에 놓고 양야옹 언니는 빠르게 컵의 위치를 바꿨다. "조심해!" 바리이모님 경고와 동시에 오광이가 덥썩! 양야옹 언니의 손목을 깨물었다. 으악! 오광이가 얼마나 아프게 무는데! 나도 몇 번 물려봐서 잘 안다. 고양이들은 장난칠 때 외에는 사람을 물지 않는다는데, 어려서부터 개 사료를 먹으며 개와 함께 커서인지 오광이 녀석은 마음먹고 사람을 물었다. 바리이모님 가족만 빼놓고 누구든지 물 용의가 있는 고양이가 오광이었다. 양야옹 언니가 "아얏!" 비명을 지르고 바리이모님이랑 내가 혼비백산 쫓아갔다. 오광이 녀석은 눈썹 하나 까딱 안 하고 콧등을 씰룩거리더니 뭘 잘했는지 의기양양한 얼굴로 어슬렁어슬렁 가버렸다. 양야옹 언니 팔에서 피가 줄줄 흘렀다.

"아, 그러게 왜 오광이를 건드려? 괜히도 무는 녀석을!"

"그러게요. 진짜 무네요."

양야옹 언니가 충격에서 헤어나지 못하는 목소리로 중얼거렸다. 누가 오광이한테 물렸다는 말을 여러 차례 들었어도 언니만은 예외일 줄 알았나보다. 길고양이와도 쉽게 친해지고 모든 고양이들이 자신을 좋아한다고 믿는 양야옹 언니한테는 이중의 아픔일 테다. 소독약으로 피를 씻어내니 위아래 둘씩, 네 군데가 송곳으로 뚫어놓은 듯 구멍이 나 있다. 오광이 송곳니 흔적이 독사한테 물린 자국 같다. 양야옹 언니가 상처에 연고를 바르는 동안 바리이모님은 로라 언니와 전화통화를 했다.

"로라가 그러는데, 집에서 기르는 고양이니까 파상풍 걱정은 없을 거래. 그래도 깊이 물렸다니까, 제일 걱정할 게 봉와직염인데 혹시 모르니 병원 가서 주사 맞고 약 먹으래. 아마 괜찮을 거래. 로라 저는 개랑 고양이한테 숱하게 물리고 살아도 멀쩡하다네. 에휴, 저, 저, 오광이 녀석!"

"왜 그랬지? 내가 뭐 마음에 안 들었나?"

양야옹 언니가 울상이 돼 중얼중얼하자 바리이모님이 미안해서 쩔쩔매며 웅얼웅얼하신다.

"원래 그런 놈이라니깐. 장난 걸지 말라고 내가 말렸어야 했어. 야바위 놀이가 뭔지 궁금해서리……"

바리이모님은 양야옹 언니한테 단호박찜 두 개를 싸주셨다.

"유경이 주려던 건데, 렌지에 돌려서 야옹이 오빠랑 저녁에 먹어."

나는 고양이들이 환장한다는 캣스틱 세 개를 챙겼다. 베티 줘야지~

두 선생님

무심히 내 쪽을 바라보던 눈에 깜빡 불이 나간 듯 비었다가 이
내 빛이 돌아왔다. 그녀 자신도 이유를 모르면서 나를 외면하고
싶었던 것 같다. 그러나 그녀는 곧 해맑게 웃었다. 그 옛날, 교감
선생님이나 그녀를 귀여워하던 선배 선생님 앞에서 그랬듯.

"어…… 화열이, 이화열이지?"

"예, 선생님. 안녕하세요?"

"응. 아르바이트하나보네? 여기 대학 다니니?"

"아니오……."

"그럼 어디?"

나는 어정쩡히 웃으면서 대답하지 않았다. 그녀는 쑥스러운
듯 오른손으로 배를 쓰다듬었다. 그물 모양으로 성글게 뜬 검정
색 긴 조끼가 만삭으로 불룩한 배를 덮고 있었다. 그녀가 얼굴
을 발그레 붉히는 걸 보니 문득 한 장면이 떠올랐다.

중학교 시절, 수업시간이었다. 갑자기 그녀가 수줍게 웃으며
얼굴이 발그레해졌다. 그녀의 눈길을 따라가보니 교실 앞쪽 유
리창으로 교감 선생님이 안을 들여다보고 있었다. 교감 선생님
은 인자하게 웃으며 고개를 끄덕이더니 지나갔다.

"별꼴이야. 가증스럽긴."

짝꿍 문숙이가 작은 소리로 이죽거렸다. 동감이었다. 우리 앞
에서는 드세고 거칠기 짝이 없는 사람이 그렇게나 여리고 풋풋

한 태를 내다니.

"교감 선생님은 나를 미스 강이라 부르거든."

뜬금없이 교감 선생님의 총애를 자랑하려 했었지. 임용고시 성적도 빼어났다던데 대학을 갓 졸업한 초임 처녀 선생님이었으니, 교감 선생님은 대선배로서 그녀가 얼마나 사랑스럽고 걱정스러웠을까. 하지만 그녀의 정체를 알았더라면 차라리 학생들 걱정을 했을 텐데! 풋풋한 인상과는 달리 그녀는 거의 포악스러웠다. 말은 또 얼마나 거친지. "이런 쓰레기 같은 것들!" "이런 머리에 똥만 들은 것들!"을 입에 달고 살았다.

초임 교사를 중학교 신입생 담임으로 배정하는 건 위험한 일이다. 피차 미숙하기 때문인데, 그녀는 난폭하기까지 했으니 우리는 운이 없어도 너무 없었다. 종례시간마다 긴장과 공포를 맛봐야 했다. 단골 희생자들이 사시나무 떨듯 떨면서 출석부로, 손바닥으로, 머리통이나 뺨을 후려 맞는 걸 지켜봐야 했던 것이다. 교복이 지저분하다거나 윗도리가 몸에 붙는다거나 새끼손톱에 매니큐어를 발랐다거나, 뭐 그런 소소한 이유들이었는데, 희생자들은 대개 가정이 불우한 친구들이었다. 보호해줄 울타리가 허술한 그 애들을 힘껏 내리치느라 휘날린 머리칼이 축축하고 창백해 보이는 얼굴에 달라붙곤 했지. 그녀의 얼굴은 평소엔 불그스름하고 혈색이 좋았지만, 그 광기의 시간에는 질린 듯 창백해졌다.

엄마가 잘 입힌 덕분에 나는 꽤 유복해 보였을 것이다. 그건 또 그것대로 곤욕을 불렀다. 그녀가 엄마를 만나기를 원했던 것이다. 실제로 그녀는 엄마에게 전화해서 여러 차례 약속을 잡았던 것 같다. 어느 날 종례시간이었다. 그녀는 차가운 눈빛으로 나를 불러일으켰다.

"너네 엄마는 왜 그렇게 거짓말쟁이니?!"

나는 얼굴이 새빨개졌다. 무슨 일인가 해서 교실 안 모든 애들이 귀를 바짝 세웠다. 영문도 몰랐지만, 내가 무슨 말을 하겠는가? 나는 고개를 숙이고 입을 꼭 다물었다. 달리 무슨 말을 들었는지 기억나지 않지만 그녀는 꽤 오래 나를 세워두었다.

"자기야말로 거짓부렁 대마왕이면서! 저런 올케 들어올까 겁난다, 애! 선생이 말 정말 함부로 하네……"

문숙이가 담임을 노려보며 입을 비죽거렸다. 문숙이는 우리 반에서 담임을 무서워하지 않는 유일한 아이였다. 문숙이는 성격이 활달하고 공부도 잘하는데다 아빠는 변호사고 엄마는 신문기자였다. 담임은 문숙이를 좋아하지 않았지만 함부로 대하지 않았다.

그날 저녁이었다. 엘리베이터에서 내려 복도를 걷고 있는데 희미하게 음악 소리가 들리고 향긋한 냄새가 났다. 현관문을 열자 음악 소리가 커지고 향기가 훅 끼쳐왔다. 엄마는 욕실 문을 열어놓고 거울 앞에 앉아 뺨을 가볍게 두드리고 있었다.

"화열이 왔니?"

"응. 다녀왔습니다."

나는 가만히 엄마를 봤다. 거울 속의 엄마가 나를 향해 생긋 웃었다.

"엄마, 학교에 온다고 했어?"

엄마는 고개를 갸웃했다.

"응…… 너네 선생님이 의논할 게 있다고 해서. 무슨 일일까? 무슨 일이니?"

"몰라."

"근데 왜? 선생님이 뭐라 하시니?"

"아니……"

"한번 가긴 가야 하는데……"

엄마가 살짝 눈살을 찌푸리며 중얼거렸다. 엄마는 결국 오지 않았다. 학교 복도에서 스칠 때도 담임의 얼굴은 '자식 교육에 무심하고 거짓말쟁이인 엄마'에 대한 경멸과 분노로 차가웠다.

재작년에 특목고로 자리를 옮겼다는 그녀는 근처 대학교에서 무슨 세미나에 참석하고 오는 길이라고 했다. 그녀는 녹차 아이스크림 세 개를 사서 바깥 테이블로 갖고 나갔다. 학교 선생님인 듯한 중년 부인 둘이 앉아 있는 자리였다. 그녀는 유일한 예외지만, 나는 학교 선생님 운이 좋은 편이었다.

고1 때 국어 담당이었던 정운경 선생님이 생각난다. 학생들에게 소설과 시를 알게 해주려고 무던히 애쓰셨지. 틈틈이 문학 얘기를 해주시고 수업 마치기 10분 전쯤에는 준비해온 책을 읽어주곤 하셨다.

"이 책은 근래 읽은 소설 중 가장 내 가슴을 울린 책이다. 꼭 읽어봐라!"

어느 날 여느 때보다 좀 이르게 책 애기를 꺼낸 선생님의 목소리가 차츰차츰 울컥해졌다. 선생님은 교탁에 올려놓은 빨간색 표지의 책을 만지작거렸다.

"니콜 크라우스의 『사랑의 역사』다. 글쎄…… 너희들한테 좀 어려우려나? 아니, 그렇지 않을 거다. 구조가 좀 복잡하더라도, 의미는 정확히 알 수 없어도 느낄 수는 있는 음악을 듣듯 그냥 읽어라. 이 소설은 인물들이 아슬아슬하게 엇갈리고 무화되기도 하면서 삶을 소진하는, 사랑이 삶을 막막히 지탱하게 하면서 먹먹히 소진시키는, 그것이 운명이 되고 역사가 되는…… 글쎄…… 한번 들어봐라. 여기 이 부분……"

그러면서 선생님이 책장을 넘기는데 새된 목소리가 교실을 울렸다.

"아잇, 선생님! 그냥 진도 나가요!"

여기저기서 킥킥 웃었다. 맡아놓은 듯 2등을 하던 유경애였다. 시험이 끝날 때마다 울고불고하는, "쟤 또 운다!"는 소리를 단골로 듣던 유경애. 정운경 선생님이 '잡담'으로 시간을 때우는 바람에 늘 진도가 늦는다고 안달을 하던 애였다. 선생님은 입을 헤 벌리고 웃는 얼굴로 경애를 바라보며 눈을 끔벅거렸다. 갑자기 선생님이 교탁에서 팔꿈치를 떼고 반듯이 섰다. 그리고 주먹 쥔 왼쪽 팔을 경애 쪽으로 뻗더니 오른손을 왼쪽 팔꿈치에

서부터 앞으로 쑥 밀어내리며 "엿 먹어라!"라고 외쳤다. 찬물을
끼얹은 듯, 고요한 일순이 지나고, 우왁! 꽥꽥꽥! 까르륵! 킥킥
킥! 아이들의 비명과 아우성과 웃음소리, 책상을 두드리는 소
리, 발 구르는 소리로 교실이 들썩거렸다. 선생님 얼굴이 벌게졌
다. 씨익 웃는 선생님의 눈이 안경알 너머에서 장난꾸러기처럼
반짝거린 한편, 낭패스러운 듯 윗니는 아랫입술을 잘근 깨물었
다. 경애가 울고불고한 건 말할 것도 없다. 그 일 때문은 아니었
지만 이듬해 선생님은 학교를 그만두셨다.

요즘, 고양이들이 하나둘 안 보여

옷 수선집이 가까워지면 베티가 에에에 울면서 마중 나온다.
서너 걸음 앞에서부터 베티는 벽에 머리통이나 몸통을 비비느라
똑바로 서지도 걷지도 못한다. 땡볕 아래 버터처럼 아주 살살
녹는다. 베티가 아니라 버터라 부를까보다. 그런 베티 모습이 떠
올라 함박 웃으며 걸음을 재촉하는데 베티가 안 보였다. 집에도
없고 오토바이 밑에도 없었다. 옷 수선집 안에 있나? 문을 당기
니 잠겨 있었다. 아주머니는 시장에 가시고 베티는 어디 놀러
갔나. 허전한 마음에 길바닥을 둘러보는데 구제옷 가게에서 그
집 아주머니가 나오셨다. 아주머니는 나를 보더니 웃는 듯 우는
듯한 얼굴로 기다렸다는 듯이 반겼다. 나도 마주 웃으며 말했다.

"베티 안 보이네요. 어디 갔나봐요."

아주머니는 어쩔 줄 몰라하더니 불쑥 "아까, 고양이, 차에 치여 죽었어요!" 하셨다.

"네?!"

나는 아찔해서 "베티가요?" 물었다.

"새벽에 일어난 일이라 못 봐서 모르겠어요. 여기서 튀어나간 고양이를 지나가던 차가 치었다네요. 여기 길바닥이랑 옷 수선 집 벽이랑 온통 피투성이였는데 아침에 우유 대리점 아저씨가 물로 다 씻어내고 고양이도 치웠대요. 다행이지 뭐예요. 옷 수선 집 아주머니가 그거 치우려면, 휴······"

"그 고양이가 베티예요?"

"네? 잘 모르겠는데······ 아닐 거예요······ 까만 얼룩이라고 하던데······"

"아······ 걔가 왜 튀어나갔을까······ 그 차는 이 좁은 길에서 왜 그렇게 속력을 냈지? 어떤 차래요?"

"그건 모르죠. 치고 가버렸으니까. 막 달리는 차들이 종종 있어요. 사람도 아찔할 때 많아요. 봐요. 저기 화분들 다 우그러졌잖아요."

베티 집을 가리던 플라스틱 화분이 과연 푹 패어 있었다.

"진짜, 왜 이렇게 바짝 붙어 달렸을까요? 운전하는 사람이 술 취했나······ 사람이 나왔으면 큰일 날 뻔했네요! 근데, 한 마리만 치였대요? 베티는 어디 갔지요?"

"베티…… 오늘은 못 봤는데…… 아주머니 오시네!"

옷 수선집 아주머니가 카트를 끌고 오셨다.

"안녕하셨어요? 고양이가 차에 치였다면서요?"

"그러게. 여기 화분 우그러진 것 좀 봐. 좁은 길에서 그렇게 막 달렸네. 아주 무서워서 못 살겠어."

아주머니는 땀을 닦으시고 자물쇠를 여셨다.

"시장에 가서 쌀이랑 마늘 좀 사왔어."

아주머니는 카트를 안에 들여놓고 나오셨다.

"차에 치인 애가 베티는 아니죠?"

"응. 얘기 듣고 깜짝 놀라서, 저기 전봇대 아래, 고양이 치워졌다는 데 가봤는데 작은 괭이더라구. 까맣고 하얀 얼룩인데, 베티 집 앞에서 밥 먹다가 튀어나간 모양이야. 하필 그때 튀어나갔는지. 아주 눈 뜨고 못 보겠어. 저번에도 어떻게 죽었는지 전봇대 아래 고양이 죽은 거 하나 있었는데……"

"아, 걔는 어떻게 생겼어요? 왜 죽은 거예요?"

"몰라. 차에 치여 죽었는지 어쨌는지. 시꺼멓고 얼룩덜룩하던데?"

"베티 못살게 굴던 고양이 아니에요?"

"글쎄, 모르겠네. 요새 고양이들이 하나둘 안 보여."

삼색이 막내를 꽤 오래 못 봤는데, 그 녀석이 죽었단 말인가? 제발 아니기를! 다른 고양이라고 해서 가엾지 않은 건 아니지만…… 가슴이 저릿했다.

"베티 어디 갔을까요?"

"베티는 오늘 한 번도 못 봤어. 저도 놀라서 어딘가로 달아나 숨어 있겠지. 마침 내가 친구들이랑 찜질방에 가 있는 동안 그런 일이 생겼네."

"그러기에 망정이지요. 완전 피범벅이었다는데 그거 치우실 뻔했잖아요."

옷 수선집 아주머니가 소름끼친다는 듯 어깨를 오스스 떨었다.

혹독한 가난

"우유 대리점 양반이 고생했어. 그 양반이 고양이 불쌍하다고 얼른 수습해준 모양이야. 된통 부딪쳤는지 머리통이 다 깨지고 눈알도 하나 빠졌더래. 난 그런 거 못 봐."

마침 우유 대리점 아저씨가 나오셨다.

"저기 과속방지턱 있어도 소용없어요. 턱이 너무 낮아요. 신경도 안 쓰고 속력을 내는데, 아무래도 무슨 조치를 취해야겠어요. 구청에 민원을 넣든지."

우유 대리점 아저씨의 말에 구제옷 가게 아주머니가 맞장구쳤다.

"좁은 길에 차가 너무 많이 다녀요. 아저씨 아들도 차에 치였잖아요."

"어머, 그랬어요?"

내가 깜짝 놀라자 아저씨는 새삼 화난 눈빛이 되어 얘기해주셨다. 아저씨의 어린 아들이 우유 대리점 앞에 서 있었는데 차가 발가락 위를 지나갔다고 했다. 그런데 그 차가 멈추지 않고 그대로 달아났다는 것이다. 우유 대리점 아저씨와 식당 아저씨가 각각 오토바이를 타고 쫓아가고, 지나가던 택시 아저씨도 쫓아가고, 그렇게 20분이나 추격해서 잡았다고 한다.

"5분쯤 뒤부터 쫓기 시작했는데 내가 대충 추리를 해봤지. 어느 길로 갈 것인가. 셋이 갈라져서 몇 바퀴 돌았는데 애한테 들은 색깔이랑 모양이 똑같은 차가 남산 돈가스 주차장에 있는 거야. 운전사는 그 안에 앉아 있고. 당신이지? 하니까 고개를 끄덕이더라고."

"그래도 잡아떼지 않아서 다행이었네!"

옷 수선집 아주머니의 감탄에 우유 대리점 아저씨가 동감하는 미소를 지었다.

"그냥 감이 딱 와서 짚었는데 저도 기가 질렸는지 순순히 맞다고 하더라고요. 뺑소니 신고는 안 했어요. 병원 치료비 다 대라 그랬지."

신나게 추격담을 들려주던 아저씨는 다시 미간에 주름을 잡으며 아침의 참사 현장에 대해 얘기를 하다가 혀를 찼다.

"그런데 제가 그 고양이를 비닐봉지에 싸서 종이 박스에 넣었거든요. 맞는 크기 상자가 없어서 큰 박스에 넣었는데 아까 보니까 누가 박스를 집어가버렸네! 비닐봉지만 꺼내 그 자리에 두고."

"그랬지! 내가 가봤을 때도 박스에 있었는데? 아니, 세상에!"

옷 수선집 아주머니도 혀를 차며 고개를 절레절레 저으셨다.

"폐지 줍는 분이 가져갔다고요?"

내가 중얼거리자 옷 수선집 아주머니는 베티 집의 지붕을 가리키시며 불평하셨다.

"그게 10원이나 할까 그럴 텐데 세상에! 그 사람들 아무거나 막 집어가. 여기 앞에도 함부로 뭘 못 둬. 상자고 그릇이고 다 집어가서."

햇빛이 캄캄하게 느껴졌다. 커다란 종이 박스 하나를 갖고 가려고 그 안에 들어 있던 죽은 고양이를 털어내버리다니. 얼마나 힘든 삶을 살면 그렇게 되는 걸까. 죽은 고양이도 가엾지만, 그 사람도 가엾고 가여웠다. 문득 가난이라는 것이 무서웠다. 혹독한 가난은 사람의 감정을 마비시킬 수 있다. 따뜻한 심장을 간직할 수 있다는 것, 그것이 가난하지 않은 사람들의 이점이다. 우리 할아버지를 고통 속에 사시다 가게 했던 아주머니가 있었다. 그 아주머니는 왜 할아버지를 저버린 걸까. 가난해지기 전에 가난이 무서웠던 걸까? 원래 그럴 생각이 아니었는데 일이 그렇게 돼버린 걸까? 인간다운 마음을 간직하고 살려고 돈이 필요한 건데, 돈 때문에 그 마음을 버리는 사람도 있는 것 같다.

우유 대리점 아저씨는 우유통들을 담는 플라스틱 상자 두 개를 갖고 와 옷 수선집 앞에 놓으셨다. 차가 벽 가까이 지나가는 걸 막아줄 거라며.

베티가 되게 놀랐겠다. 베티, 그 작은 고양이가 네 밥을 먹으러 와서 네가 쫓아버린 거니? 아니라면 좋겠지만, 그렇다 해도 그런 큰일이 날 줄 몰랐을 거야. 그 죽은 고양이는 쓰레기처럼 길바닥에 버려져 있겠구나. 동물의 사체는 일반쓰레기와 똑같이 취급된다. 불에 태우는 것도 땅에 묻는 것도 불법이다. 아무도 그 고양이가 아직 그 자리에 있는지, 그걸 어찌해야 할지 얘기하지 않았다. 죽은 고양이에 대해서는 더이상 마음을 쓰지 않았다. 나도 입을 다물었다. 나는 죽은 고양이를 그 밑에 두었다는 전봇대를 피해 다른 길로 걸어갔다. 머리와 마음, 어느 쪽이 더 아픈지 모르겠다.

겨울, 빈소에서

할아버지는 경기도에 있는 노인 요양원에서 돌아가셨다. 거동을 완전히 못하시던 상태로, 그곳에 들어가신 지 한 달 만이라고 했다. 한밤에 이모와 둘이 경기도에 있는 장례식장에 갔다. 이모부는 해외출장을 가 안 계실 때였다.

추운 겨울날이었다. 나지막한 집들이 듬성듬성 있는 마을을 지나 회색빛 3층 건물에 도착했다. 할아버지가 계시던 노인 요양원에 딸린 병원이었다. 지하 장례식장으로 통하는 계단을 내려가자 몇 안 되는 사람들 속에서 검정 상복을 입은 고모가 달려와 나를 얼싸안고 울었다.

"아이고, 화열아! 이게 얼마 만이냐?"

고모는 막 울다가 이번엔 이모의 손을 꼭 잡고 와줘서 고맙다고 인사를 했다, 그러고는 우리 뒤를 보며 "화열 엄마는요?" 물었다. 눈물을 흘리던 이모가 허둥대며 "화열 어미는 미국에 있어요. 아직 연락이 안 갔어요" 했다. 고모는 정신없는 얼굴로 고개를 끄덕였다. 이모는 빈소로 가고 나는 고모를 따라 빈소 옆에 딸린 방으로 갔다. 고모는 방 귀퉁이에 놓여 있던 커다란 종이 가방에서 검정 상복을 한 벌 꺼내더니 내게 입으라고 했다. 고모는 눈물이 그렁그렁한 눈으로 내 옷고름을 매주며 "화열이 많이 컸네……" 했다.

빈소에 들어가니 사촌오빠가 눈이 부은 얼굴로 빙그레 웃으며 "화열이구나" 했다. 군복무중이었는데 휴가를 받은 것이다. 어렸을 때도 온화한 성격이었는데 하나도 변하지 않은 것 같았다. 영정 속의 할아버지는 내가 알던 모습보다 많이 마르고 늙어 보였다. 절을 올렸다.

"할아버지가 너 얼마나 예뻐했는지 아니?"

문가에 서 있던 고모가 나무라듯 말했다. 그랬었나? 아주 어렸을 때는 그랬던 것 같은 기억이 어렴풋이 났다. 이모가 "죄송합니다. 자주 뵈러 보냈어야 했는데요" 하며 머리를 조아렸다.

문상객들이 차차 늘어갔다. 우리 친척들과 고모부 친척들, 그리고 교회 사람들이 많았다. 나는 문상객들에게 음식을 날라주는 일을 거들었다.

"그 양반 말로가 이럴 줄 누가 알았겠나? 참 험한 일도 겪고…… 인생무상이야."

"상주는 내일 낮에나 도착한다네."

"출장 갔나?"

"아, 왜, 지금은 연해주에 가 있다지?"

"여긴 술 없나?"

"교회에서 하는 곳이라 술 반입 금지래."

"초상집에 술이 있어야지."

문상객들이 주고받는 얘기를 흘려듣다가 "쟤 엄마는 어디 있어?" 소리에 가슴이 뜨끔했다. 내가 중학교 3학년일 때 큰아빠는 다니던 직장을 그만두고 전도사가 돼 큰엄마와 함께 필리핀에 가셨다. 엄마가 미국에 가기 몇 달 전 일이었다. 집에는 할아버지와 사촌오빠 둘이 남았는데 동네 아주머니 한 분이 살림을 들여다봐주기로 했다.

"그놈의 사기꾼 여편네만 아니었으면 장인어른이 진작 편히 지내셨을 텐데."

고모부가 어떤 노인한테 큰소리로 말했다.

"작은놈 그렇게 되고, 큰애 군대 가고, 몸도 안 좋아지셔서…… 집사람이 집에 들어오시라 해도 그냥 지내시겠다더니……"

할아버지가 사시던 건물은 한의원이던 1층만 빼고 전부 전세나 월세를 주고 있었다. 할아버지는 한의원 일을 놓으신 지 오래였다. 월세로 근근이 살았지만 집 관리도 힘들었기에 할아버지는 결국 건물을 내놓으셨다. 얼마 지나지 않아서 엄청난 대출 저당금과 전세, 월세 보증금을 떠맡고 1억 원을 주겠다는 사람이 나섰다. 그 동네에 오래 살아 얼굴이 익은 부동산 중개인이었다. 그 여자는 한 달 뒤에 돈 나올 데가 있다며 등기부 명의를 먼저 바꿔달라고 했다. 좋은 전셋집도 구해주겠다고 했다. 할아버지가 살던 1층을 전세로 빼서 돈을 만들 생각이었던 것 같다. 그러나 할아버지가 노인 요양원에 가게 되기까지 2년 가까이 전세가 나가지 않았다. 저당이 많이 잡힌 집이라 전세가 나가기 어려운 모양이었다. 그럼에도 그 여자는 그 건물을 담보로 대출을 더 받았다. 할아버지는 생활비로 쓰던 월세도 끊긴 터였지만, 아무에게도 내색을 하지 않았다. 그새 큰오빠는 입대했고, 작은오빠는 학교를 다니는 둥 마는 둥 하며 피자 가게 배달 아르바이트를 했다.

　"돈을 먼저 받고 그다음에 명의 이전을 해줘야 했는데."

　"그 여편네가 그 집에 노인을 붙들어두지 않았으면 작은애가 그런 변도 안 당했을지 몰라."

　작은오빠는 피자 배달을 하다가 오토바이가 버스에 부딪쳐 세상을 떴다. 화장을 했다고 한다. 나는 그 소식을 나중에야 들었다. 나보다 세 살 많은 오빠였다. 중학생 때부터 만날 기타만 뚱

땅거리고 공부를 안 한다고 큰엄마가 한탄했었던 작은오빠. 오
빠가 변을 당한 뒤 할아버지는 더 쇠약해졌고 큰아빠와 큰엄마
는 선교에 더 열중했다.

　얘기를 하는 사람이나 듣는 사람들이나 혀를 차며 안타까워했
다. 빈소 쪽에서 여럿이 부르는 찬송가 소리가 들려왔다. 고모가
쇠진한 할아버지를 모시고 간 그 노인 요양원은 큰아빠, 큰엄마
와 같은 종파의 장로 부부가 운영하는 곳이었다. 할아버지는 급
성신부전으로 입원한 지 이틀 만에 돌아가셨다. 한 달 동안 음
식을 거의 드시지 않았다고 했다.

장례식 뒤에

　큰아빠는 많이 늙으셨고 큰엄마는 옛날 모습 그대로였다. 따
뜻한 눈빛과 사근사근한 목소리도 그대로였다. 빈소 옆 빈방에
서 큰엄마는 나를 오래도록 끌어안으셨다.

　"화열이 교회 다니니?"

　큰엄마가 내 눈을 들여다보며 물으셨다. "아니오"라고 대답하
며 나는 죄송스러워졌다. 큰엄마는 두 손으로 내 손을 꼭 쥐고
기도하셨다. 절절하고 오랜 기도였다. 도중에 큰엄마는 눈을 뜨
고 내게 속삭이셨다.

　"화열아, 큰엄마가 기도하다가 알아듣지 못하는 말을 할지도

몰라. 그건 방언이라고 하는 건데 놀라지 마. 알았지?"

나는 "네" 대답하고 고개를 끄덕였다. 큰엄마는 다시 눈을 감고 기도를 계속했다. 봇물 같은 기도 속에 알아듣지 못할 말이 마구 섞여들었다. 나와 엄마를 하나님의 품으로 이끌어주십사 하는 것, 그래서 고통과 번뇌를 떨치고 진정 평화 속에 살게 해주십사 하는 것. 큰엄마는 엄마와 나를 영원한 나라 백성으로 받아들여달라 하나님께 애원하고, 왜 이들에게 그런 행복을 허락하지 않으셔서 외롭게 살게 하셨는지 목소리 높여 항의하기도 했다. 나는 겁이 나고 어쩐지 처연했다. 큰엄마가 나와 엄마를 진정으로 걱정하고 사랑하는 걸 알 수 있었지만, 그 사랑은 견고하게 하나님을 매개로 한 것이었다. 전에는 큰엄마가 직접 사랑하셨는데.

그전에도 큰엄마가 교회를 다녔었나 생각해보니 가끔 엄마한테 교회 나가자고 권하던 장면이 떠올랐다.

"다음에요, 형님."

"때가 되면요."

"난 성당이 더 좋은데."

이런 대답으로 엄마는 큰엄마를 안타깝게 했던 것 같다. 알고 보니 큰엄마는 모태신앙인이셨다. 큰엄마는 하루도 빼먹지 않고 엄마와 나를 위해 기도하신다고 했다. 큰엄마는 내게 꼭 교회에 다니겠다는 약속을 받으려 하셨다. "예"라고 대답하고 싶었지만 마음에 없는 약속을 드리고 싶진 않았다. 마침 고모가 들어와서 곤혹스런 순간은 지나갔다. 그러나 대답하지는 않았어도, 나는 교회에 한번 가보고 싶다는 생각이 들었다. 그게 큰엄마에 대한 도리라 여겨졌고, 또 큰엄마의 굳은 믿음의 근거를 알고 싶기도 했다. 그러나 여태 실행하지는 못하고 있다. 할아버지가 사시던 집 건너편에 큰 교회가 있다. 뒷날 나는, 밤이면 은빛 십자가가 지키는 그 빈 교회를 건너다보면서 종종 큰엄마 생각을 했다.

장례식이 끝나고 공원묘지에 할아버지를 묻은 뒤 고모 가족과 큰집 가족과 나는 할아버지가 사시던 집으로 갔다. 문은 자물쇠 없이 그냥 닫혀 있었다. 현관이랄 것도 없는 좁은 공간에 낡은 갈색 슬리퍼 두 켤레와 운동화들이 뒹굴고 한 옆에 우편물들이 쌓여 있었다. 무슨 협회에서 보낸 우편물과 청구서 들이었다. 우편함에 가득 차 있던 걸 그 건물에 사는 다른 누군가 던져놓았을 터였다. 미닫이 유리문을 여니 어스름 속에 커다란 가죽 소파가 웅크리고 있었다. 한 달여 동안 비어 있었다지만 집은 몹시 썰렁해서 괴괴하기까지 했다. 큰엄마가 벽을 더듬자 양 끝이 거뭇거뭇한 형광등이 흐린 빛을 떨어뜨렸다. 보일러는 스위치를 올리자 우당탕 커다란 트림을 뱉더니 웅웅 시끄러운 소리를 내면서 돌았다.

큰엄마는 안방에 들어가 외투를 벗어놓고 나왔다. 그리고 기도를 드렸다. 다른 사람들은 외투도 벗지 않고 소파와 방바닥에 앉았다. 고모는 뻣뻣해 보이는 갈색 소파에 앉아 양손을 엉덩이 옆에 내려놓다가 "앗, 차가워!" 하며 마주 잡았다. 나는 큰엄마를 따라 욕실에 갔다. 큰엄마는 얼룩덜룩한 거울 속을 들여다보다 욕조에 딸린 수도를 틀었다. 그리고 수건걸이에 걸린 낡은 수건을 잡아채 물에 적셨다. 내가 손을 내밀자 큰엄마는 잠자코 수건을 꼭 짜서 건네줬다.

"바닥만 대충 닦아."

큰엄마가 수건함을 여는 걸 보며 나는 욕실을 나갔다.

"커피라도 좀 마셨으면 좋겠네."

고모가 말하며 소파에서 몸을 일으켜 부엌으로 가셨다. 나는 걸레를 든 채 쫓아갔다. 부엌은 어두침침했다. 유리창 밖으로 검붉은 벽돌담이 보였다. 엄마와 내가 살 때는 햇빛이 잘 들던 서남향 창이었는데 그 뒤 옆집에서 건물을 올렸나보았다. 싱크대는 바짝 말라 있었다.

"아휴……"

냉장고를 열어본 고모가 혀를 찼다. 냉장고 안에는 김칫국물이 말라붙은 김치통 하나와 포장을 뜯지 않은 크림빵, 바닥에 물이 깔린 생수 페트병 등이 있었다. 그리고 문짝에는 달걀 몇 알이 있었다. 고모는 냉장고 문을 닫고 식기장 앞으로 갔다. 거기서 고모는 일회용 커피 믹스 곽, 스테인리스 주전자와 커피잔을 꺼냈다. 내가 커피잔을 씻으려고 하자 고모는 말리며 "내가 할게. 득구랑 얘기 좀 나눠. 너네 오랜만이지? 사촌끼리 너무하다, 애"라고 말했다.

어른들은 두런두런 얘기를 나누고 있었다. 그런데 사촌오빠는 어디 갔는지 보이지 않았다. 큰엄마는 방바닥을 닦고 있었다. 나는 소파 앞 탁자와 소파를 닦은 뒤 약장을 닦기 시작했다. 작은 서랍들이 총총히 박힌 약장은 물이 닿자 맑은 자색을 드러냈다. 서랍마다 약재 이름이 적힌 종이가 붙어 있었다. 당귀, 창출, 진피, 녹각, 동과피…… 서랍을 열어보니 어떤 건 가득 차 있고 어떤 건 조금 들어 있고 또 어떤 건 텅 비어 있었다. 하나같이 바스락 소리가 날 듯 마른 채. 저울과 작두와 침을 넣어두는 장도 있었는데 보이지 않았다. 놋쇠 장식이 달린 묵직한 나무장이었다. 그 위에는 항상 박하사탕이 담긴 통이 있었지. 천장 한구석에는 약주머니들이 돌돌 말린 가랑잎처럼 매달려 있었다. 전에는 정결한 노란색이었는데 갈색으로 찌들어서.

이 집에 햇빛이 가득 들어찼던 시절, 진료실이었던 이 방에서 할아버지는 내게 대추도 주시고 계피도 주시곤 했다.

해 뜨는 집

사촌 오빠 방에서 기타 뜯는 소리가 들렸다. 산발적으로, 뗑두둥, 뚜딩떵, 뜯기던 기타 소리가 음을 타기 시작했다. 보슬비처럼 가녀리게. 어른들은 두런두런 나누던 얘기를 뚝 그치고 귀를 기울이다가 고모가 "〈해 뜨는 집〉이네"라고 하자 무심히 고개를 끄덕이며 얘기를 이어갔다. 나는 자리에서 일어나 오빠 방문을 두드렸다. "예!" 대답과 함께 기타 소리가 그쳤다. 오빠는 이부자리에서 반쯤 몸을 일으키다 도로 앉았다.

"들어와. 화열이 힘들었지?"

오빠가 맑게 웃으며 옆자리를 가리켰다. 치과대학을 졸업하고 군의관으로 복무중인 오빠의 환하게 잘생긴 얼굴은 여러 가지 힘든 일이 있었는데도 평온해 보였다. 기타 두 대가 기대 있는 벽에는 시디가 빼곡하게 꽂힌 좁은 유리장이 천장까지 닿아 있었다. 시디들은 오디오 옆에도 앞에도 쌓여 있고 흐트러져 있었다. 작은오빠가 쓰던 방이었다.

"작은엄마는 미국에 계시다며?"

"네……"

"음, 그래……"

내 눈을 들여다보며 뭔가 말을 꺼낼 듯 말 듯하던 오빠는 빙긋 웃으며 다시 기타를 잡았다. 어려서부터 말수가 적었던 오빠였다. 나는 오빠 옆에서 무릎을 세우고 앉아 기타 연주를 들었다. 큰엄마가 문을 열고 "중국집에서 음식 시킬 건데 뭐 먹을래?" 하실 때까지.

밥을 먹으며 어른들은 이제 집을 어떻게 할 것인지 의논했다.

"그 여편네, 도대체 무슨 생각으로 그러는지. 돈을 언제 주겠다는 거야?"

"만날 미안하다면서 다음달, 다음달, 미룬 게 몇 차례인지 원…… 소송을 해야 하나……"

"믿을 수가 없어. 돈 받기 전에 집 비워주면 안 돼."

그때 불쑥 이 집에 내가 들어와 살고 싶다는 생각이 떠올랐다. 내가 수능을 치르지 않은 것에 불같이 화를 냈던 이모부가 내 얼굴을 볼 때마다 나무라시는 바람에 하루하루가 편치 않은 참이기도 했다. 내 생각을 말하자 어른들은 처음에 고개를 저었다. 하지만, 아빠가 태어나 자란 집이고 내가 어렸을 때 살던 집이다, 나보다 더 어린 나이에 자취하는 사람들도 많다, 독립해서 살아보고 싶다, 하고 간곡하게 부탁했다.

"하긴 여기가 위험한 데도 아니고, 남의 집도 아니고…… 그럼 잠시 동안만 지낼래? 빨리 담판을 지을 참이니까……"

고모부 말에 고모가 걱정을 덧붙였다.

"네 이모가 그러라 하시겠니?"

이모부와 이모를 설득하는 건 쉽지 않은 일이었다. 하지만 1억이라는 큰돈이 걸린 우리 친가 일이라는데, 언제까지고 반대하지는 못하셨다.

"노인이 일을 왜 그래 처리했노?"

드디어 독립이 결정된 날, 이모부한테 한바탕 야단을 맞고 설교를 들은 뒤 내 방에 들어가자 거실에서 이모부가 역정을 내며 아빠와 엄마, 사촌 작은오빠, 그리고 나를 두고 몹시 못마땅해했다. 이어 이모가 "아이 참, 쉿!" 하는 소리가 들렸다.

나는 작은오빠 방을 쓰기로 했다. 안방을 비롯한 나머지 방 세 개는 건드리지 않고 그대로 두었다. 방마다 문을 열어보고 닫으며 이모는 착잡한 얼굴이 되셨다. 은경 언니는 작은오빠 방의 시디들을 보고 감탄했다. 큰오빠 방에서 침대를 끌어내 내가 쓸 방으로 옮겼다. 나중에 내가 하겠다고 했지만 이모는 청소를 시작하셨다.

"나 이런 집 처음 와봐! 분위기 있는데?"

아파트에만 살아본 은경 언니는 모든 게 신기한 듯 헤헤 웃으며 둘러보다가 친구와 약속이 있다며 먼저 갔다. 거실과 내가 쓸 방과 부엌과 욕실을 청소하고, 열쇠 집에 연락해 현관문에 디지털 번호 키를 달고, 차를 몰고 대형 마트에 다녀와 냉장고를 가득 채우느라 이모는 분주하셨다.

"문단속 잘하고, 늦은 밤에 다니지 말고, 자주 연락하고 집에 자주 오고…… 너도 생각이 있겠지만, 공부 신경 쓰고…… 끼니 잘 챙기고…… 내가 이게 잘하는 짓인지 모르겠다……"

집 앞에 세워둔 차를 향해 두어 발짝 떼던 이모가 멈춰서 당부하실 때였다. 긴 파마머리 여자가 건물 입구에서 나왔다.

"새로 이사오셨나봐요?"

"아, 예."

이모가 그녀를 향해 고개를 살짝 숙였다.

"여기 할아버지 요새 안 보이시던데 이사가셨구나."

"돌아가셨어요."

"예? 아, 그러셨군요……"

"여기 사시나봐요?"

"예, 옥탑방에 살아요."

"아, 그래요? 얘가 그 할아버지 손녀예요. 앞으로 여기서 지낼 건데, 잘 부탁드려요."

이모가 반색을 했다. 나는 꾸벅 인사를 했다.

"혼자?"

"예."

"나도 혼자 사는데, 반갑네요!"

이모와 그녀는 이 집에 사는 사람들, 집주인 등에 대해 얘기를 나눴다. 그녀는 지금의 집주인이 할아버지한테 집을 양도받은 직후, 내가 엄마와 살던 옥탑방에 전세를 들었다. 저당이 많이 잡힌 집이라 망설였지만 집이 넓고 다른 데보다 집세도 싸서 들어왔다고 했다.

"4천만 원 이하는 전세금이 보호된다니까. 그리고 집주인이 이 건물 말고도 집이 많다네요. 집주인 아줌마가 참 괜찮아요…… 교회 다니는 사람이래요."

그녀의 말에 이모는 다시 착잡한 얼굴이 됐다. 중학생 영어학습지 방문교사라는 그녀가 간 뒤 이모는 한숨을 폭 쉬었다.

"앞으로 날이 풀릴 테니 그나마 다행이야. 오늘이 우수니까……"

우수 어린 표정으로 이모가 나를 지그시 보시다 차 문을 열었다. 차가 떠나자 쓸쓸함과 두려움이 몰려왔다. 몇 달만 지낼 건데 뭘…… 현관 왼편 정사각형 작은 화단의 헐벗은 나무 두 그

루가 눈에 들어왔다. 그중 좀더 큰 나무는 라일락이었다. 내가
어렸을 때부터 있던 나무. 다른 하나는 무슨 나무일까, 앙상했
다. 현관 오른편의 툇마루처럼 길고 좁은 화단에는 오래도록 손
이 안 간 듯 딱딱해 보이는 흙바닥 군데군데 바짝 마른 풀 더미
가 엎드려 있었다. 그리고 한 귀퉁이에는 플라스틱 서랍이니 텔
레비전 받침대, 불룩한 검정 비닐봉투 같은 것들이 버려져 있었
다. 창문 밑 벽에 붙어 있는 노란색 '쓰레기 무단투기 금지' 표
지 아래.

할아버지의 그림자

안방 벽장에는 두툼한 이불과 요가 반듯반듯 개켜져 가득 쌓
여 있었다. 차갑고 매끄러운 깃에 싸여 있는 파랗거나 빨갛거나
노란 이부자리들은, 어두컴컴한 벽장 속에서 겨울잠을 자는 비
단뱀들 같았다. 나는 살그머니 벽장문을 닫았다. 할아버지가 주
무시던 나무 평상에는 구김이 간 두꺼운 요가 깔려 있었다. 그
요 위에 둥글고 길쭉한 베개가 벽 쪽 구석으로 비스듬히 기대여
있었다. 평상맡에 있는 탁상에는 전기스탠드 아래 검정색 가죽
표지의 책 두 권과 『한글 아함경』, 그리고 돋보기가 놓여 있었
다. 가죽 표지 책은 『한영성경전서』와 『약학 사전』이었다. 나는
조심히 안방 문을 닫고 큰오빠 방 문을 열었다. 침대가 있던 자

리가 휑했다. 책상 위 데스크톱 컴퓨터 너머 작은 책꽂이에는 의학개론서 몇 권만이 꽂혀 있을 뿐, 허전하게 비어 있었다. 반면 커다란 책장에는 책이 빼곡했다. 사상전집, 철학전집, 문학전집, 백과사전전집, 주로 전집들이었다. 나는 초록색 표지의 세계문학전집에서 한 아름 골라 내 방에 갖다놨다. 발행일이 1976년이었다. 나보다 훨씬 먼저 태어난 그 책들은 글줄이 세로로 찍혀 있었고, 페이지마다 위아래 두 단이 글자들로 빽빽했다.

처음에는 거의 집에만 있었다. 집에서도 내 방에서만 지냈다. 어두워지고 나면 거의 밖에 나가지 않았다. 보일러를 한껏 틀어놔도 집 안이 썰렁했다. 나는 침대에서 이불을 둘러쓴 채 음악을 틀어놓고 책을 읽었다. 그리고 일주일에 한 번씩 이모네 가서 하룻밤 자고 왔다. 벚꽃이 필 때쯤부터는 이모네 가는 것이 2주에 한 번이었다가 그것도 한 달에 한 번으로 뜸해졌고, 밥 한 끼 먹거나 차 한 잔 마신 뒤 잠은 꼭 돌아와서 자게 됐다. 앙상한 그 작은 나무는 벚나무였는데 볕이 잘 들어서인지 3월 중순이 되자 꽃을 피우기 시작했다. 마치 소녀 곡예사같이 작은 체구에 현란하게도 꽃을 피웠다. 꽃나무가 있는 집이 한 집도 안 보이는 그 길목에서 그 작은 몸으로 화사하게 봄을 밝혔다.

날이 풀리면서 바깥 걸음이 잦아진 나는 어릴 적 살던 동네에 새록새록 정을 들이게 됐다. 곳곳에 빌라나 연립주택이 들어서긴 했지만 거의 변함이 없는 동네였다. 특히 할아버지 집 아래쪽은 나지막한 집들이 거미줄 같은 골목쟁이들을 끼고 다닥다닥 붙어 있는 게 옛날 모습 그대로였다. 나는 발길 닿는 대로 골목을 누며 걸으며, 때로는 길이 막혀 되돌아오기도 하면서, 도서관에도 다니고 산책도 했다. 골목을 걷다가 간간이, 어딘지 낯이 익은 사람과 스치기도 했다. 한번은 뽀글뽀글 파마를 한 아주머니가 발을 멈추더니 반색을 했다.

"한의원 선생님 손녀 아니여?"

내가 "예"라고 하자 아주머니는 애틋한 눈빛이 되더니 조심스레 물었다.

"저기…… 손자가 오토바이 사고 났다는 말 들었는데…… 사실이여?"

내가 고개를 끄덕이자 아주머니는 "저런! 사실이었구먼!" 하며 혀를 찼다.

"할아버지도 돌아가셨다며?"

"예……"

아주머니는 안타까워하는 얼굴로 고개를 연신 끄덕였다.

"요양원 들어가셨다는 말은 들었는데…… 이 동네 사람들, 할아버지 신세 진 사람 많아. 어렵게 산다고 어떤 때는 진료비도 안 받으시고……"

할아버지에 대한 좋은 얘기를 들어서 자랑스럽고 기쁜 마음이 됐는데 아주머니가 눈물을 글썽이며 말을 이었다.

"말년에 할아버지 고생 많으셨어. 거의 굶고 지내신 것 같아. 한번은 내가 저 밑 한사월 마트에서 뵀는데, 크림빵이랑 단팥빵을 사시더라구. 거동도 힘드신데 배고프셔서 빵 사러 오셨나봐. 내가 쫓아가서, '선생님, 이 빵 제가 사드리면 안 돼요? 옛날에 신세 많이 겼어요' 했더니 가만히 내 얼굴을 보시다가 고개를 끄덕이시더라구."

가슴이 쿡쿡 쑤셔왔다. 아, 어떻게 할아버지를 까맣게 잊고 지냈는지…… 할아버지를 마지막으로 뵌 건 내가 중학교 3학년이 막 됐을 즈음이었다. 할아버지가 입원하셨다는 연락이 와서 엄마와 함께 병원에 갔었다. 그때 뵙고 끝이었다. 큰엄마도 고모도 엄마도 탓할 것 없었다. 다 큰 손녀인 내가 있는데, 할아버지가 그렇게 지내셨다니…… 아주머니는 궁금함과 나무람이 섞인 눈빛으로 나를 보셨다. 가슴속이 싸했고, 얼굴이 화끈 달아올랐다. 며칠 동안 할아버지 생각에 시리고 먹먹했다.

집주인이 바뀌면

내가 그 집에 산 것은 다섯 달 남짓이었다. 한 변호사 사무실에서 발송한 '경매 상담 전문' 엽서가 우편함에 몇 차례 꽂혀 있더니, 드디어 7월 즈음 집이 경매에 넘어갔다. 어느 날 중년 신사가 찾아와 자기가 새 건물주라면서 어른을 만나고 싶다고 했다. 그래서 고모와 통화하시라고 연락처를 알려줬다. 우리 일가는 전혀 몰랐지만, 집은 이미 한 달 전에 경매에 부쳐져 한 번

유찰됐고, 두번째 경매에 낙찰된 것이라 했다. 낙찰가가 10억이 넘어 은행들 대출금과 세입자들 보증금도 말끔히 해결됐다고 했다. 그러고도 2억쯤 돈이 남았지만, 애석하게도 우리 집에 돌아올 돈은 하나도 없었다. 그 전해 1월에 전 집주인에게 5억인가를 빌려준 사람이 등기부에 채권자로 올라 있기 때문이라고 했다. 할아버지는 전세로 계약했던 게 아니었기 때문에 세입자로서의 권리도 없었다. 옥탑방 언니가 뒤늦게 알고 찾아왔다.

"법원에서 왜 안 보이나 했는데, 그런 일이 있었구나. 정말 몹쓸 여자야! 나도 보증금 5백만 원 못 받았어. 작년 11월에 올려준 건데, 그 채권자가 1월에 등기부에 올랐기 때문에 내가 올려준 금액은 후순위래. 수상하지 않아? 가뜩이나 저당 많이 잡힌 집에 무슨 5억이나 빌려준다니? 자세히 조사해보고 가만 안 있을 거야. 새 집주인이, 나도 나지만 1층 사람들 너무 안됐다고 하더라. 에구, 어째……"

재개발 구역의 길가에 있는 건물이라 할아버지가 그 부동산 중개소 여자에게 넘길 때보다 땅값이 많이 올랐다고 한다. 그래서 경매 낙찰가도 높았던 것이라고 했다. 그걸로 끝인지, 그 뒤로도 어른들이 머리를 싸매고 풀어가고 있는지 모르겠지만, 나는 한 달 뒤 이사를 했다.

새 건물주는 세입자들을 내보내고 건물을 리모델링했다. 툭하면 보일러가 터지고 물이 새던 집들이 말끔히 고쳐지고 새 단장을 했다. 다른 데보다 사뭇 낮았던 전세와 월세도 다른 데만큼

올렸다 한다. 옥탑방에 사는 언니만 새로 계약을 하고 계속 살게 됐는데, 5백만 원을 못 받게 된 걸 딱하게 여긴 새 주인이 2년간은 이전과 같은 전세금으로 살라 했다고 한다. 전 주인과 달리 경우 바르고 인정도 있는 사람인 듯했지만 새 주인은 내 마음에 상처를 줬다. 그러나 내 마음의 상처쯤 아무것도 아니다…… 지금도 생각하면 가슴이 아프다.

리모델링 공사를 시작할 때 나는 아직 그 집에 살고 있었다. 도서관에 다녀온 어느 날 오후였다. 현관 오른편 화단에 푸른 작업복을 입은 아저씨가 올라가 있었다. 나는 깜짝 놀라 소리쳤다.

"왜 그러세요?!"

아저씨가 라일락 나무에 톱질을 하고 있었던 것이다. 벚나무는 이미 베어져 아무렇게나 길바닥에 팽개쳐져 있었다. 아저씨는 무뚝뚝하게 말했다.

"베어버리래요."

라일락 나무 둥치 반쯤 톱이 들어가 있었다. 연보랏빛 꽃을 가득 달고, 온 길목에 향기를 뿜어내던 라일락 나무가! 새 집주인이 건물 입구에서 나왔다.

"나무를, 나무를……"

내가 더듬거리자 그는 심상한 표정으로 말했다.

"화단 없애고 시멘트로 싹 발라버리려고요. 깔끔하게."

깔끔하게? 깔끔한 나무들이었는데…… 창문도 가리지 않고 자리를 많이 차지하지도 않았다. 꽃나무가 있는 건물이 훨씬 보기 좋지 않나? 내가 미리 알았다면 새 주인의 마음을 돌릴 수 있었을까? 할아버지 집이었으면 아무도 그 나무들을 해치지 못했을 텐데. 할아버지는 그 아담한 나무들을, 때 되면 열심히 꽃 피우는 단 두 그루 나무를 눈에 거슬려하는 사람이 있을 줄 상상도 못하셨을 거다. 나는 얼른 현관문을 열고 들어왔다. 죄책감과 슬픔에 젖어.

새 집주인은 화단을 시멘트로 싹 발라버렸다. 현관 오른편의 좁은 화단은 사람들이 쓰레기를 던져두지 못하도록 경사지게 만들었다. 다른 사람이 보기에는 깔끔할지 몰라도 내 눈에는 나무들과 풀들의 시멘트 관처럼 보였다. 집주인이 바뀌면 거기 깃들어 살던 모든 생명체들의 운명이 바뀐다.

책 읽는 필용이

조리대 앞에서 아주머니와 커피를 마시다 딸랑딸랑 종소리에 고개를 돌려보니 필용이었다. 필용이는 아주머니께 꾸벅 고개를 숙이고 싱긋 웃으며 다가오더니 배달 가방에서 치킨 상자를 꺼내 조리대에 올려놓았다.

"치킨 시킨 사람 없는데…… 그치?"

아주머니가 난처한 표정으로 내게 물었다. "예" 대답하며 필용이 얼굴을 봤다.

"시식해보시라고 가져왔습니다. 마늘간장치킨인데 새로 개발한 메뉴입니다. 맛있으시면 다음에 주문해주시라고요."

"어머, 서비스야? 우리는 자주 시켜 먹지도 않는데 미안해서 어쩌지요?"

아주머니가 호호 웃으며 상자를 열자 맛있는 냄새가 훅 끼쳤다. 반드르르 윤이 나는 노르스름한 닭 다리가 조르르 모여 있었다.

"아휴, 맛있겠다! 몇 집이나 돌리는 거예요?"

필용이는 씨익 웃으며 고개를 두어 차례 꾸벅꾸벅 숙였다. 후훗, 무슨 대답이 그래? 아주머니는 닭 다리 하나를 집어들어 내게 건네셨고, 아주머니도 한입 베어무셨다.

"맛있네!"

아주머니가 감탄하며 오물오물 드시자 필용이 얼굴이 환해졌다. 내가 필용이한테 "고마워. 잘 먹을게" 하자 아주머니 눈이 동그래지셨다.

"제 친구예요. 필용아, 인사드려. 주인아주머니셔."

필용이가 또 고개를 꾸벅 숙이자 아주머니도 마주 고개를 숙이셨다.

"아, 그랬구나, 아이구…… 그럼 이거 총각이 돈 내는 거 아니에요?"

"아닙니다! 제가 반응 좀 알아보겠다고 허락받았습니다!"

"아유, 참…… 잘 먹을게요. 아주 맛있다 하더라고 전해주세요!"

"항생제 안 먹이고 기른 닭이래요."

그 참에 내가 아주머니께 베베치킨 선전을 했더니 필용이가 고마워하는 눈빛을 보냈다.

"오, 귀한 닭이네. 어쩐지 맛도 깨끗하고…… 참, 받아먹기만 하면 안 되지! 음료라도 하나 마시고 가요. 뭐 좋아해요?"

아주머니가 냉장고 쪽으로 몸을 돌리며 묻자 필용이는 마구 손을 저었다.

"아닙니다! 빨리 가봐야 합니다. 배달이 몰리는 시간이라서 요. 감사합니다!"

"그럼 갖고 가요."

"아닙니다. 감사합니다. 이만 가보겠습니다. 안녕히 계세요!"

"그럼 잘 가요!"

허둥지둥 나가는 필용이 뒤를 따라갔다. 편의점 앞에서 필용 이는 배달 가방에서 뭔가 꺼내 내게 건넸다.

"뭐니?"

"책이야!"

필용이는 자랑스럽게 대답했다.

"서점에 갔다가 네가 좋아할 것 같아서……"

"뭐? 네가 서점에 갔었어?"

"응."

필용이는 수줍어하며 웃었다. 한쪽 볼에 폭 팬 보조개가 가만히 손가락을 대보고 싶게 예뻤다.

"고마워…… 웬일로 서점에를 다 갔어?"

"너, 책 좋아하잖아."

"그렇긴 하지……"

며칠 전 필용이와 했던 대화가 생각났다. 책과는 담을 쌓았다 해도 좋을 만한 필용이였다. 오죽하면 몇 년 전에 필용이 아버지가 이런 제의를 한 적이 있다고 했다.

"그림이 하나도 안 들어간 책을 한 권 읽을 때마다 만 원씩 주마."

그 얘기를 듣고 내가 킬킬 웃으며 "그래서 읽었어?" 묻자 필용이는 "그럼, 세 권 읽었어! 그래서 3만 원 받았어" 대답했다.

"뭐 읽었어?"

난 진심으로 궁금했다.

"『퇴마록』. 너 그 책 봤어?"

"아니, 못 읽었는데……"

내 대답에 필용이는 "재밌던데, 너도 한번 봐봐!" 하며 의기양양한 표정을 지었다.

"다른 두 권은 무슨 책이야?"

내가 묻자 필용이가 "웅?" 하며 눈을 슴벅슴벅했다.

"『퇴마록』이지. 『퇴마록』 1, 2, 3권. 세 권 읽었어."

내가 품, 웃음을 참지 못하자 필용이는 삐친 목소리로 "요새 책 읽고 사는 사람이 어딨냐? 너나 읽지" 했다. 그리고 놀라운 얘기를 들려줬다.

"그래도 나, 중2 때 독후감 써서 상도 받았어. 장려상."

"뭐? 정말?!"

"응. 국어 선생님이 재밌게 잘 썼다고 했어. 특상감인데, 책이 좀 그렇다고 했어."

"무슨 책 독후감을 썼는데?"

필용이가 머리를 긁적이며 대답했다.

"위인전인데……『협객 김두한』."

나는 협객이라는 말에 깔깔깔 웃었다. 필용이도 같이 웃으며 내게 물었다.

"너 김두한이 누군지 알아?"

"몰라."

"독립운동하던 김좌진 장군 아들인데, 멋있는 사람이야. 싸움도 최고로 잘하고 나쁜 놈들을 보면 못 참는 사람."

"김좌진 장군은 알아. 김두한, 들어본 것 같네. 재밌겠다."

"응, 감명 깊은 책이야. 너도 한번 읽어봐. 찾아보면 있을 텐데 빌려줄까?"

"응. 네가 쓴 독후감도 읽고 싶다."

"그건 없는데……"

필용이는 약속대로 내게 『협객 김두한』을 빌려줬다. 과연 재미있었다. 난 책을 돌려주며 필용이에게 이런 책은 위인전이 아니라 전기라 일컫는다고 알려줬다. 잘난 척하는 듯 보일까 걱정이 돼서 말투가 어색해졌었다. 필용이는 납득이 잘 안 간다는 표정으로 고개를 끄덕였다. 사실, 김두한 아저씨와 위인이 어떻게 다른지 나도 정확히 구별이 안 되기는 마찬가지였다.

편의점에 들어가니 아주머니가 "화열이 덕에 맛있는 치킨 얻어먹네" 하시며 필용이가 착하고 순진해 보인다고 칭찬하셨다.

필용이가 선물한 책은 『행복한 길고양이』였다. 길에 사는 고양이 사진들이 가득 담겨 있었다. 어떤 고양이는 너무너무, 그리고 또 너무 예쁘고, 어떤 고양이는 너무너무 익살맞았다. 봐도 봐도 또 보고 싶은 사진들이다. 다 큰 고양이를 보면 모진 환경에서도 어떻게든 살아내서 어른이 된 게 가슴 뻐근하게 대견했고, 새끼고양이를 보면 부디 궂은 일을 피해가길 간절히 빌곤 했다. 지은이, 종이우산 이정훈 선생님은 프롤로그에 이렇게 적었다.

길고양이들이 항상 슬프고 아픈 삶을 사는 건 아니라는 걸 알게 됐습니다. 길고양이들에게도 삶이 있었고, 사랑이 있었고, 소소한 여유가 있었고 나름의 행복이 있었습니다.

안심이 되고 위로가 되면서 어쩐지 구슬픈 마음도 드는 말씀이었다.

필용아, 고마워! 소중히 간직하고, 두고두고 볼게!

비가 내릴 때면

이틀째 비바람이 몰아쳤다. 전에는 비를 좋아했는데, 지금은 오랫동안 비가 내리면 마음이 무거워졌다. 고양이들이 쫄딱 비를 맞고 있을까봐 그렇다.

편의점 가는 길에 늘어선 플라타너스들이 몸 구석구석 먼지를 씻어내며 개운하게 머리를 흔들고 있다. 나무들한테는 비가 기쁜 선물이겠지. 그래, 새들도 비가 오면 깃을 씻고 실컷 물을 마실 수 있으니 좋은 일이다. 서울에 사는 새들은 물 마실 데가 없어 늘 목마르다고 들었다. 목마른 고양이들도 많을 것이다. 후훗, 비가 온 뒤면 고양이들이 더 깨끗해져 있다. 물을 싫어한다는 고양이들을 목욕시키려고 내리는 비? 하늘을 보니, 며칠 더 비가 올 것 같았다. 바람이라도 안 불면 좋으련만 점점 기고만장이다.

베티는 자기 집 안에서 잠을 자고 있었다. 이제 비 오는 날 헤매지 않게 되어 다행이다. 캔을 따서 밥그릇에 담고 있는데 정신없이 쿨쿨 자던 베티가 머리를 들더니 에에에 울면서 부스스 나왔다.

"베티, 들어가!"

내 말에도 불구하고 나와서 젖은 벽에 머리통을 비볐다.

"들어가라니까."

비에 젖은 등짝을 휴지로 닦아주고 베티를 안에 밀어넣었다.

밥그릇도 넣어줬다. 집들도 길바닥도 온통 젖어 있었지만, 베티 집 안은 괜찮을 것이다.

비탈에 늘 세워져 있던, 단골로 밥을 놓던 흰색 차가 오늘따라 보이지 않았다. 그러고 보니 위쪽에 트럭만 한 대 있을 뿐 늘 그 근처에 주차돼 있던 차들도 없었다. 장녀 삼색이도, 그 새끼 고양이들도 없다. 가끔씩만 보이던 트럭은, 저녁 7시가 되기 전에 떠난다. 트럭이 자리를 뜨기 전에 고양이들이 밥을 먹고 가야 할 텐데. 트럭 밑에 밥이 있다는 걸 고양이들이 알아차릴 수 있겠지? 전에도 먹은 적이 있는 곳이니까, 똑똑한 장녀인 삼색이가 잘 찾아내겠지.

비가 많이 오면 좋은 점 한 가지는 부녀회장 할머니를 비롯한, 고양이 밥 주는 걸 싫어하는 사람들이 밖에 잘 나오지 않는다는 것이다. 그래도 만에 하나, 우산을 쓰고 나왔다가 비탈 아래 트럭 밑에서 고양이 밥을 보고 화를 내며 치워버릴지도 모른다. 트럭은 바퀴가 높아서 그 아래가 휑하다. 오늘처럼 앞뒤로 차가 없는 날은 밑이 훤히 들여다보인다. 부녀회장 할머니가 눈을 번득이면 피할 도리가 없다. 그동안 터득한 바로, 고양이 밥을 놓기 제일 좋은 차는 차 밑이 적당히 넓고 깊은 SUV자동차였다. 반면 제일 마땅치 않은 차는 스포츠카였다. 전에 편의점 손님이 잠깐 세워둔 걸 봤는데, 차 바닥이 땅바닥에 바짝 붙어 있는 게 영 꽝이었다. 그 멋진 스포츠카를 보고 제일 먼저 든 생각이 '쓸모없는 차 같으니!' 라니, 내가 생각해도 우스운 나다.

SUV자동차…… 지난겨울 내내 컨테이너 앞에 세워져 있어 고마웠던 두 대의 차가 있다. 하나는 자주색 중형 승용차였고 다른 하나는 하얀색 SUV였다. 자주색 차는 지금도 가끔 보이는데 하얀색 SUV는 언제부턴가 통 보이질 않는다. 지난겨울 크리스마스 즈음에 그 아래 누워 있던 노숙자 아저씨도 그날 이후 본 기억이 없었다. 하긴 난 그 아저씨 얼굴을 정확히 기억하지 못한다. 항상 모자를 푹 눌러 쓰고 자루 모양의 천 가방을 어깨에 메고 다니는 비슷비슷한 모습의 아저씨들 사이에서 그 아저씨를 찾아보라고 하면, 아마 못 찾을 것이다. 몇 번 가까이에서 스친 적은 있었지만 정면으로 바라본 적은 없기 때문이다.

날씨가 궂으면 더욱 안쓰러운 사람들이 있다. 노숙자나 노점상 같은 길 위의 사람들이자 이슬의 사람들. 노숙이나 노점의 '노'가 길 로(路)가 아니라 이슬 로(露)라는 걸 가르쳐준 분이 정운경 선생님이었지. 이슬에 젖으며 한뎃잠을 자는 사람, 이슬도 가리지 못할 곳에서 물건을 파는 사람…… 그 전까지 이슬은 내게 영롱한 보석 같은 것이었는데, 이후론 방울방울 눈물 같은 게 됐다. 그러고 보니 길고양이를 이슬고양이라고도 부를 수 있겠다.

한산한 밤이다. 빗발이 폭포처럼 유리창에 쏟아져내렸다. 바람에 덜컹덜컹 흔들리는 유리창에 비의 막이 뿌옇게 덮여 아무것도 보이지 않는다. 아까 저녁에도 비바람이 제법 셌다. 출근할때 편의점 앞이 훤하게 느껴졌던 건 테이블들을 치워뒀기 때문이었다. 폭풍우 경보가 내려서 진수 오빠가 파라솔도 내리고 테이블도 접어뒀다고 했다. 언젠가 태풍에 파라솔들이 전부 몇십 미터나 날아가서 망가져버린 적도 있단다.

행복한 길고양이를 보고 싶어

빗물 자국으로 축축해진 바닥에 걸레질을 하고 있을 때 아주머니가 교대하러 오셨다. 호선 오빠 이후 새 야간근무자를 구했지만, 보름 만에 그만뒀다. 회사에 다니다 명퇴하고 몇 가지 사업을 했다는 1958년생 아저씨였다. 아주머니 말씀이 차라리 나이 지긋한 사람이 세상 물정도 알고, 진득하게 오래 일할 것 같아서 뽑았다고 했다. 그런데 그 아저씨는 호탕하게 허허 잘 웃다가도 툭하면 마음을 다치곤 하셨다. 편의점 일은 계산이 다가 아니라고, 야간 시간대가 비교적 한가하니까 틈틈이 물품 정리도 해달라고 아주머니가 조심스레 부탁했을 때도 언짢아하더니, 유통기한이 막 지난 두부와 요구르트를 한 보따리 싸드렸을 때는 딱 잘라 거절하더라고 했다.

"무안해서 혼났네. 그래, 그런 거 함부로 주는 거 아니지? 부인도 안 계시고 집에 아이들만 셋이라기에…… 내가 생각이 모자랐어."

아주머니가 자책하자 진수 오빠가 말렸다.

"그게 사먹자면 얼마나 비싼데요. 두부도 요구르트도 최고급
이잖아요. 좋은 뜻으로 권하신 건데요, 뭐. 짐 들고 다니는 거
싫어하는 남자들 많아요. 그래서 안 갖고 가신 걸 거예요. 화열
이랑 저는 얼마나 잘 먹는데요."

나도 거들었다.

"저희 집 주인아주머니도 이 두부랑 요구르트 나눠드리면 아
주 좋아하세요."

청소도 물품 정리도 통 안 하는 바람에 우리가 할 일만 늘리
던 아저씨는, 아주머니께 가불을 부탁했다가 거절당하자 편의점
을 그만뒀다.

"전화로 다짜고짜 사람 무시하지 말라더니 관두겠다네."

아저씨가 경마에 빠지신 것 같다며 아주머니는 그 집 아이들
걱정을 하셨다.

"큰애가 여고생이라던데, 엄마도 없는 집에 아빠가 그래서 어
째……"

아주머니는 요즘 심야에 편의점을 열지 말까 고민중이시다.
어차피 몇 달 전부터 심야 매출이 부쩍 줄어든 터라 수지타산을
생각해도 그게 나을 것 같다 하셨다.

"바람이 얼마나 심하게 부는지 혼이 쏙 빠지네. 우산도 소용
없어. 화열이 택시 타고 집에 가라. 택시비 줄게."

아주머니가 걱정하셨지만 들를 데가 있어서 걸어가겠다고 말
씀드렸다.

"아유, 이 밤에 비가 이렇게 오는데 들르긴 어딜 들러? 내일 가면 안 되는 거야?"

"괜찮아요. 저, 비 오는 거 좋아해요."

"하긴 나도 그 나이 때는 비 맞고 쏘다니기도 하고 그랬으니까. 조심해서 다니고 빨리빨리 집에 들어가."

"예, 내일 뵐게요."

편의점을 나서자마자 바람이 휙 우산을 낚아챘다. 나는 우산대를 꽉 쥐었다. 마구 쏟아지는 빗속에서 바람은 우산을 빵빵하게 만들었다가, 한쪽으로 실그러뜨리기도 했다가 하면서 갖고 놀았다. 우산을 든 나는 폭풍우 치는 바다에 뜬 한 잎 조각배처럼 휘둘렸다. 환하게 불을 밝힌 버스가 지나갈 때, 갑자기 우산살이 꺾이더니 우산이 뒤집혔다. 좋아하는 우산인데. 검정 가로 줄무늬의 튼튼한 장우산이다. 나는 우산을 바르게 접어서 단추까지 잘 채웠다. 이미 흠뻑 젖었으니 더 젖을 것을 꺼리지 않아도 돼 오히려 홀가분했다. 나는 우산을 옆구리에 끼고 부지런히 걸음을 옮겼다.

베티…… 걱정했던 대로 베티의 스티로폼 집은 어디론가 날아가버리고 바닥만 남아 있었다. 그것도 제 집이라고, 베티는 거기 쪼그리고 앉아서 비를 쫄쫄 맞고 있다가 나를 보더니 에에에 울면서 나와 반겼다. 가게들은 전부 문이 닫히고, 옷 수선집도 불이 꺼져 있었다. 보안등이 멀리 떨어진 곳이라 근처는 어둑어둑했다. 베티도 나도 주룩주룩 비를 맞았다. 베티, 주차장도 많은데 거기서 비를 피하지 않고 언제부터 여기 있었던 거니? 베티를 데리고 일단 가까운 연립주택 주차장으로 가려는데 "너, 집 없어졌네?" 하는 소리가 들렸다. 옆 골목에 사는 아저씨였다. '똘이'라는 강아지를 안고 지나가는 모습도 몇 번 봤고, 베티 주라고 간식캔 한 상자를 옷 수선집 아주머니께 맡기기도 하던 아저씨. 아저씨는 쓰고 계시던 우산을 불쑥 내 손에 쥐여주더니 성큼성큼 맞은편 세탁소 쪽으로 걸어가 스티로폼 박스를 안아들고 오셨다. 그리고 금방 베티 집을 복구시켰다. 만세!

내가 바짝 붙어서 우산을 씌워드리긴 했지만 아저씨도 흠뻑 젖으셨다. 아저씨는 양복 차림이었는데도 불구하고 비를 아랑곳하지 않고 베티의 집을 꼬나보더니, "또 바람에 날아가겠네……" 중얼거리며 이번엔 식당 앞에서 벽돌을 두 개 들고 와 지붕에 얹어놓았다. 내가 "와, 고맙습니다!" 인사드리자 아저씨는 만족스런 미소를 띠고 고개를 끄덕이며 두 손을 부딪쳐 탁탁 털었다. "괜찮지요? 이제 얼추 됐지요?" 하시며.

"베티야, 잘됐다! 좋지? 고맙다고 인사드려."

베티는 아저씨를 잘 아는 듯 몸을 배배 꼬며 에웅거렸다.

"베티? 얘 이름이 베티예요?"

"예."

"이름이 베티였구나. 나는 뚱뗑이라고 불렀는데."

아저씨와 나는 하하 웃었다. 늦은 밤, 아저씨가 이 앞을 지나갈 때면 베티가 에웅에웅 울면서 아저씨 집까지 쫓아올 때도 있었다고 했다. 그때마다 아저씨가 간식캔을 갖고 나와 주셨다지. 베티야, 그러니까 점점 더 뚱뚱해지지!

　아저씨는 내 우산을 보여드려도 굳이 자기 우산을 쓰고 가라고 고집하셨다. 집에 우산이 많다 하시면서. 베티는 집에 넣어줘도 자꾸 도로 튀어나와서 쫓아왔다. 아저씨가 큰길까지 바래다주겠다고 하셔서 아저씨와 베티와 나, 셋이 빗속을 걸었다. 40미터쯤 걸었나, 어디서 구슬픈 고양이 울음소리가 들렸다. 귀를 쫑긋 세우고 둘러보니 10미터쯤 뒤에 베티가 우뚝 서서 나를 부르며 울고 있었다. 베티한테서는 처음 들어보는, 새끼고양이같이 애처로운 울음소리였다. 내가 돌아가려고 하자 아저씨가 말렸다.

　"끊을 때 딱 끊을 줄 알아야 해요. 운다고 돌아가고 그러면 쟤 버릇 돼요. 그러면 학생이 힘들어져요. 내가 가는 길에 데려갈 테니 그냥 가요."

　돌아가서 간식캔과 함께 베티를 제 집에 넣어주고 오고 싶었지만 꾹 참았다. 베티, 이 녀석…… 나는 베티를 빨리 집에 들여보내고 싶어서 큰길 불빛이 보이자마자 아저씨께 우산을 건네고 꾸벅 고개를 숙인 다음 뛰어갔다. 하얗게 회오리치는 비를 헤치며. 뒤에서 아저씨가 "굿나잇!" 외치셨다. 베티 이웃에 그런 좋은 분이 계신 걸 알게 돼 빗속에서 춤을 추는 기분이었다.

차 밑에

작년 겨울이었다. 이모 댁에 들렀던가 해서, 고양이들 밥 줄 시간을 놓치고 편의점을 파한 뒤에야 비탈에 갔던 날이었다. 길 고양이들에게 밥 주기가 이렇게나 험난한 일인 줄 모르고 살던 시절이었다. 부녀회장 할머니의 존재도 몰랐고, 내게 뭐라고 하는 사람과 한 번도 부딪친 적도 없었다. 우선 지나다니는 사람 자체가 드문 길인데다 어두워진 뒤여서 특히 컨테이너 앞은 무척 한적했다.

축대와 컨테이너 사이, 축대와 제설용 모래 상자 사이, 컨테이너 둘레 여기저기, 비가 오면 컨테이너 아래 등등 얼마든지 밥 놓을 곳이 있었다. 그래도 역시 차 밑이 밥 놓기도 편하고 고양이들도 편안해하는 것 같아서 컨테이너 앞에 앞뒤로 바짝 붙어 선 두 대의 차가 반가웠다. 더욱이 며칠 다니다보니, 어쩐 일인지 그 차들이 자리를 뜨지 않는다는 걸 알 수 있었다. 나나 고양이들이나 그때가 가장 평화로웠던 것 같다. 많을 때는 한꺼번에 열 마리 가까이 고양이들이 이리 뛰고 저리 뛰며 나를 반기고 옹기종기 사이좋게 밥을 먹었다. 이름을 얻기 전의 아비도 베티도 삼색이 삼남매도 회색 고등어 태비도, 얼룩이도 덜룩이도 얼룩덜룩이도 있었다.

야옹이들 무지 배고프겠다. "이게 미쳤나?!" 하고 내 욕을 마구 하고 있을 거야. 나는 허둥지둥 비탈을 올라갔다. 다행히도 그리 춥지 않은 밤이었다. 컨테이너 앞 공터는 전날 내린 눈이 소복이 쌓여 있었다. "야옹이들아!" 부르며 걸음을 옮기다가 나는 기절을 할 만큼 놀랐다. 내가 쪼그리고 앉아서 고양이 밥을 나눠 담던 두 자동차 사이에 시커먼 그림자 같은 게 움직이고 있었던 것이다. 비탈 건너편 골목에 세워진 보안등 빛과 컨테이너 맞은편 집 창문에서 새어나오는 형광등 빛 사이에 흠칫 멈춰서 뚫어져라 보니, 누군가 누웠다 엎드렸다 하며 SUV자동차 밑으로 손을 뻗고 있었다. 고양이들 밥그릇을 치우려고 그러나? 고양이한테 해코지를 하려고 하나? 나는 무서움을 꾹 참고 다가가서 한껏 엄한 목소리로 물었다. 여차하면 도망갈 준비를 하고.

"뭐하시는 거예요?"

검정 털모자와 후드 달린 검정 파카와 검정 바지와 검정 운동화 차림의 그 사람은 동작을 멈췄다. 그러고는 알아듣지 못하게 어찌고저찌고 우물거렸다. 목소리를 낮게 깔았다지만 나이 어린 여자 티가 났을 텐데 심약하게 대하는 걸 보고 용기를 내 자세히 보니 노숙자 아저씨 중 한 분이셨다. 뵐 때마다 술에 취했거나 술을 마시고 계셨지만 온화한 오십대 아저씨였다. 컨테이너 뒤 화단에서 술을 마시다 야옹이들한테 닭튀김을 나눠주기도 하는 분이었다. 고양이들하고 놀려고 그러시나? 뭘 주는 중이신가? 사뭇 마음이 놓였지만 그래도 멀찌감치 떨어져서 길가에 가까운 SUV차량 머리 쪽에 밥을 한 그릇만 놓은 뒤 골목을 한 바퀴 돌고 다시 가봤다. 아저씨는 여전히 차 밑 땅바닥에 누워 뭐라고 큰 소리로 말했다. 휴대폰으로 통화를 하나 했는데 혼잣말이었다. 뭐하나 살펴보는데, 차 밑으로 연신 손을 뻗으며 "이게 안 고쳐지네. 안 고쳐지네" 한탄하는 소리가 들렸다. 노숙자 아저씨인 줄 알았는데, 차 고치는 사람인가? 차 주인인가? 알쏭달쏭했다. 그 노숙자 아저씨 같은데…… 위험한 사람은 아니라 생각됐지만 그래도 겁이 나서 다른 차 밑에 고양이 밥을 마저 놓고 얼른 자리를 떴다.

다음날, 편의점 가는 길에 비탈을 오르면서 오늘도 그 아저씨가 계시면 어떡하나 조마조마했는데, 고양이들만이 나를 반기고 컨테이너 근처에는 아무도 없었다. 그런데 SUV자동차 꽁무니 안쪽에 뭐가 대롱거렸다. 상체를 수그리고 들여다보니 까만 비닐봉지가 노끈으로 묶여 차체 밑에 매달려 있었다. 까만 비닐봉지 아래에는 분홍색 표지의 어린이 연습장 한 권과 나달나달해 보이는 노란 하드커버 공책 한 권이 보였다. 이게 뭐지? 생각하며 나는 손을 뻗어 비닐봉지를 만져보았다. 사료 알갱이 같은 것들이 만져졌다. 이 아저씨가! 내가 놓고 간 사료를 다 싸서 여기 놓으셨네! 아휴, 애들 배고팠겠다!

나는 속이 상해서 시옷 자로 묶인 노끈 사이로 까만 비닐봉지를 끄집어내 꽁꽁 묶은 매듭을 풀 새도 없이 북 찢었다. 어? 비닐봉지 안에 든 건 사료가 아니라 한 되쯤 되는 땅콩이었다. 뭔가에 푹 젖은 듯 땅콩 속껍질이 전부 진한 자주색이었다. 어…… 나는 당황했다. 놀라서 가까이 끌어당기자 땅콩에서 술 냄새가

혹 끼쳤다. 땅콩에 소주를 엎지르셨나보다. 아니면 일부러 쏟아
부으셨나. 왜 땅콩을 여기 매달아놨지? 저 공책들은 다 뭐고? 나
는 아무렇게나 찢긴 비닐봉지를 멍하니 내려다봤다. 할 수 없지,
뭐. 모르고 찢었는데. 사실 이렇게 술에 전 땅콩은 아저씨도 못
잡수실 거야. 비둘기들한테나 줘야겠다. 아니야. 비둘기들이 이
땅콩을 먹으면 알코올에 중독돼서 죽을지도 몰라. 쓰레기통에
버리자. 나는 아저씨께 죄송한 마음으로 땅콩 봉지를 가방에 넣
었다. 비닐봉지가 있던 자리가 비어 헐렁해진 노끈이 공책들 무
게로 축 늘어져 보였다. 어쨌든 여기, SUV 꽁무니 쪽에는 고양
이 밥을 놓지 못하겠다 생각하며 눈을 옆으로 돌렸더니 바로 옆,
자주색 자동차 아래에 하얀 상자가 있었다. 이건 또 뭐야? 상자
를 살짝 당겨 내려다봤다. 투명한 뚜껑 너머로 노란색, 귀퉁이가
한 군데도 허물어지지 않고 둥근 케이크가 보였다. 케이크 상자
를 있던 자리에 도로 밀어놓으며 더욱 어안이 벙벙했다. 왜 남의
차 밑에 공책과 땅콩을 매달아놓고, 케이크를 상자째 땅바닥에
놓고 갔다지? 아저씨가 술에 취해 이것들을 여기 놓고 잊어버리
셨나? 머리가 복잡한데 야옹이들이 "밥 줘!" 보채며 울어댔다.

케이크와 공책

다음날도, 그다음 날도 공책들과 케이크가 그 자리에 있었다.

차 주인이 자기 차에 이런 걸 매달아놓은 걸 보고 화가 나서 고양이 밥도 놓지 못하게 하면 어쩌지?

또 다음날도 공책들과 케이크 상자가 그대로 있었다. 공책들은 아저씨 일기장일지도 몰라. 그걸 간직할 데가 없어서 오래 주차돼 있는 차 밑에 둔 것인지도. 하지만 케이크는 왜? 나는 케이크 상자를 꺼내 들여다보았다. 포슬포슬한 겨자색 빵가루가 뿌려진 케이크 위에 플라스틱으로 만든 초록색 나무 세 그루와 빨간 사슴 한 마리가 꽂혀 있었다. 케이크를 제자리에 놓고, 이번엔 노끈을 당겨 공책을 살짝 펼쳐보았다. 그냥 백지였다. 다른 페이지에는 뭔가 적혀 있는지도 모르겠지만.

다섯째 날도 공책들과 케이크 상자가 자리를 지키고 있었다. 안에 케이크는 그대로인지 궁금해 차 밑에서 상자를 꺼내봤다. 누군가 또다른 사람이 케이크 상자를 들었다 던져놓았는지 사슴이 쓰러져 있었다. 나는 플라스틱 사슴이 쓰러져 있는 상자를 한 바퀴 돌리며 샅샅이 살펴보았다. 아래 상자 귀퉁이에 '좋은세상 베이커리'라고 찍혀 있었다. '좋은세상 베이커리' 주소지는 부평이었다. 부평에서 온 케이크구나. 케이크 상자도 케이크도 어딘지 초췌한 무늬와 빛깔이었다. 크리스마스라고 케이크를 사셨던 걸까? 아니면 아저씨 생신? 그나저나 왜 이것들을 찾아가지 않으시는 걸까?

케이크 상자는 일주일 뒤에야 사라졌다. 동네 사람이거나 미화원이거나, 누군가 눈여겨봤던 사람이 드디어 치워버린 건지도 모르겠다. 머리 한켠이 조금 갠 듯했다. 그러나 공책은 여전히 그 자리에 있었다. 눈이 오고 오고 또 와서 그 하얀색 SUV는 지붕부터 바퀴까지 눈에 파묻혀버렸다. 유리창도 문짝도 두껍게 눈에 덮여, 하얀 설탕 가루를 입혀놓은 듯했다. 그 아래에 공책을 매달아놓은 노끈은 북어 껍질같이 거무튀튀하고 질깃질깃해졌다.

어쩌면, 나는 생각했다, 어쩌면 그 케이크가 내게 주신 선물이었는지도 몰라. 하필이면 딱 내가 고양이들 밥을 주는 그 자리에 갖다놓았잖아? 그렇다면, 그 공책들도…… 내가 읽기를 바라고 거기 둔 게 아닐까? 그 두 대의 차 밑을 얼씬거리는 사람이 나 말고 달리 누가 있겠는가? 그 생각이 들자 공책들을 보는 게 겁이 났다. 내가 감당 못할 일에 말려들어갈 것만 같았다. 그래도 공책이 그 자리에 있는지 버릇처럼 확인했다. 한 달 뒤에도 노끈에 묶인 공책 두 권은 그 자리에서 대롱거렸다. 축 늘어진 채, 주인이 집을 버린 거미집처럼.

며칠 연이어 날이 풀리면 SUV에 덮인 눈이 녹아 차체가 드러나기도 했다. 그 차체는, 이 차가 이렇게 낡았었나 놀랄 정도로 곳곳에 녹이 슬어 있었다. 눈이 한 번 덮였다 녹을 때마다 녹은 더 늘어갔다. 몸의 거죽은 녹슬었지만 짙은 선팅 처리가 된 차창은 그 속을 완벽히 차단하고 있었다. 그 차는 봄이 올 무렵 사라졌다. 차체 밑의 공책들과 함께. 사실, 딱 한 번, 그 공책들을 풀어내리려 한 적이 있다. 그런데 딱딱하고 질긴 노끈이 악착같이도 꽁꽁 매듭져 있어서 맨손으로는 그걸 풀 도리가 없었다.

그래서 노끈째 잡아당겨 공책 속을 좀 보려 했다. 공책을 말아 쥔다든지 해서 어떻게든 꺼낼 수도 있겠지만 그러고 싶지는 않았다. 위에 놓인 어린이 연습장을 통째로 들어올리자 밑에 있는 겨자색 하드커버 공책의 표지가 보였다. 표지의 아래쪽에 한문으로 李秉熏이라고 적혀 있었다. 그 아저씨 이름일까? 아름다운 글씨였다. 나는 그 글씨를 오래 들여다보다가 파르륵 파르륵 공책 장 끝을 나부껴 보고 제자리로 돌려놓았다. 그리고 다시는 그쪽, SUV 꽁무니 쪽에 얼씬도 않았다. 그렇지만 차 머리 쪽에 고양이 밥을 놓으며 그 공책들의 기미를 느낄 수 있었다.

모르겠다. 그 아저씨한테 어떤 사적인 공간이 필요했고, 그것이 우연히도 내 고양이들 식당이었고, 술 취한 아저씨가 그 은밀한 공간을 은밀히 사용한 뒤, 너무 은밀해서 잊어버리고 말았다는, 얘기인즉 그렇게 단순한 전말인지도 모르겠다. 또 문득 이런 생각이 들 때도 있다. 내가 쓰레기통에 던져버린 그 땅콩 봉지에, 아저씨의 전 재산이 들어 있었던 거 아닐까…… 상상하기도 싫다!

기차를 타고 가평에 가서

"화열아."

"응?"

"화열아."

"응?"

"화열아, 화열아."

"응. 왜 자꾸 불러?"

"좋아서."

필용이가 벙싯벙싯 웃으며 팔꿈치로 내 팔을 툭 치고 몸을 기울여 머리통을 내 어깨에 비볐다. 귀여워! 필용이와 기차 타고 가평 가는 길이다. 필용이 아빠가 낚시하러 가셨다가 교통사고가 난 것이다. 2차선 길에서 아름다운 경치를 둘러보느라 느릿느릿 차를 몰았는데 뒤에 오던 트럭 운전사가 갑갑증이 났는지 경적을 크게 울리며 추월을 했다고 한다. 그 바람에 깜짝 놀란 필용이 아빠, 길옆 둑을 넘어 차와 함께 논으로 떨어지셨다고. 그게 그제 일인데 많이 다치지는 않아서 오늘 퇴원하신단다. 차도 멀쩡하단다. 그래서 필용이가 아빠를 모시고 차를 몰고 오려가는 길이다. 필용이가 눈을 가느스름 뜨고 햇살 가득한 차창 밖 강물을 내다보며 들뜬 목소리로 말했다.

"너랑 어디 먼 데 가는 것 같다!"

"그러게. 날씨 좋다!"

"소풍 가는 것 같기도 하고."

"그러게."

"우리 언제 진짜 소풍 갈까?"

"좋지."

"야, 정말?! 바이크 타고 가자!"

"싫지."

"왜?!"

"위험하잖아."

"안 위험해. 내 바이크 솜씨 믿어도 돼. 직접 바이크 모는 여자애들도 많아."

"와, 멋있겠다!"

"응, 멋있어. 너도 배워. 내가 가르쳐줄게."

"흠…… 부럽긴 한데 난 자신 없어."

"네가 몰라서 그래. 내가 잘 가르쳐줄게."

"너 대형 바이크 시험 떨어졌다며?"

"그건 내가 시험 우습게 알고 연습 한 번도 안 해서 그렇지. 연습 몇 번 하면 일도 아니야…… 열쇠도 안 뺐고. 바이크 세우고 나면 열쇠 빼야 하는데, 배달 때 버릇 돼서 깜빡했어. 치킨 갖다주고 얼른 출발하려고 열쇠 그냥 꽂아놓고 뛰어들어가거든."

"흠, 그렇겠다."

"열쇠 꽂아둔 거 중딩이 고딩이들이 보면 집어타고 사라지기도 해."

"어머, 그럼 어떡해?"

"뭐, 큰일은 없어. 배달 알바들 황당해하고 주인한테 욕 진탕 얻어먹지만, 실컷 타고 다니다가 배달 박스에 적힌 거 보고 가게 앞에 슬그머니 세워놓거든. 나도 옛날에 종종 그러셨지."

"네가? 언제?"

"호호, 그런 시절이 있었어. 내가 좀 놀았지."

"네가?"

나는 피식 웃었다. 필용이도 웃으며 "그랬다니깐" 했다. 믿거나 말거나~

기차 안은 대학생인 듯한 사람들로 붐볐다. 건너편 자리에는 여섯 명이 끼어 앉아 맥주를 마시며 포커를 하고 있다. 기차가 출발하기 전부터 벌인 포커판이다. 여름방학 막바지겠다.

엄마도 포커를 좋아했었지. 을왕리 바닷가가 생각난다. 엄마와 차사장 아저씨와 아저씨 친구 둘과 엄마 친구 수나 아줌마가 백사장 파라솔 아래서 포커를 했었다. 한참 헤엄을 치고 가보니 엄마는 약이 올라 있었다. 많이 잃은 모양이었다. 차사장 아저씨가 옆에 앉아 수박을 먹는 내게 킥킥 웃으며 소곤거리셨다.

"엄마 선글라스 좀 봐."

엄마의 커다란 선글라스에 엄마가 들고 있는 카드가 또렷이 비쳤다. 다른 사람들도 모두 그걸 보면서 빙글빙글 웃고 있었는데 포커에 정신이 팔린 엄마만 눈치를 못 채고 있었다. 엄마는 수영복 위에 연보라색 비치 드레스를 걸친 멋진 차림으로 파라솔 밑을 떠나지 않았지. 살 탄다고. 나를 한 달 동안 돌봐줬던 수나 아줌마. 지금은 어떻게 지내시는지…… 키가 굉장히 크고 늘씬해서 그 옆에 있으면 엄마는 어린애같이 자그매 보였었다.

"너 이제 아무 걱정 없어. 네 엄마가 지금 아주 부자랑 사귀는데 결혼하게 될 거야."

수나 아줌마가 귀띔해주서서 차사장 아저씨 존재를 처음으로 알게 됐었지……

아그리파 아저씨

가평역에서 택시를 타고 한참 달렸다. 택시비가 4만 원 가까이 나왔다. 구멍가게 옆의 납작한 2층 건물에 '우리의원' 간판이 붙어 있었다. 건물 안에 된장국 냄새가 떠돌았다. 필용이 뒤를 따라 1층 구석에 있는 방으로 갔다. 천장이 낮고 허름한 방이었다. 석고상 아그리파를 닮은 아저씨가 손목에 링거주사를 꽂은 채 요 위에서 자고 있었다. 머리맡에는 만화책이 흩어져 있었는데 붕붕 돌아가는 선풍기 바람에 책장이 풀썩거렸다.

"아빠!"

필용이가 부르니까 아그리파 아저씨가 번쩍 눈을 떴다.

"어, 필용이 왔구나."

아그리파 아저씨는 입을 쩍 벌리고 하품을 하다가 나를 보고 입을 딱 다물었다.

"안녕하세요?"

"어, 안녕?"

아그리파 아저씨는 얼떨떨 인사를 받으며 활짝 웃었다. 필용이처럼 보조개가 팼다.

"아빠, 괜찮으세요?"

"그럼 괜찮지. 여기 뒹굴뒹굴 누워 있으니까 세상 편하고 좋다! 저 셔츠 좀 갖다다오."

필용이가 옷걸이 스탠드에서 파란 셔츠를 걷어오는 동안 러닝셔츠 바람의 아그리파 아저씨는 상체를 일으키고 팔을 긁었다. 빼빼 마른 필용이와 달리 체격이 건장했다.

"와, 아빠, 장난 아니네. 백 군데도 더 물린 거 같아요. 차 사고보다 더 중상인데요? 여긴 모기향도 없어요? 아빠, 아무리 잠귀신이지만 이렇게까지 물리도록 주무셨어요?"

아그리파 아저씨가 셔츠 입는 걸 거들며 필용이가 외쳤다. 아그리파 아저씨가 목소리를 죽여 말했다.

"이게, 모기가 아니고, 빈대 같아. 내가 빈대한테 물렸다니까 여기 사람들이 펄쩍 뛰면서 아니라는데, 모기라면 이렇게 순식간에 숱하게 벌긋벌긋 부어오르게 물리도록 내가 몰랐겠니? 너, 빈대라고 아니? 번데기 눌러놓은 것같이 생긴 납작한 놈인데 럭비공처럼 탱탱해지도록 피를 쪽쪽 빨아 먹는다구. 그거 여간 질긴 놈들 아닌데, 방바닥에 앉지 마라. 옮아갈라."

필용이는 얼른 벌떡 일어나 방바닥을 둘레둘레 살펴봤다.

"무슨 병원에 그런 게 있어요?"

"시골이니까. 어쩌면……"

아그리파 아저씨는 갑자기 만화책들을 노려봤다.

"이 만화책에 붙어 왔을까?"

"만화책은 어디서 나셨어요?"

"간호사 언니한테 부탁해서 만화 가게에서 빌려왔지. 에잉, 별로 재미도 없었는데."

방바닥에 흩어져 있는 스무 권 남짓한 만화책은 텔레비전 연속극으로도 만들어졌던 『궁』이었다. 재미없었다지만 엎어져 있는 책 표지에 적힌 숫자가 '19'인 걸 보니 열심히 읽으신 것 같다.

"그나저나 큰일 났다. 내가 빈대 옮겨가면 엄마가 가만 안 있을 텐데……"

"빈댄지 아닌지 모르잖아요."

아그리파 아저씨가 근심 어린 얼굴로 등을 긁을 때 자박자박 발소리가 다가왔다. 위아래 청회색 유니폼을 입은 단발머리, 소녀 같은 아가씨였다.

"오셨네요. 오늘 퇴원하실 거죠?"

아가씨는 낭랑한 목소리로 필용이를 알은체하며 아저씨 손목에서 링거 주삿바늘을 뺐다.

"만화 재밌죠?"

"응, 『럭키 마인』 아주 재밌었어요."

"재밌는 만화라 그러더라고요. 『궁』은 진짜 재밌어요!"

아그리파 아저씨는 우물쭈물하다가 화제를 돌렸다.

"근데, 반 이상 남았는데 링거 빼요?"

"예, 그만 맞으셔도 돼요. 영양젠데요, 뭐."

"남은 건 어떡하실 거예요?"

"네? 그냥 버리는 거죠."

"아깝다! 그럼 싸주세요. 집에 가져가서 개나 맞혀주게요."

"네?"

간호사 아가씨 눈이 휘둥그레지고 필용이와 나는 깔깔 웃었다. 아그리파 아저씨가 켈켈 웃자 아가씨도 샐샐 웃으며 링거를 거둬들고 나갔다.

반짝반짝 그랜저

단발머리 소녀 같은 간호사 아가씨는 섭섭한 얼굴로 문 앞까지 배웅했다.

"안녕히 가세요, 아저씨. 또 오지는 마시고요."

"고마워요. 신세 많았어요. 서울 오면 꼭 연락! 맛있는 치킨 대접할게요."

"와, 정말요? 저 치킨 되게 좋아해요! 친구랑 같이 가도 돼요?"

"물론이죠. 같이 오세요."

방긋방긋 웃으며 손을 흔드는 간호사 아가씨와 인사를 마치고 필용이와 나는 아그리파 아저씨 팔을 한쪽씩 부축했다. 아그리파 아저씨가 한 발을 다쳐서 못 쓰셨기 때문이다.

"흐흐, 내가 이게 웬 호사냐? 필용이 장하다! 이렇게 예쁘고 참한 걸프렌드가 다 있고."

"아빠, 화열이한테는 살짝만 기대고 저한테 기대세요."

"싫다! 흐흐흐, 너희 놈들 몰려다니면서 말썽만 딥다 부렸지 걸프렌드 있는 놈 하나도 없더니…… 시커먼 놈들만 보다가 꽃다운 소녀를 보니까 안구가 정화되는구나."

"준수도 여친 있어요."

필용이는 얼굴이 새빨개졌지만 연신 쌕쌕 웃었다. 필용이네 차는 검정색 그랜저였다. 뒷좌석 창에 쿠션을 대고 아그리파 아저씨가 편히 기대 다리를 쭉 뻗고 앉으시도록 했다. 차 안에서 가죽 냄새 같은 게 났다. 필용이가 운전석에 앉고 내가 그 옆자리에 앉았다.

"조심조심 살살 몰아라."

"예, 걱정 놓으세요."

필용이는 능숙하게 차를 후진시켜서 '우리의원' 앞을 떠났다. 시멘트 도로 위를 자동차가 부드럽게 굴러갔다.

"새 찬가봐?"

"응, 엄마 차야. 산 지 얼마 안 돼. 아빠, 차 밑 긁어놓으셨다면서요?"

"응, 그래서 욕 직사하게 먹었다."

"당연하죠. 엄마가 얼마나 애지중지하는 찬데…… 왜 이걸 몰고 오셨어요?"

"한번 몰아보고 싶어서. 아깝잖아. 만날 주차장에 세워두고. 승차감 좋더라."

필용이 아빠 차는 10년 된 무쏘라고 했다. 원래는 필용이 아빠 차를 새로 사기로 했는데 별안간 엄마가 한숨을 쉬면서 신세를 한탄했다고 한다.

"지네들은 하고 싶은 대로 다 하고 살고, 뭐 하나 아끼는 거 없이 사고 싶은 거 다 사고…… 뼈 빠지게 일만 하고 사는 난 뭐야?"

그래서 지네들(필용이 아빠와 필용이 누나와 필용이)이 이구동성으로 외쳤다고 한다.

"누가 말려? 엄마도 쓰고 싶으면 쓰고 살아! 괜히 우리 원망만 하지 말고."

그러자 필용이 엄마가 분연히, "나 그랜저 갖고 싶어. 그거 살 거야!" 하셨단다. 그래서 필용이 아빠의 새 차는 날아가고, 필용이 누나와 필용이도 내핍 생활에 들어가게 됐다나. 필용이가 클클 웃으며 말했다.

"우리 엄마, 운전면허도 없으면서 차 산 거야."

필용이 아빠도 클클 웃었다.

"주차비만 물고 있지요~ 네 엄마, 할 수만 있다면 안방에 들여놓고 싶을걸?"

"엄마가 면허 따실 수 있을까요?"

"글쎄다, 워낙 겁이 많아서. 학원 다니라 그래도 자꾸 나중에, 나중에, 그러니 원……"

"완전 '애완차'예요. 곱다! 크으, 곱다는 말 들어본 차 또 있으면 나와보라그래!"

"이젠 그랜저 몰게 되나보다 했는데, 손도 못 대게 할 줄이야. 쩝……"

필용이와 필용이 아빠는 엄마와 아내 흉을 보며 웃음을 그칠 줄 몰랐다. 필용이 아빠가 운전을 해서 온 가족이 경기도 장흥까지 한 바퀴 돌고 온 이래 주차장 그늘막 아래 고이 쉬고 있던 반짝반짝 그랜저란다.

"실은 아빠, 의찬이 형이 놀러 왔었어요. 두 달 넘도록 차 한 대도 못 팔았대요. 그러니까 엄마가 제일 비싼 차가 뭐냐고 물어보시더라구요."

"의찬이가 아직 자동차 영업 하니?"

"네."

"그 숫기 없고 주변머리 없는 녀석이…… 그랬구나…… 알뜰살뜰 네 엄마가 웬일인가 했다. 필용아, 네 엄마는 천사다! 너는 천사의 아들이다! 알지?"

필용이 아빠 목소리가 감동에 젖어 부르르 떨렸다. 필용이가 씨익 웃었다.

"엄마가 혼자 가게 보느라 고생 많으시다. 필용이 너, 열심히 도와드렸지?"

"그럼요."

"우리 필용이가 착하긴 착해. 저렇게 착하고 순해빠진 녀석이 그 속을 썩였네."

"어, 아빠!"

"화열이한테 우리 필용이 속 썩인 얘기 해줄까?"

필용이와 내가 동시에 말했다.

"저 속 썩인 적 없어요."

"예, 해주세요!"

"아, 아빠…… 나 듣기 싫은데……"

필용이가 애처롭게 항의하자 필용이 아빠는 "어, 그래……" 하고 말을 멈추셨다. 잠시 후 필용이 아빠가 어색한 침묵을 깨뜨렸다.

"필용아, 노래 한 곡 불러다오. 오랜만에 좀 들어보자."

부드럽게 구르는 자동차 소리만 고요히 차오르는가 싶을 때 너무나도 청아한 노랫소리가 들려왔다. 나는 고개를 돌려 필용이를 바라봤다. 다시 보자, 필용이! 이건 영어도 아니고 일본어도 아니고, 독일어라지? 반대편 차선 차들은 줄지어 느리게 움직였지만 우리가 탄 차는 막힘없이 유유히 흘러갔다. 필용이 노래처럼.

아델라이데~ 아델라이데~~

나는 정신없이 손뼉을 쳤다. 필용이 아빠도 "박수!!" 외치며 손뼉을 치셨다.

"우리 필용이 노래 잘하지?"

"예!"

"어렸을 때 상도 많이 탔어. 필용아, 〈보리수〉도 불러다오."

필용이 아빠와 나는 번갈아가며 필용이에게 노래를 신청했고 필용이는 못 부르는 노래가 없었다. 나중에는 필용이가 같이 부르자고 해서 〈오빠 생각〉을 셋이 화음을 넣어 불렀다.

오오신다아더니~~~ 왜 안 오셔~?

노래하는 필용이는 새로웠다. 필용이 아닌 것도 같고, 가장 필용이다운 것도 같았다.

한때 좀 놀았지

"저녁 같이하고 가지?"

필용이 아빠 권유를 편의점 근무 때문에 사양하고 고양이 비탈 근처에서 내렸다. 그 아쉬움을 며칠 뒤 풀었다. 필용이 집에 초대를 받은 것이다. 필용이 엄마는 유난히 새까만 눈동자가 명랑하고 총명해 보이는 부인이었다. 재바른 몸짓으로 집 안에서도 총총 걸으셨다. 그 뒤를 목포가 종종거리며 바싹 따라다녔다.

"어서 와요. 반가워요!"

말씨는 상냥하면서 딱 부러졌다.

"냉면 좋아한다고 해서 냉면 했는데, 맛있으려나 모르겠네요."

"화열이 쟤는 냉면 국수만 삶아줘도 잘 먹을 거야. 진짜 좋아
해요."

필용이가 헤죽헤죽 웃으며 말했다. 살림살이들이 먼지 한 톨
없어 보였다. 식탁에는 냉면이 세 그릇 차려져 있었다.

"난 가게에 나가봐야 해서 앉지 않을게요. 편히 놀다 가요. 필
용이는 6시까지 가게에 와라. 당신도 같이 나오고. 필용이가 여
자친구 데려오는 거 처음이라 궁금해서 잠깐 들렀어요. 아, 반갑
다!"

생긋생긋 웃으며 말하는 필용이 엄마는 웃지 않을 때도 입술
양 끝이 살짝 올라가 있었다. 필용이 엄마는 우리 셋을 식탁 앞
에 눌러 앉히고 나가셨다. 열린 창문으로 산들바람이 산들 불어
왔다.

"먹자!"

필용이 아빠가 젓가락을 드셨다.

"발은 좀 어떠세요?"

"괜찮아요. 침 몇 번 맞고 거의 다 나았어요. 내가 강골이거
든. 필용이 같았으면 여기저기 작신 부러졌을걸?"

"아, 아빠! 나도 강골이야!"

필용이 아빠는 클클 웃으며 왼손으로 필용이의 보드랍고 긴
머리카락을 헝클어뜨렸다. 필용이 아빠 손은 빵떡모자처럼 큼지
막했다. 요즘 필용이는 머리카락을 어깨까지 길러서 묶고 다닌

다. 동네 미용실 누나로부터 애처럼 너무 어려 보인다면서, 머리를 아주 길게는 말고 살짝 길러 묶으면 오히려 남성미가 있어 보일 거라고 조언을 받았단다.

"여자는 어려 보이는 게 유리하거든. 어리면 청순해 보이고 여성적으로 더 매력 있으니까. 밧트! 남자는 나이 들어 보이는 게 전혀 불리하지 않아. 오히려 어려 보이면 남성적인 매력이 떨어지지. 남자 패션에서 중요한 건 나이보다 어려 보이는 게 아니라 남성미거든!" 이렇게 설파하셨단다. 멋진 말씀이다만, 미용사 언니, 필용이 이제 열아홉 살이거든요!

"양념 범벅이네, 범벅."

필용이 아빠가 흠을 잡으셨지만 냉면 맛, 최고였다.

"맛있다! 맛있지? 우리 엄마 음식 솜씨 끝내줘."

필용이 아빠도 엄지를 치켜들었다. 냉면을 다 먹은 다음 내가 설거지를 하려 했더니 필용이 아빠가 말렸다.

"설거지라면 또 필용이가 한 설거지하지. 화열이는 나랑 비디오 보자. 필용이 노래자랑 비디오."

"그래. 설거지 내가 할게."

그래서 필용이 아빠를 따라 거실로 갔다. 필용이 아빠는 준비하신 듯 비디오를 틀어주시고 주방에 가서서 식혜와 산과를 담은 쟁반을 갖고 오셨다. 와르르르 박수 소리 끝에 〈보리밭〉이 흘러나왔다. 소년 합창단이었다.

"조기 앞에 가운데가 필용이."

필용이 아빠가 일러주셨다. 긴 양말을 신고 나비넥타이를 맨 꼬마 필용이가 두 손을 앞에 모으고 노래하는 모습이 아주 귀여 웠다. 눈을 부리부리 뜨고 숨이 넘어가는 것처럼 입을 커다랗게 벌렸다 다물었다 하며. "내가 방송국으로 실어날랐지. 다른 애 들은 다 엄마가 따라다녔는데, 내가 합창단에도 넣고, 데리고 다 녔지……" 필용이 아빠는 애틋한 눈빛으로 모니터를 들여다보 셨다. 소년 합창단은 〈아름다운 베르네〉도 부르고 〈에델바이스〉 도 불렀다.

"내가 빈 소년 합창단 좋아하거든. 그 화음을 들으면 미치지, 미쳐. 얘네도 꽤 괜찮았어. 저 화음 좀 들어봐라."

합창단이 〈보리수〉를 부르자 필용이 아빠는 눈을 감고 미소를 지으시며 허밍으로 노래를 따라 했다. "우리 아빠는 합창을 좋 아해." 설거지를 마친 필용이가 옆에 털썩 앉으며 산과를 베어 물었다.

"클클, 내가 성가대였거든. 오직 노래 부르고 싶어서 교회 열 심히 다녔었지. 하느님, 용서하소서!"

"교회에서 엄마도 만났잖아요."

"그래, 우리 둘 다 열심 청년부원이었는데…… 네 엄마한테 잘 보이려고 독실한 크리스천인 척했지. 네 엄마도 마찬가지였 다더라."

"지금은 교회 안 나가세요?"

"응. 결혼한 뒤 어느 날부턴가 흐지부지해지더라. 필용이 엄마야 짝을 만나려는 소기의 목적을 달성했으니, 클클, 하느님, 용서하소서!"

"그래도 엄마는 일 년에 몇 번은 나가세요."

"크리스마스에? 클클, 네 외가가 크리스천 집안이잖냐."

필용이 아빠는 〈보리수〉가 끝나자 비디오를 끄고 테이프를 바꿔 넣었다.

"필용이 독창 무대 모은 건데, 어디, 하나만 봅세."

"아빠, 또?"

"나는 필용이 저때가 제일 이쁘더라."

필용이 아빠는 비디오를 빨리 돌렸다. 모니터가 지지직거렸다. 필용이 아빠가 리모콘을 놓자 또 박수 소리가 들렸다. 중학생 교복을 조끼까지 단정히 갖춰 입은 필용이가 까까머리를 깊이 숙여 인사를 한 다음 두 손을 배 위에 모았다. 피아노 반주에 맞춰 얼굴 뽀얀 중학교 1학년 필용이가 노래를 불렀다. 청아한 보이 소프라노로.

봄 처녀 제 오시네
새 풀 옷을 입으셨네
하얀 구름 너울 쓰고
진주 이슬 신으셨네
꽃다발 가슴에 안고
뉘를 찾아오시는가

브라보, 브라보, 필용이! 아휴, 어찌나 예쁜지!

창밖에서 새가 우짖었다. 필용이네 집은 뜰이 있는 작은 이층집이었다. 적산가옥이라고 했다. 그리 넓지 않은 뜰이지만 나무가 많아 숲처럼 우거져 있었다. 키가 큰 은행나무가 두 그루 있었는데 수령이 꽤 됐을 거라 했다. 처음부터 그 자리에 있던 은행나무들인데, 나무를 베지 않고 그 사이에 집을 지었던 것 같다고 필용이 아빠가 말해줬다. 필용이가 태어난 해에 이사온 집이라고 했다.

나무에 달린 모과를 처음 보았다. 노란 포대기에 싼 아기처럼 생긴 모과들이 모과나무 가지마다 주렁주렁 매달려 있었다. 필용이 아빠는 한 캔만 마시겠다던 맥주를 세 캔이나 마셨다. 내가 술을 못 마신다고 하자 필용이 엄마가 만드셨다는 복분자 주스를 주셨는데 색깔이 피처럼 붉고 향기로웠다. 주스라고 했는데 한 컵을 마시니 취기가 돌았다. 필용이가 공을 던지면 목포가 달려가서 물어왔다. 목포는 필용이가 지치고 싫증이 나도록 열심히 공을 물어왔다. 필용이가 딴청을 피우자 목포가 공을 풀밭에 떨어뜨려놓더니 왈왈! 짖었다. 그러자 필용이 아빠가 공을 들어 입을 쩍 벌리며 "목포야, 앙! 내가 먹어버렸다!" 하고 뒤를 돌아 셔츠 속에 공을 넣었다. 목포는 마구 꼬리를 치면서 공을 찾아 주위를 맴돌다가 다 잊어버렸는지 필용이 발치에 엎드려 잠이 들었다.

"필용이…… 너…… 화열이한테 학교 얘기 했니?"

"학교 얘기 뭐요?"

필용이가 퉁명스럽게 되묻자 필용이 아빠가 얘기 잘못 꺼냈나, 하는 표정이 되셨다.

"……중학교 때 중퇴한 얘기요?"

필용이 말에 필용이 아빠가 이크! 하는 난처한 얼굴이 되셨다.

"네, 했어요."

필용이 아빠는 고개를 끄덕이셨다.

"잘했다! 글쎄…… 굳이 얘기할 것 없다고 생각할 수도 있지만, 그 정도는 알아야 진짜 친구라고 할 수 있겠지 않나 해서 말이다."

맥주를 마시면서 필용이 아빠는 필용이 놀던 시절 얘기를 해주셨다. 얘기 사이사이 필용이는 "아빠는!" "제가 그랬어요?" "죄송해요." "아, 정말!" 하며 간간이 고개를 절레절레 흔들었다. 나는 "정말요?!"를 연발하면서 필용이 아빠와 함께 많이 웃었다. 필용이도 쑥스러워하며 웃었다. 이제는 필용이 아빠나 필용이나 웃으면서 얘기하지만 그때는 몹시 힘들었을 것이다.

"필용이 중2 때 가출도 했었단다."

"정말요?"

"한 달인가 가출했다가 신종 플루 걸리니까 집에 들어오더라."

나는 깔깔 웃었다.

"아, 아빠! 그때 신종 플루가 어디 있었어요?"

"클클, 독감이었나? 신종 플루나 독감이나…… 아무튼 다 죽어가게 돼 들어와서 회복되니까 또 나갔지."

"너, 가출해서 어디서 지냈어?"

"뭐…… 여기저기……"

"친구네도 가고 찜질방에도 가고, 피시방도 돌아다니고, 빈 교회 들어가서 자기도 하고 그랬겠지. 내가 쟤 찾으러 사방으로 헤맸는데, 일주일인가 뒤에 동네 길거리에서 딱 만났지. 어울려 다니던 몇 놈이랑 같이 지나가는 걸."

"그래서 붙잡아가셨어요?"

"아니, 안 들어가겠다네. 내가 '필용아!' 부르니까 멍하니 서 있더만. 나는 눈물이 핑 돌았는데 저 녀석은 멀뚱멀뚱이야. '이제 그만 가자' 하니까 안 들어가겠대."

"그래서 어떡하셨어요?"

필용이 아빠는 새삼 한숨을 길게 쉬셨다.

"뭐 어떡하겠어…… 굶고 다니지 말라고 돈을 좀 줬지."

"얼마나요?"

"음…… 많이는 안 주고, 많이 주면 오랫동안 집에 안 들어올 테니까…… 간당간당하게 줬어. 한 5만 원 줬나……"

"정말 좋은 아빠시네요! 일주일이나 나가 있었으면 옷도 지저분하고 말이 아니었겠어요……"

필용이 아빠는 잠시 기억을 돌이켜보더니, "그렇게 지저분해

330

보이지도 않고 지쳐 보이지도 않았어" 하셨다.

"그렇게 길거리에서 보고 며칠 뒤 파출소에서 전화가 왔어. 주류창고에서 맥주를 훔쳤다나. 적극 가담은 안 했지만 옆에 있었대. 그게 참작이 돼서 간단히 훈방됐는데, 학교에서는 문제가 됐지."¨

모과나무 담벽 아래에서

필용이가 엇나가기 시작한 건 중2에 들어서면서부터라고 했다.

"담임이 문제야. 얼마나 융통성 없고 권위적이었는지, 그 여선생! 한번은 애가 아파서 쉬게 하겠다고 전화를 했더니 애 걱정은 한마디도 없고 딱딱거리면서 진단서를 끊어오라 그러더라. '열이 올라서 하루 쉬게 하겠다는데 무슨 진단서예요?' 그랬더니, 무조건 끊어오래. 애 억지로 깨워 일으켜 학교 보냈다. 저 녀석이 학교로 갔는지 딴 데로 샜는지는 모르겠지만."

필용이 아빠 말에 '미스 강' 선생님이 생각났다.

"그 선생님 성이 강씨 아니었죠?"

"아니었던 거 같은데…… 박성자였어. 근데 왜?"

나는 쿡쿡 웃으며 "아니에요" 했다.

"학교가 너무 권위적이야. 쓸데없이 애들을 억압해. 머리카락 길이가 뭐 중요하다고 매일 검사하고. 그렇게 길지도 않은데 걸고 넘어지고. 필용이는 뭐 강제로 하는 거 싫어하거든. 머리 짧게 깎는 것도 싫어하고."

"염색하거나 빡빡 깎지는 않았어요?"

"염색 안 했어. 빡빡은 나중에 한 번 빡빡 밀었지. 그 여선생이 머리통을 자로 딱딱 치면서 더 바싹 깎으라 했다고 저 녀석이 반발심이 나서. 그래서 또 담임한테 쥐여터졌지. 내 생각은 그래. 머리가 뭐 중요한가. 애가 산발을 하고 다닌 것도 아니고. 염색을 하면 어떻고 장발이면 어때? 제 머리도 제 맘대로 못해? 학교 착실히 다니던 녀석인데……"

"맞아요! 아휴…… 머리 하나 때문에……"

내가 안타까워하자 필용이 아빠는 망설이다 말을 이었다.

"머리도 그렇고, 바지도 좀 그랬지…… 그때 애들 사이에 통 좁은 바지가 유행이었나봐. 알고 봤더니 필용이가 집에서 멀쩡히 보통 바지 입고 나가서는 공중변소에서 통 좁은 바지로 갈아입고 등교했다지. 책가방에 싸들고 다니면서. 그러고 살자니 이 녀석이 교문에서 복장 검사 걸릴까봐 만날 지각한 거라. 그렇게 일주일쯤 버티다 담임한테 집으로 연락이 왔지. 내가 화가 나서 담임한테 따졌어. 바지 통 좀 좁게 입으면 어떠냐고. 교칙이래. 교칙 안 지키게 하려면 학교 보내지 말래. 교칙!"

필용이 아빠가 코웃음을 쳤다. 중학교 2학년 때 학교와 멀어진 필용이는 가출도 하고 파출소도 들락거리면서 등교도 하다 말다 하더니 급기야 졸업을 한 학기 남기고 자퇴를 했다고 한다.

"딱 한 학기만 더 버텨라, 중학교는 졸업해야 할 거 아니냐, 빌어도 보고 때려도 봤지만 소용없었어. 학교에 가기 싫다고 처음 말했을 때 진지하게 방도를 생각해볼걸…… 그저 학교는 무조건 다니고 봐야 한다고 생각해서, 필용이 말을 들은 척도 않았던 게 후회돼. 자퇴한 다음에야 쟤 눈이 순해지더라. 그 전에는 눈이 부글부글했거든."

필용이는 자퇴한 뒤 1년 동안 뽀글뽀글 지진 아줌마 파마머리를 하고 다녔다고 한다. 귀도 뚫어서 피어싱도 하고.

"학교 안 다니니까 어디서 전화가 많이 오는 게 걱정이었어. 학교 안 나가면 어디 지낼 데도, 놀 데도 마땅치 않으니까 비슷한 놈끼리 모여서 말썽을 부렸지. 내가 너희 녀석들 빼주러 파출소를 얼마나 들락날락했는지…… 그나저나 요즘은 통 얼굴들을 안 보이냐? 잘들 지내니?"

"예, 준수는 전문대학 자동차 튜닝과 간다고 밤에 튜닝 업체에서 알바하고 있어요. 유천이도 컴퓨터 전공하겠다네요…… 재중이는……"

"휴…… 다들 제 갈 길 잘 찾아가고 있구나…… 그 불량하던 놈들이…… 기특하다……"

필용이 아빠는 세 개째인 맥주캔을 살짝 구겨 눌러 야외 식탁 위에 놓으시고 "필용아!" 부르시며 필용이 손을 끌어당겨 와락 안으셨다.

"아, 왜 이러세요?"

"짜식, 앙탈은! 노래 한 곡 불러다오."

"노래는 무슨 노래를 또 불러요?"

"그럼 내가 불러줄까? 옛날에~ 금잔디~ 동산에~ 매기~ 같이~ 앉아서 놀던 곳~"

나도 가만가만 따라 불렀다.

"물레방아 소리 들린다~ 매기~ 내 사랑하는~ 매기야~"

필용이 아빠는 바둥거리는 필용이를 꽉 끌어안고 노래에 맞춰 흔들어주었다. 모과나무가 담벽에 그림자를 길게 늘였다.

그린 베레

〈고양이웃네〉에 바리이모님이 영인이 소식을 올렸다. '공병학교에서 친히 찍어서, 영인이 월급에서 까고 보내준 사진들'이라 캡션을 붙인 사진들과 함께. 영인이는 잘 지내고 있는 것 같았다. '그린 베레'를 쓰고도 여전히 까불까불한 모습이었다. '육군 공병학교 폭파반 수료 기념' 사진에서만 의젓했다. 바리이모님은 육군공병학교장 직인이 찍힌 전문자격인증서도 자랑스럽게 올려놓았다. '자격 종목: 폭파/발파.' 영인이는 이제 전문자격증을 네 개나 갖게 됐다고 했다. 다른 세 개는 영인이가 공업고등학교에 다닐 때 받은 전기와 기계 계통 자격증들이라고 한다. 대단하다. 나는 자격증 하나도 없는데.

"영인이도 이제 아저씨 다 됐네."

영인이 사진을 보며 팅클 언니가 한숨을 쉬자, 영인이 또래 아들이 있는 모눈종이님이 웃으며 "뭐 얼마나 됐다고…… 왜, 아직 애기 같은데?" 하셨다. 오늘의 주요리는 푹 익은 김치를 듬뿍 넣고 끓인 청국장이었다. 훈련병 시절에 "고기랑 치킨이 죽도록 먹고 싶어!"라는 이메일을 보내서 바리이모님 마음을 아프게 했던 영인이가 요즘 그리워하는 음식이란다. 청국장 국물이 배어든 큼직한 두부가 보들보들 짭짜름하니 맛있다.

"그동안 바리이모님이 너무 잘 해먹여서 영인이가 더 힘들 거예요."

"먹는 거 하나만은 잘 먹이고 키우자, 가 내 모토였거든. 세상 없어도 세 식구가 아침은 제대로 먹고 하루를 시작했어. 아침 댓바람부터 고기를 구워 먹기도 했어. 그런 집은 우리 집밖에 없을걸? 나는 고기 별로 안 좋아하는데 애들이 고기라면 자다가도 벌떡 일어나게 좋아해. 소고기보다 돼지고기를 좋아해서 다행이었지."

"아침부터 고기 구워 먹기!" 모눈종이님이 호호 웃으며 말을 이었다.

"식구들 모두 둘러앉은 밥상, 중요하죠. 그거 잘 안 되던데. 나도 밤새고 일해도 꼭 아침 차려주는데, 애들이 잠이 많아서 안 일어나요."

팅클 언니가 눈을 내리깔고 목소리도 깔았다.

"나도 고기 좋아하는데…… 두 분, 대단하세요. 그러니 애들이 다 밝고 건강한 거예요. 나는 중학생 때부터 자취했는데."

"튕클도 밝고 건강해."

"튕클이 얼마나 밝은데!"

바리이모님과 모눈종이님이 동시에 말했다.

"네? 그런가요? 네, 그렇죠. 제가 워낙 천성이 태양과라서."

튕클 언니가 흐흐 웃었다.

"맛있네요. 청국장 맛있는데 집에서 잘 안 해먹게 돼요."

모눈종이님은 청국장 국물을 숟가락으로 떠, 입을 거의 벌리지 않고 우아하게 흘려넣으신 뒤 고개를 연방 끄덕이셨다.

"아파트에서는 해먹기 힘들죠. 갈 때 좀 싸드릴까요?"

"예, 남으면 조금만."

"많이 했어요. 모눈종이님이 맛있다니 다행이네요. 햇살이도 많이 먹어."

식탁에 오른 고추 장아찌의 밑간 재료에 대해 바리이모님과 모눈종이님이 정보를 교환하고 있는데 바리이모님 휴대폰 벨이 울렸다. 바리이모님은 휴대폰을 들여다보더니 의자에서 일어나 "영인이 부대 행정관이네. 잠깐만" 하며 뒤돌아서 전화를 받았다.

"정영인 어머니 되십니까?"

"네."

"저는 정영인 이병이 소속된 부대의 행정관입니다. 정영인 이

병을 잘 보살펴 제대시키는 게 제 임무라서, 제가 알아야 될 신상적인 일을 비롯하여 의논드리려고 전화드렸습니다."

"네."

"정영인 이병은 어떤가요?"

"해병대 지원할 만큼 신체 건강하고요, 어려서 일찍 아버지가 돌아가신 탓에 엄마와 여동생과 생활해서 여성스러운데다 공부를 너무 못해 군대 보냈습니다. 자질구레한 일도 잘하고 손재주가 좋으니 쉬는 날도 놀리지 말고 실컷 부리십시오!"

"예? 예…… 공부가 인생의 전부는 아니잖습니까?"

"물론이죠, 행정관님! 하지만 등록금을 내느라 1년에 천이백만 원씩 빚을 져보세요. 모두 자기가 살아가면서 갚아야 할 빚이기에 시간을 좀 벌고 현실감을 느끼게 하고자 보냈으니 아끼지 말고 제대하는 날까지 팍팍 부리세요!"

"……저희는 정영인 이병이 신병으로 배치돼서 걱정하실까봐서…… 연락을!"

"걱정 안 해요. 제가 보낸 건데 무슨! 행정관님만 믿고 전화 끊습니다."

그리고 바리이모님은 전화를 끊었다. 조용조용 밥을 먹으며 통화 내용을 들은 우리는 다들 실실 웃었다.

"독하다, 독해!"

팅클 언니가 고개를 설레설레 흔들었다. 바리이모님은 혀를 쏙 내밀었다.

"아까 학원에 있을 때 전화가 와서, 이 시간쯤에 통화하기로 했거든."

바리이모님은 동사무소 복지과 자활근로 일을 그만두고 요즘 요리학원에 다닌다. 복지과 일이 보람차기도 하고 적성에도 맞았지만, 영인이가 입대한 뒤 영인이 앞으로 나오던 수당이 빠져 그렇잖아도 적었던 월급이 너무 적어진 게 우선 이유였고, 뭔가 새로운 길을 찾고 싶었단다.

그나저나 부대 행정관과의 통화는 바리이모님이 전혀 바라지 않은 결과를 가져온 거 같다. 영인이가 '신간 편하다'고 알려진 행정과에 배치된 것이다. 요즘 '군 부모' 같지 않은 바리이모님에 대한 호의인가, 영인이를 가엾게 여긴 것인가. 아무튼 그 행정관이 영인이의 가족 신상에 여러 가지로 동정 어린 의문을 갖고 영인이와 각별한 면담을 한 건 틀림없는 것 같다. 한동안 영인이는 편지 말미마다 "1년에 빚을 천이백만 원이나 진 죄인 올림"이라 써보냈다고 한다.

생의 목적과 기회

동사무소를 그만둔 바리이모님은 고용지원센터에 가서 직업 심리검사와 적성검사 같은 걸 받았단다. 그곳 상담사 말이, 이렇게 의욕에 넘치는 피상담자는 처음 봤다고. 그 상담자가 일로 만났던 대개의 사람들은 완전 의기소침해서 매사 어찌할 바를 모르고 마지못해 움직이기 일쑤였단다. 바리이모님은 모든 점수가 높고, 하고 싶어하는 일도 많아서 그 상담자와 코를 맞대고 즐거운 고민을 했던 모양이었다. 바리이모님이 제일 끌렸던 건 목공이었지만, 훈련받고 싶은 학교가 광주광역시에 있어서 보류하고 지금은 요리학원 브런치 반에 다니고 있다. 바리이모님 집 가까이에도 큰 학원이 있었지만 숙고해서 강북 시내에 있는 학원을 고르셨다고 했다. 하루에 다섯 시간, 일주일에 한 번, 12주 과정이란다.

"고용노동부에 '국비훈련 계좌제'라고 있어. 계좌 카드를 발급해주고 120만 원을 넣어주는데, 학원으로 직접 빠져나가는 프로그램이야. 출석을 착실히 해야 그 혜택이 유지돼. 하루에 10만 원씩이니 꽤 고가 훈련비야. 잘 가르치겠지? 열심히 배워야지!"

의욕 넘치는 바리이모님이셨는데, 얼마 지나지 않아 시들한 목소리로 전화를 하셨다. 오후 1시가 좀 넘은 시간이었다.

"점심 먹었니?"

"예."

"햇살네 잠깐 들렀다 갈까? 괜찮아?"

"그럼요. 오세요! 식사하셨어요?"

"글쎄…… 계란 흰자 한 양푼 부쳐 먹었는데…… 내가 흰자 좋아하잖아. 노른자만 쓰고 남은 흰자가 잔뜩 있기에 아까워서 내가 먹겠다고 했어. 쟁반만하게 부쳐 먹었다. 빵 사갈까?"

"아니에요. 그냥 오세요. 집에 밥 있어요. 바리이모님이 주신 밑반찬들도 많고요. 고들빼기 김치도 있어요."

"고들빼기 김치! 그래, 그럼 밥 먹자. 좀 이따 보자."

부리나케 냉동실에서 얼어 있는 설렁탕을 꺼내 펄펄 끓이고, 시장에 내려가 갓 구운 김도 사와서 잘라놓았다. 상을 거의 다 차렸을 때 바리이모님이 부엌문을 두드리셨다. 문을 열자 바리이모님이 들어서며 검정 비닐봉지를 건네셨다.

"머루 포도가 탐스럽기에 좀 샀어."

포도는 과일을 싫어하는 바리이모님이 드물게 좋아하는 과일이다. 바리이모님은 방에 차려진 밥상을 보고 수돗가에 앉아 손을 씻으셨다.

"이 집 계단이 참 가파르긴 가팔라."

"올라오기 힘드셨죠?"

"뭐, 그 정도는 아니고, 노인들은 힘들겠어."

"전에는 할머니가 사셨다는데요. 힘드셨을 거예요. 전 괜찮은데."

"괜찮지, 그럼! 난 서울에 처음 와서 지하 방에서 살았는걸, 뭐. 어린애 둘 데리고. 여긴 지하도 아니잖아."

바리이모님이 방에 들어가 밥상 앞에 앉으시고 나는 수돗가에서 포도를 씻었다.

"반찬이 많네!"

"다 바리이모님이 주신 거잖아요. 고들빼기 김치는 베티 돌봐주시는 옷 수선집 아주머니가 주셨어요. 저는 잘 안 먹으니까 바리이모님 가져가세요."

"그래? 고들빼기가 얼마나 맛있는데!"

포도를 갖고 들어가 바리이모님 맞은편에 앉자 바리이모님이 "참!" 하며 가방에서 뭘 주섬주섬 꺼내셨다.

"예쁘게 생긴 접시 가져와봐. 좀 오목한 걸로 두 개만."

"뭔데요?"

"오늘 실습한 거야."

나는 찬장에서 작은 접시 두 개를 꺼내왔다. 바리이모님은 플라스틱으로 만든 둥근 통의 뚜껑을 열어 멜론 향이 나는 걸쭉한 액체를 접시 두 개에 따랐다. 그다음, 접시 하나에는 붉은 꽃잎 세 장을 띄우고, 다른 하나에는 윗부분을 자른 방울토마토 세 개에 토마토 주스 같은 걸 따라 담은 뒤 한 귀퉁이에 살그머니 놓았다.

"와, 예쁘다!"

"예쁘지? 보기는 예쁜데…… 이게 오늘 배운 거 두 가지야. 이게 '차가운 멜론 수프', 이게 '두 가지 토마토를 이용한 차가운 수프'."

"어머, 바리이모님 싫어하는 것만 하셨네요. 토마토랑 멜론은 유난히 싫어하시잖아요?"

"그러게 말이야. 그것도 그렇지만, 하루에 요리 네 가지씩 배우게 돼 있는데, 이 두 가지 차가운 수프가 오늘 배운 거 두 가지다, 헐!"

"와, 너무했다! 근데, 맛있는데요?"

"맛있어? 글쎄…… 멜론이랑 사과랑 우유랑, 딜인가 하는 허브 잎이랑 생크림 두 방울 넣고 도깨비방망이로 드르륵 간 건데…… 차가운 수프라 해서 뭐, 특별난 건가 했어…… 하긴 양식집에서는 이렇게 해서 만 원도 넘게 받는다더라. 나는 공짜로 줘도 안 먹을 텐데."

"바리이모님은 워낙 과일 싫어하시니까 그렇죠. 이것도 먹는 건가요?"

"응, 식용 꽃이래."

꽃잎은 시들고 비린 맛이 났다. 하지만 뱉지 않고 대충 씹어서 삼켰다.

"자, 이거 좀 읽어봐."

바리이모님은 가방에서 커다란 책자를 꺼내더니 앞장을 펼쳐 내미셨다. 바리이모님의 달필로 '시간을 낭비하는 것은 인생을 포기하는 거다'라 적혀 있었다.

"학원 시작하면서 이런 각오였거든. 근데, 지금은 '이곳에서 시간을 보내면 인생을 허비하는 거다' 싶네. 이제 5주 됐는데……"

"어휴, 어떡해요…… 그 정도로 부실해요?"

"부실하다기보다…… 그것도 그렇고…… 지각하는 사람들 기다리다 시간 흐지부지 보내고……"

342

바리이모님이 꺼낸 책은 요리학원의 강의 스케줄러 겸 교재였다. '이탈리안 오믈렛' 사진 아래에 바리이모님의 메모가 적혀 있었다.

'계란말이와 방법 비슷. 단, 말지 말고 펴놓을 것.'

내가 낄낄 웃으면서 그 페이지를 바리이모님께 내밀자 바리이모님도 깔깔 웃으시며 다른 페이지를 보여주셨다. 'Two egg' 페이지의 메모는 이랬다.

'접시가 동그라면 후라이를 동그랗게 하고 접시가 타원형이면 후라이를 타원형으로 한다. 단, 노른자는 절대 익히지 말고 동그랗게 살아 있어야 한다.'

'단'은 학원 강사의 입버릇일까?

"얼마나 웃기다구. 샌드위치 토스트 할 때 빵이 타잖아? 그러면 까맣게 탄 부분 칼로 긁어내고 전자레인지로 돌려서 안을 익히래. 프라이팬에서 속까지 익히면 겉이 타서 모양이 안 나니까 색깔이 알맞도록 구운 다음 렌지로 2분 돌려 속을 익힐 것. 그런 요령 많이 알려줘. 글쎄…… 창업할 사람들은 아무래도 현실적인 요령이 필요할 테니…… 그런 요령도 배워야겠지……"

"와, 그렇게 하기도 하겠네요! 그렇지만…… 밥벌이로 하더라도 자기가 하는 일에 애정도 있고 자긍심도 있어야지, 요령이 앞서면 일이 힘들고 재미없지 않을까요? 바리이모님같이 요리에 애정을 갖고 배우려는 분들은 실망이 크시겠어요. 하필이면 왜 그런 사람들이 강사래요?"

"뭐, 실력은 있는 사람들이래. 그 분야에서 쟁쟁하고 바쁜 사람들인가봐. 아직 7주 더 남았으니 두고 봐야겠지…… 여기 다니면 소스는 확실히 잡겠다 싶어서 택했던 건데. 내가 관심 많으면서 약한 게 소스 쪽이거든. 근데, '소스 언제 배워요?' 물으면, '다음에 만들어요. 다음에 만드는데, 마트 가면 종류별로 다 있으니까 사 쓰는 게 편해요.' 그런다? 물론 농담이겠지만, 핫케이크 반죽 알려주다가도 마트에 가면 더 잘 나온다고 그러고."

"맙소사!"

"몰라. 혹시 내가 식당을 하게 되면, 나도 뭐, 얼렁뚱땅 레인지에 돌리고, 소스도 마트에서 사오고, 그래도 먹는 사람들은 잘 분간 못할 테니…… 뭐 그렇게 될지도 모르지……"

"바리이모님 식당 하시려고요?"

"아니. 지금은 계획 없어. 돈도 없고. 사실 밥집 일처럼 착한 직업도 없는데……"

"식당 하시면 좋겠어요! 요리도 잘하시고, 사람들한테 음식 만들어 먹이는 거 좋아하시잖아요."

"……〈고양이웃네〉에 혼자 사는 아가씨들이 많잖아. 그런데 집에서 잘 안 해먹는 거 같아. 내가 허접한 음식 올려도 다들 '집밥, 집밥' 하면서 침을 흘리는데…… 엄마가 해주는 밥이 아니라도 자기가 자기 손으로 집에서 만들어 먹으면 그게 집밥인데…… 아무튼 객지에서 혼자 살면서 엄마가 해주던 밥 먹고 싶어하는 게 짠해서 한 끼 먹이고 싶은 거지, 뭐. 내가 집에서 식구들끼리 막 먹는 음식은 대강 하는데, 돈 받고 팔 만한 솜씨는 못 돼. 글쎄…… 영인이랑 유경이는 그럴 돈이 없어서 외식 한 번 변변히 못 시키고 내가 다 해먹였는데, 결과적으로는 좋은 일이었지."

식사를 마친 바리이모님이 "고들빼기 김치 정말 맛있다. 젓갈 맛 진하지 않게, 이렇게 깔끔하게 맛 내기 어려운데, 음식 잘하는 분이신가보네" 하셔서 나는 기쁜 마음으로 고들빼기 김치를 싸놓았다. 밥상을 치운 뒤 바리이모님과 함께 새까만 머루 포도를 먹었다.

"영인이는 행정과에서 편하대요?"

"아무래도 그렇겠지. 고생 좀 하고 오라고 군대 보냈더니……"

"잘됐네요. 그럼 거기서 공부나 좀 하라 그러지요."

"행정과라는 데가 몸은 편한데 공부할 시간은 더 없어. 밤늦게야 숙소로 돌아오나봐. 다른 사병들이랑 어울려 지내고 고생도 같이 하고 그러는 게 좋은데 얼굴 볼 시간도 없다시피 한가봐. 훈련도 안 받고, 시간이 없어 운동도 못 하고 잠은 부족하고, 그러니까 살이 찌고 얼굴에 여드름만 늘었대. 혹독한 군대 맛을 봐야 하는데……"

바리이모님은 쩝, 입을 다시다 빙그레 웃으셨다.

"그래도 얼마 전에 온 메일에서는 기특한 소리 하더라."

"뭐라고요?"

얘기를 듣기도 전에 나도 벙그레 웃어졌다.

"사람 입에서 무슨 저런 욕이 다 나오나 싶게 짐승같이 욕을 해대는 선임병이 있대. 깊숙한 시골 출신인데 학교는 중학교만 나왔나봐. 영인이가 그 사람을 마음으로 멀리했었는데, 제대한 뒤 뭘 하겠다는 목적이랑 계획을 얘기하는 걸 들었나봐. 달리 뵈더래. 반성 많이 했대. '중졸인 저 사람도 생의 목적과 계획이 있는데, 난 뭔가? 왜 아무 생각 없이 사나?' 싶더라나. 그 사람 한테 영인이 자기는 '엄친아'라는 거야. 영세민이지만, 서울 강남에 살지, 대학생이지, 자기가 어떤 사람에게는 '엄친아'일 수도 있다는 게 놀라웠나봐. 그 녀석이 통 드러내지 않아서 그렇지, 이 강남에서 소외감도 많이 느끼고 컸을 텐데……"

"영인이 엄친아 맞아요. 엄친아가 별거예요? 바리이모님처럼 훌륭한 엄마가 있는데."

바리이모님은 좀 쓸쓸히 웃으셨다. 나는 커피 좋아하는 바리이모님을 위해 비장의 커피를 냉동실에서 꺼냈다. 편의점 아주머니가 즐겨 마시는 커피인데, 바리이모님 생각이 나서 장만해둔 것이다.

생의 목적과 계획…… 정신이 번쩍 들었다.

굿바이, 전설 아저씨

20년쯤 전인가, 어쩌면 내가 태어나기도 전의 일인지도 모르겠다. 바리이모님한테 들은 얘기다. 신문에 작게 실린 기사였는데 지금도 문득문득 생각난다고 했다. 서울에서 멀지 않은 어느 읍에서 셋방 살던 노총각이 스스로 목숨을 끊으면서 "주위에 술 마시자는 사람은 많아도 같이 밥 먹자는 사람은 하나도 없었다"는 유서를 남겼단다. 이 사람은 밥이 아니라 정에 주려 죽었구나, 밥걱정해주는 사람이 세상에 하나도 없는 사람은 정말 가엾구나, 밥 한 끼 같이 먹자 권하는 사람은 참 소중하고 고마운 존재구나, 바리이모님은 깊이 깨달았단다. 그 얘기를 들으며 할아버지 생각에 가슴이 미어졌다. 죄송하다고도, 용서해달라고도, 차마 말씀 못 드려요, 할아버지. 바리이모님을 비롯해 나를 챙겨 먹이는 사람들이 많은 건 할아버지가 지켜주시는 덕분 같기도 했다. 전설 아저씨만 해도, 내가 술을 못 마시기도 해서 그렇겠지만, 술보다는 영양가 있는 걸 먹이고 싶어했다.

전설 아저씨는 〈고양이웃네〉를 탈퇴했다. 늘 유쾌한 글만 올리던 전설 아저씨가 어느 날 화가 잔뜩 난 글을, 그것도 특정 인물을 겨냥해서 쓴 글을 올려 무슨 일인가 했었다. 거두절미하고,

"나, 바쁜 사람이에요. 자꾸 전화해서 이상한 말 하지 마요."

"내가 당신 친구예요? 왜 그렇게 오버하고 버릇이 없어요?"

"자꾸 이러면 닉네임 공개할 거예요. 얼굴 못 들고 다니고 싶어요?"

등등 험한 말이 대부분이어서 궁금증을 자아냈다. 그 상대는 경상도 어느 도시에 사는 한 여대생이었다. 〈고양이웃네〉에 가

입한 지 몇 달 안 됐는데, 게시물도 열심히 올리고 댓글도 열심히 다는 회원이었다. 사진도 열심히 올렸는데, 주로 자신이 키우는 고양이 사진들이 많았지만 "어때요? 어울리나요?" 물으며 새로 산 옷을 입고 찍은 자기 사진들도 있었다. 얼핏 본 그녀 게시물에서 받은 인상으로는 유복한 집에서 자란, 자존심 강하고 까칠한 부분도 있는 여대생 같았다.

전설 아저씨가 힌트를 거의 주지 않았지만, 바리이모님이 이런저런 게시물과 댓글들을 검색해보고 그 상대가 누군지 알아낸 것이었다. 그리고 그 여대생이 최소 한 번쯤 전설이를 만난 적이 있다, 그때 뭔 일이 있었는데 여대생이 그걸 문제 삼으려 하고, 이에 전설이가 발을 빼려고 선수를 치는 게 아니겠느냐, 등등을 추리했다. 바리이모님은 〈명탐정 코난〉 광팬이었다. 어쨌든 바리이모님의 정리. "아무튼 전설이 말썽이야. 여자들도 문제고."

전설 아저씨의 그 글은 평소와 달리 댓글이 적었다. "온라인에서 만난 사이라도 기본 예의는 지켜줘야겠죠? 전설님, 토닥토닥" "에구, 토닥토닥……"을 비롯해 그저 "토닥토닥……"이 열 개쯤, "또 무슨 일?" "뭔 일일까…… 궁금한 1인……" "고웃네 바람 잘 날 없네요……" 정도였다. 그 밑에 전설 아저씨도 댓글을 달았다. "지킬 수 있을지 모르겠지만, 좀 쉬겠습니다. 마침 회사 일도 바쁘고 출장도 길게 다녀와야 해서요. 두 달 뒤 뵙겠습니다. 고웃님들, 고양이들과 함께 건강히 지내십시오!"

그런데 다음날인 토요일 저녁, 〈고양이웃네〉의 운영진인 '캣

츠아이' 란 이가 전설 아저씨에겐 폭탄 같을 게시물을 올렸다.

"그동안 불미스런 소문이 여러 차례 들렸지만 회원들 사생활이기에 그냥 지나갔다. 그런데 이제 한계를 넘었다. 카페 운영진에게 회원 하나하나를 보호할 의무가 있는 건 아니다. 그걸 명심하고 각자 현명하게 처신하기 바란다. 〈고양이웃네〉 회원들은 대개 순진하고 순수하다. 오직 같은 회원이라는 이유 하나만으로 깜빡 반기고 무조건 마음을 여는 사람이 많다. 왜 그렇게 어리석은가. 제발 아무나 믿지 마라. 더욱이 인터넷에서 알게 된 사람을 어떻게, 왜 믿는가. 고양이를 키운다고 해서, 고양이를 사랑한다고 해서, 〈고양이웃네〉 회원이라고 해서 다 좋은 사람이 아니다. 세상 똑같다. 이런 사람 있고 저런 사람 있다."

이런 요지의 글 뒤에, 오프라인 술자리에서 한 남성 회원과 엮인 여러 여성 회원들이 울고 싶은 상황에 놓였다는 것, 당사자들의 비난이나 항의를 받은 그 남성 회원이 '함부로 입 놀리지 말라'는 협박성 전화와 쪽지로 대응하자 일부는 일상생활을 못할 정도로 겁에 질리고, 심지어 신경정신과에 다니는 사람까지 생겼다는 소식을 전했다. 게시물 말미에는 "무슨 일이 있었는지, 당사자들이 누구인지 묻지도 말고 알려고도 하지 마시기 부탁드립니다. 이 글은 세상모르는 철부지 여성 회원들에게 조심하라는 경고를 목적으로 올립니다. 그 남성 회원은, 어떻게 하면 좋을까요…… 고민중입니다. 이런 글을 올리게 돼 그러잖아도 소수인 남성 회원분들께 죄송한 마음입니다. 이건 남자와 여자, 어느 쪽이 잘했니 잘못했니 가르는 편싸움이 아닙니다. 이번과 반대로 남성 회원이 피해자가 되는 경우도 얼마든지 있을 수 있습니다"라고 했다.

폭포처럼 댓글이 쏟아졌다. 주로 그 남성 회원을 비난하는 글이었다. 게시물에서도 댓글에서도, 아무도 대놓고 밝히지는 않았지만 '그'가 전설 아저씨라는 건 누구나 알고 있는 듯했다. 전설 아저씨와 자주 어울리던 사람들은 모두 침묵했다. 따복네만 "ㅜㅜㅜㅜㅜㅜㅜㅜㅜ"라는 댓글을 달았다. 그 게시물에 의하면 전설 아저씨는 파렴치한이며 범죄자에 가까워 보였다. "이상하게 구리더라니~ 강퇴강추!"라는 댓글도 있었다.

차마 더 볼 수가 없어 컴퓨터를 껐다. 지난해 겨울 남산도서관 앞에서 눈보라를 헤치고 걸어와 하얗게 웃던 전설 아저씨 얼굴이 떠올랐다. 또 어느 날인가 어느 카페에서 현미경을 보듯 한쪽 눈을 찡긋하며 나를 바라보더니 "너는 참 이상한 애다" 하고 웃던 얼굴도 떠올랐다. 내가 진지하게 "이상하다는 게 무슨 뜻이에요?" 묻자 당황하며 "뭐…… 알 수 없달까, 신비하다? 묘하다? 그런 뜻?"이라고 했다.

나는 이상하다는 말을 듣는 게 싫었다. 중1 때 담임이었던 미스 강 선생님은 종종 "참 이상한 애야!" 하며 나를 흘겨봤는데, 그때마다 모멸스런 기분이었다. 두어 번 '이상한 애'란 말을 들은 날, 집에 오자마자 나는 국어사전을 뒤져봤다. 국어사전에는 '이상한'도 없었고 '이상하다'도 없었다. 몇 개의 '이상'이 있었다. 그중 '정상이 아닌 상태나 현상' '보통과는 다름. 이제까지와 달리 별남' '의심스러움'이라는 뜻으로 풀이된 '이:상(異常)'이 내게 해당될 것이었다. 사전 풀이도 기분 좋지 않았지만, 미스 강 선생님의 '이상한 애'에는 그 이상의 것, 이유를 알 수 없는 '이상한' 미움 같은 것이 담겨 있었다. 담임을 따라 별 뜻 없이 내게 "이상한 애야!" 하던 한 반 애들도 있었다. '이상한 애'란 말을 들으면 나는 왠지 기가 죽고 외로워졌었다.

전설 아저씨는 뭐하실까. 그 게시물은 읽으셨을까. 얼마나 창피하고 힘드실까. 전설 아저씨는 정말 나쁜 사람일까. 새벽 2시, 〈고양이웃네〉에 들어가 그 게시물을 다시 찾아봤다. 댓글은 몇 개 늘지 않았다. 제일 아래 달린 댓글인 "에이 씨…… 정말……"을 보자마자 나는 가슴이 철렁했다. 눈을 질끈 감았다 다시 뜨고 댓글 단 사람 닉네임을 봤다. 전설 아저씨였다. 방금 전 단 댓글이었다. 아주 낯선 목소리를 듣는 것 같았다. 가슴이 쓰리고, 적막했다.

전설 아저씨는 그 댓글을 마지막으로 남기고 〈고양이웃네〉를 탈퇴했다.

고양이 팔자

건어물녀 언니 집에 새끼고양이를 보러 놀러 갔다. 베티처럼

생긴 노란 줄무늬 고양이였다. 아유…… 마음이 간질거리게 예
뻤다. 안아보고 싶어 손도 간질거렸는데 새끼고양이는 조르르
달아나더니 소파 밑에 숨었다. 낯을 많이 가린다고 했다. 건어물
녀 언니는 파란 눈 샴고양이인 '쪼코'만 키우다가, 〈고양이웃네〉
입양란에서 새끼고양이 사진을 보곤 한눈에 반해 둘째로 들였다
고 했다. 건어물녀 언니는 맥주를 좋아했다. 특히 요즘 '호가든'
맥주에 꽂혀 있어서 둘째 이름을 호가든이라 지을까 하다가 황
도로 지었단다. 건어물녀 언니가 맥주 안주로 종종 먹는 황도
복숭아 통조림에서 따왔다나.

　언니가 밥그릇에 사료를 담아 소파 가까이 놓자, 황도가 고개
만 삐죽 내밀고 오독오독 사료를 깨물어 먹었다. 너무 귀여웠
다! 가까이 가서 들여다보았다. 새끼손톱보다 작은 꽃잎 모양의
통통한 사료는 갈색으로, 윤이 자르르 흘러서 영양가 많고 예뻐
보였다.

　"이 사료가 뭐예요?"

　"'로얄캐닌 키튼'이야."

　"비싸지요?"

　"글쎄…… 2킬로에 2만4천 원인데. 쪼코도 어릴 때 이거 먹였
어. 지금도 자꾸 황도 밥그릇 기웃거리면서 뺏어 먹어."

　"비싸다! 쪼코도 같이 먹이지요."

　"안 돼. 살쪄. 새끼고양이용이라서 열량이 높아. 쪼코, 원래
'로얄캐닌 인도어' 먹었는데 너무 잘 먹어서 맛없는 걸로 바꿨

어. 그러니까 더 환장하나봐."

"고양이들이 로얄캐닌을 그렇게 좋아한다면서요?"

"기호성 짱이지."

저걸 한 바가지 푹 퍼서 비탈에 가져갔으면, 하는 마음이 간절했다. 며칠 전 비탈에서 새끼고양이 세 마리를 봤다. 태어난지 두 달쯤 돼 보였다. 황도같이 노르스름한 치즈 태비 둘, 삼색이 하나였다. 저녁 8시쯤이었는데, 뭔가 뒤를 쫓는 것 같아 돌아보니 비탈 장독대 쪽에서 새끼고양이들이 뿔뿔거리며 뛰어오고 있었다. 바람에 털을 포르르 날리면서 앙증맞게. 언제부턴지 비탈을 가로질러 와서 밥을 먹고 가는 모양이었다. 차가 지나다니는 길인데 인솔하는 다 큰 고양이도 안 보였다. 새끼고양이들은 회색 차 아래에 숨어 고양이 식당 차 밑에 내가 밥을 놓는 걸 지켜보고 있었다. 불러도 꼼짝하지 않았다. 그새 웬 턱시도 고양이가 와서 밥을 먹기 시작했다. 대개 고양이들은 굶어 죽을 지경이아니면 새끼고양이한테 밥 먹는 순서를 양보한다. 그래서 큰 고양이가 밥을 먹고 있는 그릇에 새끼고양이들이 거침없이 고개를 들이밀고, 그러면 큰 고양이는 뒤로 물러서게 마련이다. 하지만 어찌될지 몰라 노트를 한 장 찢어 사료를 담아 회색 차 아래에 놓아주었다. 내가 비키자 새끼고양이들이 다가가 오독오독 와득와득 왕성한 식욕을 보였다. 그 뒤 비탈에 놓는 밥을 늘렸다.

"로얄캐닌 대포장은 얼마쯤 할까요?"

"8만 원쯤 할걸?"

내가 사는 사료는 한 포대에 만6천 원이다. 가장 싸구려 사료다. 열 마리쯤 먹을 텐데 한 달에 세 포대는 필요하다. 전 연령 고양이 사료니까 새끼고양이가 먹어도 괜찮았지만, 이제 갓 젖을 뗀 고양이가 먹기에는 좀 거칠 것이다. 그 사료도 그렇게 맛있어하면서 먹는데, 저 야들야들한 로얄캐닌 키튼을 주면 얼마나 맛있어할까. 길에서 마주친 한 고양이는 간식캔을 주니까 침이 샘처럼 솟는지 입가에 보글보글 거품을 뿜으면서 냥냥냥, 행복한 신음 소리를 냈다. 새끼고양이 입에 딱 맞는, 작고 통통한 로얄캐닌 키튼을 주면 우리 비탈 새끼고양이들도 냥냥냥 소리를 내겠지. 아, 한 번이라도 먹이고 싶어! 내가 탐욕이 이글거리는 눈으로 황도 밥그릇을 보는 동안, 황도는 실컷 먹고도 밥을 남기고 기지개를 켰다. 건어물녀 언니 무릎에 앉아 고롱거리던 쪼코가 폴짝 뛰어내려 다가왔다. 황도가 또 소파 밑으로 달아났다.

"쪼코는 황도를 물고 빠는데, 황도는 쪼코를 아직 안 좋아해. 그러면서도 툭하면 쪼코 젖을 빤다?"

"쪼코가 여자였어요?"

내 눈이 휘둥그레지자 건어물녀 언니가 깔깔 웃었다.

"남자! 근데도 젖 물리는 거 있지? 쪼코 젖꼭지 다 헐어서 속상해 죽겠어. 황도가 우리 집 오기 전까지 엄마 젖 먹었었나봐."

복 많은 황도야, 건어물녀 언니 집에 온 거 축하한다. 오래오래 건강히 행복하게 살렴!

〈고양이웃네〉벼룩시장 게시판을 유심히 봐야겠다. 로얄캐닌 키튼 나오면 놓치지 말아야지!

라, 라, 라텍스?

근처 은행의 경비 아저씨가 편의점의 금요일과 토요일 야간근 무자로 일하게 되신 지 3주째다. 담배를 사러 오셨다가 스카우 트된 아저씨는 그러잖아도 일거리를 하나 더 찾던 참이었다면서 아주 기뻐하셨다. 아저씨 부인도 가사도우미로 세 집이나 일하 러 다니신다고 한다.

토요일인 내일 정오에 아저씨의 조카 결혼식이 있다 하셔서 내가 오늘 밤 근무를 하게 됐다. 주인아주머니는 되도록 내게 밤 근무를 안 시키려 일주일에 사나흘 밤을 새셨더니 얼굴이 몹 시 까칠해지셨다. 그래서 내가 자청한 일이었다.

이제 해가 지면 선뜻하다. 바람이 소슬해졌다. 금요일 밤에는 편의점 손님들의 표정이 좀더 피곤해 보인다. 방금 한 아저씨가 급히 뛰어들어와 "현금인출기! 현금인출기! 어디 있어?" 묻기 에 없다고 하자 "씨발! 뭐 이래?" 소리치더니 무섭게 나를 노려 보면서 계산대 아래를 발로 꽝! 차고 나갔다. 그러고는 편의점 앞에 세워진 택시로 달려가 타더니 사라졌다. 가슴이 왈랑왈랑 떨렸다. 현금인출기를 찾는 손님이 많아서 하나 설치하시라 했더니 아주머니가 절레절레 머리를 흔드셨다.

"있었지. 근데 없앴어. 술에 잔뜩 취해서 현금인출기에 주민 등록증을 넣고 작동 안 된다고 난리 치는 사람이 없나, 끌어안 고 거기 토해놓는 사람이 없나, 영 골치가 아프더라구. 손님이 와서 현금인출기 찾으면 저 앞 은행으로 가라고 가르쳐줘."

아까 그 아저씨한테는 가르쳐줄 겨를이 없었다. 그래도 침착 하고 친절하게 가르쳐줬으면 좋았을걸. 떨리는 마음을 가라앉히 려고 시디플레이어에 태미 와이넷의 시디를 넣었다. 스산하고 적막이 흐르는 금요일 밤의 편의점 밖 풍경과 잘 어울리는 가수 다. 작은 사촌오빠의 시디들 중에서 내가 자주 듣는 시디다. 이 시디를 들으면 어쩐지 엄마가 이런 곳에 계시지 않을까 하는 생 각이 든다. 장거리 버스가 하루에 두 차례쯤 지나가는 미국 서 부쯤의 한적한 읍내. 한낮의 한적한 카페에서 권태로운 표정으 로 먼지 풀풀 날리는 거리를 막막히 내다보는 엄마. 엄마가 권 태로워하는 모습을 한 번도 본 적 없으면서도 그런 망상을 하는 건 태미 와이넷의 목소리나 창법, 노래들의 분위기가 도무지 내 가 찾아갈 길 없는, 그곳에 사는 젊은이들은 누구나 다른 곳으 로 떠나고 싶어하는, 그런, 미국 속에 숨어 있는 수많은 외로운 미국처럼 느껴지기 때문이다.

"스탠 바이 유어 맨~"

태미 와이넷과 달리 엄마는 경쾌한 코맹맹이 소리로 이 노래 를 따라 불렀었지. 엄마, 혹시 그런 고장의 편의점에서 나처럼,

지금 바깥을 내다보고 계시는 거 아니에요? 피식 웃음이 나온다. 미국에도 편의점이 있을까……

살풋 졸음이 와 커피를 한 잔 뽑으려는데 딸랑딸랑 종이 울렸다. 팅클 언니다. 친구 셋과 함께였다. 팅클 언니는 고향 친구들과 홍대 앞 클럽에 놀러 간다고 했다. 나한테도 같이 가자고 권했지만, 근무 때문에 갈 수 없었다. 팅클 언니의 모습은 볼 만했다. 머리는 왁스를 발라 번개 맞은 것처럼 뽀족뾰족 세우고 반짝이를 뿌렸다. 그리고 스모키 화장에 찰랑찰랑 흔들리는 귀걸이, 허리를 꽉 졸라맨 은빛 블라우스와 스팽글이 달린 검정 조끼에 흰 플레어스커트를 입고, 구두는 구두코에 리본 모양으로 모조 보석이 총총 박힌 킬힐이었다! 언니 친구들도 멋을 부린 차림이었지만 팅클 언니가 제일 눈에 띄었다. 내가 "와우!" 외치자 팅클 언니가 씩 웃었다.

"조명발 잘 받으라고 반짝반짝 입었지."

"배고파 뒤비지겠다!"

팅클 언니 친구가 삼각김밥을 들고 왔다. 언니와 그 친구들은 커피와 오뎅과 컵라면과 김밥을 사들고 조리대로 몰려가 경상도 사투리로 와글와글 떠들었다. 편의점에 활기가 돌았다. 팅클 언니가 발이 아프다고 해서 슬리퍼를 가지러 창고에 들어갔다가, 뜯다 만 기능성 음료수 상자들을 보고 잠시 주저앉았다. 현금인출기 없다고 화낸 아저씨 때문에 깜빡 잊었던 것이다. 냉장고 뒤에서 음료수를 채우느라 정신이 팔려 있는데 팅클 언니 친구가 불렀다. 나가보니 손님이 와 있었다. 난처한 표정의 삼십대 아저씨였다.

"뭐 찾으세요?"

"그거 있잖아요."

아저씨는 양손 검지로 작은 네모를 그려 보였다.

"라텍스 달라 하시네요."

팅클 언니 친구가 옆에서 거들었다.

"라텍스…… 고무장갑이요? 고무장갑 안 파는데요."

"아니, 고무장갑 아니고요……"

팅클 언니 친구들이 아저씨 주위에 둘러섰다. 아저씨 얼굴이 점점 빨개졌다.

"아, 라, 라, 라텍스 있잖아요."

"라텍스가 뭐지?"

"라텍스, 라텍스, 아, 뭘까?"

"라텍스면 고문데…… 지우개 찾으세요?"

아저씨는 고개를 젓고 안타까워하며 한 번 더 검지 두 개로 공중에 작은 네모를 그렸다.

"아, 피임기구요?"

뒤늦게 어슬렁거리며 합류한 팅클 언니가 천연덕스럽게 묻자 아저씨는 기쁜 얼굴로 고개를 끄덕였다.

"콘돔 말이구나!"

마침내 퀴즈를 푼 기쁨을 이기지 못하고 세 언니가 일제히 소리를 질렀다.

"예, 한 박스 주세요. 저기 있네요."

빨갛게 달아오른 얼굴로 웃을락 말락 하며 아저씨가 담배 진열대 위를 가리켰다. 아저씨가 나가고 잠시 후, 팅클 언니와 언니 친구들은 박장대소했다. 아저씨가 계실 때는 표준말을 쓰던 언니들 입에서 사투리가 와르르 쏟아졌다.

"정말 부끄라봤겠다, 야."

"근데, 콘돔이 왜 네모고? 그래서 더 헷갈렸잖나?"

"콘돔 박스 말했던갑다."

"아이고, 이 시간에 말만한 가스나들이 우글거릴 줄 우예 알았겠노?"

"아자씨, 욕보셨네."

"근데, 지운이 니는 우째 단박 알아맞혔노?"

"나이가 몇인데 그걸 모르노?"

팅클 언니는 친구들과 클럽에 갔다가 찜질방에 가겠다고 했다. 가뜩이나 좁은 집에 친구들을 재우면 고양이들이 스트레스를 받기 때문이었다. 언니들은 한 시간을 채 머물지 않았다. 밤은 아직 한참 남아 있었다.

필용이의 명주실 같은 신경줄

전철에 오르자마자 티격태격하는 모습이 눈에 띄었다. 한자리에 나란히 앉은 오십대 아저씨와 이십대 아가씨였다.

"허, 집에서 아버지한테도 그런 식으로 말하나?"

"왜 우리 아빠는 들먹이고 그래요? 에이 씨!"

"에이 씨가 뭐야, 에이 씨가? 어른한테."

"내가 아저씨한테 그랬어요? 혼자 그런 거지."

"어허, 참…… 딸 같은 사람한테……"

"아저씨는 뭔데 나한테 반말이에요? 내가 아저씨 딸이야?"

"허, 휴대폰 꺼내다 머리 좀 스쳤다구 '에이, 씨!' 그런 건 잘한 거구? 내가 얼른 미안하다구 그랬잖아. 아가씨도 나한테 사과하라니까!"

"내가 왜 사과해요? 혼잣말한 거라 그랬잖아요? 아저씨한테한 말 아니라구요. 나한테 반말하지 마요!"

"에이 씨, 그러고 그다음에 뭐라고 했어?"

"혼잣말도 못 해요?"

문이 닫히고 전철이 출발하도록 말다툼은 그치지 않았다.

"아휴, 아가씨, 내려서 다음 차 타라니까, 계속 그러고 있네."

"왜 제가 내려요? 나도 시간 없단 말이에요!"

두 사람 앞에 선 아주머니가 딱하다는 듯이 한마디하자 아가씨는 억울한 얼굴로 파르르했다. 벌써 몇 정류장째 그러고 있는 모양이었다.

"아주 못됐구먼! 한마디도 안 지네! 다시 안 볼 사람이라도 그렇지 애, 어른도 없어?"

"왜 나한테만 그래요? 왜 전부 나만 갖고 그래?"

두 사람 맞은편에 앉은 할아버지가 야단을 치자 아가씨는 울상이 돼 주위를 표독스레 둘러보며 외쳤다. 입을 헤벌리고 구경하던 필용이가 찔끔해서 시선을 돌렸다.

"대중교통 이용하면 서로 얼굴 붉힐 일도 생기고 그러는 거지. 서로 조심하고 너그럽고 그래야 하는 거 아니야? 작은 일로 그렇게 발끈할 거 같으면 지하철 타고 다니지 말아야지."

"그러는 아저씨는 그 나이에 왜 지하철 타고 다녀요?"

"뭐야? 허, 이게 무슨 봉변인지……"

"봉변은 누가 봉변인지 모르겠네. 아저씨가 먼저 잘못했잖아요?"

에구, 두 정류장 뒤 우리가 내리도록 앞과 비슷한 내용의 말다툼이 이어졌다. 먼저 자리를 뜨는 사람이 지는 것이라는 듯이 꼭 붙어 앉아서. 아저씨도 아가씨도 순한 인상이던데…… 아가씨가 사과를 하고 두 사람이 웃으면서 헤어지면 좋으련만. 그대로 헤어지면 아가씨 기분도 안 좋겠지만, 아저씨는 더 서글퍼지고 힘이 빠지실 것 같았다.

"저 누나 성질 장난 아니네. 사람들 많은데 소리를 막 지르네."

필용이가 머리를 절레절레 흔들었다.

"그러게."

"난 소리 지르는 사람 싫어."

필용이가 시무룩이 중얼거렸다.

"그래도 소리 지르는 게 더 나을 수도 있어. 무시하고 아무 말도 안 하는 것보다."

"그럴까? 소리 지르는 게 더 기분 나쁘지 않나? 아름답지 않잖아."

필용이는 우리 엄마와 비슷한 데가 있다. 고운 세상, 아름다운 세상이 아니면 견디기 힘들어한다. 필용이 아빠가 말씀하시길, 필용이는 신경이 명주실 같다고. 그리고 "걱정이야. 내 신경은 동아줄 같은데 말이야" 하셔서 키득키득 웃었더랬다. 필용이는 말씨에도 예민했다. 비속어라면 질색을 했다.

"특히 여자애들이 그런 말 하는 걸 보면 칼로 유리 긁는 소리를 듣는 것 같아."

"예컨대, 무슨 말?"

내가 묻자 필용이는 입술을 달싹거리며 끙끙거리다 차마 입 밖으로 내지 못하고 종이에 적어 보여줬었지. '쪽 팔려. 존나. 졸라. 지랄. 씨발. 구리다. 년. 새끼.' 내가 종이를 들여다보는데, 필용이가 "이런 말도" 하며 하나 더 적었다. 나는 배를 쥐고 웃었다. '앗싸라비야.'

"그런 말 하는 여자애가 있었어?"

"많아. 우리 누나랑 누나 친구들은 다 그래. 욕도 얼마나 잘한
다구."

"헐!"

"아, 그 '헐!' 도 좀 그런데?"

"아, 그래? 헐! 아, 미안!"

"괜찮아. 네가 '헐!' 하는 건 좀 귀여운 것도 같다."

"헐! 아, 미안!"

나도 그 종이에 입에 올리기 싫은 말을 적었다. '돈, 똥, 오줌,
방귀.'

"맞다! 왠지 부끄럽지? 나도 그래! 우리 아빠는 꼭."

그러고 필용이는 종이에 적었다. '방귀를 방구라고.'

"그런다? 내가 싫어하는 거 알고 더 그래."

필용이 아빠가 필용이 귀에 대고 "방구! 방구! 방구!" 하는
모습이 떠올라 나는 깔깔 웃었다. 필용이는 내 말씨가 고와서
다행이라고 했다.

"와, 사람 많다!"

"조금 더 있으면 더 많아져. 퇴근시간 되면."

"장난 아니네."

필용이는 이렇게 사람 많은 거 처음 보는 듯이 신기해했다.
필용이와 예술의 전당에 들렀다가 바리이모님 댁에 가는 길이었
다. 예술의 전당에는 필용이가 독일어와 성악을 배우는 선생님
이 슈베르트 가곡 공연을 하셔서 들으러 갔었다.

"뭐 좀 사갖고 가야지?"

"아니, 이 근처에 가게도 없어."

"꽃집 없어?"

"꽃집, 못 봤는데…… 그리고 바리이모님은 꽃 사가는 거 별로 안 좋아하실걸? 먹을 거면 몰라도. 그럼, 저 빵집에서 생크림 케이크나 하나 사가자. 바리이모님 생크림 좋아하셔."

"꽃 안 좋아하는 여자가 어디 있냐?"

그래서 영인이 고등학교 졸업할 때 얘기를 들려줬다.

"꽃다발 받을래, 만 원으로 받을래?"

바리이모님이 묻자 영인이가 만 원을 받겠다고 해서 꽃다발 안 샀다는 이야기. 필용이는 크크 웃으며, 그래도 꽃을 사겠다고 고집해서 빵집에 들러 케이크를 산 다음 꽃집을 찾아 헤매느라 시간이 걸렸다. 필용이는 백합을 사고 싶어했지만 연보라색 수레국화가 예뻐 보여서 그것으로 사라고 했다. 필용이는 수레국화를 한 아름 샀다.

여덟 개 계단을 내려가 벨을 눌렀다. 문을 열어주시는 바리이모님 얼굴이 울근불근했다. 현관에서 곧장 보이는 거실 바닥에 옷가지들이 쌓여 있고 유경이가 뚱한 얼굴로 느릿느릿 플라스틱 빨래통에 그걸 옮겨 담고 있었다.

"어서 와요. 집이 지저분해서…… 청소하다보니 구석구석마다 유경이가 쑤셔박아놓은 거 천지라서 화가 나서 다 뒤집어놨네. 이놈의 기집애, 뭘 잘했다고 뚱해 있어! 빨리 못 갖다놔? 그러지 마라, 마라, 해도 양말이고 속옷이고 왜 여기저기 쑤셔박아놔?!"

"아휴, 유경이 안 그러기로 해놓고 여전히 그러니?"

나는 얼른 달려가서 유경이가 빨래통에 담는 걸 도왔다. 유경이가 멋쩍은 듯 씩 웃었다.

"어질러놓고 손님 맞아서 어쩌지?"

바리이모님이 속상해하셨다.

"이것만 치우면 말끔해요. 청소 늘 하시면서요. 필용아, 인사드려."

필용이가 고개를 꾸벅하며 바리이모님께 꽃다발을 내밀었다. 바리이모님은 어색하게 웃으면서 꽃다발을 받아 안았다. 나는 유경이에게 케이크 상자를 건넸다.

"이건 생크림 케이크. 유경이도 좋아하지?"

"와, 생크림 케이크다!"

유경이가 활짝 웃으며 케이크 상자를 들고 일어났다.

"하던 일, 마저 하지 않고!"

바리이모님이 빽 소리를 질렀다. 필용이가 움찔했다. 유경이도 움찔하면서 케이크 상자를 테이블에 놓고 다시 방바닥에 쪼그려 앉았다. 유경이와 함께 빨래통을 세탁기 옆에 놓고 오자 바리이모님과 필용이가 말없이 미소를 지으며 테이블 앞에 앉아 있었다.

"유경이, 요구르트 담아오고. 요즘 내가 요구르트 만드는 데 맛 들였어. 커피 마실래요?"

"예, 커피 좋습니다. 요구르트도 좋아해요."

"유경이, 커피도 내리고!"

유경이가 입을 쑥 내밀고, 그러나 생글생글 웃으며 주방으로 갔다. 수레국화꽃 더미에 코를 대는 바리이모님은 볼이 발그레해지며 참으로 행복해 보였다.

"내가 꽃 정말 좋아하는데…… 꽃 오랜만에 받아보네요…… 향기 좋다!"

필용이는 "아, 네……" 하며 역시 발그레한 얼굴로 연방 고개를 끄덕였다. 바리이모님이 꽃 좋아하셨구나! 처음 알았다. 필용이, 최고!

인디언 서머

날씨가 계속 추웠다. 며칠 전 비가 종일 왔을 때는 기분이 한없이 움츠러들었다. 비는 주룩주룩 겨울을 향해 걸음을 서두르는 듯했다. 겨울아, 좀 천천히, 천천히, 천천히 오렴. 나는 길바닥에 후드득 떨어지는 가랑잎을 밟으며 걷다가 우뚝 멈춰 하늘을 올려다봤다. 그러자 나뭇가지들이 보였다. 오래전 여자중고등학교였던 곳의 담을 따라 서 있는 느티나무들이 반들반들 비에 젖고 있었다. 나보다 훨씬 오래전부터 수많은 겨울을 지나왔을 느티나무들이었다. 여름내 땡볕에 몸을 달군 갈색 나뭇가지들은 웬만한 추위쯤 튕겨버릴 듯 질기고 단단해 보였다. 그래도 털 한 올 없이 겨울을 나는 나무들아, 올해는 부디 좀 따뜻하기를!

오늘은 눈을 뜨자마자 왠지 기분이 좋았다. 자리에서 벌떡 일어나지고 콧노래가 나왔다. 어쩐지…… 창으로 들어온 햇빛이 방 안에 빛만이 아니라 열기를 가득 채우고 있었다. 잠깐 변덕일 거라고, 곧 해가 숨고 선뜻해질 거라고, 믿지 않는 체했는데 해는 더 쩽쩽해졌다. 창을 열어보니 바람 한 점 없고, 더운 기운이 아른아른 달콤하게 밀려들었다. 심지어 방보다 바깥이 더 따뜻한 것이다! 아주 가버렸다 생각했던 여름이 잊고 간 게 있다는 듯 돌아온 것이다!

"오, 써머 와인~ 오, 써머 와인~!"

나도 모르게 이 구절을 되풀이해 흥얼거리며 옷 수선집 아주머니의 휴대폰 번호를 눌렀다. 아주머니가 전부터 베티를 한번 씻기고 싶어하셔서 물 없이 목욕을 시킬 수 있다는 '워싱 글러브'를 장만해놨었다. 그런데 어영부영 날씨가 추워지는 바람에 베티 목욕 프로젝트가 흐지부지됐었다. 날이 추워지자 베티는 풀이 죽고 더 꾀죄죄해 보였다. 주렁주렁 달린 눈곱을 물휴지로 떼어내며 얼굴을 닦아주긴 했는데, 오늘은 기필코 워싱 글러브를 써먹어야지.

내 연락을 받은 옷 수선집 아주머니는 반색을 하셨다. 이웃 동네에 사는 어린 손녀들이 고양이를 좋아해서 베티를 보러 종종 놀러 오는데, 베티를 쓰다듬은 뒤 그 손으로 과자를 집어 먹곤 해서 신경이 쓰이던 참이라고 하셨다.

"내가 뜨듯한 물로 그냥 씻겨줄까 했는데, 젖은 채로 다니다 감기 들까봐 참았어."

점심 먹고 옷 수선집으로 가겠다고 말씀드렸다. 워싱 글러브는 바리이모님이 주신 것이다. 베티 목욕에 대해 바리이모님께 의논드렸던 적이 있는데, 그 얘길 기억하고 있다가 오광이와 고도리 사료를 주문할 때 워싱 글러브가 눈에 띄기에 같이 주문했다 하셨다. 늘 고마우신 바리이모님!

"한정특가로 천오백 원에 나왔기에 얼른 샀어. 원래는 4천 원쯤 하나봐. 더 살까 하다가, 한번 써보고 결정하는 게 나을 거같아서 하나만 샀어."

"잘하셨어요. 이제 내년 여름이나 돼야 또 씻길 수 있을 텐데요, 뭐."

워싱 글러브는 축축해 보이는 파란색 부직포 장갑이었다. 고양이 몸에 대고 문지르면 거품이 부글부글 난다고 설명서에 적혀 있었다. 거품이 충분해서 한 마리를 거뜬히 목욕시킬 수 있고, 나중에 마른 수건으로 살짝 닦아주기만 하면 끝. 고양이가 핥아 먹어도 몸에 해롭지 않은 원료라나. 눈부시게 변신할 베티 모습을 떠올리니 기분이 날아갈 듯했다.

이것이 '인디언 서머'라지. 아, 포근포근, 따뜻따뜻, 땀이 날 정도였다! 겨울을 앞둔 작은 생명들에게 내리는 하늘의 선물, 커다란 배려! 나는 축복처럼 쏟아지는 햇빛을 담뿍 받으며 걸었

다. 스치는 사람들도 나무들도 안도의 한숨을 쉬며 휴식하는 듯
했다. 옷 수선집도 모처럼 문이 활짝 열려 있었다. 아주머니가
앉아 계신 의자 밑에 엎드려 있던 베티가 에에에 울면서 일어나
다가오고 미싱 일을 하시던 아주머니가 돌아보며 반겨주셨다.
내 발등에 머리통을 비비는 베티를 쓰다듬어주면서 문을 닫았
다. 그러자 예감이 이상한 듯 베티가 문으로 가 박박 긁었다. 흐
흐, 너 목욕해야 돼!

  아휴, 베티, 뚱뚱하기도! 한 손으로 베티 몸을 꼭 붙들고 워싱
글러브를 문질렀다. 문지르는 자리마다 마술처럼 거품이 피어올
랐다. 뒤통수, 등짝, 꼬리, 그다음에 뒤집어서 뺨과 목과 가슴과
배, 그다음 엉덩이. 베티는 싫은 기색이 역력했지만 꾹 참고 있었
다. 싫겠지. 얼른 끝내려고 내 나름대로 서둘렀다. 아휴, 베티, 지
저분하기도! 다른 데는 금방 깨끗해진 듯싶기도 한데, 하얀색 털
이 난 목과 가슴과 배는 찌들어서 때가 영 빠지지 않았다. 설명서
에 살살 문지르라고 적혀 있는데, 나도 모르게 박박 문질렀다. 하
얘져라, 하얘져라! 드디어 베티가 "에옹~" 하며 징징거렸다.

  "휴…… 이제 그만해야겠네요."

  내가 아쉬워하며 워싱 글러브를 낀 손을 베티 등에서 떼자,
옷 수선집 아주머니가 수건을 더운 물에 적셔 꼭 짜서 베티 몸
을 닦아주셨다.

  "이게 비눗기가 떡 져서 물로 좀 씻어주고 싶네."

  아주머니 말씀대로 나도, 어차피 베티가 살갗까지 속속들이

젖어 있으니 물을 끼얹어 헹궈내고 싶은 유혹이 들었지만, 물수건으로 만족하는 게 나을 것 같았다. 베티 인내심이 바닥나기 전에 마쳐야지. 아주머니가 베티를 닦아낸 수건을 빨자 새까만 '꼬장물'이 나왔다. 아주머니는 수건을 몇 번 더 헹군 뒤 다시 더운물에 적셔 베티를 한 번 더 닦아주셨다. 나는 아주머니에게 물수건을 넘겨받아 베티 귀를 닦아줬다. 반쪽이 된 귀의 잘린 부분은 이제 아물었지만, 새삼 화가 나고 속상했다. 그나저나, 으, 이게 뭐니? 베티 귓속을 닦으니 구두약 같은 때가 묻어났다. 귓바퀴를 뒤집어서 수건 끝으로 살살 문질렀다. 금방 원래의 분홍빛이 나왔다. 가끔 귀도 좀 닦아줘야겠다. 베티는 처음에는 도리질을 하다가 기분이 좋은지 가만있었다. 마무리로, 필용이한테 얻어서 간직해뒀던 휴대용 일자 빗으로 살살 털을 빗겨줬다. 베티는 다행히도 빗질을 즐겼다. 이제 좀 참으면 진짜 끝이라는 걸 알았나? 깜짝 놀랄 정도로 털이 많이 빠졌다. 빗살에 털이 듬뿍 끼어 떼어내고, 빗고 떼어내고 빗고 떼어내다보니 털이 꽁꽁 뭉쳐서 한 줌이나 됐다. 베티, 개운하지? 기대한 것만큼은 아니었지만 말끔해졌다.

"이렇게 씻겨놓으면 뭐해? 또 아무 데서나 뒹굴걸."

아주머니가 빙그레 웃으시며 베티 흄을 보셨다. 아니나 달라, 베티는 해방되자마자 작업대 안쪽 깊숙이 뛰어들어갔다.

"저런, 베티야! 씻자마자 먼지 구덩이에 들어가네!"

"그러게요. 야, 베티!"

쫓아가 들여다보니 베티는 퍼질러 앉아 목을 한껏 꺾고 제 몸을 핥아대느라 정신없었다. 밖에서 햇볕 쬐고 말리면 좋으련만. 어쨌든 큰일 하나 마쳤네. 아주머니가 문을 열어놓고 돌아서며 차 한잔 마시겠느냐 물으셨다. 아주머니가 쌍화차를 마신다 하셔서 나도 같은 걸로 청했다. 내가 베티 목욕 뒤처리를 하는 동안 아주머니는 보온밥솥에서 뜨거운 물을 퍼 두 잔의 쌍화차를 만드셨다. 그 10인용 보온밥솥에는 항상 뜨거운 물이 채워져 있었다. 보온밥솥에 찬물을 붓고 '보온'을 눌러놓으면 언제라도 뜨거운 물을 쓸 수 있단다. 전기세도 얼마 안 든다고 한다. 내게 꼭 필요한 아이템이다. 내가 사는 방은 심야 전기 패널로 난방을 하기 때문에 더운물을 쓸 때는 순간온수기를 틀어야 했다. 부엌에 저런 보온밥솥이 있으면 어느 때라도 당장 세수를 할 수 있고 머리도 감을 수 있을 것이다. 하나 구해봐야지.

아주머니는 쌍화차에 잣까지 동동 띄워주셨다. 따뜻한 가을 오후, 고양이를 씻긴 뒤 쌍화차를 마시는 기분은 각별했다. 베티는 열심히 그루밍을 하고요.

"쌍화차 맛있어요!"

"그래? 입에 맞는다니 다행이네. 우리 딸이 사온 건데, 맛있는 거라 그러더라구."

흐뭇한 표정으로 차를 마시던 아주머니가 문득 고개를 갸웃갸웃하며 말씀하셨다.

"근데 요즘 들어 종종 이 앞에 지나다니는 여자가 있는데, 아무래도 그 사람이 베티 키우던 사람 같단 말이야."

"예?! 왜요?"

"베티가 안 보이면 어디 갔느냐고 묻기도 하고……"

"고양이 좋아하는 사람인가보죠."

"아니야. 엊그제는 이 앞에 앉아서 베티를 한참 안고 있다 갔어. 베티도 가만히 안겨 있고……"

"베티, 원래 순하고 사람 잘 따르잖아요."

"아니야. 베티 보는 표정도 그렇고, 내 직감이 그래."

아주머니는 설레설레 고개를 흔드셨다.

"어떤 사람이에요?"

"나이는 사십쯤 돼 보이지? 아마 저 비탈 너머에 살 거야."

누굴까…… 베티가 순하긴 해도 아무한테나 안겨 있지는 않을 텐데…… 만약 그 사람이 베티를 키우다 버린 사람이라면, 그 사람한테 안겨서 베티는 기분이 어땠을까. 베티가 어떤 표정이었을지 궁금했다. 공허한 무표정으로 얼음땡이 돼 있었을 것도 같다. 그 사람은 다시는 안아보지 못할 줄 알았던 베티를 안고 무슨 생각을 했을까. 베티가 비탈에 사는 걸 모를 수 없었을 텐데, 늘 그 근처를 떠돌았으니. 그 사람은 왜 베티한테 밥이라도 챙겨주지 않았을까. 사람 잘 따르는 거 빼놓고, 항상 배고픈 얼굴로 완전 길고양이 행색이었던 베티였다. 베티의 내력을 슬쩍 엿본 듯한데, 눈물이 나올 것 같았다. 베티야, 우리 베티야. 어쩌면 그 사람은 베티가 어릴 때부터 길에서 보고, 형편이 안

372

돼서 집에 들이지 못하는 걸 마음에 걸려하며 예뻐하던 사람일 뿐일지 몰랐다. 나는 가방에서 간식캔을 꺼내들고 작업대 앞으로 가 "베티, 이거 먹어!" 유혹했다. 깡통 뚜껑이 열리는 따콩! 소리에 베티가 고개를 번쩍 들고 에에에 울며 기어나왔다. 베티, 따끈따끈 좋은 날이야. 우리, 흠뻑 햇볕을 쬐자!

내가 손대는 모든 것은 푸르러지고

또 비가 온다!

비 오는 날이면 비탈에 고양이 밥 놓기가 영 안 좋다. 비탈에 세워진 자동차 밑이 구석구석 전부 젖어버리기 때문이다. 컨테이너 옆 평지는 웬만큼 거센 비가 내려도 자동차 밑 깊숙이 빗물이 닿지 않아 마른 바닥이 있었는데. 그래도 밥그릇에 직접 비가 떨어지지 않게 막아주는 차가 있는 게 어딘가. 오늘도 하얀 자동차가 자리를 지키고 있으니 다행이다. 다른 날보다 시간도 이른데다 거센 비가 아침부터 쉬지 않고 오고 있어서 고양이들이 나와 있지 않으리라고 생각했다. 그런데 자동차 밑에서 노란 새끼고양이가 혼자 빈 밥그릇을 들여다보고 있다가 내가 오자 허둥지둥 달아나 앞바퀴 옆에서 멈춘다. 크크, 부지런한 녀석. 노느니 뭐해, 하고 나와본 건가? 밥그릇에 사료를 부은 다음 간식캔을 듬뿍 얹어줬다. 대개는 사료만 부어놓는데, 고양이와 직접 마주치면 선물로 간식캔도 주게 된다. 그러다보니 간식캔이 먹고 싶어 일부러 나를 기다리는 고양이들도 생겼다. 간식캔을 줄 때까지 따라다니기도 한다. 베티가 그랬고 아비도 그랬다. 나중에는 삼색이 둘째와 막내도 그랬는데, 막내 놈은 빨리 내놓으라며 괴성을 지르기도 했다.

몇 걸음 떨어져 차 밑을 들여다보니, 앞바퀴 옆에서 꼼짝 않고 있던 새끼고양이가 밥그릇에 코를 박고 있다. 냐앙냐앙냐앙냐앙, 냥냥냥? 귀여워! 어쨌든 쟤라도 확실히 먹는구나. 혹시라도 차가 자리를 뜨면 고양이 밥은 빗물에 불어 둥둥 떠내려갈 것이다 동네 사람이 보고 치워버리거나. 그 전에 한 마리라도 더 밥을 먹어야 할 텐데. 하루하루 고양이 끼니를 운명에 맡긴다. 그 운명은 전적으로 사람에게 달려 있다. 호의냐, 악의냐. 따뜻한 마음이냐, 냉혹한 마음이냐.

청바지 밑단이 비에 젖어 발목이 차갑고 축축하다. 아까 그 새끼고양이는 흠뻑 젖었을 텐데…… 페터 추다이크의 『니체』라는 책에서 읽은 니체의 두 줄 글이 생각난다. 니체의 『즐거운 학문』이라는 책을 소개하는 챕터에서였다. 『즐거운 학문』이 시집은 아닌 거 같은데, 내가 읽은 건 시였다.

내가 손대는 모든 것은 빛이 되고
내가 놓는 모든 것은 숯이 되니

근사했다! 니체는 자기가 "틀림없는 불꽃"이라고 했다. 그런
데, "내가 놓는 모든 것은 숯이 되니"가 몇 시간 뒤 "내가 놓는
모든 것은 재가 되니"로 기억됐다. 나는 당황해서 다시 책을 찾
아 확인했다. 확인한 뒤에도 내 잘못된 기억에서 비롯된 거부감
이랄까, 섬뜩한 느낌이 가시지 않았다. 숯이랑 재는 분명히 다르
다. 숯은 언젠가 발갛게 달아오를 열을 품고 있고, 재는 아무것
도 품고 있지 않다. 아무것도. 하지만, 숯과 재가 얼마나 다를
까? 숯과 재의 거리는 너무나 가깝다. 숯은 금방 재가 돼버린다.
나는 까닭 모를 반발심으로 니체를 흉내 낸 엉터리 시를 지었
다. 그 엉터리 시를 써서 들여다보고 있으니 마음이 편해졌다.

내가 손대는 모든 것은 푸르러지고
내가 놓는 모든 것은 꽃이 피어나니

내 반발심은 니체 선생님에 대한 게 아니라, 단순하게 나무를
태워버리는 불에 대한 것이었다. 나는 나무를 살리고 싶었다. 모
든 것을 살리고 싶었다. 나는 물이 되고 싶었던 것 같다. 그런데
물은 고양이를 차갑고 축축하게 적신다. 고양이가 물에 젖는 걸
싫어하는 건, 고양이가 불이기 때문이 아닐까? 고양이는 불인가
봐! 아무것도 태워버리지 않고 따뜻하기만 한 불!
내게 페터 추다이크의 『니체』를 준 사람은 전설 아저씨였다.
언젠가 사당동의 카페에서 열렸던 모임에서였다.

"요즘 차에 싣고 다니면서 틈틈이 읽는 책인데, 햇살이 읽어
라."

"어, 먼저 읽으시고 주세요."

"아니야, 난 또 구하면 돼. 니체, 알지?"

"네, 이름만요. 근데 아직 못 읽어봤어요."

"나도 니체 좋아하는데 제대로 못 읽어봤어. 전집도 옛날에
사놨는데 한 권 읽다 말았나? 아, 『나의 누이와 나』는 다 읽었
다. 친구가 이 출판사에 다니는데 내가 옛날부터 니체 좋아하는
거 아니까 한 권 갖다주더라. 재밌어. 술술 읽히고."

"어, 니체? 잠깐만요."

막강님이 책을 낚아채더니 번쩍 들어 표지를 보았다.

"와, 니체, 폼 나네요! 형, 니체 좋아해요?"

"그럼, 좋아하지. 너만할 때 아주 좋아했던 친구지."

막강님은 "형, 다시 봐야겠네!" 경탄 끝에 "난 형이 나체만 좋
아하는 줄 알았어" 했다. 다들 와르르 웃었다.

"넌 나를 몰라도 너무 모른다! 물론 나체도 좋아하지!"

전설 아저씨도 껄껄 웃었더랬지. 책꽂이에 꽂아두고 잊었던
『니체』를 읽기 시작한 건 전설 아저씨가 〈고양이웃네〉를 탈퇴한
다음날부터였다. 귀가 접힌 페이지에 밑줄이 쳐져 있었다. 아마
전설 아저씨 흔적이리라.

'즐거움은 삶 전체를 긍정하는 것이다. 그것이 힘들고 잔혹한
것일지라도.'

376

모눈종이님과 부드레불님은 전설 아저씨한테 메일을 받았다고 했다. 심려를 끼쳐 죄송하다, 그리고 억울하다, 인생을 알고 지성적인 누님들한테만은 꼭 오해를 풀고 자기를 이해시키고 싶다, 등등. 두 지성적인 누님들은 "메일을 보냈던데요." "나한테도요." 그 한 번의 소식만 전하고 전설 아저씨에 대해 입을 다물었다. 변명도 험담도 하지 않았다.

네버랜드

어디로 가야 하지? 하늘이 흐렸다. 날도 곧 저물 듯했다. 나는 불안한 마음으로 낯선 골목을 걷고 있었다. 허둥지둥 골목을 빠져나가자 왼편이 횅하니 뚫려 멀리 저편 언덕의 교회 종탑이 보였다. 나는 스텐 기둥이 총총 박힌 난간 앞에서 축대 아래 다닥다닥 붙어 있는 집들을 내려다보았다. 저 속에 무수한 길들이 숨어 있을 것이었다. 어느 방향으로건 내려가면 큰길이 나올 것이었다. 다시 걸음을 떼는데 발바닥에 닿는 감촉이 선뜻했다. 내려다보니 한쪽 신발을 안 신고 있었다. 어머나! 누가 볼까 놀라서 주위를 둘러봤다. 다행히도 지나다니는 사람이 하나도 없었다. 어쩜! 신발도 제대로 안 신고 나왔다지? 신발을 찾으러 걸음을 되돌렸다. 그런데 내가 머물렀다 나온 집이 어느 집인지 찾을 수가 없었다. 망연히 걷다보니 막다른 곳이었다. 좁다란 도

랑을 따라 가시철망이 쳐져 있었다. 철망 너머는 풀밭이었다. 졸
졸 소리에 도랑을 내려다보니 푸르죽죽한 물이끼가 끼어 있고
그 위로 뿌연 물이 흘렀다. 깨끗한 물이 흐르면 좋으련만, 생각
하면서 들여다보자 이끼가 끼어서 그렇지 물은 깨끗한 듯도 싶
었다. 철망 너머 풀밭은 햇살이 가득했고 평원처럼 넓어 끝이
안 보였다. 이런 곳이 다 있었네! 드나드는 사람이 있는 듯 철망
한 부분의 밑이 들려 있었다. 뭐하는 곳일까 생각하는데 불쑥
누군가 도랑으로 뛰어들었다. 작은 사람이었다. 그가 철망 밑으
로 기어들어가려고 해서 얼른 말을 붙였다.

"있잖아요!"

그가 돌아보았다. 고양이 같기도 하고 토끼 같기도 한 얼굴의,
애 같기도 하고 어른 같기도 한 사람이었다.

"저기가 어디예요? 저도 들어가도 되나요?"

"음……"

"저 너머가 무슨 동이에요? 해방촌 가려고 하는데요."

"음……"

그는 난처한 얼굴로 망설이다 대답했다.

"이 철망을 넘으면 '좋은 옛날'이에요. 들어가도 되는데, 돌아
올 수는 없어요."

"네? 그럼……?"

나는 그 사람을 어떻게 불러야 할지 몰라 우물거리다가 손으
로 그의 가슴을 가리켰다.

"저도 이제 막 넘어가려는 참이에요. 오래오래 생각해보고 마음을 정했어요. 저기는 모두모두 행복하게 영원히 사는 곳이에요. 그리운 사람들이 다 있어요. 늘 따뜻하고 평화롭고 향기 가득한 곳이죠. 명심해야 할 것은, 한 번 가면 다시는 이곳으로 돌아오지 못한다는 거죠."

"아, 그런 데가 있는 줄 몰랐는데요! 들어보지도 못했어요."

"늘 있는 게 아니거든요. 이 도랑과 가시철망은 늘 있지만, 그 너머에 저곳이 늘 있는 건 아니에요. 그러니까 저곳에 가고 싶다고 해서 아무 때나 갈 수 있는 건 아니에요. 지금은 가능하죠. 지금 이 순간은요. 다음은 언제가 될지 몰라요. 몇 년 후가 될지, 몇십 년 후가 될지. 영영 나타나지 않을 수도 있고요. 그럼 저는 이만 가볼게요!"

그리고 그 사람은 약간 슬픈 얼굴이 돼 웃으며 손을 흔들고 철망을 넘어, 뒤도 안 돌아보고 풀밭을 달려 멀어져갔다. 푸릇푸릇한 풀밭 위로 노란 햇빛이 너울너울 떨어지고 있었다. 바람결에 싱그러운 풀 냄새가 훅 끼쳤다. 그리고 음악 소리가 들려왔다. 음악 소리는 초원을 따라 멀리 퍼졌다가 가까이서 들려왔다. 〈포토그래퍼〉다……

필립 글래스의 〈포토그래퍼〉를 들으며 눈을 떴다. 지난밤, 반복 기능으로 틀어놓고 듣다 잠이 들었던 것이다. 〈포토그래퍼〉에 다른 음악이 섞여들었다. 나는 멍하니 음악에 귀 기울이다 정신을 차렸다. 내 휴대폰이 울리고 있었다.

"화열아!"

이모였다.

"잠 깨웠지?"

"아뇨…… 네, 이모, 안녕하셨어요?"

"화열아……"

이모 목소리가 좀 이상하다 느낀 순간 이모가 큰 소리로 울기 시작했다. 멍하니 휴대폰을 귀에 대고 있다가 나는 침대에서 벌떡 몸을 일으켜 앉았다. 머릿속이 하얗게 비었다. 이윽고 가슴이 조이더니 후벼 파는 듯 아파왔다.

"그 나쁜 기집애가!"

소리치고 이모는 어린애처럼 흐느껴 울었다.

"아, 이모……"

중얼거릴 때까지 숨을 안 쉬었던 듯하다. 하아, 숨을 들이쉬었다. 눈물이 주르륵 흘렀다. 눈물이 얼굴을 타고 흘러 턱 밑으로 뚝뚝 떨어졌다. 내가 아직 꿈을 꾸고 있는 건가. 뜨거운 눈물이 솟구치며 줄줄줄 흘렀다.

"엄마, 엄마……"

중얼거렸다.

"엄마엄마엄마! 엄마엄마엄마!"

나는 엄마를 부르짖으며 왼쪽 가슴을 쥐어뜯었다.

"화열아, 화열아!"

울음기 섞인 목소리로 황황히 이모가 나를 불렀다.

What a surprise!

무릎에 이마를 쿵쿵 찧으며 숨이 넘어가게 울고 있는데, 한 손에 꼭 쥐고 있던 휴대폰에서 이모가 애타게 내 이름을 부르는 소리가 들렸다.

"화열아, 화열아, 울음 그쳐! 이모 말 좀 들어봐! 내가 다짜고짜 우는 바람에 화열이가 오해했구나. 미안! 감정이 북받쳐서 그랬어."

처음에는 이모 말이 귀에 들어오지 않았다. 이모는 간신히 울음을 거두고, 평소의 침착한 목소리로 다정하게 나를 달래주며 알아듣도록 되풀이해서 얘기했다.

"화열아, 우선 컴퓨터를 켜. 은경이가 보낸 메일이 있을 거야. 그거 열어봐."

은경 언니한테 신새벽에 전화가 왔다고 했다. 이모는 은경 언니와 통화를 하면서 메일을 열어본 후, 나한테도 메일을 보내놓으라고 했다. 그리고 은경 언니와 통화를 끝내자마자 흥분 상태로 내게 전화를 한 것이다. 나는 훌쩍거리면서 컴퓨터를 켰다.

"네 엄마는 아주, 아주 잘 지내는 것 같아. 어이가 없어서!"

이모는 허탈하기도 하고 명랑하기도 하게 들리는 웃음소리를 내셨다. 이모한테 보냈던 그대로 내게 보낸 은경 언니 메일의 제목은 "What a surprise!"였다.

엄마! 첨부한 사진 보세요! 이모 맞지? 맞지? 내가 여기서 모의법정 동호회에 들었는데, 지난주 그 모임에서 처음 보는 한 친구가 그러는 거야. 자기가 최근에 본 유튜브에 동양 여자가 있었는데 나와 닮았대. 여기 사람들 눈에는 동양 여자가 다 비슷비슷해 보인다는 말을 들은 적이 있어서 그러려니 하고 넘어 갔어. 그 여자가 아주 차밍하대서 기분은 괜찮았지. 그러고 잊어버리고 있었는데, 아까 점심시간에 식당에서 우연히 마주쳤거든. 그 친구가 웃으면서 지금 갖고 있는 노트북에 그 동영상 담아놨는데 보겠느냐고 하는 거야. 기절하는 줄 알았어. 정말 이모야! 똑 닮았어. 이모가 이제 마흔 살이지? 너무 어려 보여서 아닌 거 같기도 했지만, 이모가 맞는 것 같아. 내가 우리 이모라고, 몇 년간 소식이 끊겼던 이모라고 발을 동동 굴렀더니 그 친구도 아주 흥분했어. 유튜브 올린 사람 추적해서 자세히 알아봐주겠다고 했어. 이모지? 맞지?

나는 첨부 파일을 열었다. 손이 부들부들 떨렸다. 파일 하나를 여니 온통 울긋불긋 색칠하고 지붕 테두리에 구슬 장식을 늘어뜨린 버스에 사람들이 잔뜩 올라 있는 사진이었다. 지붕에 열 사람쯤, 앞 범퍼에 다섯 사람. 그 다섯 사람 중, 가슴까지 긴 곱슬머리를 늘어뜨리고 살짝 돌아앉아 옆모습을 보이고 있는 사람! 엄마였다! 나는 사진을 확대했다. 민소매 흰 블라우스에 종아리를 덮는 긴 청치마를 입고, 맨발에 걸친 갈색 플립플롭을 달랑거리며 엄마는 상긋 웃고 있었다. 엄마 뒤편에 선, 장발에 수염이 더부룩한 남자는 위아래가 달린 블루진 광부복 같은 옷을 입었는데, 빨간 손수건을 장미꽃처럼 구겨 가슴에 달았다. 그 옆에서 예수님같이 생긴 청년이 웃통을 벗은 차림으로 정면을 향해 웃고 있고, 엄마 바로 옆에 헤어밴드를 하고 선글라스를 쓴 할아버지가 미소를 띠고 앉아 있었다. 그리고 버스 앞에서 사람들을 올려다보고 있는 커다란 개. 나는 엄마를 보고 또 봤다. 그 파일에는 "지난여름, 위노나 호텔 앞에서. 멋진 폴크스바겐 버스. 탐난다, 멋진 사람들! 부럽다, 자유로운 영혼들이여!"라는 뜻의 영어 설명이 붙어 있었다.

다른 파일 하나는 유튜브 동영상이었다.

아름다운 시절에서 막 빠져나온 듯한 아름다운 미뇽! 목소리 또한 이국적이면서 얼마나 감미로운가!

위노나 호숫가에서의 공연. 뉴올리언스에서 우드스탁을 거쳐 미네소타까지, 젊은 날 밥 딜런의 여정을 따라 순회한다는 이들을 따라다니고 싶다! 록밴드 Hippies EVER. 베이스도 기타도 드럼도 썩 괜찮고, 베이스를 맡은 리드 보컬 BB는 일흔이 다 돼가는 영감인데 뿅 갈 정도의 실력이다. 〈Somebody to love〉. 이 노래의 보컬은 미뇽! Hippies EVER, For EVER!

버스 사진에서 엄마 옆에 앉았던 할아버지가 알록달록한 헤어밴드를 하고 청재킷에 청바지 차림으로 기타를 연주했다. 그 옆에서 하얀 탱크톱에 청바지를 입은 엄마가 노래를 했다. 여러 가지 색실을 섞어 가닥가닥 땋아내린 머리를 흔들면서. 두 사람은 이따금 시선이 부딪치면 고개를 끄덕이며 꿀처럼 달콤한 미소를 교환했다. 너무도 행복해 보이는 엄마는 그 늙은 로커 할아버지의 혼혈인 어린 딸 같았다.

너무 울어서 열이 나고 머리가 띵했다. 나는 퉁퉁 부은 눈으로 동영상을 보고 또 보았다. 버스 옆구리의 낙서 같은 그림을 다시 들여다보니, Hippies EVER를 이탤릭체로 멋 부려 쓴 글자였다.

"네 외할아버지가 미뇽을 워낙 좋아해서 네 엄마 이름을 민용이라고 지었는데, 진짜 미뇽이 됐구나. 원래 꽥꽥거리고 노래하기 좋아했지만 언제 또 그렇게 배웠대? 근사하지?"

이모가 웃으며 "노래방에서 갈고 닦은 솜씨를 미국에서 써먹는 건가?" 하셔서 나도 킥킥 웃었다. 엄마는 아주 어려 보였다. 내 또래로밖에 안 보였다. 늘 나를 조마조마하게 해도 엄마는 커다란 어른이고 나는 작은 애였는데, 이제 엄마는 나보다 어른이 아니었다. 행복하게 웃는 '작은' 엄마를 가만히 들여다보니 차차 마음이 환해졌다. 아주 작아진 엄마가 내 가슴속에 팅커벨처럼 날아와 파닥거리는 듯했다. 엄마의 노랫소리는 낭랑하면서도 사뭇 칼칼했다.

Don't you want somebody to love?
Don't you need somebody to love?
Wouldn't you love somebody to love?
You better find somebody to love.

넌 사랑할 누군가를 원하지 않니?
넌 사랑할 누군가가 필요하지 않니?
사랑할 누군가를 바라지 않겠어?
사랑할 누군가를 찾는 게 좋을 거야.

엄마, 고마워요! 살아 계셔서 고맙고, 행복하셔서 고마워요!
보고 싶은 엄마! 예쁜 히피, 우리 엄마.

요괴 엄마

'히피스 에버' 동영상을 유튜브에 올린 사람과 어렵사리 연결
이 됐다고 은경 언니가 소식을 전해왔다. 그 사람은 자기가 여
름휴가 때 묵었던 위노나 호텔에서 히피스 에버를 '발견'한 '행
운아'라며 '미농'에 대한 살가운 애정을 피력하더란다. BB라는
리드 보컬은 원조 히피지만, 그가 이끄는 히피스 에버는 히피
공동체와는 상관없이 일반 캠프촌이나 호텔이나 모텔에서 묵으

며 순회공연을 다니는 번듯한 록 밴드란다. 그리고 자기는 아칸소에 사는 정신과 의사인데 앞으로 휴가 때마다 히피스 에버 공연을 쫓아다닐 참이라며 이번 추수감사절이나 크리스마스에 합류하지 않겠느냐 하더란다. 히피스 에버 음향기기 스태프와 친구가 돼서 그들이 어디 있는지 언제라도 알 수 있다고.

"어서 온나, 화열이! 이기 얼마 만이고? 이모부 안 보고 살 기가?"

이모네 들어서자 소파에 앉아 계시던 이모부가 벌떡 일어나며 맞아주셨다.

"당신이 자주 집을 비워서 더 못 봤지, 뭐. 얼른 밥부터 먹자."

이모가 나를 감싸주셨다. 이모부는 설날에 뵙고 처음이었다.

"더 껑충해졌네! 와 이래 빼빼 말랐노? 밥은 잘 챙겨 묵고 다니나?"

"예, 이모부."

비싯비싯 웃음이 나왔다. 이모부를 뵈니 반가우면서도 조마조마했다. 식탁 위에는 물김치와 파릇한 시금치나물과 상추와 불판이 놓여 있었다.

"화열이 덕에 우리도 호사 좀 하려고 한우 꽃등심 샀어. 많이 먹어, 화열아."

불판에서 지글지글 고기가 익었다.

"이건 살짝 익혀 묵는 기라. 얼른 묵어라."

이모부가 내 앞접시에 고기를 놓아주셨다. 살캉 씹히며 달큼

한 육즙이 배어났다. 엄마가 좋아하던 꽃등심 구이. 미국으로 떠나기 전날 저녁에도 이모네서 꽃등심을 구워 먹었더랬지.

"맛나다, 맛나다! 화열이 많이 묵으래이!"

이모부는 와구와구 먹음직스럽게 고기를 드시고 맥주를 마셨다.

"음, 맛있다!"

역시 감탄하며 고기를 씹던 이모가 긴 한숨을 쉬셨다.

"와카노? 묵거라!"

이모부가 걱정스런 얼굴로 이모를 보셨다.

"처음에는 살아 있는 게 그저 고마웠는데, 새록새록 화가 나 죽겠네. 내가 이, 이……"

이모는 맥주를 한 모금 꿀꺽 삼키고 또 한숨을 쉬셨다.

"이 기집애를 가만 안 둘 거야! 홍!"

코웃음을 치더니 이모가 깔깔 웃었다.

"뛰는 놈 위에 나는 놈 있다구! 어디, 방학만 됐단 봐라! 쫓아가서 아주, 어떻게 할까? 화열아, 우리, 어떻게 할까?"

눈을 반짝이며 까르르 이모가 웃자 이모부도 껄껄 웃었다.

"그래도 처제 좋아 보이데, 얼매나 다행이고!"

이모부는 눈물을 글썽였다.

"당신 조상님이 덕을 쌓은 모양이라. 장인어르신이 저 위에서 보살피신 기라!"

이모부가 젓가락으로 천장을 가리키셨다.

"민용이, 걔, 사람 아니야. 괴물이야, 괴물! 요괴라니까."

"그러게. 동영상 보니까 완전 얼라 얼굴인 기 묘~하대. 화열아, 네 엄마가 예사 사람은 아닌 기라. 처제, 지 입으로도 그랬지? 뭐랬더라?"

헤베라고 했다. 그 저녁에 이모부가 "처제는 어째 내가 첨 볼 때 그대로고? 철딱서니가 없어 그러나, 나이 하나도 안 묵었데이" 하자, 엄마가 "형부, 전 청춘의 여신 헤베예요" 대꾸하며 생글생글 웃었다. 그러자 이모부가 껄껄 웃으며 호기롭게 소리쳤다.

"헤베? 헤베? 처제가 헤베면 내는 헤벨레다! 도취의 남신 헤벨레!"

"헤벨레?!" 소리치며 이모부 어깨에 머리를 받고 깔깔 웃던 엄마 얼굴이 눈에 선하다. 꼬리를 잡았으니 엄마는 이제 부처님 손안에 든 셈이라는 것, 겨울방학이 되면 나도 같이 엄마를 찾아가자는 것, 그 전에라도 계속 엄마를 추적해둘 거라는 것. 이모와 이모부가 번갈아 들려준 계획을 들으며 가슴이 두근거렸다. 한편, 엄마가 나를 반기지 않을까 불안했고, 나를 만나는 순간 엄마가 확 늙어버리는, 말도 안 되는 광경이 상상되면서 살풋 소름이 돋았다. 그냥 먼발치에서 보기만 해도 좋겠다! 어린 나이에 엄마가 돼 엄마로 젊음을 보낸 엄마. 나는 엄마를 안다. 나를 만나면 엄마는 너무 좋아서 숨도 제대로 못 쉬고 어쩔 줄 모를 것이다. 내가 이렇게 다 큰 것을 보면 진짜 마음이 놓여서 나 때문에 더이상 슬픈 꿈을 꾸지 않을 것이다. 엄마를 빨리 보고 싶어!

"니, 팽이들 밥 주러 다닌다메?"

이모부는 나한테 수의학과에 가라고 하셨다.

"1년 열심히 파면 문제 없을 기다. 그리고 이제 들어온나. 언제까지 떠돌 기고?"

우선, 내 손만 바라보는 고양이들 때문에라도 나는 우리 동네를 떠날 수 없다. 그리고 나는 떠도는 거 아닌데…… 내가 고개를 숙이고 젓가락으로 고기를 뒤적뒤적하자 이모가 이모부한테 화제를 돌리라는 눈치를 준 듯했다. 이모부가 버럭 소리를 질렀다.

"이모면 엄마 한가진데 당신 와 그래 무책임하노? 화열이, 니 무슨 생각 갖고 어찌 지내나 속 시원히 털어놔봐!"

"아, 소리 좀 지르지 마요!"

"그래그래, 내 잘못했다. 화열아, 이모부는 억수로 섭섭하데이. 지방으로건 외국으로건 어데 유학을 간 것도 아이고, 시집을 간 것도 아이고, 한 서울에 살면서 나가 사는 것도 섭섭코, 장래에 대해 내랑 의논 한마디 안 하는 것도 섭섭코!"

나는 더듬더듬, 아무도 모르게 이루려고 했던 나의 꿈을 밝혔다.

허무해, 내 나이

"저는 글을 쓰는 사람이 되고 싶어요. 시도 쓰고 소설도 쓰고, 에세이도 쓰고 싶어요. 책을 읽을 때면 나는 행복해요. 글을 쓸 때면 행복해요. 대학교엘 다니지 않아도 작가가 될 수 있어요. 대학교에 다닐 필요를 못 느껴요. 학교에 다니는 시간이 아까워요. 저 혼자 힘으로 충분해요."

내 말에 이모와 이모부는 번갈아 충고하셨다. 학교라는 게 배움이 전부가 아니라 같은 연배 친구들과 한 시기를 한 공간에서 보낸다는 것 자체만으로 소속될 가치가 있다는 것, 우리 사회에서 대학을 안 나오면 문단에서도 불이익이 클 것이며 내가 천재가 아닌 한 도태될 수 있다는 것, 문예창작과에 가면 진짜 소설가와 진짜 시인 선생님을 만날 테니 반드시 뭔가 배울 점이 있을 거라는 것, 대학교를 안 다니면 내 세계가 결국 좁아지기 십상이라는 것.

내가 정운경 선생님을 찾아뵌 얘기를 했던가? 누군가 편의점 테이블에 두고 간 문예지에서 우연히 선생님 사진을 본 게 한달 전 일이었다. 그동안 선생님을 희곡 작가로만 알고 있었는데, 문예지에 선생님의 신작시 특집이 실려 있기에 깜짝 놀랐다. 그새 시인으로 등단하신 뒤 작품 발표도 활발히 하셨나보다. 시인 약력을 보고 선생님이 모교인 사립대학의 국문과에 재직중이라는 근황도 알게 됐다. 나는 선생님께 짤막한 편지와 함께 내가 쓴 시 일곱 편을 우편으로 부쳤다. 일주일 뒤 선생님이 전화를 주셨다. 한달음에 선생님께 달려갔다. 선생님은 좀 뚱뚱해지셨지만 안경 너머의 형형한 눈빛은 여전하셨다. 선생님은 따뜻하게 웃으며 아찔할 정도의 칭찬으로 말문을 여셨다.

"햐, 어쩜 이렇게 시를 잘 쓰니?!"

몸이 붕 뜨는 듯했다. 언제부터 시를 썼는지, 몇 편이나 썼는지 물으신 뒤 선생님은 내 시를 문예지에 추천하는 게 좋을지 신인 공모에 내는 게 좋을지 연신 웃으시며 궁리하셨다.

"이 시는 당장 발표해도 좋겠어. 근사한 프랑스 시 번역한 것 같잖니? 나쁜 뜻으로 말한 거 아니다!"

선생님이 손끝으로 찰싹 두드린 건 제일 위에 놓인 시였다. 선생님은 저녁밥도 사주시고 맥주도 사주셨다. 나는 기분이 들떠서 맥주를 두 병이나 마셨다. 그래서 버릇없는 말도 했다.

"왜 시인들이 여성지 같은 데 시를 싣나 모르겠어요."

"살다보면 내키지 않아도 시를 주지 않을 수 없는 경우가 있어."

내가 오만한 표정으로 고개를 완강히 젓자 선생님이 빙글빙글 웃으셨다.

"어디, 화열이 너는 절대 여성지에 시 안 주나 두고 보자!"

선생님이 나를 이미 시인으로 대우하는 말씀이셔서 하염없이 기뻤다. 선생님과 헤어져 돌아오는 버스 안에서도, 내 방에서도, 나는 선생님한테 돌려받은 시들을 보고 또 보았다. 제일 윗장의 시는 열 번도 넘게 되풀이 읽어보았다.

허무해, 내 나이

내 가슴은 텅 비어 있고

혀는 말라 있어요.

매일매일 내 창엔 고운 햇님이
하나씩 뜨고 지죠.
이따금은 빗줄기가 기웃대기도,
짙은 안개가 분꽃 냄새를 풍기며
버티기도 하죠.
하지만 햇님이 뜨건 말건
빗줄기가 문을 두드리건 말건
안개가 분꽃 냄새를 풍기건 말건
난 상관 안 해요.
난 울지 않죠.
또 웃지도 않아요.
내 가슴은 텅 비어 있고
혀는 말라 있어요.

나는 꿈을 꾸고
그곳은 은사시나무숲.
난 그 속에 가만히 앉아 있죠.
갈잎은 서리에 뒤엉켜 있고.
난 울지 않죠, 또 웃지도.
은빛 나는 밑동을 쓸어보죠.

그건 딱딱하고 차갑고
그 숲의 바람만큼이나.
난 위를 올려다보기도 하죠.
윗가지는 반짝거리고
나무는 굉장히 높고
난 가만히 앉아만 있죠.
까치가 지나가며 깍깍대기도 하고
아주 조용하죠.
그러다 꿈이 깨요.
난 울지 않죠, 또 웃지도 않아요.

내 가슴은 텅 비어 있고
혀는 말라 있어요.
하지만 난 조금 느끼죠.
이제 모든 것이 힘들어졌다는 것.
가을이면 홀로 겨울이 올 것을
두려워했던 것처럼
내게 닥칠 운명의 손길.
정의를 내려야 하고
밤을 맞아야 하고
새벽을 기다려야 하고.

아아, 나는

은사시나무숲으로 가고 싶죠.

내 나이가 허무할 때면.

　정운경 선생님은 제일 끝 행, "내 나이가 허무할 때면"을 빨간
펜으로 북 긋고 "허무하기는 뭐가 허무해? 어린것이!" 하셨다.
그리고 고개를 갸웃갸웃하며 빨간 줄 아래 "내 나이가 이리저리
기울 때면"이라고 적으셨다. 나는 "내 나이가 허무할 때면"이 더
마음에 와닿았지만, 선생님이 고쳐주신 쪽이 격조 있는 듯해 따
르기로 했다. 따라서 제목도 고쳐야 했는데, 번개같이 '잠자는
숲'이란 제목이 떠올랐다.

　정운경 선생님께 그런 격려를 받기 전이었다면 이모와 이모부
한테 내 꿈을 발설하지 못했을 것이다. 내가 고등학교를 중퇴한
데 대해서는 아무렇지도 않아 했던 선생님도 대학에 가지 않았
다는 말에는 이만저만 착잡한 게 아니신 듯 지그시 내 눈을 들
여다보며 탄식하셨다.

　"네가 대학에 안 갔다니 내 마음이 안 좋다!"

　그러고는 모교 사랑을 드러내셨다.

　"너, 우리 학교 와라! 우리 학교 괜찮아."

　선생님과의 대화는 유쾌하고 유익했다. 이런 선생님들만 계시
다면 학교도 다닐 만하겠다. 선생님은 이런 말씀도 하셨다.

　"이번 신춘에 내면, 어쩌면 당선될지도 모르겠다. 다른 길도

얼마든지 있고. 근데 등단이 중요한 거 아니다. 빨리 하는 게 좋은 것만도 아니고. 사실 난 어린 재능은 믿지 않는다. 적어도 스물다섯 살은 돼야 평생 쓸 놈인지 말 놈인지 가늠이 가지."

스물다섯. 멀다! 그 거리를 글로 버티느냐 못 버티느냐, 그것이 관건이라는 말씀이겠지.

이모부가 내 얘기를 차분히 들어주시다니 뜻밖이었다. 이모부는 나를 독립적인 한 인간으로 인정해주시는 듯했다. 이모부하고는 말이 통하지 않을 거라고 지레 마음을 닫았던 게 죄송스러웠다.

"수의학과 다녀도 글 쓸 수 있을 텐데? 딱 잡아떼지 말고 대학은 염두에 두고 있거래이."

이모부는 사뭇 의논하는 듯 타이르셨다. 언제 또 버럭 소리를 지를지 모르지만, 이제는 이모부와 대화할 때 내 귀에 셔터를 내리지 않을 수 있을 것 같다. 이모부가 내게 신용카드를 선물하셔서 그렇다고는 말 못하겠다. 내가 얼굴이 빨개져서 사양하자, 이모가 이모부 손에 들린 카드를 빼 내 손에 쥐여줬다.

"이모부가 진작부터 마련했던 거야. 고맙습니다, 하고 받으렴."

"학원도 끊고, 이쁜 옷도 사입고, 그러래이. 화열이 니는 허투루 사는 애가 아이니 잔소리 안 해도 될라. 은경이 금 마는 내 벼르고 있다! 카드 확 뺏아불 기다."

피닉스 무늬가 찍힌 금빛 카드를 만지작거리니 쓰지 않더라도 부자가 된 기분이었다. 엄마한테 이런 이모부와 이모가 있었으면 좋았을 것이다. 참, 큰엄마와 이모가 엄마한테 카드를 빌려줬다가 곤욕을 치른 적이 있지!

바리이모는 못 말려

드디어 영인이가 우편으로 비밀번호를 적은 쪽지와 함께 나라사랑 카드를 보내왔다고 바리이모님이 낄낄 웃으셨다. 나라사랑 카드란 국군 장병들이 월급통장과 체크카드와 전화카드와 교통카드로 두루 이용하는 카드라고 한다.

엄마 탄신일이 머지않았네. 유경이랑 같이 맛있는 거라도 드시라고 축하금을 좀 보내드리고 싶은데, 연평도 포격 사건으로 전사한 동료들을 추모하는 뜻에서 복지시설 이용이 금지됐어. 그래서 매점에서 물건도 못 사고 현금인출기도 못 쓰고 있어. 아쉽지만, 마음만 보냅니다. 생신 축하합니다~ 생신 축하합니다~ 사랑하는 우리 엄마~ 생신 축하합니다~!

이 갸륵한 영인이의 메일이 발단이었다. 바리이모님은 즉시 답을 보내셨다.

마음만 가지고는 아무 쓸 데 없다. 마음을 뒷받침할 결정적인 뭔가가 있어야 한다. 살뜰하신 네 행정관께 엄마 생일이니 특별히 카드를 쓰게 해달라고 부탁해봐라.

행정관에게 부탁을 했는지 안 했는지 모르겠지만 영인이의 답신은 이랬다.

나만 특별히 그럴 수가 없네요. 이번엔 마음만. 봐주세요. 송구;;;

바리이모님은 영인이에게 독려인지 독촉인지, 다시 메일을 보냈다.

글쎄, 마음은 알겠는데, 마음만 보내면 뭐하냐? 돈이 중요하지. 카드를 보내라. 여기서 찾아 쓰게.

그리하여 영인이가 우편으로 나라사랑 카드를 보내게 된 것이다. 카드가 잘 전달됐는지 궁금한 영인이가 전화를 걸어왔다고 한다. 다음은 바리이모님이 무용담처럼 전한 두 모자의 통화 내용이다.

바리이모: 멍청한 놈아! 카드만 보내지 비밀번호는 왜 적어

보냈어?

　영인: 비밀번호를 알아야 찾아 쓰지.

　바리이모: 이놈아, 네 비밀번호 뻔하지. 1120 아니면 0365지.

　영인: 엄마! 어떻게 알았어?

　바리이모: 네 머리로 생각하는 숫자가 뻔하지.

　1120은 바리이모님의 생일이랑 영인이 학번이 겹치는 숫자라
고 한다.

　"0365는 뭐예요?"

　내가 묻자 바리이모님이 알려주셨다.

　"1년 365일이란 뜻이야."

　로라 언니와 팅클 언니와 나는 뒤로 벌렁 쓰러지며 웃었다.

　"영인이가 빼 쓰라는 7만 원 빼니까 카드에 잔고가 몇천 원밖
에 안 남았더라."

　"영인이 월급이 얼만데요?"

　"7만6천 원인가 그래."

　"아이고, 세상에! 아무튼 바리 언니, 웃긴다니까! 용돈 보내주
지는 못할망정 그걸 악착같이 뺏어?"

　로라 언니가 핀잔을 주자 바리이모님이 씩 웃으며 대답했다.

　"그 녀석이 돈이라면 발발 떨거든. 졸업식 날에 꽃다발 대신
만 원 받은 녀석이잖아. 발발 떠는 게 얼마나 재밌다구."

　불쌍한 영인이. 영인아, 연평도 포격 사건 때 바리이모님이 얼

398

마나 심란해하셨다구. "호국충정에서가 아니라 수신제가 차원에서"(바리이모 말씀) 아들 입대시킨 어머니, 바리이모님은 내년 계획을 창창히 세우셨다. 영인이와 유경이한테 면학 분위기를 돋우기 위해 사이버대학 상담심리학과에 입학하실 거고,

"내가 장학금이라도 타면 영인이도 부끄러워 분발하지 않을까?"

시립직업전문학교도 찾아가서 다 알아보고 실내디자인 과정을 점찍어놓으셨단다. 시립직업전문학교는 1년 과정인데, 정부 사업이기 때문에 다니는 동안 최저생활비는 보장해준다고 했다. 어려운 살림이면서도 '돈'에 절대 애면글면하지 않고 꿋꿋한 바리이모님. 대학에 합격하기도 했지만 몇 번이나 돌발 사태가 생겨 다니지 못하고, 결국 배움의 시기를 놓친 게 아쉬움으로 남아 있었단다. 내년 3월부터는 바리이모님이 차려주시는 밥을 쉽게 맛보지 못할 테다.

"더 늦기 전에 체력과 의지를 모아 열심히 매진하며 살아보려고 해."

박수! 박수! 파이팅, 바리이모님!

쓰라린 기록

인생은 쓰라린 일들로 가득한 것 같다. 자기 전에도, 자다가

도, 막 잠이 깬 뒤에도, 길을 걷다가도 불쑥 울음이 터질 것 같았고, 나도 모르게 혼잣말을 하곤 했다. 버스 안 같은 데서는 내 목소리에 놀라 손으로 입을 막곤 했다. 미안해, 아비! 미안해, 미안해, 미안해!

벌써 한 달 열흘이 지났다. 기다리고 기다렸다. 다른 결말을 얘기하게 되기를. 아, 하느님! 이게 결말이 아니도록 도와주세요! 이랬으면 좋았을까, 저랬으면 좋았을까. 온갖 가정과 후회가 머릿속을 들쑤셨다.

처음 혜조 언니가 전화를 걸어 휴대폰이 울렸을 때, 나는 편의점에 있었다.

"알리가 그제 집을 나갔어. 내가 제임스한테 지랄했어. 제임스 지금 제정신이 아니야."

가슴이 철렁했다.

"현관에 방묘문 설치했잖아요?"

"문 쪽에 알리가 얼씬도 안 해서 제임스가 치워버렸나봐. 거치적거리니까."

혜조 언니는 연락을 받은 뒤 달려가 밤새 희연 언니와 함께 동네를 뒤졌다고 했다. 그다음 날도 밤을 샜다고 했다.

"이틀을 제대로 못 잤더니 피곤해 죽겠어. 완전 미로 속 같은 동네야. 길고양이들 많이 살더라. 아비는 코빼기도 못 봤고. 그래도 지가 어디 가겠어. 근처에 숨어 있겠지. 너무 걱정 마. 금방 찾을 거야."

편의점 일이 끝나는 대로 혜조 언니와 함께 아비를 찾아다니
기로 했다. 편의점 주인아주머니와 계산을 마무리하고 있는데,
언니에게서 또 전화가 왔다.

"고양이탐정이랑 같이 있거든. 김밥집에서 먹을 거 좀 사오려
하는데, 뭐 먹을래?"

"고양이탐정 불렀어요?"

"응, 아무래도 안 되겠어서. 아까 점심시간에 제임스가 알리
찾으러 왔다가 집 앞에서 알리! 알리! 하고 부르니까 집 바로 옆
에서 알리가 대답하더래. 높다란 담으로 막혀 있는 구석이라서
제임스가 다가가 안으려고 하니까 담을 넘어 도망가버렸대. 제
임스, 완전 패닉이 돼서 직장도 안 나가겠대. 사람 잡을 것 같아
서 제임스는 이제 손 떼고 우리한테 맡기라고 했어."

고양이탐정이 와 있다니 이젠 됐다, 싶었다. 고양이탐정이란
집 나간 고양이를 찾아주는 사람이다. 우리나라에 한 사람밖에
없어서 아주 바쁘기 때문에 연결이 쉽지 않다던데 혜조 언니가
용케도 금방 불렀다. 제임스 집 앞에 가니 어떤 남자와 혜조 언
니가 계단에 앉아 김밥을 먹고 있었다. 고양이탐정은 서른 살가
량의 건장한 남자였다. 대학원생쯤으로 보이는 평범한 인상인데
못 알아들을 정도로 말을 빨리해서 대강만 알아들을 수 있었다.

'일이 아주 어렵게 됐다. 제임스를 만나기 전까지는 아비가 이
쪽 영역에 있었는데, 담을 넘은 순간부터 다른 영역으로 이동했
다. 이 동네는 보다시피 고양이 숨을 곳이 무궁무진하고, 길고양

이들이 아주 많다. 아비는 다른 고양이들한테 밀려 쉽사리 돌아오지 못할 것이다. 조사 범위가 아주 넓어졌다. 아비는 현재 길고양이들의 영역과 영역 사이, 중립 지역에 숨어 있을 것이다.'

혜조 언니는 고양이탐정의 말을 열심히 들으며 수첩에 주의사항을 메모했다.

'밤에 나가서 조용조용히 이름을 불러본다. 너무 자주 부르면 안 된다. 익숙해져서 반응을 안 하게 된다. 만약 만나더라도 스스로 다가와 안기기 전에는 절대로 붙잡으려 하지 마라. 어떤 경로로 움직이는지만 살펴봐라. 이동장 지참 필수. 맨손으로 잡을 생각은 절대 말 것.'

그것이 집 나간 고양이를 잡는 요령인데, 이제 자기가 왔으니 방해하지 말고 자기 말만 들으라고 했다.

"집 나간 고양이는 겁에 질려 어디 틀어박혀 있다가 굶어 죽는 게 제일 걱정할 부분이에요. 그러니 쉽게 찾아 먹도록 밥을 공급하는 게 중요해요."

"배고프면 먹을 걸 찾아 밖에 나오지 않을까요?"

내가 묻자 고양이탐정이 벌컥 화를 내며 대답했다.

"그건 사람 생각이죠! 그 정도로 배가 고플 땐 이미 움직일 기운이 없을 정도로 탈진해버려요!"

자기 말에 토를 다는 걸 싫어하는 듯했다. 아니면, 혜조 언니 말대로 사람 사회에 영 익숙지 않아 대화하는 법을 모르거나.

고양이탐정은 혜조 언니가 준비한 '로얄캐닌 키튼' 사료와 간식캔을 바랑에 넣은 뒤, 자기는 이곳저곳에 고양이 밥을 놓을 테니 우리는 주의사항을 지키며 대강 둘러보고 가라고 했다. 그리고 여러 명이 우르르 찾으러 다니는 건 역효과만 나니 자기한테 맡기고 신경을 끊으라고 했다.

"화단, 구석진 곳, 거미줄 친 데, 먼지 많은 데, 높은 곳, 그런 데 살펴보세요. 나는 우선 근처에 고양이 쓰던 모래를 뿌려놓을게요."

말을 끝낸 고양이탐정이 쪼그려 앉아 바랑에서 이것저것 꺼내 들여다보며 뭔가 준비하다가 아비가 쓰던 화장실 모래를 집 둘레 구석에 뿌리기 시작했다. 혜조 언니와 나는 그가 한번 훑어보고 가라고 한 제임스 집 앞 골목길을 걷기 시작했다. 일방통행인 좁은 길 양편으로 원룸 스튜디오 건물들이 빽빽이 붙어 있었다. 작은 단독주택들을 허문 자리에 다가구주택을 지어넣은 전형적인 대학촌 골목은 사람들로 분주하고 보안등 빛도 휘황했다. 그 사이를 걷자니 거미줄에 걸린 것 같았다.

"제임스는 저 사람 마음에 안 들어하는데, 난 믿음이 가. 고양이 같은 사람이야. 집에서 서른 마리나 기른대. 그래서 돈 많이 벌어야 한대. 고양이밖에 모르고 사는 사람 같아."

"저 사람이 밤새 여기 지키나요?"

"아니, 두 군덴가 더 맡았나봐. 오늘은 새벽 1시까지 여기 지키고 다른 데 들렀다 집에 간대. 고양이라면 깜빡 죽는 사람이야. 꼭 찾아야겠다고 자기가 더 안달하는 사람이야."

우리는 한 연립주택의 허름한 화단에 들어가서 컴컴한 구석을
들여다보았다. 아비가 담을 넘어서 이 길엔 없을 거라는 말을 들
은 뒤라 기대도 안 했지만, 혹시나 하는 마음으로 막막히 "아비!"
불러보았다. 고양이탐정의 말을 듣기 전이었다면, 큰 소리로 아
비를 부르며 다녔을 텐데, 소리 죽여 불렀다. 아비, 아비, 아비!

저버린 자의 슬픔

아비를 곧 찾을 수 있을 줄 알았다. 고양이탐정이 옆 블록에
서 아비를 힐끗 보기는 했다고 했다.

"알리처럼 머리 좋고 경계심 많고 재빠른 고양이는 처음이래.
아주 높다란 담도 붕붕 날아 넘어간대. 좀 오래가겠다고 그러
네."

열흘이 지나자 벌써 150만 원이 넘게 나갔다고 했다. 고양이
탐정비가 하루에 13만 원, 그리고 매일 고양이 사료 2킬로그램
한 봉지씩. 어쩌면 좋을지 조언을 들으려고 로라 언니한테 전화
를 걸었다. 진료중이라는 로라 언니는 잘라 말했다.

"뭐, 150만 원?! 미쳤다! 이제 그만하라 그래!"

제임스는 신경정신과에 다니며 약을 먹고 있고, 고양이탐정을
불신하며 시간 나는 대로 알리를 부르면서 찾아다닌다고 했다.
고양이 찾는 기간이 길어지면 반려인이 고양이 찾기를 포기하게

되는 걸 고양이탐정은 퍽 두려워한다고 했다. 그리고 많은 돈을 받고도 고양이를 못 찾은 게 부담이 된다고 이후 의뢰비를 대폭 깎아주겠다고 했단다.

"실력은 있는 거 같아. 알리 망보다가 다른 집 고양이 두 마리나 찾아줬어. 이 사람 우리가 포기하겠다고 하면 자기 혼자서라도 계속 알리 찾을 것 같아. 값을 깎아준다니 일단은 더 맡겨보려고."

한 달을 채우고 고양이탐정은 아비의 행동반경을 대충 파악했다고, 그러나 길고양이로 오래 산 특수 케이스의 아비를 포획하기는 여간 어렵지 않겠다는 보고를 혜조 언니한테 했다. 혜조 언니는 의뢰를 철회하고 대신 아비를 포획할 경우 사례금을 지불하기로 했다.

"요즘도 잠깐씩 밤에 와서 지켰다 가는 것 같아. 알리를 못 잡은 게 그 사람한테도 상처가 되나봐. 제임스는 희연 언니랑 나한테 난리야. 사기꾼을 불러왔다구. 휴……"

"아비한테 마취 총을 쏴서 잡으면 어떨까요?"

"나도 그 생각 해봤는데, 고양이탐정 말이, 마취 총 맞고 그 자리에서 쓰러지는 게 아니래. 어디 구석에 숨어들어서 뻗으면 못 찾는다는 거야. 그리고 그 사람은 고양이한테 폭력적인 거 싫어해."

그리고 또 열흘이 지났다. 잃어버린 고양이를 몇 주 만에 찾았다, 몇 달 만에 찾았다, 이런 게시물을 〈고양이웃네〉에서 읽으며 희망을 가졌었는데, 로라 언니가 속상한 목소리로 말했다.

"이젠 뭐, 결국 아비, 딴 동네 길냥이 됐네."

바늘처럼 쿡 찌르는 그 말 한마디.

"이제 와 하는 말이지만, 애를 데려가자마자 스케일링을 시키고 그러는 거 아니야. 그러잖아도 스트레스 잔뜩 받아 있었을 텐데."

지옥으로 가는 길은 선의로 포장돼 있다고 누가 말했더라…… 아비, 나도 너 행복하라고 벌인 일이었어. 아비, 내가 너를 보러 제임스네 가지 않았더라면 얼마나 좋았을까!

제임스가 일주일 출장을 간 동안 아비를 돌보고 있다는 말을 혜조 언니한테 들었을 때, 나는 아비를 볼 좋은 기회라고 생각했다. 혜조 언니도 잠시 망설이다 놀러 오라고 했다.

"그런데 아비가 옛날 아비 아니야. 그렇잖아도 나 싫어하는데, 제임스가 없으니까 원수 보듯 해. 너무 변해서 깜짝 놀랄 거야. 화열이 만나면 혹시 아비가 좀 나아질까?"

아비를 만날 생각을 하니 뛸 듯이 기뻤다. 아비, 아비, 아비! 두근거리며 제임스네 들어서자 혜조 언니가 방긋 웃으며 맞아줬다.

"아비, 어디 있어요?"

"베란다 지 화장실에 들어가 있어. 내가 있는 동안은 거기서 꼼짝도 안 해. 그러면서도 캔 주면 먹는다?"

나는 "아비, 아비" 부르며 베란다로 나갔다. 베란다 구석 화장실에 아비가 잔뜩 웅크리고 앉아 우웅 소리를 냈다. 양쪽 귀를 머리에 바짝 붙인 마징가 상태로.

"나야, 아비! 아비, 나야!"

충격이었다. 혜조 언니가 뒤따라와서 "거봐, 애 완전히 변했지?" 하며 한숨을 쉬고 나갔다. 나는 주머니에서 간식캔을 따서 그릇에 담아 화장실 모래에 놓고 물러앉았다. 잠시 후 몸을 조금 움직여 아비가 간식캔을 먹었다. 다 먹은 뒤 내가 다가가니 아비가 다시 마징가 귀를 하고 우웅, 경계하는 소리를 냈다.

"아비."

조그맣게 부르며 살짝 손을 뻗어 아비 등을 만졌다. 등을 살살 쓰다듬다가 아비를 들어올려 끌어안았다. 나는 아비를 안고 벽에 기대앉았다. 그리고 아비에게 오래 얘기했다. 베티 귀 잘린 소식도 전하고 삼색이 남매 소식도 전하고 내 미안한 마음도 얘기했다. 아비의 몸이 점점 부드러워졌다. 나는 아비를 안고 방으로 들어가 트릴로 캣타워 꼭대기에 올려주었다. 그러자 아비가 꼬리를 꼿꼿이 세우고 기분 좋은 듯 기지개를 켰다.

"어머, 어머, 아비 저런 모습 처음 봐, 어머!"

혜조 언니가 외쳤다. 좀더 아비와 놀고 싶었지만 혜조 언니 과외 시간이 가까워져서 함께 나왔다. 혜조 언니는 제임스한테 가끔 나를 초대하라 하겠다고 했다. 아, 진작 와볼걸! 내가 자주 와봤어야 했는데. 그러면 아비가 자연스럽게 새 생활을 익혔을 텐데. 앞으로는 좋아질 거야. 제임스가 나를 초대할 테니까. 나는 가슴 벅차하며 트릴로 위에 있는 아비한테 인사를 하고 돌아왔다. 그때 아비는 내 뒷모습을, 내가 나간 문을 보았을 것이다. 그리고, 포기하고 잊었던 모든 기억이 되살아났을 것이다. 나는 너무 늦게, 혹은 조금 빨리 아비를 만나러 간 셈이다. 처음부터 제임스네에 드나들었거나, 좀더 나중에 갔어야 옳았다. 아주 가지 말았거나. 아, 제임스와 거의 밀착이 되기 직전에 내가 아비와 재회를 해서 모든 것이 망가졌다. 현명한 혜조 언니가 예상한 대로 돼버린 것이다. 예상한 일인데도 왜 막지 못했을까.

어쨌거나, 한 달 열흘이 지났다. 너무 늦었다. 나는 괴로워할 자격도 없다. 아비를 미친 듯이 찾아다녔다면 이토록 괴롭지는 않을 것 같다. 한 달이 지난 뒤에는 너무 늦었다는 가책이 발길을 막았다. 엄마가 내게 그토록 오랫동안 연락을 끊은 심정을 알 것 같다. 제임스는 아프다. 아비…… 영리한 녀석이니 비탈을 찾아올 수도 있을까? 그런들…… 옛날과 같을 수는 없다. 제임스는 아프고, 나는 아플 수도 없고, 아비, 나는 너를 저버렸다. 벌써 몇 번이나!

나비의 시간

필용이는 요즘 주말마다 보육원에 봉사를 다닌다. 어제는 나도 함께 갔다. 함께 갔다기보다, 필용이가 가르쳐준 대로 찾아갔다. 지금 사는 집으로 이사오기 전에, 도서관에서 돌아오는 길에 지나친 적이 있는 동네였다. 도서관을 오갈 때 행로를 정하지 않고 발길 닿는 대로 이 골목 저 골목 걷는 게 내 작은 도락이었다. 그래서 집과는 점점 멀어져 느닷없이 서울역 근처가 되기도 했고, 가파른 골목을 오르락내리락하다 낯선 동네 언덕 위의 아름다운 교회를 만나기도 했다. 꽃이 만발한 정원 안에 옛날 건물 같은 붉은 벽돌 교회당이 서 있었다. 그 안에 들어가보고 싶었지만 커다란 철문이 굳게 닫혀 있었다. 철책 담장 너머에서 오래도록 그 안을 들여다봤던 기억이 난다. 다시 찾아가보고 싶었지만 길을 알 수 없었던 그 교회가 보육원 위에 있었다.

보육원 건물의 한쪽 벽을 덮고 있는 담쟁이덩굴이 빨갛게 단풍 들어 있었다. 늦가을의 맑은 햇살이 드리워진 마당을 가로질러 걷는데 달콤한 피아노 소리가 들려왔다. 현관에 들어가 피아노 소리를 따라가니 문이 닫힌 방 앞이었다. 손잡이를 돌리고 살짝 밀어보았다. 문이 열렸다. 넓은 방 안에서 분홍 발레복을 입은 어린 여자애들 열댓 명이 음악에 맞춰 팔을 동그랗게 오므리고, 빙글빙글 돌고, 다리를 번쩍 들기도 했다. 유정 언니는 아이들 사이를 왔다갔다하며 자세를 잡아주기도 하고 시범을 보이기도 하며 구령을 붙이고 있었다. 한구석 전축 옆에 앉아 있던 필용이가 나를 향해 번쩍 손을 들었다. 나는 유정 언니와 눈인사를 나누고 발꿈치를 들고 필용이 옆으로 걸어가서 앉았다. 분홍 나비 같은 소녀들이 음악 소리에 맞춰 팔랑팔랑 날갯짓을 했다. 유정 언니는 하얀 나비였다. 필용이는 세운 무릎에 턱을 얹고 음악에 맞춰 앞뒤로 몸을 끄덕이며 홀린 듯 나비들을 바라보았다.

"음악 좋다. 곡목이 뭐니?"

"몰라. 러시아 음악이라는데."

필용이는 음악도 바꿔 걸어주고, 가끔 짤막한 춤곡을 피아노로 쳐주기도 한다고 했다. 초급 피아노 반도 만들어 맡아볼까 한다고 했다. 필용이네 옆집에 사는 유정 언니는 체육교육과 2학년이다. 바싹 당겨 빗어 머리를 올리고 있는데 한눈에 발레리나 같다. 유정 언니는 여름방학부터 보육원 봉사를 시작했다고 한다. 한 동네에 있는 보육원이 햇빛 잘 드는 빨간 벽돌 건물인데 우중충해 보이는 이유를 생각하다가 그 안에 춤과 음악을 채워주고 싶었다는 것이다.

"좋으면 너도 하나 구워줄까?"

"와, 그럴 수 있어? 좋지!"

"얼마든지."

30분쯤 꿈 같은 시간이 흐르고 음악이 끝나자 아이들이 재잘거리고 웅성거렸다. 바닥에 앉아 발을 주무르는 아이도 있었다. 유정 언니가 다가오자 필용이가 보온병에서 차를 따라 건넸다.

"지루하지 않으셨어요?"

유정 언니가 물었다.

"아뇨, 아뇨! 시간 가는 줄 몰랐어요!"

유정 언니는 미소를 띠고 고개를 끄덕였다. 차를 다 마신 뒤

유정 언니는 필용이에게 컵을 건네고 돌아갔다. 유정 언니가 짝
짝 손뼉을 치자 아이들이 정렬했다. 그새 필용이는 시디를 바꿔
넣었다. 유정 언니가 필용이에게 손짓했다. 필용이는 고개를 까
딱해 보이고 버튼을 눌렀다. 또르르르 차르르르 피아노 음률이
굴러나왔다.

"이거 〈밤과 꿈〉이잖아?"

"응."

"너무 좋다! 기타 곡으로만 들었지 피아노로는 처음 들어."

"그러니? 내가 골라준 곡인데 유정 누나도 너무 좋대. 피아니
스트 서혜경 선생님이 연주하는 거야."

필용이가 기뻐하며 으스댔다.

"아, 좋다!"

기타로 듣는 〈밤과 꿈〉이 몽롱하다면 피아노로 듣는 〈밤과 꿈〉
은 영롱했다. 앞의 러시아 음악은 연습용이고, 〈밤과 꿈〉은 이
발레 교실의 과제곡이라고 했다. 이번 과정을 마칠 때까지 조금
씩 완성해나갈 것이라고. 그래서인지 아이들이나 유정 언니나
먼저보다 긴장해 있는 듯했다. 〈밤과 꿈〉이 다섯 번 흐른 뒤 발
레 수업이 끝났다.

보육원을 걸어나오며 유정 언니한테 러시아 음악의 곡명과 작
곡가를 묻자 언니는 부끄러운 듯 얼굴을 붉히며 모른다고 했다.
작년에 페테르부르크에 있는 바가노바 발레 스쿨에 갔을 때 반
해서, 그곳 선생님께 특별히 부탁해 복사한 카세트테이프 하나

를 얻어온 것이라고.

"구하기 어려운 거예요. 유명한 러시아 작곡가래요."

"아직 살아 계신 분이에요?"

"네. 바가노바의 음악 선생님이에요."

"아, 거기 교수님이군요?"

"교수님이 아니고 선생님이요. 대학교가 아니고 발레 스쿨이에요."

유정 언니는 내 말을 수정하는 게 미안한 듯 난처한 어조로, 하지만 또렷이 말했다. 유정 언니는 수줍고 말수가 적었다. 얼마 전에, 꼭 소개해주고 싶은 사람이 있다며 필용이가 스파게티 식당에 마련한 자리에서도 필용이와 나만 떠들었고 유정 언니는 미소 띤 채 듣기만 했었다. 필용이가 유정 언니와 친해진 건 그 발레 음악 덕분이었다. 유정 언니네 담장 너머로 들려오는 음악 소리에 혹한 필용이가 언니네 대문 벨을 눌렀고, 얘기를 나누는 중에 유정 언니가 닳아질 카세트테이프를 걱정하자 필용이가 시디로 복사해주겠다고 나선 것이다. 그 계기로 필용이도 보육원을 출입하게 됐다.

유정 언니는 걸음걸이부터 다르다. 사뿐사뿐, 구름 위를 걷는 듯하다. 그런데 참 잘 먹는다. 먼저 스파게티집에서도 그랬지만, 보육원을 나서서 간 돈가스집에서도 커다란 돈가스를 한 톨도 남기지 않고 복스럽게 다 먹었다. 나비같이 가볍게 움직이려면 잘 먹어야 할지도 모르겠다. 기운이 없으면 발을 질질 끌며 건

412

게 될 테니까. 나도 유정 언니를 따라서 크게 자른 돈가스를 뚝 베어 물었다. 바삭하게 튀겨진 돈가스 껍질이 잇새에서 파삭 부서졌다.

겨울의 희미한 냄새

나는 잘 웃지 않는 아이였다. 그런데 스무 살이 된 뒤부터 나 자신도 문득 놀랄 정도로 자주 웃고 있다. 세상에는 존경스러운 사람과 사랑스러운 사람과 유쾌한 사람이 많기도 하다! 내가 알게 된 사람들이 전부 좋은 사람이니 나는 얼마나 복이 많은가. 특히 바리이모님을 비롯한 고양이 카페 친구들, 옷 수선집 아주머니, 필용이, 필용이 아빠…… 그분들을 몰랐더라면 나는 침울하고 힘든 나날을 보냈을 것이다.

저 검정 고양이가 시장통에 보이기 시작한 건 서너 달 전부터였다. 모르지, 그전부터 있었는데 이제야 모습을 드러내는 건지도. 함치르르한 올 블랙 고양이. 황록색 보석 같은 눈도 아주 예뻤다. 이 아이는 사람을 별로 무서워하지도 않았다. 한쪽 귀의 끝이 살짝 잘려 있었는데 중성화가 된 건지 다른 고양이한테 물어뜯긴 건지, 누군가한테 해코지를 당한 건지 알 수 없었다. 건너편 정육점 아저씨도 얘의 존재를 안다. 그 아저씨가 고양이를 싫어하지 않는 사람이어서 다행이다. 아저씨는 얘를 '네로'라고 부르신다. 그래서 나도 네로라고 부르게 됐다. 다른 시장 사람들은 거의 고양이를 싫어해서 나는 몰래몰래 밥을 줬다.

"고양이 있으면 쥐 없어지고 좋지, 뭘 그래."

옷 수선집 아주머니 말씀이 사실이고 진리인데, 시장 사람들도 그렇게 생각하면 좋으련만.

애는 늘 아무 소리가 없다. 내가 계단을 내려가면 어디 숨어 있다가 슬그머니 나타나 한 걸음 앞에 앉는다. 그러면 나는 얼른 주위를 둘러보고, 이제는 아무것도 올라와 있지 않은 폐점포 진열대 밑에 밥을 준다. 오늘은 캔을 반이나 덜어 사료 위에 올려줬다. 네로가 찹찹 먹는다. 그 모습이 너무 예뻐서 한 번만 살짝 만져보고 싶어 손을 뻗었는데, 네로가 앞발로 찰싹 내 손등을 때린다. "어허, 어딜?" 하는 투다. 그리고 내처 밥을 먹는다. 아휴, 예뻐! 순하고 기품 있는 검은 고양이, 네로다. 이 아이 말고도 시장통의 새 얼굴로 '통통이'가 있다. 통통이는 두 달 전부터 나타나는 고양이다. 흰 바탕에 회색 얼룩의 통통이는 '브리티시 숏'으로 보인다. 정육점 아저씨 말대로 귀하게 생긴 고양이다. 중장모에 얼굴도 동글동글, 통통하다. 애는 "아아앙~" 응석꾸러기 같은 소리로 울며 반긴다. 덥석 안기기도 하고 쓰다듬어달라고 머리통을 들이민다. 깨끗하고 귀티 나게 생겨서인지, 거침없이 나다녀도 시장 사람들이 적의 없이 내버려뒀다. 처음에는 잠깐 외출 나온 애인가보다 했는데 계속 나타나기에 유기된 줄 알았다. 〈고양이웃네〉 입양란에 올려야 하나, 다 큰 고양

414

이인데 새 가족을 찾아줄 수 있을까, 심란했는데 한 할머니가 지나가다 보더니 알은체를 하셨다.

"교회 옆 3층집 고양이였는데, 아래층 사람이 고양이 키우지 말라고 난리를 쳐서 다른 집으로 보냈어. 지금은 저 아래 철물점 고양이야. 야, 네 집 두고 여기서 밥을 먹니?"

집이 있는 고양이라니 어찌나 마음이 가벼워지던지. 그러나,

"두 번인가 먼저 살던 집에 찾아왔더래. 그 집에서 다시는 오지 말라고 때려서 쫓았대. 그 뒤로는 안 찾아온대."

이 말을 들으니 속이 쓰렸다. 먼저 집에서나 현재 집에서나 외출 고양이로 풀어 키우나보았다. 애가 유기 고양이인 줄 알고 가엾은 마음이 극에 달했을 때, 통통이가 네로와 같은 시간에 와 있던 적이 있다. "아아앙~"거리며 다가오는 통통이한테 먼저 밥을 주고 쓰다듬어줬더니 떨어져 지켜보던 네로가 휙 자리를 뜨고 며칠 안 나타나 몹시 뒤숭숭했다.

갓 6시가 넘었는데 날이 어두워졌다. 이제 하루하루 어둠이 빨리 올 것이다. 바람이 차다. 나는 주머니에 손을 찔러넣고 걸었다. 포근하다. 내가 지금 위에 걸치고 있는 감색 점퍼는 바리 이모님이 주신 것이다.

"깨끗이 빨았어. 나한테는 좀 작네. 괜찮으면 입어."

주운 물건이라고 조심스레 권하셨다. 목깃과 테두리에 진회색 보들보들한 긴 털 기모가 둘러져 있고 안에 오리털이 채워졌다. 거의 새것으로 보이고 모양도 괜찮은데 왜 버려졌는지 모르겠다.

"편하고 예쁜데요?"

거울을 보며 내가 마음에 들어하자 바리이모님도 기뻐하셨다.

"응, 잘 어울리네!"

강남에는 가구고 옷이고 멀쩡한 물건을 버리는 사람이 많은가 보다. 심지어는 유명 화장품 세트가 면세점 쇼핑백에 담긴 채 버려져 있기도 한단다.

비탈에도 한 달 전부터 새 얼굴이 보인다. 하얀색 페르시안이다. 페르시안 같은 장모종 고양이가 오래 유기되면 털이 엉겨 펠트처럼 딱딱해져서 몸을 옥죄기 때문에 나중에는 살갗이 갈라지고 뼈까지 오그라든다. 그래서 무슨 수를 써야 하는데, 어째야 할지 모르겠다. 얘는 아비나 통통이와 달리 경계심이 많다. 조그만 소리로 엥엥거리며 알은체를 하고 맞아주긴 하지만, 곁을 안 줘 붙잡을 도리가 없다. 게다가 아비 일 이후 고양이의 행복에 대해 더 생각해보게 됐다. 비탈 동네가 그렇게나 위험하고 불안한 곳이 아니었다면 아비는 그대로 두는 게 제일 좋았을 것이다. 얘가 장모종만 아니라면 그냥 눈감고 넘어갈 텐데.

이 페르시안은 다른 고양이들한테 여간 사납지 않다. 다른 고양이한테 다칠까 걱정할 필요가 없다. 외려 터줏고양이들이 걱정일 정도다. 며칠 전에는 근처에 앉아 함께 기다리던 새끼고양이 한 마리가 내가 놓는 밥에 먼저 접근하자 "캬웅!" 소리를 지르며 달려들어 쫓아가다 돌아왔다. 어찌나 속이 상하던지. 그 새끼고양이는 그런 꼴 처음 당해봤을 거다. 사람하고만 살아와서 저만 아는 고양이가 된 게 분명하다.

베티는 제집에서 자고 있다. 살그머니 다가가 그 앞에 앉으니 고개를 들고, 눈이 마주치자 깜빡 반겨 웃는 얼굴로 에에에 울면서 기어나온다. 사료가 조금 남아 있는 밥그릇에 베티가 좋아하는 닭고기 캔을 따 담아주는데 옷 수선집 아주머니가 문을 열고 나오셨다.

"베티, 조금 전에 밥 먹었어. 내가 캔도 줬어. 그만 줘. 살쪄!"

베티와 나는 둘 다 찔끔했다.

"조금만 줄게요."

베티가 코를 박고 간식을 먹는다. 베티 집에 처음 보는 담요가 깔려 있다. 아기 포대기처럼 보들보들한 분홍색 담요다.

"예쁜 담요 깔아주셨네요!"

"누가 깔아놓고 갔네. 추울까봐 깔아줬나봐. 베티도 좋아하네. 베티가 예민해서 당최 뭘 못 깔아주는데. 요전에 까만 스웨터 넣어줬을 때도 무서워하면서 안 들어가더니."

아, 누군지 고마우신 분이다!

들어왔다 가라는 아주머니 권유를 사양했다. 모처럼 베티와 산책을 할 참이었다. 아주머니께 인사를 드린 뒤 베티와 함께 걸었다. 우리의 산책 코스는 골목쟁이를 최대한 고불고불 길게 걷는 것이다. 그래봤자 빠른 걸음으로 왕복 3분 거리를 한껏 늑장을 부려 15분쯤 들이는 산책. 첫 골목쟁이를 걷자니 픕 웃음이 났다. 열흘쯤 전 밤이었다. 베티와 그 길을 지나면서 보니 담장 밑에 줄줄이 고양이 응가가 있었다. 동네 사람이 보면 길고양이 욕을 하고 더 미워할까봐 겁이 더럭 났다. 그래서 다음날 낮에 비닐장갑과 비닐봉지를 들고 치우러 가서 봤더니 그것은 응가가 아니라 돌돌 말린 가랑잎들이었던 것이다.

골목쟁이 두 모퉁이를 지나 주차장이 나올 때까지 베티는 멈춰서 뭔가 냄새를 맡기도 하고, 자동차 바퀴를 유심히 들여다보기도 하며 해찰을 하고 걸었다. 그리고 내가 "베티야!" 부르면 쪼르르 뛰어왔다. 뚱뚱한 베티가 가볍게 빨리도 뛴다. 예쁜 베티! 나는 베티를 운동시키려고 일부러 길보다 낮은 주차장에 들어섰다. 그곳을 베티와 서너 바퀴 돌고 길 위에 올라가 베티를 불렀다. 1미터나 턱이 지는데 베티는 가볍게 뛰어올라왔다. 내가 베티를 너무 우습게 봤나? 나는 베티 머리통을 막 쓰다듬어줬다. 베티 털이 차갑다. 이제 기온이 완연히 낮아진 것이다. 하루하루 더 추워질 텐데. 이번 겨울은 제발 많이 춥지 않았으면 좋겠다. 나와 함께 걸을 때 베티는 나란히 걷거나 뒤떨어져서 걷는다. 내 앞으로 걷는 법이 없다. 베티야, 언제까지나 너와 산책하고 싶지만, 이제는 돌아가봐야 해. 골목쟁이를 되짚어 걸어서 옷 수선집 앞길이 보이는 골목쟁이에 접어들었을 때, 나는 쪼그려 앉아 발치에 앉은 베티를 쓰다듬으며 가만가만 시를 읊어주었다. 러시아 시인 네크라소프의 「녹색의 수런거림」. 모눈종이님이 아주 좋아하는 수필가라며 빌려준, 요네하라 마리의 『문화편력기』에 실린 시다. 이런 시를 쓰고 싶어! 수첩에 옮겨

적어서 며칠 동안 갖고 다니며 외운 시였다.

간다 신음한다 녹색의 수런거림
녹색의 수런거림 봄의 수런거림
마치 우유라도 뒤집어쓴 것 같은
벚꽃 뜰이 늘어서서
조용히 조용히 수런거린다
하느님의 부드럽고 따사로운 손길에
소나무숲도 쾌활하게 수런거린다
그 곁에는 신록의
새로운 노래를 서툴게 속삭이는
엷게 물든 보리수도
녹색 댕기머리를 한 자작나무도

베티는 내 손길을 받으며 내 목소리를 듣는 게 좋은 듯 가만히 앉아 있었다. 베티, 이 겨울을 잘 견디렴, 그리고 우리 이런 봄을 맞자!

옷 수선집 유리문 너머로 아주머니가 일하시는 모습이 보였다.

"베티, 쫓아오지 마. 이거 먹고 코~ 자."

나는 베티를 집 안에 들여넣고 밥그릇에 닭고기 캔을 덜어 바싹 밀어주었다. 베티가 머리만 내놓고 간식을 먹는 새 나는 걸음을 빨리했다. 희미하게 겨울 냄새가 나는 바람이 불어온다. 바리이모님이 주신 감색 점퍼는 한겨울에 입어도 될 만큼 든든하다.
베티한테도 이런 점퍼를 입혀주고 싶은데, 궁리 좀 해봐야겠다.

작가의 말

동네 길고양이들에게 한 끼 밥을 먹인 지 5년 돼간다. 2년 전부터는 하루 두 번 나간다. 비탈 꼭대기에 살면서 그쪽 고양이들을 먹이던 한 아주머니가 이사를 가며 간곡히 맡긴 곳이 두 채의 연립주택 사이 좁다란 틈인데, 지하방 창문들이 그리로 나 있다. 그러니 어두워진 뒤에 접근하면 그 거주자들 심기가 편치 않을 터라 낮에 다녀와야 한다. 도대체가 성실과는 거리가 먼 내 체질에 단 하루도 빼먹을 수 없는 그 '업'을 수행하자니 심신이 이만저만 고달픈 게 아니다. 가장 지겨운 건 고양이 밥 주는 것에 대한 사람들의 적의다. 매번 초긴장 상태로 다닌다. 거기에 더해 사람 손에 크다 버려진 고양이들이 하루하루 망가지는 모습을 보는 고통이라니…… 엄살이 아니라 길고양이들과 인연을 맺은 이래 불행감을 맛보지 않는 날이 드물다. 가뜩이나 없는 기력이 다 소진되고 신경쇠약 직전이다. 내가 글 쓸 염을 영 못

내는 건 그 영향이 큰 거 같다는 생각이 문득 든다. 내 큰 소원은 고양이 밥 주는 일을 대신할 사람을 고용하는 거다. 한 달에 30만 원이면 동네에서 사람을 구할 수 있을 것 같은데…… 그럴 형편이 될 때까지 내가 고용된 셈 쳐볼밖에. 한 달에 30만 원이 생긴다 생각하니 좀 힘이 나는 것 같다.

어차피 주는 밥, 불안하고 시무룩한 마음을 떨치고 기꺼이, 행복한 마음으로 줘야겠다. 밥 먹는 그 시간이라도 고양이들에게 오직 행복한 기운이 전해지도록. 내가 행복해야 고양이들도 행복해진다. 내가 행복해질 길은 좋은 글을 쓰는 것이다. 마음의 여유를 찾고, 앞으로는 열심히 쓰자. 불행의 되먹임을 행복의 되먹임으로 바꿔야지!

인터넷 카페 '문학동네'에서 내 첫 장편소설의 첫 독자가 돼주셨던 분들께 고마움과 그리움을 전하고 싶다. 송구하고도 즐거운 시간이었다. 일러스트 파트너 양수영, 연재 진행을 맡았던 성혜현, 두 분을 만난 것도 내게 행운이었다. 번번이 촉박하게 넘긴 원고에 정말 고생 많으셨다. 죄송! 감사! 그리고 민쟁, 알지? 그대는 내게 제5원소여! 그냥 믿고 소설 쓸 기회를 만들어줘서 하염없이 고마워……

p.s. 아, 아, 정세랑 씨! 둔한 원고를 맵시 나게 마무리하시느라 고생 많으셨네요. 감사!

문학동네 장편소설

도둑괭이 공주

ⓒ 황인숙 2011

초판 인쇄 │ 2011년 7월 18일
초판 발행 │ 2011년 7월 28일

지은이 황인숙
펴낸이 강병선
책임편집 정세랑 │ 편집 김민정 성혜현 │ 독자 모니터 엄정현
디자인 엄혜리 유현아 │ 마케팅 신정민 서유경 정소영 강병주
온라인 마케팅 이상혁 한민아 장선아
제작 안정숙 서동관 김애진 │ 제작처 영신사

펴낸곳 (주)문학동네
출판등록 1993년 10월 22일 제406-2003-000045호
주소 413-756 경기도 파주시 교하읍 문발리 파주출판도시 513-8
전자우편 editor@munhak.com │ 대표전화 031)955-8888 │ 팩스 031)955-8855
문의전화 031) 955-8890(마케팅) 031) 955-2679(편집)
문학동네카페 http://cafe.naver.com/mhdn

ISBN 978-89-546-1468-9 03810

www.munhak.com